Rudolf Jagusch, geboren 1967 in Bergisch Gladbach, arbeitet als Diplomverwaltungswirt in Köln. Er lebt mit seiner Familie in Bornheim im Vorgebirge. Im Emons Verlag erschien »Nebelspur«.
www.krimistory.de

Dieses Buch ist ein Roman. Handlung und manche Orte sind frei erfunden, ebenso die handelnden Personen. Ähnlichkeiten mit lebenden oder toten Personen sind daher rein zufällig.

RUDOLF JAGUSCH

Todesquelle

VORGEBIRGS KRIMI

emons:

FSC
www.fsc.org
MIX
Papier aus verantwortungsvollen Quellen
FSC® C083411

Umschlagzeichnung: Heribert Stragholz
Umschlaggestaltung: Tobias Doetsch, Berlin
Druck und Bindung: CPI – Clausen & Bosse, Leck
Printed in Germany 2010
ISBN 978-3-89705-755-5
Vorgebirgs Krimi
Originalausgabe

Für Karl, Wolfgang und Onkel Fritz.
Drei Männer, die mir viel gegeben haben.

Prolog

Sie duckte sich, drängte sich in die Ecke und wimmerte. Ihre Ohren brannten, doch noch immer trafen sie harte Schläge am Kopf, die kleinen Arme boten keinen Schutz.

»Hör auf!« Mamas Stimme klang grell, doch es fehlte ihr an Schärfe.

»Ich werde dich lehren, Widerworte zu geben«, lallte er.

Sie versuchte, sich klein wie eine Maus zu machen, und kroch unter die Eckbank. Brutal wurde sie zurückgezogen, seine Fäuste landeten auf ihrem Rücken und in ihrem Nacken.

»Du bringst sie um!« Wieder Mama, schrill, durchdringend.

»Das hat noch niemandem geschadet, stell dich nicht so an«, erwiderte er barsch und holte zum nächsten Schlag aus.

Sie sah seine geballte Faust auf sich zukommen, wuchtig, ihr Kopf flog zur Seite. Vor ihren Augen tanzten Sterne. Dann ließ er von ihr ab.

Als sich ihr Blick wieder schärfte, rang Mama mit ihm, versuchte sie zu schützen. Für einen Moment spürte sie Hoffnung. Mama kämpfte wie eine Löwin, biss, kratzte. Doch dann traf er sie, mit voller Wucht. Irgendetwas knackte wie ein Ast, auf den man trat, und Mama sackte zusammen, blieb stumm und regungslos liegen.

Gebeugt stand er über ihr, die Fäuste geballt, schwer atmend.

Sie hielt den Atem an. Panik erfasste sie, doch sie wagte nicht, erneut unter der Bank Schutz zu suchen, aus Angst, seine Aufmerksamkeit auf sich zu ziehen. Was war nur mit Mama? Sie wirkte durchsichtig und bleich wie ein Gespenst.

Er trat noch mal halbherzig in ihre Seite und wankte dann zur Tür hinaus. Sie hörte, wie er den Fernseher einschaltete. Robert Lembke, seine Lieblingssendung. Die würde er nicht verpassen.

Sie kroch aus der Ecke zu dem leblosen Körper, stupste ihn an und wartete. Doch Mama rührte sich nicht. Ängstlich kuschelte sie sich an sie und legte den kraftlosen Arm ihrer Mutter über sich. Sie vermisste das Klopfen von Mamas Herz und wusste, was dies bedeutete.

Sie weinte stumm.

Der Kandidat wünschte sich das blaue Schweinderl.

EINS

Stephan Tries beugte sich über den Motorblock und rückte den Luftfilter zurecht. Vorsichtig drehte er die Schrauben fest und polierte anschließend die Oberfläche mit einem Tuch.

»Fertig«, murmelte er. Zwei Wochen Arbeit lagen hinter ihm. Er trat einen Schritt zurück und betrachtete sein Werk. Der Motor des Mercedes Dc 190 schimmerte mattschwarz, sah aus wie neu.

Auch der beige Lack des Wagens glänzte nach einer ordentlichen Politur am vergangenen Samstag, die brütend heiße Sonne spiegelte sich im Chrom der Stoßstangen.

Stephan reinigte seine Finger mit Verdünner und zog den Zündschlüssel aus der Hosentasche. Dann ließ er sich auf den Fahrersitz fallen und strich andächtig mit flach ausgestreckten Händen über das riesige Lenkrad. Er steckte den Schlüssel ins Zündschloss und drehte ihn vorsichtig. Die Signallämpchen neben dem Bandtachometer leuchteten auf. Er griff mit der linken Hand zum Knopf links neben dem Tacho, zog ihn ein Stück heraus. Die Vorglühüberwachung glich dem Deckel eines Pfefferstreuers. Stephan wartete geduldig, bis die Anzeige orange leuchtete. Er holte noch mal tief Luft, schloss die Augen, trat die Kupplung und zog den Knopf ganz heraus. Der Anlasser klackte, heulte auf, und nach einigen Umdrehungen sprang der Motor an. Er lief zunächst unruhig, dann immer geschmeidiger. Stephan jubelte innerlich, gab vorsichtige Gasstöße, die bereitwillig in höhere Leerlaufdrehzahlen umgesetzt wurden. Im Rückspiegel erkannte er eine riesige graue Wolke. Nicht zu vermeiden bei einem Diesel Baujahr 1962, dachte er. Erst dann bemerkte er, dass in den Abgasen eine Frau torkelte und sich vor Husten krümmte.

Charlotte? Wollten sie sich nicht erst zum Abendessen treffen? Stephan stellte erschrocken den Motor ab, stieg aus und rannte zu ihr.

Charlotte hob abwehrend die rechte Hand, japste nach Luft und stemmte sich in die Höhe.

»Was machst du denn hier?«, fragte Stephan besorgt.

Sie hustete in die hohle Hand. »Schöner Empfang, den du mir hier bereitest«, antwortete sie mit krächzender Stimme.

Ihr Lächeln bewies ihm, dass sie nicht wirklich verärgert war.

Stephan deutete auf den Benz. »Der muss sich noch frei brennen. Ist seit gut und gern zehn Jahren nicht mehr gelaufen. Aber sag schon, was ist los? Du bist zu früh.«

Charlotte räusperte sich. »Wir haben einen Toten«, platzte sie dann heraus.

Stephan wischte mit seinen Fingern über den Overall. »Wir haben einen Toten?«, wiederholte er.

»Ja«, bestätigte sie hastig, »lass uns auf die Terrasse gehen, ich erzähl dir alles, was ich weiß. Hier in der Hitze ist es nicht zum Aushalten.« Sie gab ihm einen flüchtigen Kuss und zog die Nase kraus. »Du solltest aber vorher duschen.«

Stephan grinste. »Ich rieche nichts.«

Sie schob ihn zur Haustür. »Mach einfach. Wir müssen nachher noch weg.«

Stephan blieb stehen und wehrte sich. »Moment mal. Ich habe heute Nachmittag einen Termin in der Kneipe. Ein Mietinteressent will sich vorstellen.«

Charlotte warf einen flüchtigen Blick auf ihre Armbanduhr. »Das schaffen wir. Du bist rechtzeitig zurück.«

»Von wo zurück?«

Sie stöhnte. »Mach es doch nicht so kompliziert. Ich hab doch gesagt, ich erkläre dir alles.«

»Ich mag keine Überfälle«, beharrte Stephan und verschränkte die Arme.

Sie zögerte kurz und sagte dann: »Eine Freundin von mir benötigt Hilfe. Sie denkt, dass ihr Mann ermordet wurde.«

»Und was geht mich das an? Ich bin beurlaubt.«

Charlotte verdrehte die Augen und grinste. »Ja, ja, Herr Kriminalhauptkommissar. Jetzt nicht mehr.«

Eine Viertelstunde später setzte sich Stephan frisch geduscht in den Korbsessel zu Charlotte auf die Terrasse. Selbst im Schatten der großen Buche war es heiß. Wie immer prüfte er den Himmel über dem Vorgebirge. Das Wetter in der Kölner Bucht wurde überwiegend durch westliche Strömungen beeinflusst, und Änderungen kündigten sich daher fast immer über dem Kamm an. Von seinem Sitzplatz aus konnte er die reichlich bewaldeten Höhen der Mertener Heide gut erkennen. Ein wenig Regen würde den Pflanzen guttun, dachte er. Doch es zeigte sich keine einzige Wolke.

»Jetzt leg mal los!«, forderte er Charlotte auf.

Die zog an ihrem Zigarillo. »Vorhin rief mich meine Freundin Elfi an, Elfriede Germanus, um genau zu sein«, eröffnete sie ihm. »Ihr Mann Friedrich hatte vorletzte Woche Dienstag einen tödlichen Unfall. Der Arme ist nachts die Treppe runtergestürzt und hat sich das Genick gebrochen.«

»Tragisch.«

Charlottes Miene verdüsterte sich. »Bei dir hört sich immer alles so gefühllos an.«

Stephan straffte sich. »Nein, entschuldige bitte. Es tut mir leid, dass du einen Freund verloren hast. Wie alt war er denn?«

»Er wäre in zwei Monaten siebzig geworden.«

Stephan nickte. »Dann war er vermutlich nicht mehr gut zu Fuß.«

Charlotte schüttelte den Kopf. »Fritz war topfit. Der ging für ein Jahrzehnt jünger durch. Ein sportlicher Typ, immer schon gewesen. Denk nicht, dass er ein alter Tattergreis war.«

Stephan schmunzelte. Charlotte erriet mitunter seine Gedanken. Tatsächlich hatte er einen schlurfenden, gebrechlichen Großvater vor seinem geistigen Auge gesehen, der eine Stufe verfehlte und zu Tode stürzte. »Dann ist der Verlust umso größer. Richte deiner Freundin mein Beileid aus. Ein tragischer Unfall.«

»Das ist der Punkt«, warf Charlotte erregt ein. »Elfi befürchtet, dass der Sturz kein Unfall war.«

Stephan gähnte und sah in den Garten. Der Rasen stand zu hoch, die Obstbäume müssten geschnitten werden, die Brombeerbüsche gestutzt. »Aber was habe ich damit zu schaffen?«, brummte er.

»Wie schon gesagt: Offiziell geht die Polizei von einem Unfall aus«, wiederholte Charlotte. »Elfi fragte mich, ob ich nicht mal nachhören kann, ob du, äh, also sie zweifelt …«

Stephan stöhnte auf.

Charlotte blies eine riesige Rauchwolke aus. »Und?«, fragte sie schlicht.

»Es war ein Unfall. Was soll ich da noch machen?«

»Du kannst dir die Sache zumindest mal anhören.«

Stephan kratzte sich am Haaransatz. »Das gefällt mir irgendwie nicht.« Er kniff die Augen zusammen und sah dem Flugzeug nach, das nach dem Start am Konrad-Adenauer-Flughafen einen Bogen über dem Vorgebirge zog.

Charlotte hustete. Sie zog ein letztes Mal an ihrem Zigarillo und drückte den Stumpen im Aschenbecher aus. »Komm mit, mir zuliebe, ja?«, säuselte sie. »Elfi ist eine liebe Freundin von mir. Ich möchte sie nicht enttäuschen. Tu mir den Gefallen.«

Stephan runzelte die Stirn und musterte Charlotte. »Enttäuschen? Weil ich nicht mitkommen könnte? Seltsame Freundschaft.«

»Ach komm, lass dich nicht so bitten.«

Er wischte sich eine Ameise von den Beinen. Die Viecher hatten den ganzen Garten in Beschlag genommen. »Ich weiß nicht.«

Charlotte lehnte sich zurück und schlug die Beine übereinander. Der Saum ihres Kleides rutschte ein Stück nach oben. »Mir zuliebe, ja?«, wiederholte sie.

Stephan zögerte. Der Garten wartete, im Haus sah es aus, als ob dort eine Horde Hunnen durchgezogen wäre, und am Nachmittag hatte er den Termin in der Kneipe in Waldorf, die er von seinem Onkel geerbt hatte und mit der er noch nichts Richtiges anzufangen wusste. Er verspürte überhaupt keine Lust, dem ein Gespräch mit einer »lieben Freundin« hinzuzufügen.

Charlotte streckte die Arme nach hinten und dehnte sich. Ihre festen Brüste zeichneten sich unter ihrem Kleid deutlich ab. »Ich habe heute Abend Zeit«, hauchte sie, »und würde gern über Nacht bleiben.«

Auf der anderen Seite wollte ich sowieso ein Ründchen mit dem Benz drehen, dachte Stephan. Dafür habe ich ihn gestern schließlich angemeldet. Er grinste. »Nette Vorstellung. Grenzt irgendwie schon an Bestechung«, stellte er fest und stand auf. »Also gut, wie sollte ich dir einen Gefallen ausschlagen können. Aber wir fahren mit dem Benz. Auf dem Weg kannst du mir dann mehr erzählen.«

***

Der Diesel brummte gemütlich vor sich hin, als sie am Ortsausgang von Sechtem in die Dahlienstraße in Richtung Bornheim einbogen.

»Elfi kenne ich schon ewig«, informierte ihn Charlotte. »Wenn sie sagt, da stimmt was nicht, dann glaube ich ihr. Sie ist zwar nicht mehr die Jüngste, letztes Jahr haben wir ihren fünfundsiebzigsten Geburtstag gefeiert, geistig ist sie aber absolut fit. Nur körperlich leider nicht. Sie ist gebrechlich, das genaue Gegenteil von Friedrich.« Sie öffnete das Fenster einen Spaltbreit und ließ den Fahrtwind über ihr Gesicht streichen. »Wir hätten mein Cabrio nehmen sollen, bei dem Wetter«, murmelte sie.

»Vergiss es«, meinte Stephan bloß und setzte auf der Höhe des Gemüsewegs an, einen Traktor zu überholen. Der Mercedes nahm, einem Hochseedampfer gleich, gemütlich Fahrt auf.

»Wir wären auch schneller gewesen«, lästerte Charlotte. »Ein Beschleunigungswunder ist der Wagen deines Vaters ja nicht gerade.«

»Wirst dich schon dran gewöhnen. Hier zählen andere Werte.« Er steuerte vor dem Traktor auf die rechte Spur zurück. Rechts auf dem Feld erhob sich eine Staubwolke. Ein Mähdrescher erntete das Getreide. »Erzähl mal mehr über deine Freundin«, forderte er Charlotte auf.

»Wir haben uns im Tennisklub kennengelernt, in den Achtzigern. Steffi Graf lässt grüßen. Ich glaube, damals rannten alle in weißer Tenniskleidung rum. Viele im Klub dachten tatsächlich, die große Dame des Tennis würde hier aus unserer Nachbargemeinde Brühl stammen. Dabei kommt sie aus dem Brühl in der Karlsruher Ecke.« Charlotte kicherte. »Elfi fiel mir sofort auf. Sie ist sehr extrovertiert, aber überhaupt nicht nervig. Ich liebe ihre offene und direkte Art. Friedrich war da nicht anders, wenn er auch lieber Golf mochte. Er hat jahrelang in Pulheim gespielt, bis oben auf der Ville die Golfanlage am Römerhof entstand.«

»Golf, so, so. Alte-Männer-Sport«, konnte sich Stephan nicht verkneifen zu sagen. Charlotte hatte vor noch nicht allzu langer Zeit versucht, ihn für eine Sportart zu begeistern. Unter anderem war auch Golf dabei gewesen.

»Du mit deinen Vorurteilen«, erwiderte sie lachend. »Friedrich war alles andere als ein alter Mann. Er spielte nicht nur Golf, sondern trainierte bis zum Schluss jeden Tag im Fitnesscenter. Witz und Charme zeichneten ihn aus, und sein Aussehen …« Sie schnalzte mit der Zunge und grinste.

Stephan hob zweifelnd eine Augenbraue.

»Richard Gere ist nichts dagegen«, ergänzte sie.

Stephan nahm am Ortseingang von Bornheim das Gas weg. »So, so, Richard Gere«, brummte er. »Tennis. Golf. Hört sich nach reichen

Verhältnissen an. Nicht nur gut aussehend, auch noch finanziell unabhängig.«

Charlotte nickte. »Das Roisdorfer Mineralwasser wirst du kennen.«

»Natürlich.«

»Weniger bekannt ist die Felsquelle, direkt daneben. Elfi hat das Unternehmen mit ihrem Mann Ende der Fünfziger aufgebaut und bis vor einigen Jahren erfolgreich geführt. Friedrich war damals noch ein junger Kerl. Aber Elfriede war eine starke Frau und wusste, was sie wollte.«

Stephan horchte auf. Er hatte ein Timbre in Charlottes Stimme wahrgenommen, das ihn stutzig machte. »Du hältst doch mit etwas hinter dem Berg.«

Sie schmunzelte. »Dem Kommissör ist nichts zu schwör. Hast direkt gemerkt, wo es hakt. Also, Fakt ist, dass der Betrieb ums Überleben kämpft. Die Konkurrenz auf der anderen Straßenseite ist deutlich erfolgreicher, die Wirtschaftskrise tut ihr Übriges.

»Wer führt die Geschäfte?«

»In erster Linie Elfis Sohn Rainer. Er ist bei der Felsquelle jetzt Mitinhaber. Sein Vater stand ihm bisher aber immer noch zur Seite.« Charlotte legte eine Pause ein und ergänzte dann: »Oder eben im Weg, je nachdem, wie man es sieht. Es gab Differenzen, wie mir Elfi erzählt hat.«

Stephan nahm die Steigung rechts auf die Königstraße in Bornheim, ohne auf das Stoppschild zu achten. Der Mercedes brummte willig vor sich hin. »Wäre nicht das erste Mal, dass ein Sohn seinen übermächtigen Vater beseitigt, um sich eine freie Bahn zu schaffen.«

Charlotte sah sinnend zum Fenster hinaus. »Den Gedanken hatte ich auch schon. Er liegt ja förmlich auf der Hand.«

Östlich von Waldorf lenkte Stephan den Mercedes vom Rankenberg in die Zufahrt zur Germanus-Villa. Mit dem riesigen Lenkrad in seinen Händen fühlte er sich wie ein Kapitän auf hoher See. Vor ihnen erhob sich das Herrenhaus, etwas weiter rechts ein weiteres Gebäude, das vielleicht mal als Gesindehaus gedient haben könnte, aber kaum kleiner war. Die gelbliche Fassade hob sich deutlich vom weiß bekiesten Innenhof ab. Ein kleiner Turm dominierte das Haupthaus. Das Mansardendach zeigte sich strukturiert und entsprechend des Grundrisses mehrfach gebrochen. Die grauen Pfannen hatten an wenigen Stellen Moos angesetzt. Alles wirkte äußerst penibel gepflegt. Nirgends war Unkraut zu sehen, das Laub der Bäume im kleinen Park rund um die Villa leuchtete in sattem Grün.

Während er den Wagen langsam im Innenhof ausrollen ließ, pfiff Stephan durch die Zähne. »Dagegen sieht deine Burg ja aus wie eine Hütte.«

»Aber nur von außen«, entgegnete Charlotte. »Ist alles eine optische Täuschung. Und Neobarock mag ich überhaupt nicht.«

Stephan hob skeptisch eine Augenbraue. Charlotte bewohnte die Graue Burg in Sechtem. Das schlichte Gebäude stand auf einer kleinen, von einem Wassergraben umschlossenen Insel und wirkte eher wie eine herrschaftliche Villa als ein repräsentativer ehemaliger Rittersitz.

Sie zwinkerte ihm zu. »Kleiner Scherz.«

Sie stiegen aus und schellten. Wenig später schwang die Tür auf.

»Sie wünschen?«

Ihnen gegenüber stand ein kleiner, schmächtiger Mann, bekleidet mit einem weißen Hemd, einer schwarzen Weste und ebenfalls schwarzen Hose mit messerscharfer Bundfalte. Er blickte aus trüben Augen durch sie hindurch.

Stephan sah erstaunt zu Charlotte. Einen solch kühlen Empfang hatte er nicht erwartet.

»Ich bin's, Robert. Frau Germanus erwartet uns«, sagte sie freundlich. Der Butler lächelte übergangslos, wie eingeschaltet, doch seine Gesichtszüge entspannten sich.

»Ah, Frau von Berg.« Er verneigte sich. »Bitte folgen Sie mir.« Er drehte auf dem Absatz, hielt plötzlich einen weißen Stab in der Hand und ging ins Haus.

Stephan betrat die große Eingangshalle. Ein Spiegel, der mehr Fläche als sein Wohnzimmer hatte, hing rechts an der Wand. Die etwa vier Meter entfernte Stuckdecke strahlte weiß. Ein edler Läufer teilte den Marmorboden und verschluckte das Klacken von Charlottes Absätzen.

»Ein blinder Butler?«, raunte Stephan.

»Fast blind, ja, aber nicht taub«, entgegnete der Mann, während er zielsicher eine Tür ansteuerte.

Charlotte grinste. »Robert ist der gute Geist des Hauses. Er arbeitet hier schon seit … wie viele Jahre sind es gleich, Robert?«

»Siebenunddreißig, Madam.« Er öffnete die Tür und hielt sie ihnen auf. Ein Flur schloss sich an. Links an der Wand hingen in Öl gemalte Porträts. »Und solange Frau Germanus lebt, werde ich ihr treu zu Diensten sein«, fügte er hinzu und ging wieder voraus.

Rechts konnte Stephan durch deckenhohe Fenster in den Garten schauen. Trotz der andauernden Hitze des Sommers zeigte sich der Rasen frisch und unverbrannt. Blumen leuchteten in allen Farben und erinnerten Stephan sträflich an seinen heruntergekommenen Hinterhof.

Robert führte sie auf eine schattige Terrasse. »Bitte nehmen Sie Platz. Frau Germanus wird in Kürze erscheinen.« Er verneigte sich und verschwand im Inneren des Hauses.

Erscheinen, aha, dachte Stephan, wie Copperfield wahrscheinlich. Er ließ sich in einen der Korbsessel fallen. »Kommt mir vor wie bei Rosamunde Pilcher. Fehlt nur noch ein Pfau.«

Charlotte kicherte und setzte sich ebenfalls. »Ich weiß, nicht dein Stil.«

Stephan winkte ab. »Ach, ich kenne mich bei der Hautevolee doch bestens aus.« Er seufzte theatralisch. »Nur schade, dass zu diesem Stil kein Bier passt.«

»Ein Bier, der Herr, sofort.« Unbemerkt war Robert wieder aufgetaucht. Er schob einen Rollstuhl, in dem eine alte Frau saß, die sich Stephan überhaupt nicht an der Seite von Friedrich Germanus, so wie Charlotte ihn gerade geschildert hatte, vorstellen konnte. Ihre Haut war hellgrau und durchscheinend wie Butterbrotpapier. Das weiße, lichte Haar trug sie offen. Ein dezenter brauner Lidstrich betonte die gezupften Brauen in ihrem runzligen Gesicht, und eine modische graue Kombination hüllte ihren hageren Körper ein.

Elfriede Germanus begrüßte Charlotte entgegen Stephans Erwartung mit einer überraschend kraftvollen Stimme. »Liebste Charlotte. Es freut mich, dich zu sehen.« Sie beugte sich vor und ließ sich von ihr umarmen. »Und das ist der Mann, von dem du immerzu schwärmst?« Sie schenkte Stephan einen koketten Augenaufschlag. »Ein wahrlich gut aussehender Mann, muss ich sagen.«

Von Trauer um ihren Ehemann keine Spur dachte Stephan, lächelte freundlich und reichte ihr die Hand. »Frau Germanus, nehme ich an. Nun, gut aussehend würde ich nicht sagen.« Er klopfte auf seinen Bauch. »Gemütlich passt besser.«

Die beiden Frauen lachten. Elfriede Germanus machte eine einladende Handbewegung. »Kommt, Kinder, setzt euch wieder. Robert, Frau von Berg und ich nehmen einen Champagner!«

Stephan zuckte zusammen, als hinter ihm ein beflissenes »Sehr wohl« erklang und gleichzeitig ein Glas vor ihm abgestellt wurde.

Häuptling schleichender Butler, dachte er und bedankte sich für sein Bier.

In den nächsten fünf Minuten tauschten Frau Germanus und Charlotte Neuigkeiten aus. Kurz streiften sie dabei auch die Beerdigung letzte Woche, eine würdevolle Feier ohne Zwischenfälle.

Als Robert den Champagner brachte, räusperte sich Stephan.

»Sollen wir loslegen?«, fragte er.

Elfriede Germanus nippte an ihrem Glas. »Oh, selbstverständlich, verzeihen Sie.« Doch bevor sie seiner Bitte nachkam, rief sie: »Robert. Kanapees für die Gäste!«

Diesmal war es der Butler, der zusammenzuckte. »Sehr wohl«, gab er zurück und fügte leise an: »Ich bin doch nicht taub.«

Stephan sah dem davonschlurfenden Mann nach und verspürte Mitleid mit ihm.

Elfriede Germanus war mit ihrem Rollstuhl ein Stück vorgerückt und legte Stephan jetzt eine Hand auf den Unterarm. »Es war kein Unfall«, flüsterte sie. Ihre gute Laune von eben war schlagartig verschwunden. »Alle wollen mir das einreden, selbst die Polizei.«

Stephan sah verstohlen zu Charlotte, die mit ernster Miene in ihr Glas starrte. »Eine Autopsie gab es sicherlich nicht, oder?«, fragte er.

»Aber ja doch. Ich habe darauf bestanden und bin für die Kosten aufgekommen«, erwiderte Elfriede Germanus und winkte ab. »Sie haben nichts gefunden.«

Charlotte räusperte sich. »Das ist nicht ganz richtig, oder, Elfi? Friedrich hatte Schlaftabletten genommen.«

Elfriede Germanus zuckte nur mit den Schultern.

Stephan sah ihr an, dass sie wusste, dass diese Tatsache ihre Theorie nicht gerade stärkte. Friedrich Germanus könnte von den Schlaftabletten benommen gewesen sein. Das Einzige, was es dann noch zu klären gäbe, wäre der Grund für sein nächtliches Herumwandern. Mehr nicht. Er biss sich auf die Unterlippe. Was sollte er dazu sagen? »Wieso zweifeln Sie überhaupt?«, fragte er.

Elfriede Germanus setzte eine trotzige Miene auf. »Ich habe jemanden gesehen. Da war jemand im Haus.«

»Schliefen Sie denn nicht?«, fragte Stephan. »Charlotte sagte mir, es sei nachts passiert.«

Elfriede Germanus zögerte mit der Antwort.

Charlotte legte ihr eine Hand auf den Unterarm. »Elfi schlafwandelt.«

»Ich habe nicht geträumt«, fuhr Elfriede Germanus auf. »Da war ein Schatten, ich bin mir ganz sicher.«

Stephan trommelte mit den Fingern auf die Tischoberfläche. Was sollte er nur davon halten? Eine alte Frau, die nachts schlafend durch die Gegend wandelte und Schatten sah.

»Von der Polizei wird das Schlafwandeln als Erklärung dafür angeführt, dass Elfi das, was sie in der Nacht gesehen haben will, wohl nur geträumt hat«, erklärte Charlotte.

Stephan nickte. Er konnte seine Kollegen verstehen. Er selbst dachte nicht anders. »Aber ist man denn dabei nicht eigentlich ganz, wie soll ich sagen, ohne Erinnerungen?«

Elfriede Germanus zupfte nervös an ihrer Hose. »Bei mir ist es schon ein bisschen so, als würde ich träumen. Manchmal weiß ich am nächsten Morgen etwas davon, dann wieder nicht.«

»Gut, in diesen medizinischen Dingen kenne ich mich nicht aus«, sagte Stephan. »Aber Sie sitzen im Rollstuhl. Wie passt das zusammen?«

Elfriede Germanus nickte, stemmte sich hoch und ging einmal um den Stuhl. »Reine Bequemlichkeit des Alters«, erklärte sie und setzte sich wieder.

Robert brachte die Kanapees. Mit schnellen und sicheren Handgriffen drapierte er die beiden silbernen Platten auf dem Tisch und eilte dann wieder ins Haus. Stephan bewunderte seine zielgerichteten Bewegungen.

Elfriede Germanus beugte sich zu ihm rüber. »Ich vermute jedenfalls, dass Friedrich ermordet wurde«, stieß sie hervor. »Dieser Schatten hat ihn geschubst.«

Stephan kratzte sich am Kinn und dachte einen Moment nach. Das Einzige, was gegen einen Unfall sprach, war die zweifelhafte Beobachtung von Elfriede Germanus aufgrund ihres Schlafwandelns. Nicht gerade viel. Er konnte durchaus verstehen, dass seine Kollegen in Bonn den Fall abgeschlossen hatten. Doch irgendwie juckte es ihn in seinen beurlaubten Kommissarsfingern, der Sache auf den Grund zu gehen. Das Unwahrscheinliche zu durchleuchten, reizte ihn.

Elfriede Germanus wechselte einen stummen Blick mit Charlotte und sagte dann: »Wenn es um Geld geht, das wäre kein Problem.«

Stephan lachte. »Das hört sich wie ein Blankoscheck an.«

»Sie dürfen es auch so verstehen«, bestätigte sie.

»Ich bin beurlaubt. Ich darf so ohne Weiteres keinen Nebenjob annehmen«, erklärte Stephan lahm.

Elfriede Germanus zwinkerte ihm zu. »Von mir erfährt es niemand.«

Stephan drehte sein Glas in der Hand und starrte ins Bier. Die Bremsen am Wagen mussten überholt werden. Doch seine Ersparnisse waren durch die Restauration des Oldtimers inzwischen aufgebraucht. Außerdem musste er in die Kneipe investieren, die er von seinem Onkel übernommen hatte, sonst würde er vermutlich nie einen Pächter oder sogar einen Käufer finden. Und dann war da noch das Ferienhaus an der Nordsee, das er gerne behalten wollte, das aber zurzeit nur Kosten verursachte. Hier bot sich eine Gelegenheit, schnell etwas Geld für das Nötigste zu verdienen, ohne dafür in die Tretmühle des Kölner Kommissariats zurückkehren zu müssen. Daher wollte er sich alle Möglichkeiten offenhalten. »Jetzt erzählen Sie mir doch erst mal, wie alles genau passiert ist«, sagte er. »Dann werde ich entscheiden, ob ich den Auftrag annehmen kann.«

Elfriede Germanus lehnte sich zurück, schloss die Augen und erinnerte sich. Leise sagte sie: »Irgendetwas riss mich aus dem Schlaf. Je länger ich darüber nachdenke, desto sicherer bin ich mir, dass es Friedrichs Lachen war. Ich wollte nach dem Rechten sehen und bin aufgestanden.« Sie öffnete die Augen und sah Stephan an. »Ich bin sicher, dass ich das nicht geträumt habe.«

Stephan nickte. Er verstand, was sie ihm damit sagen wollte. »Das hatten wir ja bereits. Sie sind also sicher, nicht im Schlaf herumgewandert zu sein.«

»Richtig, junger Mann«, bestätigte Elfriede Germanus und konzentrierte sich wieder. »Ich zog meinen Bademantel an und wollte raus auf den Flur, um nachzusehen.« Sie runzelte die Stirn.

»Was ist? Warum stocken Sie?«

»Da war ein Geräusch«, murmelte sie. »Ein Poltern. Ein Poltern, als ob jemand …« Sie brach ab, riss die Augen auf und schlug eine Hand vor den Mund.

»Als ob jemand die Treppe runterstürzt«, vollendete Stephan den Satz.

Sie nickte. »Ich habe Friedrichs Sturz gehört, mein Gott.« Ihre Hände zitterten.

»Warum hast du nichts unternommen?«, wollte Charlotte wissen.

Verdattert blickte Elfriede Germanus sie an. »Ich habe gedacht …« Sie brach ab und schluckte heftig, bevor sie neu ansetzte. »Ich weiß nicht, was ich dachte. In dem Moment habe ich das Geräusch gar nicht zuordnen können, und es war ja gleich darauf auch wieder ruhig. Also bin ich wieder zurück ins Bett.« Sie schlug die Hände vor ihr Gesicht. »Wenn ich doch nur …«

»Es hätte nichts geändert«, fiel Stephan ihr ins Wort. »Machen Sie sich keine Vorwürfe.«

Sie schwiegen eine Weile.

»Sie haben gesagt, dass Sie jemanden gesehen haben«, nahm Stephan den Faden wieder auf.

Elfriede Germanus schaute auf. »Allerdings. Jemand ist die Treppe hinuntergehuscht. Lautlos. Ein großer dunkler Schatten. Ich hatte erst gedacht, es sei eine Reflexion von draußen, weil ich keine Schritte hören konnte, aber nachdem Friedrich …« Sie stockte. »Nachdem Friedrich am nächsten Morgen tot auf dem Treppenabsatz lag, war mir klar, dass es genau das war, wonach es ausgesehen hatte: der Schatten eines Menschen.«

Stephan wechselte einen Blick mit Charlotte. Sie presste die Lippen aufeinander. »Aufgrund Ihres Alters möchte ich fragen, ob Sie zufällig ein Augenleiden haben?«, hakte er nach.

Elfriede Germanus zögerte, senkte den Kopf. »Grauer Star. Muss bald operiert werden.«

Scheiße, dachte Stephan, eine blinde Eule erzählt mir, was sie nachts gesehen hat. »Brannte irgendwo Licht?«

»Sicher. Wir lassen nachts immer das Licht im Flur an. Eine alte Gewohnheit, sie rührt noch aus den Tagen, als unsere Kinder klein waren. Sie sollten nicht im Dunkeln zur Toilette irren müssen.«

Stephan fand das übertrieben, schließlich können auch Kinder den Schalter drücken. Seine Tochter zumindest hatte es immer geschafft. Doch er enthielt sich eines Kommentars. In einem so riesigen Haus wie dem der Familie Germanus, wo die Toilette möglicherweise so weit von den Kinderzimmern entfernt lag, dass man mit dem Flugzeug einfliegen könnte, war es womöglich sinnvoll, die Landebahn zu beleuchten. »Sie sind dann wieder zu Bett?«

»Ja«, bestätigte Elfriede Germanus und schnäuzte in ein Taschentuch. Ihre Hände zitterten immer noch.

»Keine Schatten mehr, keine Geräusche?«

Sie schüttelte den Kopf. »Robert hat ihn dann am Morgen gefunden.«

Stephan überlegte kurz. »Wer war noch im Haus? Ich meine, außer Ihrem Mann, Robert und Ihnen selbst.«

»Nur der Gärtner. Wobei im Haus nicht ganz richtig ist. Er schläft in einer kleinen Gartenlaube im Park.«

»Kann er nachts ins Haus?«

»Ja. Er hat einen Schlüssel.«

»Könnte er der Schatten gewesen sein?«

Elfriede Germanus zuckte hilflos mit den Schultern. »Der hätte doch keinen Grund, meinem Mann etwas anzutun. Immerhin verdankt er ihm seine Anstellung. Die beiden waren fast wie Vater und Sohn, so gut verstanden die sich.«

Stephan holte tief Luft. Viel war es nicht, dem er bisher nachgehen könnte. Er stand auf. »Darf ich mich mal im Haus umsehen? Auf der Treppe, vielleicht auch im Schlafzimmer Ihres Mannes?«

Elfriede Germanus wendete ihren Rollstuhl. »Kommen Sie mit.«

Charlotte stand ebenfalls auf und warf Stephan ein dankbares Lächeln zu. Sie folgten der alten Frau ins Haus.

Zehn Minuten lang musterte Stephan die Treppe, ging einmal rauf und wieder runter, rüttelte dabei am Geländer und klopfte die Stufen mit den Füßen ab. Er konnte nichts Auffälliges erkennen. Die Stufen waren aus massivem Holz, an den Kanten leicht abgetreten, der Handlauf wurde von gedrechselten Stäben gehalten. An der Wand zog sich die Schiene eines Treppenaufzuges nach oben, und am Fuß der Treppe lag ein breiter Teppich.

»Nichts«, fasste er zusammen und wischte sich mit dem Ärmel seines T-Shirts über die Stirn. »Keine Stufe lose, nirgends steht etwas hervor.«

Selbst der Läufer, der sich über die Mitte der Stufen zog und einem grünen Wasserfall glich, war fachmännisch befestigt und bot an keiner Stelle eine Stolperfalle. Der Treppenaufzug störte nicht, wenn man hoch- oder runterwollte.

»Die Schlafzimmer sind oben.« Elfriede Germanus setzte sich auf den Sitz des Aufzuges und ließ sich nach oben fahren. Oben angekommen, wechselte sie in einen anderen bereitstehenden Rollstuhl und deutete auf eine Tür. »Öffne bitte«, bat sie Charlotte.

Die Sonne schien hell durch das Fenster in Friedrich Germanus' Schlafzimmer. Der Parkettboden glänzte. Es roch nach frischer Bettwäsche. An den Wänden klebten bordeauxfarbene Textiltapeten, die so neu wirkten, als ob die Handwerker gerade erst zur Tür herausgegangen wären.

»Sie schlafen nicht hier?«, fragte Stephan, als er das schmale Bett sah.

Elfriede Germanus prüfte gerade mit der Kuppe ihres Zeigefingers die Sauberkeit der Biedermeierkommode, neben der sie mit ihrem Rollstuhl stand. »Nein, ich schlafe zwei Zimmer weiter.« Offensichtlich war sie zufrieden, denn sie legte die Hände in ihrem Schoß zusammen. »Wissen Sie, Friedrich litt unter Rhonchopathie. Oder sagen wir eher, ich litt darunter.« Sie lächelte traurig.

Stephan runzelte verständnislos die Stirn.

Charlotte, die hinter dem Rollstuhl stand und die Griffe festhielt, erläuterte: »Friedrich schnarchte.«

»Ja, fürchterlich«, bestätigte Elfriede Germanus. »Selbst in meinem Zimmer hat man ihn noch gehört.«

Stephan nickte und zeigte auf das Nachtschränkchen. »Ich darf doch?«

»Selbstverständlich. Sie sind von mir zu allem befugt, was dienlich sein könnte.«

Er zog die oberste Schublade auf. Ein Krimi lag griffbereit. »Edgar Noske: Im Dunkel der Eifel«, las er. Das Lesezeichen, ein schlichter roter Pappstreifen, steckte auf Seite zehn. Neben dem Buch lag eine Taschenuhr, darunter ein kleines Fotoalbum. Stephan nahm es heraus und blätterte darin. Die Innenseiten wurden durch Pergamin, auch Spinnenpapier genannt, getrennt. Es fühlte sich spröde an. Seite für Seite blickten ihm unbekannte Menschen entgegen.

»Unsere Kinder, Freunde und so weiter«, erklärte Elfriede Germanus. »Menschen, die uns was bedeuten. Bei mir stehen die Bilder eingerahmt auf dem Schminktisch. Friedrich zog Alben …« Sie stockte und bedeutete Charlotte, sie etwas näher heranzuschieben. »Da stimmt was nicht«, stellte sie fest. »Blättern Sie bitte mal eine Seite zurück.«

Stephan kam der Aufforderung nach. Links klebte das Porträt eines urwüchsig aussehenden Mannes. Das Alter schätzte Stephan auf fünfzig. Rechts lag lose das Bild einer hübschen schwarzhaarigen Frau.

Elfriede Germanus starrte schweigend auf das Album. Ihre Augen sprangen von links nach rechts.

Stephan sah zu Charlotte, die nur hilflos mit den Schultern zuckte.

»Der Mann oder die Frau?«, fragte er. »Wer passt nicht?«

Elfriede Germanus zuckte zusammen. »Wie bitte?« Sie schien ganz in Gedanken gewesen zu sein.

»Der Mann oder die Frau?«, wiederholte Stephan. »Wer erregt Ihre Aufmerksamkeit?«

»Ach so, ja, das meinen Sie.« Sie tippte auf den Mann. »Das ist Karl Liebknecht, der Gärtner. Aber die Frau, hm, die kenne ich nicht.«

Stephan drehte das Album ein wenig, sodass er besser hineinschauen konnte. »Sind Sie sicher?«

»Absolut«, bestätigte sie ernst, »das Gesicht habe ich noch nie gesehen.«

Er hielt das Album so, dass Charlotte das Foto betrachten konnte, und sah sie fragend an, doch Charlotte schüttelte den Kopf. »Ich kenne viele, aber auch nicht alle. Wer weiß, ob die überhaupt hier in der Nähe wohnt.«

»Hm, ja, klar«, murmelte Stephan und wandte sich wieder an Elfriede Germanus. »Sicherlich haben Sie nichts dagegen, wenn ich es mir ausborge.«

Die alte Frau wedelte mit ihrer Rechten in der Luft herum. »Nein, nein, nehmen Sie ruhig das ganze Album mit.« Sie beugte sich vor und räusperte sich. »Glauben Sie, dass die Frau etwas mit dem Tod meines Mannes zu tun hat?«

Stephan biss sich auf die Unterlippe. Sollte er seine eigentliche Vermutung preisgeben? Er wusste nicht, ob sie ihren Mann noch geliebt hatte, und wollte sie nicht enttäuschen, wollte ihr nicht ihren Glauben an eine perfekte Ehe nehmen.

Charlotte erlöste ihn. »Elfi, ich weiß ja inzwischen, wie Stephan arbeitet. Zurzeit sammelt er nur, ganz wertfrei.« Sie zwinkerte Stephan zu, ohne dass ihre Freundin es bemerkte.

Elfriede Germanus öffnete den Mund, schloss ihn dann aber wieder. Ihr trauriger Gesichtsausdruck zeigte Stephan, dass sie gerade selbst hinter die mögliche Bedeutung des Fotos gekommen war. Sie wirkte plötzlich müde und erschöpft. »Liebchen, kannst du mich bitte nach unten bringen?«, fragte sie Charlotte.

»Klar doch«, antwortete Charlotte rasch und packte die Griffe des Rollstuhls fester.

»Einen kleinen Moment schaue ich mich noch um, falls Sie nichts dagegen haben«, sagte Stephan.

Frau Germanus hob als Antwort nur den Arm.

Die Kirchenglocke der Breniger Pfarrkirche St. Evergislus schlug zwei Uhr, ein Rasenmäher brummte, jemand schritt über den Kies vor der Villa.

Stephan saß auf der Bettkante, die Hände auf den Oberschenkeln. Zwanzig Minuten hatte er das Zimmer durchsucht, aber außer ein paar Staubflusen unter dem Bett nichts gefunden, was den Eindruck erweckte, nicht hierhin zu gehören. Was war geschehen? War Friedrich Germanus wirklich gestoßen worden? Dass er die Treppe heruntergestürzt war, wirkte auf Stephan eher zufällig. Vielleicht war tatsächlich jemand ins Haus eingedrungen, um ihn zu töten, doch bevor der Fremde ins Schlafzimmer des alten Mannes schleichen konnte, war ihm der Zufall zu Hilfe gekommen. Ein Stoß genügte, und alles sah wie ein Unfall aus. Wie wahrscheinlich war das Ganze? Welche Motive kämen infrage? Elfriede Germanus, die doch von der Frau auf dem Foto gewusst hatte, könnte aus Eifersucht getötet haben. Aber würde sie dann einen Schnüffler engagieren? Das konnte Stephan nicht glauben.

Geld könnte eine Rolle gespielt haben. Vielleicht konnten die Erben nicht abwarten? Könnte der Sohn etwas damit zu schaffen haben? Vielleicht war er es leid, dass sein Vater ihm immer noch ins Geschäft reden konnte.

Stephan seufzte. Es gab zurzeit wenig, dem er nachgehen konnte. Am besten wäre es, sich zunächst in die Familie einzuarbeiten, in das persönliche Umfeld des Verstorbenen, um dann mögliche Verbindungen und Machenschaften erkennen zu können.

»Madam sagte, ich solle nach Ihnen sehen.« Roberts feste Stimme ließ Stephan erneut zusammenzucken. Der Mann hatte etwas Leichtfüßiges.

»Meine Katze schleicht genauso wie Sie.«

»Dann haben Sie eine sehr geschmeidige Katze«, entgegnete Robert. Ein Schmunzeln umspielte seine Lippen.

Sieh an, dachte Stephan, der kann auch anders als steif. »Haben Sie einen Moment Zeit, Robert?«

Der Butler stützte sich leicht auf seinen Blindenstock. »Sie möchten mich über Herrn Germanus befragen?«

Stephan nickte, dann wurde ihm klar, wie überflüssig eine solche Geste bei Robert war. »Ja, aber nicht nur. Ich möchte auch ein wenig über die Familie erfahren. Sie wissen schon, all die Dinge, die auch ein Fernsehkommissar fragt.« Er lachte leise. »Alles, was Sie mir erzählen, muss ich nicht bei Frau Germanus nachfragen, Sie verstehen schon.«

Roberts Miene nahm einen sanften Ausdruck an. »Ja, danke, Madam sollte geschont werden.«

»Sie mögen Frau Germanus, habe ich recht?«

»Ich arbeite gerne hier«, wich Robert aus.

Stephan stand auf. Die Federn quietschten. »Ich denke, wir sollten uns irgendwohin verziehen, wo wir ein wenig bequemer sitzen. Was meinen Sie?«

»Die Küche befindet sich im Souterrain. Den Keller ausgenommen, ist dies der kühlste Raum im ganzen Haus.«

Stephan zupfte an seinem T-Shirt, das an der Brust klebte. »Da sage ich doch nicht Nein.«

Der Rückweg führte sie wieder über die Treppe.

»Die Stufen sind tückisch«, erklärte Robert. »Sie neigen sich. Wenn man hinaufgeht, ist das kein großes Problem. Hinunter dagegen rutscht man leicht aus.«

Stephan schwieg. Dass die Stufen für den blinden Butler gefährlich waren, verstand er. Aber Friedrich Germanus hatte fast sein ganzes Leben hier verbracht. Die Bewältigung der Stufen musste ihm in Fleisch und Blut übergegangen sein. Allerdings hatte er Schlaftabletten genommen. Möglicherweise waren sie der Grund für den Unfall. Stephan stellte sich den alten Mann vor, der, bereits im Halbschlaf, noch rasch hinunterwill, um sich … ja, um was eigentlich?

»Was könnte er mitten in der Nacht unten gewollt haben?«, fragte Stephan. »Gibt es hier oben eine Toilette?«

»Zwei«, antwortete Robert, »eine für die Gäste und ein Bad für die Familie.«

Stephan rieb sich den Nacken. »Was treibt einen alten Mann mitten in der Nacht durch das Haus?«, murmelte er.

Am unteren Treppenabsatz wandte Robert sich, ohne zu zögern, nach links.

»Wie machen Sie das?«, fragte Stephan beeindruckt.

»Wie meinen?«

»Man merkt Ihnen kaum an, dass Sie blind sind«, konkretisierte Stephan.

Robert lachte. »Ich habe jahrelang hart trainiert. Vieles kann ich mit dem Gehör kompensieren, und das ist bei mir Gott sei Dank noch ausgezeichnet. Dazu kommt etwas Restsehfähigkeit. Ein paar Schatten und Umrisse kann ich noch erkennen. Mein Blindenstock schafft die absolute Sicherheit.«

Sie betraten die Küche. Tatsächlich war es hier deutlich kühler als im übrigen Haus. Der Temperaturabfall trieb Stephans Kreislauf an. Schweiß lief ihm über den Rücken.

»Möchten Sie noch ein Bier?«, fragte Robert.

»Vielleicht später. Wasser wäre nett.«

Während Robert ein Glas aus dem Schrank holte und eisgekühltes Wasser auf dem Tisch bereitstellte, sah sich Stephan um. Seine Erwartungen hatten sich erfüllt. Die Küche präsentierte sich im rustikalen Landhausstil, mit großer Esse über dem Herd, an der Kupferpfannen hingen. Die groben Keramikfliesen glänzten geölt. Frische Kräuter standen auf der Arbeitsplatte und verströmten einen Geruch von Basilikum, Estragon und Minze.

»Nehmen Sie doch bitte Platz«, sagte Robert. Er wartete geduldig, bis Stephan sich gesetzt hatte, bevor er sich selbst auf einem Stuhl niederließ.

»Wer kocht denn hier?«, erkundigte sich Stephan.

Robert lachte und schüttelte den Kopf.

Erstaunt hob Stephan die Augenbrauen. »Was ist?«

»Nichts, nein. Ich bitte um Entschuldigung.« Robert hob die Hand. »Es ist nur, dass Sie offensichtlich nicht aus Ihrer Haut können.«

»Ich verstehe immer noch nicht«, gab Stephan zu.

Robert lehnte sich zurück. »Sie fragen, wer hier kocht, wollen aber eigentlich wissen, wer hier sonst noch arbeitet. Somit suchen Sie nach potenziellen Verdächtigen.«

Stephan grinste. »Na, da haben Sie sich aber schön was zusammengereimt. Ganz so berechenbar sind wir Bullen auch nicht. Aber von mir aus, fangen wir damit an. Wer gehört zum Kreis Ihrer Kollegen?«

»Nicht mehr viele, leider«, klagte Robert. »Die Köchin kommt am Nachmittag. Ihr Name ist Katharina Klawartzki. Wir rufen Sie Kaka. Und dann gibt es noch einen Gärtner, Karl Liebknecht.«

Stephan sah aus dem großen Fenster über der Steinspüle. Die untere Kante lag auf Bodenniveau des gepflegten Gartens, in dem alles blühte. Eine Meise hüpfte am Fenster vorbei, hielt an, rupfte einen Wurm aus dem Boden und flog davon. Mit der Einstellung des Gärtners hatte der alte Germanus ohne Zweifel ein glückliches Händchen bewiesen.

»Soll ich ein Treffen für Sie arrangieren?«, fragte Robert.

»Vielleicht später«, antwortete Stephan. »Ich muss mir erst einen Überblick verschaffen, um zu wissen, wo ich ansetzen muss. Erzählen Sie mir doch bitte von dem Abend, an dem Herr Germanus gestorben ist. Ist Ihnen irgendetwas Ungewöhnliches aufgefallen?«

Robert befeuchtete seine Lippen und ließ sich mit der Antwort Zeit. »Nichts, leider. Alles war wie immer«, antwortete er schließlich und senkte den Kopf. »Wenn es anders gewesen wäre, hätte ich die Tragödie ja vielleicht aufhalten können.« Er hob den Kopf wieder und blickte Stephan aus trüben Augen an. Er schien plötzlich um Jahre gealtert zu sein. »Nachts liege ich wach und frage mich das immer und immer wieder. Ich hätte Frau Germanus dies alles gern erspart.«

Stephan trank einen Schluck Wasser, um dem Butler Zeit zu geben, sich zu sammeln. Eiskalt rann die Flüssigkeit seine Kehle hinunter und nahm den pelzigen Nachgeschmack des Bieres mit. Von der Terrasse drang leises Gelächter zu ihnen durch. Eine lustige Witwe, dachte Stephan. So leidend kam sie ihm gar nicht vor.

Robert schien seine Gedanken erraten zu haben. »Alles nur oberflächlich, lassen Sie sich davon nicht täuschen.«

Stephan musterte ihn und nickte. »Wenn Sie das sagen, wird es wohl stimmen. Schließlich dürfte kaum jemand Frau Germanus besser kennen als Sie, vielleicht mit Ausnahme ihrer eigenen Kinder.«

Verächtlich stieß Robert Luft aus, sagte aber nichts.

»Oder nicht?«, hakte Stephan nach.

Robert winkte ab. »Ich wollte damit nur kundtun, dass es mir nicht zusteht, die Familienverhältnisse zu beurteilen. Mehr nicht.«

Eine Ausrede, dachte Stephan. Er weiß mehr, wird es dir aber nicht verraten. Seine Loyalität zur Familie ist ungebrochen. »Kann ich verstehen«, gab er sich einsichtig und nahm sich vor, dieser Sache später nachzugehen.

Roberts Miene entspannte sich. Offensichtlich war er froh, dass er nicht weiter bedrängte wurde.

Stephan beugte sich vor. »Die Tragödie, mir ist noch nicht klar, wie das alles passieren konnte. Haben Sie eine Erklärung?«

Robert wiegte den Kopf. »Also wenn ich ehrlich sein darf: Bei Herrn Germanus hat das fast zwangsweise irgendwann geschehen müssen.« Er presste die Lippen aufeinander.

»Jetzt machen Sie mich neugierig«, gab Stephan zu.

Der Butler zögerte. »Wissen Sie«, begann er dann, stockte und fing wieder an. »Herr Germanus pflegte ungewöhnliche Bräuche.«

Stephan beugte sich noch weiter vor.

»Jeden Abend eine warme Milch, dazu eine kleine Mahlzeit und zwei Schlaftabletten. Dann ein Fußbad im Eiswasser, anschließend bei Kerzenschein lesen, bis die Augen zufallen. Nachts in den Keller und Rotwein holen, alles solche Dinge.«

Damit hatte Stephan eine Erklärung, was Friedrich Germanus mitten in der Nacht umtrieb. »Nun ja, so abnorm ist das ja nun auch nicht«, stellte er fest. »Ungewöhnliche Bräuche würde ich das nicht unbedingt nennen.«

»Vielleicht«, bestätigte Robert. »Doch dass man stolpert und sich den Hals bricht, kann dann schon eher passieren, oder nicht? Verstehen Sie mich jetzt bitte nicht falsch. Keinesfalls will ich über den Hausherrn herziehen. Nichts läge mir ferner. Herr Germanus war ein gutmütiger Mensch, immer zu Späßen aufgelegt. Ich denke, das gefiel allen, die in seinen Bannkreis gerieten. Aber gleichzeitig benahm er sich mitunter wie ein Kind und kam auf die dümmsten Ideen.«

Stephan lehnte sich zurück und dachte nach. Vermutlich fühlte sich Robert nur in seiner Berufsehre gekränkt. Welcher Butler sieht es schon gerne, wenn sein Arbeitgeber selbst durchs Haus schleicht, um sich mit Genussmitteln zu versorgen?

»Sie denken also, es war ein Unfall.«

Robert zog die Stirn kraus. »Warum sollte ich daran zweifeln?«

»Ja, warum?«, gab Stephan zurück. »Aber nehmen wir einfach mal an, es wäre kein Unfall gewesen.«

Robert nickte. »Das alte Spiel: Was wäre, wenn?«

»Genau. Wer käme als Täter in Frage?«

Der alte Butler lachte auf. In Stephans Ohren klang es höhnisch.

»Er stritt sich oft mit seinem Sohn«, sagte er dann.

So kommen wir den Dingen näher, dachte Stephan. Vater und Sohn also, die klassische Konfliktsituation: Jugenddrang gegen Altersstarrsinn. Er schmunzelte. »Eben wollten Sie doch nicht über die Familienverhältnisse urteilen.«

Robert straffte sich. »Ehrlich gesagt: Ich kann den Junior nicht besonders leiden«, brummte er. »Ich hatte mich einen Augenblick nicht unter Kontrolle, und daher ist es mir so rausgepurzelt.« Er verschränkte die Arme und setzte eine verschlossene Miene auf.

»Hatte Herr Germanus Feinde? Klammern Sie die Familie ruhig aus, wenn es Ihnen lieber ist.«

Jetzt lächelte Robert wieder. »Feinde, die ihn lieber tot als lebendig gesehen hätten?«

»Wenn Sie so wollen.«

»Feinde, die einen Unfall fingieren könnten?«

»Die Annahme ist grenzwertig, ja, aber nicht ausgeschlossen. Lassen wir das Wie vorerst beiseite. Erzählen Sie einfach, was Ihnen durch den Kopf geht.«

»Herr Germanus war Geschäftsmann. Sicherlich wird in der Geschäftswelt hin und wieder mit harten Bandagen gekämpft, soweit ich das mit meinen bescheidenen Kenntnissen überhaupt beurteilen kann«, ließ sich Robert darauf ein. »Aber ein Mord, nein, das finde ich schon ziemlich weit hergeholt.«

»Hatte er Streit mit jemandem?«

»Außer seinem Sohn?«

»Ja, den hatten wir ja schon.«

Robert holte Luft, schien etwas sagen zu wollen, schüttelte dann aber schweigend den Kopf. Aus ihm würde Stephan im Moment nicht mehr rauskriegen, das wusste er.

Das Gelächter oben wurde alberner, drang nun deutlich zu ihnen ins Souterrain. Stephan klopfte mit der flachen Hand auf den Tisch und stand auf. »Ich denke, ich schau jetzt lieber mal nach Charlotte. Sie haben sicherlich nichts dagegen, wenn wir uns in den nächsten Tagen noch mal unterhalten?« Als Robert nickte, fügte er hinzu: »Sie haben mir schon sehr geholfen, danke.«

Er verabschiedete sich und ging die Treppe hinauf.

Elfriede Germanus' Laune hatte sich deutlich gebessert, seit sie im Fotoalbum ihres verstorbenen Mannes das Bild der fremden Frau entdeckt hatte, denn sie lächelte Stephan an und sagte: »Charlie und ich erzählen von der guten alten Zeit, als wir noch jung und knackig waren und die Männer schon schwitzten, wenn sie uns nur kommen sahen.« Sie kicherte in die vorgehaltene Hand. Dann zwinkerte sie ihm zu und grinste. »Sie schwitzen ja auch, Herr Tries.« Ihre leicht schleppende Aussprache zeugte von reichlichem Champagnergenuss.

Auch Charlotte schien einige Gläser getrunken zu haben, denn ihre Wangen glänzten rosig. »Den kriegst du nicht, den kriegst du nicht«, prustete sie. »Der gehört mir.«

Frauen und Alkohol, dachte Stephan. Fangen sie mittags an zu saufen, können sie abends nicht mehr laufen.

»Wir müssen leider los«, sagte er und blickte demonstrativ auf seine Uhr.

»Och, schade.« Elfriede Germanus formte einen Schmollmund.

Schwankend stand Charlotte auf, umarmte sie linkisch und hauchte ihr einen Kuss auf die Wange. »Ich melde mich.«

Auch Stephan verabschiedete sich.

Robert begleitete sie bis zum Wagen. Stephan war erneut überrascht, wie zielsicher der fast blinde Butler seinen Weg fand.

Als sie eingestiegen waren und den Rankenberg hinunterfuhren, stöhnte Charlotte auf und fasste sich an den Kopf. »Mist«, murmelte sie und schluckte hörbar.

Besorgt sah Stephan sie an. »Wenn du, äh … na, dann bitte nicht ins Auto. Der neue Teppich hat mich ein Vermögen gekostet.«

Sie kurbelte das Fenster runter und hielt die Nase in den Fahrtwind. »Mach dir nicht ins Hemd. Mir geht's gut, ich kotze schon nicht. Ist nur die Hitze.«

Stephan grinste. Charlotte war zwar schon lange eine von Berg, aber dennoch eine geborene Schmitz. Ab und zu kam ihr jugendlicher Umgangston an die Oberfläche.

»Hast du eben was Brauchbares erfahren?«, wollte sie wissen.

»Erzähl ich dir später. Jetzt legst du dich erst mal ein Stündchen hin. Ich setz dich ab. Ich muss mich vor dem Abendessen sowieso noch um die Kneipe kümmern. Du hast also Zeit genug, dich auszuruhen.«

»Ist wahrscheinlich besser so«, murmelte Charlotte und lehnte sich gegen die B-Säule.

Stephan schüttelte den Kopf. Sie musste ziemlich einen im Tee haben, wenn sie seinen Vorschlag ohne Widerworte akzeptierte.

Kurz darauf schnarchte sie laut.

ZWEI

Stephan parkte unweit der Haltestelle der Linie 18 auf der Dahlienstraße in Waldorf und stieg aus. Der Asphalt reflektierte die Hitze, die die grelle Nachmittagssonne in ihn hineingepumpt hatte. Sein T-Shirt klebte an seinem Rücken. Eine Klimaanlage wäre nicht schlecht, dachte er, geht das bei einem Oldtimer?

Er konnte nicht weiter darüber nachdenken, denn die Interessentin wartete bereits auf ihn am Eingang zur Kneipe, einem heruntergekommenen Gebäude. Die Ziegel hatten mit den Jahren jeden Glanz verloren, waren eher grau als rot. Das Dach hing in der Mitte durch, das Holz der Fensterrahmen war ausgeblichen.

Er überquerte die Straße und musterte dabei die Frau. Anfang fünfzig, schwarz gefärbte Haare, zu viel Rouge. Ihre hellblauen Augen strahlten Stephan offen entgegen. Außerdem beeindruckte sie ihn durch ihre Körpergröße. Sie war einen Kopf größer als er selbst. Mit ihren hohen Absätzen glich sie einer Giraffe auf Stelzen.

»Frau Greiss?«, versicherte sich Stephan und gab ihr die Hand. Irgendwie kam sie ihm bekannt vor.

Sie zauberte ein Lächeln auf ihre Lippen und trällerte: »Schön, dass Sie schon heute Zeit für mich haben.«

»Kein Problem«, murmelte Stephan, den übertriebenes Gehabe nervte. »Dann mal rein in die gute Stube.« Er schloss auf und betrat den Schankraum. Abgestandene Luft schlug ihnen entgegen. Unwillkürlich hielt er den Atem an. Es war noch nicht lange her, dass er seinen Onkel hier tot aufgefunden hatte und einem bis dahin dunklen Geheimnis in seiner Familie auf die Spur gekommen war.

»Oh! Schön!« Frau Greiss klatschte in die Hände und drehte sich im Kreis.

Stephan verbarg seine Überraschung. Wie konnte man diese heruntergekommene Kaschemme nur als schön bezeichnen? »Da muss schon noch einiges gemacht werden«, bremste er ihre Euphorie. »Ich zeige Ihnen mal alles.«

In der nächsten halben Stunde führte er sie durch die Küche, zeigte ihr die sanitären Einrichtungen, das Lager und die Wohnung im ersten Stock, aus der Stephan erst letzte Woche alle Einrichtungsgegenstände entsorgt hatte. Jeder Raum wurde mit einem spitzen Aufschrei von Frau Greiss kommentiert.

»Entzückend.«

»Ach, wie putzig.«

»Oh, wie groß.«

Doch je länger die Führung dauerte, desto sicherer wurde Stephan, dass Frau Greiss nur schauspielerte. Auch schien sie von der Gastronomie nicht sonderlich viel Ahnung zu haben, denn sie fragte ihn nicht einmal nach der Größe des Vorratsraumes, nach der Zapfanlage oder ob sie als Pächter einen bestehenden Brauereivertrag übernehmen müsste.

Als sie wieder im Schankraum standen, räusperte sich Frau Greiss. »Und hier ist wirklich ein Verbrechen geschehen?«, hauchte sie.

Stephan schluckte. Was sollte das denn jetzt? Überrumpelt zuckte er mit den Schultern. Er wollte sich jetzt nicht an seine Schwester erinnern. Das war eine andere Geschichte.

Dass Stephan sie nicht sofort in die Schranken wies, schien Frau Greiss zu ermutigen, weiterzuforschen. »Was war der Täter für ein Mensch?«

»Was ist jetzt mit der Kneipe?«, entgegnete Stephan brüsk.

Sie spitzte die Lippen und schaute sich um. »Ich mache Ihnen ein Angebot: Sie bekommen von uns eine Jahresmiete. Und dazu wird unser Einrichtungsteam in den Räumlichkeiten eine Sendung drehen. Sie kennen ja sicher meine, na ja, etwas mollige Kollegin.« Sie kicherte hinter vorgehaltener Hand. »Dann haben Sie hier alles neu und ultramodern. So wie es hier zurzeit aussieht, werden Sie das Ding nie vermieten.«

Plötzlich fiel Stephan ein, woher er die Frau kannte. Er kniff die Augen zusammen und hob den Zeigefinger. »Sie sind diese Fernsehtante. Ich habe in den Nachrichten gesehen, dass Sie einen Preis gewonnen haben. ›Mittendrin‹ oder so heißt Ihre Serie.«

Ihr Augen blitzten freudig auf. Sie schien geschmeichelt, dass Stephan sie erkannt hatte. »Schätzchen, du liegst goldrichtig, wenn auch Tante nicht gerade schmeichelhaft ist. Wir bringen deine Story ganz groß und dann …«

»Raus!«

»Wie bitte?«

Stephan packte sie am Oberarm und zog sie zur Tür. »Ich habe Ihrem Team schon mehrmals gesagt, dass ich keine Lust habe, mein Leben öffentlich auszukotzen. Sie möchten aus meinem Leid einen Quotenerfolg zaubern, mit viel Herzschmerz und Tränen. Aber nicht mit mir. Die Toten sollen ruhen. Ich habe damit abgeschlossen.«

Frau Greiss stolperte auf den Gehweg. »Überlegen Sie es sich doch erst mal ein paar Minuten. Ich kann bestimmt auch anderthalb Jahresmieten für Sie aushandeln.«

Stephan schloss ab, drehte ihr den Rücken zu und ließ sie stehen.

»Was sagen sie zu zwei? Ich bekomme bestimmt auch zwei Jahresmieten durch«, rief sie ihm hinterher.

Stephan drehte sich nicht um. Er hob den Arm und zeigte ihr den rechten Mittelfinger.

***

Immer noch ärgerlich schmiss er die Haustür zu. Er schnappte sich ein Bier aus dem Kühlschrank und ging in den Garten. Als er zum ersten Schluck ansetzte, klingelte sein Handy. »Ja?«, bellte er ungehalten, ohne auf das Display zu schauen.

»Wie herzlich«, meldete sich Charlotte. Ihre Stimme klang immer noch müde. »Wer steht dir denn quer?«

»Erzähl ich dir, wenn ich wieder ein wenig runtergekommen bin. Was gibt es?«

Er hörte Charlotte gähnen. »Ich wollte dir nur Bescheid geben. Ich muss mich noch was hinlegen. Mein Kopf dröhnt. Kochen fällt daher bei mir heute aus.«

»Soll ich das übernehmen?«, bot er sich an.

»Nicht nötig. Ich habe einen Tisch beim Italiener im Schloss Falkenlust reserviert«, antwortete Charlotte, »für drei Personen.«

»Drei?«

»Lass dich überraschen. Also bis später, Schatz.«

Stephan verabschiedete sich und drückte das Gespräch weg. Nachdenklich betrachtete er noch eine Weile das Display. Drei Personen? Was heckte Charlotte jetzt wieder aus? Die Frau war unberechenbar. Er nahm einen Schluck von dem Bier und genoss die Erfrischung.

»Unberechenbar, ja, ja«, murmelte er einer Elster zu, die unter dem Rhododendron nach Essbarem suchte, und grinste.

***

Das Restaurant im Schloss Falkenlust war gut besucht. Der Wirt wies ihnen einen Tisch in der Ecke rechts vom Eingang zu, wo für drei Personen eingedeckt war. Sie setzten sich nebeneinander. Stephan sah neugierig zum Eingang. »Da bin ich jetzt aber gespannt, wer da gleich erscheint.«

Wie auf ein Stichwort ging die Tür auf. Eine untersetzte Gestalt betrat den Raum und sah sich suchend um.

Stephan seufzte und lächelte Charlotte zu. »Ich hätte es mir ja eigentlich denken können. Selbst wenn es dir nicht gut geht, entwickelst du mehr Elan als ich.«

Sie zuckte bloß mit den Schultern und winkte den Mann zu ihnen rüber.

»Guten Abend, die Herrschaften. Ist hier noch ein Plätzchen für einen Kommissar frei?«, fragte Richard Engel zur Begrüßung. Er herzte Charlotte und bedachte Stephan mit einem kräftigen Händedruck. »Hast dich lang nicht mehr gemeldet«, tadelte er ihn.

»Wollte den viel beschäftigten Bonner Hauptkommissar nicht stören«, verteidigte sich Stephan lahm. Aber sein Kollege hatte schon recht. Es gehörte nicht zu Stephans Anlagen, Kontakt mit Freunden zu halten. Er hatte Engel kennengelernt, kurz nachdem er von Köln wieder nach Sechtem gezogen war. Damals verstarben im Dorf überraschend viele ältere Leute. Zu viele, wie zunächst nur Charlotte aufgefallen war. Engel war damals der ermittelnde Beamte gewesen, den es zu überzeugen galt. Seitdem verband sie eine Freundschaft, deren Intensität zwar langsam, aber stetig wuchs.

»Nimm Platz«, forderte Charlotte den Neuankömmling auf. »Was machen die Geschäfte?«

Engel setzte sich. »Bei uns ist die Sommergrippe ausgebrochen. Das Präsidium steht fast leer. So still ist es in den Fluren sonst nur nachts. Bin zurzeit quasi alleine.« Er befummelte eine rostige Waage, die als Dekoration auf dem Fensterbrett stand. »Nettes Plätzchen hast du ausgesucht, Charlotte. Ich liebe diesen antiquarischen Hauch. Erinnert mich an meine Kindheit. Eine Zeit ohne Handys und Computer.«

»Nützliche Erfindungen«, gab Charlotte zu bedenken.

»Sicher«, bestätigte Engel, »doch das Tempo, das damit ins Leben gekommen ist, hasse ich. Überall soll man jederzeit erreichbar sein, niemand kann mehr warten.« Er schüttelte bekümmert den Kopf.

Stephan konnte Engels Vorbehalte nachvollziehen. Die Schnelllebigkeit der heutigen Zeit war ein Grund für seinen Wunsch gewesen, sich vom Polizeidienst beurlauben zu lassen. Doch lange würde er sich dem nicht mehr entziehen können. Inzwischen wurde sein Angespartes knapp. Wenn er nur daran dachte, dass er bald wieder zurück in den stressigen Alltag des Kölner Präsidiums musste, wurde ihm übel. Er hatte sich daran gewöhnt, jeden Tag so zu gestalten, wie er es für seinen Lebensrhythmus für richtig erachtete. Mitunter erwischte er sich selbst beim Müßiggang, ließ einfach die Seele baumeln und faulenzte in den Tag hinein. Überraschenderweise fühlte er sich gut dabei.

»Im Bonner Loch ist einer erschlagen aufgefunden worden«, berichtete Engel weiter. »Habt ihr bestimmt in der Zeitung gelesen. Dann haben wir noch einen Fall im Milieu. Zig Verdächtige, Motiv unbekannt. Und jetzt kommt ihr wieder mit dem Unfall.« Er seufzte übertrieben und zwinkerte Charlotte zu.

Überrascht sah Stephan von einem zum anderen. »Ach, die Dame und der Herr haben sich bereits ausgetauscht.«

»Ich wollte nur ein wenig Fahrt in die Sache bringen«, rechtfertigte sich Charlotte. Sie machte ein unschuldiges Gesicht und klimperte mit den Wimpern.

Die Männer lachten. »Lass das«, prustete Stephan. »Du siehst aus wie ein Hund, der um sein Fresschen bettelt. Schon verziehen.«

Charlotte knurrte leise und kicherte.

Die Kellnerin unterbrach sie und nahm die Bestellung auf.

»Vielleicht fangen wir damit an, dass du uns deine Eindrücke berichtest.« Sie sah Stephan auffordernd an.

»Kann ich machen«, sagte er bereitwillig. »Allzu viel ist es aber nicht.«

Zehn Minuten später war Stephan fertig. »Bisher sieht tatsächlich alles nach Unfall aus«, war sein Fazit.

Sie schwiegen einen Moment. Charlotte fuhr mit dem Zeigefinger über den Rand ihres Weinglases, Engel kratzte sich das Kinn und starrte auf den Tisch. Die Kellnerin brachte das Essen.

»Lasst uns erst mal essen«, schlug Engel vor. »Wenn mein Magen voll ist, kann ich besser denken. Und tut mir einen Gefallen: Bis ich den Teller leer habe, möchte ich nichts über irgendein Verbrechen hören. Davon kriege ich nämlich Sodbrennen.«

Sie hielten sich daran. Stephan verputzte seine Spaghetti aglio e olio, Charlotte ihren Salat, und Engel ließ sich seine Scampi schmecken. Sie unterhielten sich über Christine, Charlottes Mutter, und Engels Frau und Kinder.

»Ich habe endlich den Benz meines Vaters zum Laufen gebracht«, verkündet Stephan schließlich stolz.

Engel hob anerkennend die Augenbrauen. »Das alte Schiff? Da musst du mich aber bei Gelegenheit mal mitnehmen.«

»Gerne«, versprach Stephan.

Als die Teller vom Tisch verschwunden waren und jeder einen Grappa vor sich stehen hatte, lehnte Engel sich zurück. »So, jetzt geht es mir besser«, stellte er fest und streichelte sich über den Bauch. »Wir können loslegen.«

»Ihr habt den Tod des alten Germanus also unter Unfall abgeheftet?«, ließ Stephan sich nicht zweimal bitten.

»Ganz klar, ja«, antwortete Engel und hob bedauernd die Schultern.

»Keine leisen Zweifel?«, horchte Charlotte nach.

Engel schüttelte den Kopf. »Germanus war alt und exzentrisch. So unwahrscheinlich ist ein Unfall da nun wirklich nicht.«

»Dürftig«, kommentierte Stephan und trank seinen Grappa in einem Schluck, ohne die Miene zu verziehen. »Für sein Alter war er noch recht fit, wie mir berichtet wurde. Habt ihr überhaupt nach anderen Dingen geforscht?«

»Sicher, was denkst du denn?«, gab sich Engel brüskiert. »Wir sind zwar dünn besetzt, aber bei mir läuft trotzdem alles nach Vorschrift.« Er verschränkte die Arme vor der Brust.

»Komm, ist gut, zick nicht rum«, sagte Stephan grinsend. »Also? Habt ihr noch was gefunden?«

»Nichts und erst recht nichts, was auf Mord hindeuten würde. Aber ein paar allgemeine Dinge rund um die Familie und den Betrieb kann ich dir schon noch erzählen, wenn du sie hören willst.«

»Sicher, schieß los, dafür sind wir ja hier.«

Engel sah sich um und beugte sich vor. »Schau dir mal die Geschäftszahlen von der Felsquelle an«, flüsterte er. »Will nichts in die

Welt setzen, aber bei der Firma sieht es düster aus. Über Jahre rückläufig und jetzt noch die Finanzkrise.« Er lehnte sich wieder zurück und hob wissend die Augenbrauen. »Dem Juniorgeschäftsführer Rainer Germanus«, berichtete er weiter, »haben wir mal auf den Zahn gefühlt. Es soll kräftig investiert werden. Er ist zuversichtlich, damit aus der Krise zu kommen. Aber ob das wirklich reichen wird, weiß nur der liebe Gott.«

Charlotte bestellte sich einen Kaffee. »Friedrich war nicht der Typ, dem Probleme mit der Firma an die Nieren gehen würden. Wirtschaftlich ging es mit der Quelle immer auf und ab, mal lief es gut, mal schlecht. Anfang der Neunziger hieß es sogar mal, die Quelle müsste schließen. Friedrich hat aber nicht aufgegeben.« Sie hob die Hände. »Erfolgreich, wie man sieht. Es gibt sie heute immer noch. Was ich sagen will: Egal, wie die Quelle wirtschaftlich dasteht, einen Zusammenhang mit einem fingierten Unfall kann ich nicht herstellen.«

»Nicht so schnell, junge Dame«, bremste Engel. »Investitionen in dieser Größenordnung bringen meist Streitigkeiten mit sich. Da würde ich den Hebel ansetzen.«

»Warum machst du es denn dann nicht?«, warf Stephan ein.

Engel lachte. »Muss ich dir doch nicht erzählen. Es gibt keine Anzeichen eines gewaltsamen Todes. Mein Chef würde mir den Kopf abreißen. Und Leute«, er hob abwehrend die Hände, »ich glaube wirklich nicht, dass das mehr als ein Unfall war.«

Sie schwiegen einen Moment nachdenklich. Zwei Kinder am Nebentisch stritten sich lautstark um einen Nintendo DS. Die Eltern kümmerten sich nicht darum, tranken genüsslich ihren Lambrusco. Charlottes Kaffee wurde gebracht. Engel stopfte sich gedankenverloren eine Pfeife. Bevor er sie jedoch anzünden konnte, räusperte sich Stephan.

»Ach, ja«, klagte Engel, »an das Rauchverbot kann ich mich einfach nicht gewöhnen.«

»Sollen wir uns nicht einfach raussetzen?«, schlug Charlotte vor.

Stephan drehte sich um und sah in den Biergarten hinaus. »Rappelvoll, kein Plätzchen mehr zu kriegen. Davon abgesehen weiß ich nicht, ob unser Thema jedermann mithören sollte.«

Engel nickte.

Charlotte stand grinsend auf. »Lass mich nur machen.«

»Wie hast du das denn hinbekommen?«, horchte Engel nach.

Sie saßen im Park des Schlosses, direkt zwischen der Kapelle und den Gräbern der Brauereifamilie Giesler. Charlotte lachte zufrieden und zupfte sich am Kleid. »Ich möchte ja nicht arrogant wirken, aber schau mich an.« Sie zwinkerte ihm zu.

Der Besitzer des Restaurants, ein untersetzter Mann mit Haarkranz und dunklen Augen, schlenderte über den Kies auf sie zu. »Alles *bene*?«, fragte er Charlotte und hauchte ihr einen Kuss auf die Hand.

»Oh, ausgezeichnet«, säuselte Charlotte und schenkte ihm einen koketten Augenaufschlag.

Der Mann verbeugte sich knapp, wies dann auf die Kapelle. »Die *cappella* ist in der Art einer Eremitengrotte gestaltet. Ehemals der, eh, wie sagt man bei euch, *benedetto, ah, sí,* der heiligen Aegyptiaca geweiht. Der Grundriss ist fast kreisförmig, ein Ziegelbau mit flachen Risaliten an vier Seiten und Mansardhaube. An der Nordwestecke ist eine Sakristei.«

Stephan gähnte. Was der Mann hier auswendig gelernt runterbetete, interessierte ihn nicht sonderlich. »Schauen wir uns nachher an, ganz sicher«, log er.

Der Mann zog unwillig die Augenbrauen zusammen. »Dann achten Sie besonders auf die *dodici*, äh, die zwölf verschiedenen Schneckenhausarten, fünf Muschel- und drei Korallenarten. Nicht umsonst wird sie auch die Muschelcappella genannt. Die blauen Wandfelder am Außenbau ...«

»Versprochen«, fiel Stephan ihm ins Wort. »Versprochen, wirklich.« Er gähnte nochmals demonstrativ.

Charlotte schüttelte den Kopf. »Verzeihen Sie ihm, er ist ein Banause«, entschuldigte sie sich. »Ich bin beeindruckt, wie viel Sie über die Kapelle wissen«, schmeichelte sie.

Der Mann wurde rot. »*Bene*. Ist ein Hobby von mir.« Er legte die Hände flach aufeinander und deutete auf Stephan. »Aber ich merke schon, dass ich heute keine Chance habe, *alle* für diese außergewöhnliche kleine *cappella* zu faszinieren. Darf ich noch etwas bringen?«

»Oh, gerne«, sagte Charlotte und strahlte den Mann an. »Bringen Sie uns doch noch eine Flasche Chianti, den besten, den Sie im Keller haben, bitte. Und ein paar Oliven zum Knabbern.«

Stephan spürte einen eifersüchtigen Stich in der Brust. Er beäugte argwöhnisch die Situation.

Engel paffte seine Pfeife und grinste.

Der Mann ergriff erneut Charlottes Hand und hauchte formvollendet einen weiteren Kuss darüber. »Ich werde Ihnen meinen besten Jahrgang bringen«, versicherte er, ohne den Blick von ihr abzuwenden, »aber eigentlich steht der beste Jahrgang dieses Hauses bereits vor Ihnen.«

Genervt verdrehte Stephan die Augen und wünschte sich, sie hätten bezahlt und wären zu ihm nach Hause gefahren.

Charlotte kicherte und winkte dem Italiener nach.

»Peinlich.« Stephan schüttelte den Kopf.

Charlotte warf ihm einen finsteren Blick zu. »Ich habe doch nur ein wenig geflirtet.«

»Trotzdem.«

»Spießer.«

Stephan wollte aufbrausen, doch Engel ging dazwischen: »Na, na, gegessen wird zu Hause, wie ich immer sage. Können wir jetzt mal wieder in den Fall einsteigen? Ich muss morgen wieder früh raus.«

Ein Kellner brachte den Wein. »Eine Empfehlung des Hauses«, sagte er und goss reihum ein, bevor er wieder verschwand.

Stephan ignorierte sein Glas. »Erzähl mal was über die Obduktion«, forderte er.

»Da gibt es nicht viel«, entgegnete Engel. »Die Todesursache war eindeutig Genickbruch, er war sofort tot.«

Stephan hob die Hände und klatschte sie resigniert auf die Oberschenkel. »So kommen wir nicht weiter.« Er wandte sich an Charlotte. »Gehen wir es mal andersherum an. Wenn es kein Unfall war, muss ja jemand einen Grund gehabt haben, Friedrich Germanus zu beseitigen. Ist dir irgendetwas bekannt? Zum Beispiel, ob es Streit in der Familie gab?«

Charlotte ließ den Wein in ihrem Glas kreisen. »Die Germanus halten dicht, da dringt nichts nach außen.« Sie lächelte süffisant.

»Rück schon raus«, forderte Stephan sie auf. Er nippte an dem Wein und verzog das Gesicht. »Bei der nächsten Runde will ich ein Bier.«

»Du bist wirklich ein Banause, stimmt schon, was Charlotte sagt«, brummte Engel, »ist doch ein edles Tröpfchen.«

»Sauer«, entschied Stephan.

»Herb«, bestimmte Charlotte. »Das Attribut passt übrigens auch irgendwie zu Gisela.«

»Meinst du Gisela Germanus, die Tochter des Hauses?«, fragte Engel.

Charlotte nickte. »Ja. Sie ist quasi ausgestoßen worden.«

Stephan horchte auf. »Erzähl mal mehr.«

Charlotte wiegte den Kopf. »Dass du mir aber nicht zu viel dahinter vermutest. Eigentlich ist Gisela eine ganz nette Person.«

»Und uneigentlich?«, hakte Stephan nach.

»Ihr Vater ist nicht damit fertig geworden, dass sie nicht studieren wollte. Er wollte eine Betriebswirtin, sie eine große Familie.«

Engel stopfte sich seine Pfeife neu. »So wie du den alten Germanus und seine Firmenpolitik anfänglich beschrieben hast, kann ich nicht glauben, dass er wegen so etwas sein Kind verstößt.«

Charlotte lächelte. »Das ist ja noch nicht alles. Gisela stellte sich stur, zog aus, heiratete einen armen Schlucker. Bekam vier Kinder. Eine Germanus, die von staatlicher Hilfe lebt, das war für Friedrich ein Unding, obwohl er sich sonst bei wirtschaftlichen Dingen keinen großen Kopf machte.«

Stephan bemerkte den Kellner, der in der Tür stand und zu ihnen herübersah. »Moment«, sagte er zu Charlotte und rief dem Kellner zu: »Schnell, ein Bier. Der Wein verätzt mir den Hals.«

Der Kellner schüttelte missbilligend den Kopf und verschwand im Inneren.

Stephan wandte sich wieder Charlotte zu. »Aber um seine Tochter zu verstoßen, ist das immer noch ein wenig dürftig. Wie dachte denn deine Freundin Elfi über die ganze Sache? Auf wessen Seite stand sie?«

Charlotte wischte sich eine Motte von der Schulter. »Elfriede hat mir oft ihr Leid geklagt. Sie fand die Reaktion ihres Mannes überzogen. Als dann aber die Scheidung kam, fror auch sie die Beziehung zu ihrer Tochter ein.«

»Mochte sie ihren Schwiegersohn so sehr?«, fragte Engel.

Charlotte lachte. »Oh nein. Für sie ist das ein Nichtsnutz. Was sich übrigens mit meiner Einschätzung deckt. Er ist ein Spieler, verdaddelt sein ganzes Geld an Automaten. Für Gisela und die Kinder blieb so gut wie nichts übrig. Es war eigentlich auch nicht die Scheidung an sich, da habe ich mich missverständlich ausgedrückt. Der Grund für die Trennung war der Stein des Anstoßes, Giselas lesbische Beziehung. Damit wurde Elfi nicht fertig.«

»Alter Schlag, hm?«, murmelte Stephan.

Charlotte nickte. »Und dazu noch erzkatholisch.«

»Gut, unterstellen wir Gisela mal, dass sie ein Motiv haben könnte«, entschied Stephan.

»Geld?«, fragte Engel und kaute auf seiner Pfeife.

»Sicher«, bestätigte Stephan, »vermutlich ist sie als alleinerziehende Mutter mit vier Kindern nicht auf Rosen gebettet. Zumindest den Pflichtanteil kann sie ja jetzt einfordern.«

Dass Charlotte nickte, überraschte Stephan. Er hatte einen Einspruch erwartet. Offensichtlich hatte sie als Sozius bei seinen beiden letzten Fällen dazugelernt und akzeptierte inzwischen auch unwahrscheinliche Varianten.

»Wer profitiert denn sonst noch vom Tod des Alten?«, wollte er wissen.

Engel beugte sich vor. »Bitte denkt bei allen Überlegungen daran, dass es keine Anzeichen gibt, dass hier ein Mord vorliegen könnte, der als Unfall getarnt wurde. Nur noch mal zur Klarstellung. Keine fremden Fingerabdrücke, Fussel oder sonst was. Alles konnte zugeordnet werden, obwohl sie in der Woche zuvor noch eine Riesenparty anlässlich von Frau Germanus' sechsundsiebzigstem Geburtstag gegeben haben.«

»Ihr habt abgeklebt?« Erstaunt hob Stephan die Augenbrauen.

»Abgeklebt?«, fragte Charlotte. »Was ist das?«

Engel wies auf Stephan. »Bitte nach Ihnen.«

»Stell dir ein Klebeband vor«, erklärte der. »Es wird aufgeklebt und wieder abgezogen. Dabei bleiben zum Beispiel Fussel haften. Die kann man dann im Labor untersuchen.«

Charlotte nickte. »Hört sich nach viel Arbeit an.«

»Ist es auch«, bestätigte Stephan und wandte sich an Engel. »Und nicht gerade billig, schließlich muss da ein Trupp Spezialisten ran. Warum also so viel Geld ausgeben, wenn die Todesursache doch so eindeutig ist?«

Engel klopfte vorsichtig seine Pfeife auf einem Findling aus, den er von seinem Sitzplatz aus erreichen konnte. »Was du wieder denkst. Friedrich Germanus war ein lokaler VIP. Glaubst du denn, ich will mir irgendetwas vorwerfen lassen? Bei bekannten Persönlichkeiten können schnell Gerüchte aufkommen. So wie jetzt gerade.«

»Niemand wirft dir etwas vor«, stellte Stephan gerade.

»Ich meinte auch mehr die keimenden Gerüchte«, erläuterte Engel.

Stephan kratzte sich das Kinn. Es hörte sich an wie Schmirgelpapier, das über Holz gezogen wurde. »Jetzt mal ehrlich: Hat es überhaupt Zweck, weiterzumachen? Die Wahrscheinlichkeit eines Mordes tendiert gegen null.«

»Sag ich doch die ganze Zeit«, brummte Engel.

»Denkt an Elfis Aussage«, gab Charlotte zu bedenken.

Engel steckte seine Pfeife in einen Lederbeutel. »Deine Freundin scheint nachts, na ja, nicht gerade bei allen Sinnen zu sein. Klar, alles ist möglich, auch dass sie tatsächlich etwas gesehen hat. Doch wahrscheinlich ist es nach der derzeitigen Faktenlage nicht.«

Er gähnte und streckte sich. »Ich muss jetzt wirklich los. Mehr kann ich ohnehin nicht beitragen. Falls ihr weitermachen solltet, haltet mich bitte auf dem Laufenden. Gilt selbstverständlich auch umgekehrt. Wenn ich was höre, bekommt ihr Bescheid.« Er stand auf, drückte Charlotte herzlich und klopfte Stephan auf die Schulter. »So einen Wadenbeißer wie dich könnte ich im Präsidium gut gebrauchen. Denk mal drüber nach.«

Stephan winkte ab. »Wenn, dann fange ich auch wieder in Köln an.«

»Ich krieg dich schon noch weichgekocht.« Engel zwinkerte ihm zu und spazierte davon.

Charlotte rieb sich die Augen. »Lass uns drüber nachdenken, jeder für sich, und für heute Schluss machen. Kein Wort mehr über Friedrich«, schlug sie vor und lächelte verführerisch.

Stephan nickte. »Guter Vorschlag. Zu dir oder zu mir?«

DREI

Gegen fünf schlüpfte Stephan aus dem Bett. Charlotte murmelte im Schlaf etwas Unverständliches und zog die Decke über ihren Kopf.

Er griff nach seiner Kleidung und schlich aus dem Zimmer, die Treppe hinunter in die Küche. Er hatte unruhig geschlafen, was zum einen an der Hitze lag, zum anderen daran, dass seine Gedanken ständig um einen Fall kreisten, der vielleicht gar keiner war. Er machte sich einen Kaffee, schnappte sich eine Packung Knäckebrot und setzte sich in den Garten der Villa. Die Bäume ließen ihre Blätter hängen, der Rasen war verdorrt, stellenweise sogar verbrannt. Hier musste dringend gewässert werden. Charlottes metallene Skulpturen, die Stephan als Kunstbanause unter Schrott einsortierte, fingen die aufgehende Sonne ein und reflektierten das Licht. Fünf Minuten hielt Stephan sein Gesicht in die Sonne und genoss das Zwitschern der Vögel. Dann nahm er seinen Stuhl und suchte sich einen Platz, an dem er nicht geblendet wurde. Aus dem die Villa umlaufenden Wassergraben stieg nebelartige Feuchtigkeit auf, ein Frosch quakte laut und ausdauernd. Ein Hauch von abgeernteten Getreidefeldern lag in der Luft. Kurz wunderte er sich, dass es schon wieder so weit war. Wo blieb nur die Zeit? Er knabberte an seinem Knäckebrot und beobachtete ein Kaninchen, das unter dem Brombeerbusch kauerte und ihn aufmerksam zu prüfen schien. Nach einigen Minuten musste es Stephan eine Unbedenklichkeitsbescheinigung ausgestellt haben, denn es hoppelte ein paar Meter auf den Rasen hinaus und ließ sich einige der letzten grünen Grashalme schmecken.

Stephan lehnte sich zurück, nippte an seinem Kaffee und schloss die Augen. Sofort kreisten seine Gedanken wieder um die Familie Germanus. Eigentlich gab es keinen Anlass, die Sache noch weiterzuverfolgen. Nach dem Gespräch gestern Abend musste von einem Unfall ausgegangen werden. Doch in ihm vibrierte eine Saite, die ihn mit diesem Ergebnis nicht zur Ruhe kommen ließ. Er kannte das, nannte es selbst seinen siebten Sinn. Doch inwieweit konnte er seinem Sinn überhaupt noch trauen? Schließlich war er bereits eine ganze Weile nicht mehr im Dienst. Gut möglich, dass er ihn auf den Holzweg führte. Stephan gähnte und rieb sich die Augen. Der Kaffee war eindeutig zu schwach gewesen, und das Knäckebrot schmeckte wie Dachpappe. Er beschloss, noch einen kleinen Moment die Augen zu schließen und dann zur Bäckerei Vogt zu fahren, um sich ein paar backofenfrische Brötchen eintüten zu lassen.

Er schreckte hoch, als der Stuhl neben ihm knarzte.

»Hier. Frischer Kaffee.« Charlotte hielt ihm die Tasse hin.

Verschlafen rappelte er sich hoch und sah sich um. Das Kaninchen war fort, die Sonne schon deutlich höher gestiegen. »Muss eingeschlafen sein«, murmelte er und nahm den Kaffee. »Was sagt die Uhr?«

»Kurz nach sechs.« Charlottes rote Haare glänzten feurig im Licht der Morgensonne. Selbst so früh am Morgen und ungeschminkt wirkte sie frisch wie der Frühling.

»Wieso bist du schon wach?«, fragte Stephan.

»Ich fühlte mich plötzlich allein gelassen.«

»Ich wollte dich nicht aufwecken«, entschuldigte sich Stephan.

»Hast du auch nicht.« Ihr Lächeln verschwand. Nachdenklich pustete sie über den Rand ihrer Tasse hinweg. »Mama geht es in letzter Zeit nicht gut. Die Hitze macht ihr zu schaffen.«

Stephan presste die Lippen zusammen. Charlottes Mutter wohnte mit ihr in der Villa. Mit Anfang achtzig litt sie an Demenz. Nur selten erkannte sie noch Personen, die ihr früher nahegestanden hatten. Selbst bei Stephan, der hier ein und aus ging, fragte sie inzwischen jedes Mal, wer denn der Fremde sei, der da gerade gekommen war. Der Verfall hatte sich in den letzten Wochen beschleunigt, und er ahnte, dass der Sensenmann bereits die Klinge schärfte. »Wird schon wieder«, murmelte er ohne Überzeugung.

Charlotte hing eine Weile ihren Gedanken nach, dann fasste sie sich wieder und wechselte das Thema. »Und? Hast du eine Entscheidung getroffen?«

Stephan ließ sich mit der Antwort Zeit, horchte in sich hinein. Die Saite in ihm vibrierte immer noch. Dennoch war es nicht unwahrscheinlich, dass er nach Abschluss seiner Untersuchungen zum gleichen Ergebnis kommen würde wie die Polizei. Es widerstrebte ihm ein wenig, dafür Geld zu nehmen. Aber wenn Elfriede Germanus unbedingt eine zweite Meinung wollte, dann wäre er sicher besser dafür geeignet als irgendein Privatdetektiv. »Also gut«, stimmte er zu.

»Das Geld kann ich gebrauchen, und ich möchte dir keinen Gefallen abschlagen. Ich mache es.«

Charlotte strahlte mit der Sonne um die Wette. »Danke.«

Stephan freute sich still.

»Und was machen wir jetzt?«, wollte Charlotte wissen.

»Lass mich noch mal mit deiner Freundin reden, ja? Ich muss es ihr ja auch sagen, und aushorchen möchte ich sie auch noch mal. Kannst du das arrangieren?«

Charlotte sprang auf und umarmte ihn. »Um zwölf sind wir bei dir. Ich bring Kuchen mit.«

***

Von Charlotte untergehakt, inspizierte Elfriede Germanus den Garten und deutete auf eine knorrige Buche. »Müsste mal geschnitten werden«, rief sie Stephan zu, der den Tisch eindeckte.

Er legte die Gabeln hin. Die hat gut reden, dachte er, ich habe keinen Gärtner.

»Die schönen Stachelbeeren!«, kreischte Elfriede Germanus.

Erschrocken ließ Stephan einen Teller auf den Boden fallen. Die Bruchstücke verteilten sich über die ganze Terrasse. »Was ist damit?«

»Die sehen ja herrlich aus.«

Verärgert ging er in die Knie und sammelte die Überreste des Tellers ein. So ein Getue für schlichte Beeren. Nach dem Aufschrei hatte er erwartet, dass hier eine giftige Abart gezüchtet wurde, die beim bloßen Kontakt zum Tode führte.

»Da *muss* ich eine Schüssel mitnehmen. So was sieht man ja nur noch selten. So schöne Stachelbeeren.« Die Stimme der alten Frau überschlug sich fast vor Freude.

»Gerne«, brummte Stephan. Er ging ins Haus, atmete in der Küche durch und nahm einen neuen Teller mit hinaus. »Ich weiß eh nichts damit anzufangen«, beichtete er Elfriede Germanus, die sich gerade an den Tisch setzte. Sie nahm die Serviette und breitete sie auf ihrem Schoß aus.

»Ich kenne da eine vorzügliche Nachspeise. Wissen Sie, ich stamme ja ursprünglich vom Niederrhein. Das Rezept ist von meiner Großmutter väterlicherseits. Die Stachelbeeren werden aufgekocht, dann wird Vanillepudding hinzugefügt. Man lässt das Ganze abkühlen und verteilt es auf einem Biskuitboden. Dann rührt man eine Eiweißcreme aus Milch, Wein, Zucker und was weiß ich noch alles an und gibt sie obendrauf.«

»Hört sich ja köstlich an«, stellte Charlotte fest und setzte sich ebenfalls.

Stephan schenkte Kaffee ein und verteilte den Erdbeerkuchen. Den Rest deckte er mit einem durchsichtigen Tortenbodendeckel ab. »Gegen die Wespen«, murmelte er und wischte ein freches Exemplar zur Seite, das im Anflug auf sein Stück gewesen war.

»Sie sollten nicht danach schlagen«, tadelte ihn Elfriede Germanus. »Das macht sie nur wild. Genau wie pusten.«

Charlotte drückte ihr die Hand. »Glaub mir, das weiß er nur zu genau.«

»Mhm«, bestätigte Stephan mit vollem Mund.

Doch Elfriede Germanus schien das gar nicht mehr zu interessieren. »Also der Garten, Herr Tries, der könnte so schön sein.« Sie wies mit der Gabel auf die Mitte der Wiese, wo Stephans Katze Tiger gerade zum Sprung ansetzte, um einen Schmetterling zu fangen. »Ein Teich dort würde alles auflockern. Ich schicke Ihnen mal jemanden vorbei, der kann Sie beraten.«

Stephan hatte so eine Ahnung, dass ihn das eine Menge kosten könnte. Auf jeden Fall mehr, als seine Kreditlinie zurzeit hergab. Rasch hob er die Hand. »Lassen Sie mal gut sein«, wiegelte er ab, »ich werde mich bei Gelegenheit selbst darum kümmern. Reden wir doch lieber über den Tod Ihres Mannes. Dafür sind wir ja hier zusammengekommen.«

Elfriede Germanus' Gesicht verdüsterte sich, sie saß plötzlich da wie ein Häufchen Elend.

»Du bist ein Trampeltier«, zischte Charlotte ihm zu. »Das hätte doch noch Zeit bis nach dem Kuchen gehabt.«

Elfriede Germanus richtete sich ein wenig auf und tätschelte ihr den Unterarm. »Ist schon gut, Charlie. Dein Freund hat ja recht, ich schwatze zu viel.«

»Ein wenig mehr Rücksicht würde ihm trotzdem gut zu Gesicht stehen«, ereiferte sich Charlotte und hackte auf ihr Kuchenstück ein.

»Dann warten wir eben und essen erst mal auf«, gab sich Stephan geschlagen. Wie so oft war er von Charlottes Reaktion überrascht. Er hatte angenommen, dass sie sich freuen würde, wenn er nicht lange um den heißen Brei herumreden würde.

»Jetzt ist die Kuh auf dem Eis«, schnaubte Charlotte.

»Hä?«, entfuhr es Stephan, der überhaupt nichts mehr verstand.

»Kinder, hört auf«, schaltete sich Elfriede Germanus ein. »Wegen mir müsst ihr euch doch nicht streiten. Ich bin schließlich nicht aus Zucker. Und je eher wir loslegen, desto schneller haben wir den Mörder. Schießen Sie los, Herr Tries.«

Charlotte zuckte schweigend mit den Schultern.

Stephan musterte die alte Frau, die wieder ein dunkles Kostüm trug, dazu einen Hut mit riesiger Krempe. »Ich habe gestern mit einem Kollegen über den Tod Ihres Mannes gesprochen. Vielleicht hat Charlotte Ihnen schon davon erzählt.«

»Ja, die Polizei denkt, dass es ein Unfall war. Und dass es nichts Neues gibt.« Elfriede Germanus drückte den Rücken durch und hob das Kinn.

Stephan nickte. »Ich habe entschieden, trotzdem Nachforschungen anzustellen. Ich gehe also zunächst davon aus, dass Sie nicht geträumt haben, ansonsten bräuchte ich gar nicht erst anzufangen.«

Elfriede Germanus entspannte sich und schenkte ihm ein Lächeln. »Danke. Endlich mal jemand, der mir glaubt.«

»Nicht so voreilig«, bremste Stephan. »Das hat mit Glauben nichts zu tun. Bevor ich mich an die Arbeit mache, muss eines klar sein.« Er hielt inne und wartete auf eine zustimmende Reaktion.

Elfriede Germanus nickte.

»Sie müssen offen zu mir sein, in jeglicher Hinsicht, auch wenn es schmerzhaft ist.«

Sie legte ihre Gabel zur Seite. »Was wollen Sie wissen?«

Stephan lehnte sich zufrieden zurück. »Das werden wir dann im Laufe der Ermittlungen sehen.« Plötzlich fühlte er sich, als ob es gerade irgendwo in seinem Kopf klick gemacht hätte. Er spürte die alte Leidenschaft für seinen Beruf, von der er schon geglaubt hatte, sie für immer verloren zu haben. Seine Nerven vibrierten. Hier, im Schatten seines Hauses, kribbelte der Jagdinstinkt heiß in seiner Blutbahn. Warum gerade bei dieser Sache? Auf die Schnelle fand er dafür keine Erklärung. Aber es war ihm auch egal. So gut wie hier und jetzt hatte er sich schon lange nicht mehr gefühlt. Er war in seinem Element, wie ein Fisch, der ins Wasser zurückgeworfen wurde.

Charlotte schien die Veränderung, die gerade ihn ihm vorgegangen war, zu spüren. Argwöhnisch, aber jetzt wieder freundlicher blickte sie ihn an. Sicher wunderte sie sich über seinen plötzlichen Elan. Stephan grinste. Die Jagd konnte beginnen.

»Ich muss alles über Ihre Familie erfahren. Wer gehört dazu, wie sind die Eigentumsverhältnisse, wo gab es Streit und so weiter und so fort. Dann muss ich wissen, wer in der Unfallnacht im Haus übernachtet hat. Zunächst werde ich nach Motiven suchen. Jemand müsste ja ein Interesse daran gehabt haben, Ihren Mann zu beseitigen. Wichtig ist auch, dass Sie Ihre Kinder einweihen. Von denen erwarte ich ebenfalls Unterstützung. Das sollte für den Anfang reichen, mir fällt später sicher noch mehr ein.«

Er holte tief Luft. Es war lange her, dass er so viel an einem Stück gesprochen hatte.

»Stichwort Vater und Sohn. Reden wir über Ihre Familie. Ihr Sohn heißt Rainer und führt neben Ihrem Mann die Felsquelle, richtig?«

Elfriede Germanus seufzte. »Ja, unser Rainer. Die beiden haben sich in den letzten Jahren nicht mehr so gut verstanden. Da gab es immer Streit. Beim Geschäftlichen kamen die zwei einfach nicht zusammen.«

Das hatte Robert, der Butler, schon angedeutet. Die Frage, ob Frau Germanus sich vorstellen konnte, dass der Sohn den Vater getötet hatte, verkniff Stephan sich, da er nicht erwartete, von ihr eine ehrliche Einschätzung zu erhalten.

»Sie haben außerdem eine Tochter?«, fragte er stattdessen.

»Ja.« Sie zögerte. »Aber wir haben keinen Kontakt mehr zu ihr.«

»Haben Sie zumindest die Adresse für mich?«

Elfriede Germanus nickte. »Die kann ich raussuchen. Ich gebe sie Ihnen nachher telefonisch durch.«

Nach einer weiteren halben Stunde, während der Stephan die Fragen wie ein Maschinengewehr abgefeuert hatte, legte Charlotte ihm eine Hand auf den Arm und sagte: »Ich denke, es reicht.«

Irritiert sah er sie an.

Charlotte schüttelte kaum merklich den Kopf.

Elfriede Germanus saß bleich und sichtlich erschöpft in ihrem Stuhl und presste die Lippen aufeinander.

»Du hast recht. Es ist erst mal genug, wenn mir noch etwas einfällt, kann ich mich ja melden.«

Insgeheim war Stephan ein wenig enttäuscht. Elfriede Germanus hatte mehrmals betont, dass sie sich nicht vorstellen konnte, wer ein Interesse gehabt haben könnte, ihren Mann zu töten. Vom Geschäftlichen hatte sie keine Ahnung mehr, seit ihr Sohn dort vor drei Jahren voll eingestiegen war. Eigentlich war er nicht viel weiter als vor diesem Gespräch.

»Ich fahre Elfi jetzt nach Hause«, bestimmte Charlotte und half ihrer Freundin aus dem Stuhl.

»Ich bring euch noch zur Tür«, erwiderte Stephan und stand ebenfalls auf. »Eine Bitte habe ich aber noch«, sagte er an Frau Germanus gewandt.

»Und die wäre?«

»Reden Sie mit Ihrem Sohn. Ich möchte morgen mit ihm sprechen. Ich komme auch nach Roisdorf, sodass er sich nicht herbemühen muss.«

Als Elfriede Germanus im Auto saß, gab Charlotte Stephan noch einen Kuss.

»Du sprühst förmlich Funken«, sagte sie lächelnd. Ihre Augen leuchteten. »So kenne ich dich gar nicht.«

»Wieder gut?«, wollte er wissen.

»Schon lange.«

Stephan lächelte. »Bei der Gelegenheit kann ich mir immerhin mal eine Abfüllanlage anschauen. Bier wäre mir zwar lieber, aber so ist es auch okay.«

»Weißt du, Elfi liegt mir sehr am Herzen. Ich bin froh, dass du dich vorhin so entschieden hast. Noch mal danke.« Sie umarmte ihn.

Stephan ließ sie ein wenig verlegen gewähren. Charlotte war wie ein Pendel. So schnell sie sich bisweilen über Kleinigkeiten aufregen konnte, so rasch schlug die Stimmung oft auch wieder um. Wobei sie sich nur ihm gegenüber so sprunghaft gab. In der Öffentlichkeit handelte sie stets überlegt und reserviert.

»Es ist schön, dich mal so dynamisch zu erleben«, hauchte sie ihm ins Ohr. Ihr warmer Atem kitzelte.

»Und? Hast du jetzt Angst vor so viel männlicher Präsenz?«

»Och, davon kann ich doch nicht genug bekommen.«

»Dann bis nachher«, kombinierte er und schob sie lachend zum Auto.

***

Nach einem Mittagsschläfchen im Liegestuhl im Schatten der großen Buche kletterte Stephan gegen fünf am Nachmittag in sein altes Baumhaus hinauf. Seit seiner Kindheit hing es in der Astgabel einer knorrigen Eiche, die am nördlichen Ende des Grundstückes stand. Zu seinen Füßen führte die Brüsseler Straße nach Merten. Dahinter begann ein Weizenfeld, das sich bis zum Horizont erstreckte. Die Ähren standen kerzengerade, kein Windhauch spielte mit ihnen. Der Turm des Mystery Castle im Phantasialand, den Stephan von hier aus gut sehen konnte, schien wie aus Gummi. Die Silhouette flimmerte in der aufsteigenden Hitze. Früher war der Ausblick noch prächtiger gewesen. Doch rechter Hand gab es jetzt ein Neubaugebiet, durchschnitten von der Elsa-Brändström-Straße, das die Sicht versperrte. Stephan hatte sich tagelang den Kopf zerbrochen, wem die Straße gewidmet war, als er vor gut einem Jahr wieder hergezogen war. Er hatte den Namen noch nie gehört. Schließlich hatte ihn seine Neugier an Charlottes Computer getrieben, und Google sei Dank hatte er auch schnell eine Antwort gefunden.

Elsa Brändström war während des Ersten Weltkriegs Krankenschwester in der russischen Armee. Im Auftrag des schwedischen Roten Kreuzes reiste sie nach Sibirien, um dort für die deutschen Kriegsgefangenen eine medizinische Grundversorgung einzurichten. Später initiierte sie eine Hilfsaktion für Not leidende Kinder in Deutschland, woraus die Organisation CARE International entstand.

Stephan lehnte sich gegen einen Ast. Diese Frau hatte es wirklich verdient, nicht in Vergessenheit zu geraten. Er schloss die Augen. Der Geruch der reifen Ähren rief Kindheitserinnerungen in ihm wach. Er genoss einige Zeit die Ruhe, die nur vom schwachen Blätterrascheln gefüllt wurde. Noch nicht mal ein Auto traute sich, ihn heute zu stören. Erst sein Handy riss ihn aus seiner Muße.

»Das Büro des Bürgermeisters hier«, meldete sich eine junge weibliche Stimme. Stephan stutzte und schaute auf das Display. Ob sich jemand einen Scherz mit ihm erlaubte? Zumindest erkannte er eine Bornheimer Vorwahl. Es könnte durchaus das Rathaus sein.

»Hallo?«, hörte er verzerrt die Stimme der Frau. »Hallo, Herr Tries?«

Er drückte das Gerät gegen sein Ohr. »Ja, ja, bin dran.«

»Schön. Der Bürgermeister möchte sich mit Ihnen treffen. Können wir einen Termin ausmachen?«

Es klang nicht wie eine Bitte, sondern eher wie eine Aufforderung.

»Mal sehen«, ließ er die Anruferin zappeln.

Er hörte die Frau, die es bisher noch nicht einmal für nötig befunden hatte, ihren Namen zu nennen, Luft holen. »Mal sehen? Wie soll ich das verstehen? Hier spricht das Büro des Bürgermeisters.« Jetzt hörte sie sich arrogant an.

»Verehrteste«, säuselte Stephan übertrieben, »wenn Ihre Stimme einen Namen bekommen hat, mir das Anliegen des Bürgermeisters bekannt gegeben wurde und ich dann Zeit, Lust und Laune habe«, er holte tief Luft, ließ sich absichtlich Zeit, »ja, dann, aber nur dann, können wir einen Termin ausmachen.«

Ein Eichelhäher zwei Äste weiter musterte Stephan mit großen Augen. Sein Gefieder schimmerte bunt in der Nachmittagssonne. Stephan bildete sich ein, ihn lachen zu hören, und zwinkerte dem Vogel zu.

»Ich glaube, Sie missverstehen die …«, kam es entrüstet aus dem Handy.

Stephan drückte das Gespräch weg. Sein Vorurteil gegenüber Chefsekretärinnen war wieder einmal bestätigt worden. Entweder waren sie unnahbar, hochnäsig und arrogant gegenüber dem sogenannten Fußvolk oder offen, herzlich und entspannt. Dazwischen gab es nichts.

Er öffnete den Reißverschluss seines Rucksacks und zog einen neuen Leitz-Ordner heraus. Fast ehrfurchtsvoll klappte er ihn auf. Leere weiße Seiten warteten auf seine handschriftlichen Notizen. Auch im Dienst hatte er nur, wenn es unbedingt nötig war, mit dem Computer gearbeitet. Er lachte kurz auf, als ihm klar wurde, dass er gar nicht so anders tickte als Engel. Nicht selten war er deswegen Ziel des Spottes der jüngeren Kollegen gewesen. Doch es hatte ihn nicht gekümmert. Er konnte sich einfach besser konzentrieren, wenn er sich handschriftliche Aufzeichnungen machte. Darum wollte er in dem Ordner alles zusammenfassen, was er im Laufe der Ermittlungen herausfinden würde. Mit den Informationen, die er von Robert und von Elfriede Germanus erhalten hatte, würde er anfangen.

Er positionierte gerade den Ordner auf den Oberschenkeln, als wieder sein Handy klingelte. Eine ähnliche Nummer wie eben. Er grinste und nahm das Gespräch an.

Diesmal sagte eine Männerstimme: »Guten Tag, Herr Tries, Mombauer hier.«

»Ah! Der Bürgermeister persönlich.«

»Sicher, sicher. Ich habe gehört, Sie wollten nicht mit mir sprechen. Daher versuche ich jetzt persönlich, Sie von einem Treffen zu überzeugen.«

Der Eichelhäher war immer noch da, schüttelte jetzt den Kopf. Offensichtlich verstand er jedes Wort.

»Hat Ihre Sekretärin Ihnen das so weitergegeben?«, fragte Stephan.

»Sicher, sicher«, bestätigte Mombauer. »Gab es etwa ein Missverständnis?«

Stephan erwägte kurz, die Sekretärin anzuschwärzen, doch er ließ Gnade walten. »Das ist nicht der Rede wert«, beschwichtigte er den Bürgermeister. »Also, um was geht's?«

Zwei Minuten später legte er das Handy zur Seite und blickte grinsend nach Nordwesten, wo rechts neben dem Funknetzmast am Ortseingang von Merten ein großes Feld brachlag. Er zwinkerte dem Eichelhäher zu. »Wenn man meint, es geht nicht mehr, kommt von irgendwo ein Lichtlein her.«

VIER

Am nächsten Morgen frühstückten sie ausgiebig auf der Terrasse. Die Vögel zwitscherten, ein Frosch quakte, die Hummeln brummten gemütlich von Blume zu Blume. Stephan blätterte im »Schaufenster« und las Charlotte hin und wieder etwas vor.

»Bernd Stelter liest im Ratssaal«, sagte er jetzt.

»Willst du hingehen?«, fragte Charlotte erstaunt und wischte sich einen Krümel aus dem Mundwinkel. »Ich habe dich noch nie ein Buch lesen sehen.«

Er sah sie über den Rand der Zeitung hinweg an. »Du liebst doch Krimis. Und soviel ich weiß, ist hier im Vorgebirge in dieser Hinsicht sonst nicht viel los. So könnte ich mir den Bornheimer Jung mal aus der Nähe anschauen.«

»Von mir aus gerne«, stimmte Charlotte zu. »Ich kümmere mich um die Karten.«

Stephan nickte, legte das »Schaufenster« zur Seite und griff sich den »Brühler Schlossboten«.

»Lesung der Brühler Schreibwerkstatt«, las Charlotte von der Titelseite ab. Es klang wie eine Aufforderung.

Stephan kniff die Augen zusammen. »Kleiner Finger – ganze Hand?«

Sie lachte. »War einen Versuch wert. Schließlich bist du nicht oft in Ausgehstimmung.«

Bevor er sich verteidigen konnte, klingelte das Telefon. Stephan meldete sich.

»Elfriede Germanus hier. Ich wollte Ihnen die Adresse meiner Tochter durchgeben.«

»Moment, dann brauche ich was zu schreiben.« Er stand auf und eilte in die Küche. Dort fand er einen Bleistift und einen alten »Express«. »Bin jetzt so weit«, verkündete er und schrieb die Adresse auf den Rand der Zeitung. Daneben notierte er den Termin, den Elfriede Germanus für ihn mit ihrem Sohn vereinbart hatte.

Stephan bedankte sich, drückte das Gespräch weg und setzte sich wieder zu Charlotte nach draußen.

»Um zwei habe ich meinen Termin bei der Felsquelle.«

Charlotte grinste. »Och, dann haben wir ja noch Zeit.« Sie warf ihm einen bedeutsamen Blick zu.

»Lass mich doch erst mal mein Brötchen essen«,erwiderte er gespielt abwehrend.

»Dann mach voran«, forderte Charlotte und schleckte sich mit der Zungenspitze aufreizend langsam die Marmelade aus den Mundwinkeln.

***

Die Fahrt nach Roisdorf dauerte nur zehn Minuten. Pünktlich um zwei Uhr klopfte Stephan an die Vorzimmertür von Rainer Germanus' Büro. Dessen Sekretärin empfing ihn freundlich.

»Herr Tries. Greskowiak mein Name. Es freut mich, Sie kennenzulernen.« Sie kam um ihren Schreibtisch herum und streckte ihm die Hand entgegen. Ihre weiße Bluse saß wie maßgeschneidert und betonte ihre schmale Taille. Ein knielanger grauer Rock schmiegte sich an ihre ellenlangen Beine.

Überrascht von dieser netten Begrüßung schlug er ein.

»Nehmen Sie doch Platz.« Sie wies auf den Stuhl vor dem Schreibtisch.

Stephan nahm das Angebot an.

Frau Greskowiak ging zum Fenster und schloss den offen stehenden Flügel. Unversehens juchzte sie auf. »Oh! Kommen Sie mal schnell.« Sie wedelte aufgeregt mit der Hand.

Neugierig trat er neben sie. Der frische Zitrusduft ihres Parfüms stieg ihm in die Nase.

»Dort hinten, schauen Sie mal«, rief sie freudig erregt.

Vor ihnen erstreckte sich eine schmale Rasenfläche, dahinter ein Feld bis zum Bahndamm. Er bemerkte nichts Ungewöhnliches.

»Hinter den Schienen. Im Sebastianusweg. Der beige Mercedes. Ist der nicht schnuckelig? Sieht man nur noch selten. Ich liebe Oldtimer, fahre selbst einen Cooper Baujahr 71.«

Stephan schmunzelte und freute sich über Frau Greskowiaks Begeisterung. »Das ist meiner«, sagte er stolz.

Sie riss die Augen auf. »Echt?«, hauchte sie und hakte sich bei ihm unter. »Sie müssen mich mal mitnehmen. Bitte«, flehte sie und klimperte dabei mit ihren langen Wimpern.

Doch bevor Stephan zustimmen konnte, dröhnte hinter ihnen jemand: »Frau Greskowiak! Ich habe Ihnen schon einige Male gesagt, dass Sie distanzierter auftreten sollen.«

Sie drehten sich um. Vor dem Schreibtisch stand ein Mittvierziger in einem eleganten dunkelblauen Anzug. Seinen Schlips hatte er am Knoten gelockert, der erste Hemdknopf stand offen. Er hatte eine finstere Miene aufgesetzt, die Augenbrauen berührten sich fast.

»Das ist Herr Tries, Ihr Vierzehn-Uhr-Termin«, entgegnete Frau Greskowiak gleichgültig, statt auf den Vorwurf einzugehen. Ohne ihren Chef eines Blickes zu würdigen, setzte sie sich auf ihren Stuhl und fing an, etwas in den Computer zu tippen.

Rainer Germanus wischte sich eine schwarze Haarsträhne aus dem Gesicht und musterte Stephan aus stahlgrauen Augen. Schließlich sagte er: »Gut, Herr Tries also. Dann kommen Sie mal mit durch.«

Sie betraten ein geschmackvoll eingerichtetes Büro, ganz in dunklen Tönen gehalten.

»Damit die Fronten klar sind«, begann Germanus junior und wies dabei mit der Rechten auf eine Sitzgruppe, »Ihre Schnüffelei stört mich.«

»Ihre Mutter hat mich darum gebeten«, erwiderte Stephan ruhig und setzte sich in einen Sessel.

Germanus schnaubte verächtlich durch die Nase, setzte sich Stephan gegenüber in einen zweiten Sessel und kramte eine Packung Zigaretten aus seinem Jackett. »Nur deswegen sitzen Sie hier.« Er zündete sich eine Zigarette an und blies den Rauch zur Decke. Der kalte Luftstrom der Klimaanlage verwirbelte die Schwaden.

»Ihre Mutter hat Zweifel an dem Unfall Ihres Vaters«, erläuterte Stephan. »Ich nehme das ernst.«

»Schon klar. Sie kassieren ja auch genug von ihr.« Germanus drehte sich im Sessel, schlug die Beine übereinander und legte einen Arm über die Rückenlehne.

Stephan überging den Vorwurf. Er verspürte keine Lust, sich mit Rainer Germanus auf Nebenkriegsschauplätzen zu duellieren. »Wo waren Sie in der Nacht, in der Ihr Vater gestorben ist?«

Germanus zog an seiner Zigarette und inhalierte tief. »Ich kann kaum glauben, was Sie da gerade gefragt haben. Sie verdächtigen mich doch nicht wirklich, meinen Vater ermordet zu haben!«

»Es wäre nicht das erste Mal, dass der Nachwuchs sich seiner Eltern entledigt. Haben Sie denn etwas zu verbergen?«, ging Stephan in die Offensive.

Germanus lachte höhnisch. »Mann, Sie glauben doch nicht wirklich, dass an den Hirngespinsten meiner Mutter etwas dran ist.«

»Was ich glaube, ist zunächst einmal zweitrangig«, sagte Stephan. »Ich soll im Auftrag Ihrer Mutter Ermittlungen zum Tod Ihres Vaters durchführen, nicht mehr und nicht weniger. Es wäre einfach freundlich von Ihnen, wenn Sie mir behilflich dabei wären. Also: Wo waren Sie?«

Germanus verzog verächtlich die Mundwinkel. »Zu Hause.«

»Allein?«

»Ja, ich habe ferngesehen und bin früh zu Bett.«

»Etwas mager.«

»Aber die Wahrheit«, gab Germanus aalglatt zurück. Stephan beließ es fürs Erste dabei.

»Wie war Ihr Verhältnis zu Ihrem Vater?«

Germanus betrachtete die Glut seiner Zigarette und ließ sich Zeit mit seiner Antwort. »So lala«, antwortete er zweideutig.

»So lala? Geht es auch etwas genauer?«

Germanus zuckte nur mit den Schultern und schwieg hartnäckig.

Stephan holte tief Luft und unterdrückte seinen Ärger. Er verstand nicht, warum Germanus es ihm so schwer machte. Es sei denn, er hätte etwas zu verbergen. »Ich habe gehört, dass die Felsquelle sich in einer schwierigen Geschäftsphase befindet«, sagte er kühl. »Gab es deswegen Streit mit Ihrem Vater?«

»Mein Vater vertraute mir«, winkte Germanus ab. »Da gab es keine Zwistigkeiten, wir verstanden uns blind.«

Stephan beugte sich vor. »Kommen Sie. Kein Generationskonflikt? Sie sind doch ein dynamischer Geschäftsmann«, schmeichelte er. »Ihr Vater hingegen hatte etwas Beharrliches, oder nicht? Das muss doch Streit provoziert haben.«

Germanus griff nach seiner Zigarettenschachtel, stellte dann aber fest, dass er noch eine zwischen den Fingern hielt. »Klar waren wir manchmal unterschiedlicher Meinung. Aber das war nichts von Bedeutung. Im Großen und Ganzen waren wir uns einig, wo die Reise hingehen sollte. Tut mir leid, Sie enttäuschen zu müssen.« Ein Muskel zuckte in seinem Gesicht.

Stephan glaubte ihm kein Wort. »Na gut, dann erzählen Sie mir doch einfach mal, wie Ihr Vater sonst so war.«

»Er war ein netter und dynamischer Kerl. Dem haben Sie sein Alter überhaupt nicht angesehen. Immer dabei, immer mittendrin, agil bis in die Fußspitzen. Traurig, dass er von uns gegangen ist.«

Kurz, knapp und viel zu schnell, dachte Stephan, hört sich an wie einstudiert. Der Fisch stinkt zum Himmel.

Das Telefon summte. Mit einer verärgerten Miene sprang Germanus auf, ging zu seinem Schreibtisch und drückte einen Knopf an dem Gerät. »Was soll das? Ich wollte nicht gestört werden.«

»Aber der stellvertretende Bürgermeister Bursch ist in der Leitung«, schnurrte aus dem Lautsprecher Frau Greskowiaks Stimme. »Er sagt, es sei dringend.«

Germanus blinzelte zu Stephan rüber. Trotz des angenehm gekühlten Raumes stand ihm plötzlich Schweiß auf der Stirn. »Ich rufe zurück.«

Bevor er den Knopf loslassen konnte, summte Frau Greskowiaks Stimme. »Warten Sie bitte, hier …«, dann verstummte das Gerät.

Germanus lachte unsicher und rieb sich mit einem Taschentuch die Stirn. »Das Personal heutzutage, kaum zu glauben. Bekommen die einfachsten Anweisungen nicht auf die Reihe.«

In diesem Moment flog die Tür auf, und ein Berg von einem Mann stürmte herein. »Hür ens, Wasserkopp, so jet dat net. Zuersch bestelle un dann waade … Oh!« Der Berg blieb mitten im Raum stehen und starrte Stephan an.

»Mörtel! Was …? Du bist eine Stunde zu früh.« Germanus hielt inne, räusperte sich und gab dann wieder ganz den überlegenen Geschäftsmann. »Darf ich vorstellen? Stephan Tries, Privatschnüffler.«

Der Mann wiederholte sein »Oh!«.

»Und dieser Grobklotz ist der erfolgreichste Bauunternehmer im Vorgebirge: Paul Poensgen«, sagte Germanus.

Frau Greskowiak tauchte im Türrahmen auf und fragte mit dünner Stimme: »Kaffee?«

Ein wütender Blick von Germanus ließ sie schnell das Weite suchen.

Sie schloss die Tür hinter sich.

»Isch komme dann wohl doch besser ein anderes Mal …«, murmelte Poensgen, doch er wurde von Germanus unterbrochen.

»Quatsch. Herr Tries wollte sowieso gerade gehen.«

Stephan hob erstaunt die Augenbrauen. »Wollte ich?«

Germanus reichte ihm die Hand. »Wollten Sie. Einen schönen Tag noch.«

»Ich komme wieder«, drohte Stephan, klein beigebend, da er wusste, dass er hier und jetzt nicht weiterkam.

»Keen Froog«, brummte Poensgen. »Von mir us kann d'r Kopp ruhig noch blieve.« Er lachte. Das Überraschungsmoment war verflogen, seine Selbstsicherheit offensichtlich zurückgekehrt.

»Eine Frage hätte ich dann noch«, wandte sich Stephan wieder an Germanus.

Poensgen rief: »Mensch. Jetz es hä Columbo.«

Stephan ignorierte ihn. »Darf ich mir die Abfüllanlage einmal ansehen?«

»Warum das denn?«, fragte Germanus. »Glauben Sie, ich hätte meinen Vater mit unserem Wasser vergiftet?«

»Verjiftet?«, horchte Poensgen auf.

»Erklär ich dir später«, sagte Germanus genervt und rieb sich die Augen.

»Darf ich nun?«, hakte Stephan nach.

Poensgen lachte und haute Germanus auf die Schulter. »Stell dich net aan. Es doch keen Wunder, dat die Bullen sich für ding Wasser interessieren, dat Jeschlabbers.«

Germanus verdrehte die Augen. Er ging zu seinem Schreibtisch und drückte einen Knopf am Telefon. »Frau Greskowiak! Herr Tries bekommt einen Termin für eine Führung. Und dann möchte ich Sie hier drin sprechen.«

Nachdenklich schlenderte Stephan die Brunnenallee entlang und bog in den Sebastianusweg ab, der längs der Schienen verlief. Rainer Germanus war ein unsympathischer Typ, keine Frage, doch dieser Bauunternehmer Poensgen übertraf ihn um Längen. Zu laut und zu polternd. Die beiden hatten zweifellos Dreck am Stecken, das spürte er. Und der Telefonanruf des stellvertretenden Bürgermeisters Bursch war Germanus sichtlich ungelegen gekommen.

Plötzlich rutschte Stephan mit dem linken Fuß weg und hätte fast das Gleichgewicht verloren, fing sich aber sofort wieder. »Ach, Scheiße!«, zischte er, als er sich umdrehte. Ein verschmierter Hundekothaufen zierte den Gehweg. Er versuchte, an der Kante des Gehsteigs seinen Schuh zumindest grob zu reinigen, und fluchte leise vor sich hin.

Eine ältere Dame trat, bepackt mit einem riesigen Einkaufskorb, aus dem Eckhaus, vor dem er stand. »Schöne Bescherung«, stellte sie fest und blieb neben ihm stehen. »Im Winter ist es noch schlimmer. Da ist jeder Weg zu weit. Das Geschäft dürfen die Viecher dann direkt an Ort und Stelle erledigen. Und die Stadt unternimmt nichts gegen diesen Fluch.«

»Mhm«, grummelte Stephan und ging zu einer Stelle am Wegesrand, wo ein wenig Gras wuchs.

Die Frau folgte ihm. »Stephen King hat mal geschrieben, ein Hund sei ein Ding, wo man zehn Jahre vorne Futter reinschiebt und hinten Scheiße rauskommt.«

Trotz seiner Verärgerung verspürte Stephan kein Bedürfnis, sich hier und jetzt mit der Frau über Geschäfte der vierbeinigen Freunde auszutauschen. »Sie lesen King?«, versuchte er höflich das Gespräch auf ein anderes Thema zu bringen.

»Oh ja! Ich lese alles, was mir zwischen die Finger kommt.« Sie zog aus ihrem Einkaufskorb ein Buch hervor und kicherte. »Selbst zum Einkaufen nehme ich was mit. Man weiß ja nie.«

Stephan las den Namen des Autors, Dean Koontz, und nickte.

»King hat auch was über einen tollwütigen Hund geschrieben, ›Cujo‹ hieß der Roman.« Sie hob den Zeigefinger. »Die Viecher sind gefährlich«, warnte sie Stephan. »Kacken alles voll, und niemanden kümmert es.«

Er zuckte kommentarlos mit den Schultern, wischte nochmals über das schmale Grasband und murmelte: »Ich muss jetzt weiter.«

Als er an seinem Mercedes ankam, sah er ein Stück Papier unter dem Scheibenwischer klemmen. Verwundert schaute er sich um. Kein Schild zu sehen. Parkverbot bestand offensichtlich nicht. Er zog den Zettel unter dem Gummi hervor und zuckte zusammen, als hinter ihm jemand sagte: »Das war der Krause von gegenüber.«

Stephan wandte sich um. Die Frau mit der Hundephobie war ihm gefolgt. Er verzog die Mundwinkel. »Hören Sie, ich finde die ganze Situation auch nicht spaßig. Ich verstehe, dass Sie sich ärgern. Doch im Moment ist mir nicht danach, über Scheiße zu plaudern. Und wenn der Köter von Ihrem Nachbarn an falscher Stelle etwas verloren hat, kann ich es leider nicht ändern.«

Die Frau runzelte die Stirn. »Der Krause hat doch gar keinen Hund.«

»Wie?«, fragte Stephan, der jetzt überhaupt nichts mehr verstand.

»Der Krause wohnt da drüben, gegenüber von mir.« Sie deutete quer über die Straße. »Ein unhöflicher Mensch ist das.«

Stephan sah zu dem gepflegten Einfamilienhaus hinüber. »Ja, aber wenn der doch keinen Hund hat, was …«

Sie unterbrach ihn. »Ach was, Hund. Den Zettel meinte ich. Das war der Krause.«

Jetzt endlich fiel bei Stephan der Groschen. »Ach so.«

Die Frau reckte den Hals und versuchte, die Schrift auf dem Zettel zu entziffern. »Der Krause schmiert immer so«, beklagte sie sich.

Kopfschüttelnd verbarg Stephan den Zettel hinter seinem Rücken.

Die Frau rümpfte die Nase, ihre Augenlider flatterten einige Male. »Das ist dann der Dank«, motzte sie. »Da wird schon kein Geheimnis draufstehen.« Sie streckte beleidigt das Kinn vor, drehte sich um und rauschte davon.

Stephan lächelte ihr hinterher, faltete das Papier auseinander und las: »Lassen Sie sich nicht verarschen!«

Er steckte den Zettel in seine Hosentasche und beschloss kurzerhand, sich das von Krause einmal genauer erklären zu lassen.

Ein hagerer, unrasierter Mann in einer viel zu großen Hose, die von Hosenträgern gehalten wurde, öffnete die Tür. »Ja?«, fragte er und musterte Stephan von oben bis unten.

Der stellte sich vor und kam direkt zur Sache: »Sie haben mir einen Zettel ans Auto geheftet, Herr Krause.«

Der Mann wurde puterrot. »Habe ich nicht«, wehrte er ab.

»Ihre Nachbarin hat Sie beobachtet.« Stephan konnte sich das Grinsen nicht verkneifen.

Krause zögerte. »Verdammte Scheiße«, fluchte er dann. »Ist ja fast wie bei Hitler hier. Die Frau würde einen tollen Blockwart abgeben. Kommen Sie rein.« Er trat zur Seite.

Das Innere des Hauses war hell und sauber. Trotzdem hatte Stephan den Eindruck, als habe hier schon länger keine Veränderung mehr stattgefunden. Die nüchternen schwarz-weißen Möbel waren in zuletzt den Achtzigern modern gewesen, und die Verschleißspuren auf den Stoffen der Sitzmöbel waren unübersehbar.

Krause führte ihn in die Küche. Die ehemals weißen Einbauschränke hatten mit der Zeit einen gelblichen Ton angenommen. Die Herdplatten lösten sich am Rand auf, die Edelstahlspüle schimmerte matt im Licht der Neonleuchte. »Bin gerade beim Essen«, sagte Krause und setzte sich an den Tisch. »Dorthin.« Mit einem Kopfnicken wies er Stephan an, auf dem Stuhl gegenüber Platz zu nehmen.

»Sieht nach Spaghetti napoli aus«, sagte Stephan, während er sich rittlings auf den Stuhl fallen ließ. Im Kopf ging er die Zutaten durch: frisches Basilikum, gehäutete Tomatenstücke, gutes Olivenöl, die Nudeln al dente und in der Soße geschwenkt. Das Wasser lief ihm im Mund zusammen.

»Mirácoli«, brummte Krause. »Natürlich nicht original, sondern vom Aldi.«

Stephan musste sich anstrengen, nicht angewidert den Mund zu verziehen. Für ihn als Liebhaber der italienischen Küche kamen Fertiggerichte einem Frevel gleich. »Auch okay«, log er.

Krause nahm sich ein Messer und schnitt die gekochten Spaghetti klein.

Sprachlos sah Stephan zu. Der Mann kappte vor seinen Augen jetzt auch noch die letzte Verknüpfung zum Italienischen. Ein Sizilianer hätte ihm vermutlich die Kehle durchgeschnitten und ihn mit Betonfüßen im Golf von Palermo versenkt.

»Was sollte das mit dem Zettel?«, fragte Stephan, wurde dann aber von etwas anderem abgelenkt. Auf dem Sideboard hinter Krause lag eine Pistole. »Ist das eine Luger?« Er wies mit dem Kinn in die Richtung.

»Ja, eine Parabellum.«

»Und die liegt einfach so hier rum?«

Krause zuckte mit den Schultern und schob sich einen Löffel klein geschnittene Spaghetti in den Mund. »Erbstück«, nuschelte er.

»Geladen?«

Krause hörte auf zu kauen. »Was geht Sie das an?«

Stephan wollte erbost erwidern, dass er schließlich Polizist sei und schon von Berufs wegen allergisch auf herumliegende Feuerwaffen reagiere, schluckte es aber herunter. Darum konnte er sich später noch kümmern. Erst einmal wollte er von Krause erfahren, was es mit dem Zettel auf sich hatte. Er hob beschwichtigend die Arme und sagte: »Okay, eins zu null für Sie. Es geht mich wirklich nichts an.«

Krause schien zufrieden, nickte knapp und löffelte weiter seine zerfetzten Nudeln.

»Ich soll mich nicht verarschen lassen«, nahm Stephan den Faden wieder auf und legte den Zettel zwischen sich und Krause auf den Tisch. »Was soll das bedeuten? Auf was spielen Sie an?«

Krause schmatzte und leckte sich über die Lippen. »Na, Sie waren doch bei Germanus, oder nicht?«

»Ja. Woher wissen Sie davon?«

»Tut nichts zur Sache«, entschied Krause. »Egal, was der Ihnen erzählt hat, es war gelogen. Germanus ist ein Dreckschwein. Und nicht nur das.« Er kniff die Augen zusammen und tippte mit der Spitze seines Löffels auf den Tisch. »Dem Germanus kocht das Wasser im Arsch.«

Stephan kratzte sich den Kopf. »Moment mal, das geht mir jetzt zu schnell. Wie kommen Sie überhaupt auf den Gedanken, dass Ihre etwas derbe Charakterisierung von Rainer Germanus für mich von Interesse sein könnte?«

»Na, Sie denken doch, dass der alte Germanus ermordet wurde«, platzte Krause heraus.

Stephan riss erstaunt die Augen auf. »Wie kommen Sie denn darauf?«

»Ist doch egal, ich weiß es halt.« Er schob seinen Teller fort und klaubte mit dem Daumennagel der einen Hand Essensreste aus den Zahnzwischenräumen. »Die Mitglieder der Familie Germanus gehen über Leichen, wenn es sein muss.« Dann beugte er sich vor und legte die andere Hand auf Stephans Unterarm. Ein Stück Nudel klebte auf dem Handrücken. »Ich will Ihnen nur helfen, mehr nicht«, versicherte er.

Der Geruch der Fertigsoße drang Stephan in die Nase. Er lehnte sich zurück, um sich ihm zu entziehen. »Glauben *Sie*, dass er ermordet wurde?«

Krause war mit seiner Zahnreinigung fertig und wischte die Finger an seiner Hose ab. »Ich halte es für möglich. Er stand einigen Leuten im Weg.«

»Wem? Haben Sie Namen für mich?«, hakte Stephan nach.

»Poensgen, Bauunternehmer, der stellvertretende Bürgermeister Bursch und schließlich Rainer Germanus selbst.« Krause lachte gekünstelt. »Das Dreigestirn.«

Stephan legte den Kopf schief. »Poensgen, aha, den habe ich gerade kennengelernt.« Er sah Krause forschend an. Und Bursch hatte angerufen. Schon ein ziemlicher Zufall, dass der gerade diese Namen erwähnt, dachte Stephan.

»Die drei sind eine korrupte Bande«, sagte Krause verächtlich. »Germanus will das Werk ausbauen und modernisieren, Poensgen muss den Auftrag haben, um überhaupt überleben zu können, und unser hoch geschätzter stellvertretender Bürgermeister Konrad Bursch will nicht ewig Stellvertreter bleiben. Er brüstet sich vor der Presse damit, dass er sich für den Ausbau der Felsquelle eingesetzt und so Arbeitsplätze gesichert hat. Behauptet glatt, alles sei in trockenen Tüchern, und alle sind zufrieden. Die Welt könnte so schön sein.« Krause stand auf und entsorgte die Essensreste vom Teller.

»Wieso könnte? Was kam dazwischen?«, wollte Stephan wissen.

»Na, was wohl?« Krause ließ warmes Wasser in die Spüle.

»Der alte Germanus«, kombinierte Stephan.

»Genau«, bestätigte Krause. »Er verweigerte seine Zustimmung. Er wollte verkaufen, an die Konkurrenz. Und das hätte er sogar ohne Zustimmung seines Sohnes erledigen können. Diese Hintertür hat er sich damals vertraglich offengehalten, als der Junior mit einstieg.«

»Was?«, stieß Stephan überrascht aus. »Friedrich Germanus wollte sein Lebenswerk verkaufen?«

Krause spülte den Teller und lachte. »Ich glaube, er hatte von seinem Sohn die Schnauze voll, um es mal klar auszusprechen.«

Stephan grübelte. Wenn es stimmte, dass der alte Germanus die Felsquelle aufgeben wollte, dann dürfte es zwischen ihm und seinem Sohn kräftig gekracht haben. Dem Dreigestirn, bestehend aus Germanus junior, dem stellvertretenden Bürgermeister und dem Bauunternehmer Poensgen, musste der Angstschweiß auf der Stirn gestanden haben. Vorausgesetzt, die Geschichte, die ihm hier aufgetischt wurde, stimmte. Stephan machte einen erneuten Vorstoß, an Krauses Informationsquelle zu kommen. »Woher wissen Sie das eigentlich alles so genau?«

Krause schüttelte nur den Kopf. Er griff sich ein Handtuch und trocknete mit langsam kreisenden Bewegungen das Geschirr ab. »Ich habe dreißig Jahre bei der Felsquelle gearbeitet. Dann haben die mich gefeuert.« Seine Augen wurden feucht. »Soll angeblich geklaut haben. Wasser.« Er hielt inne, sah durch Stephan hindurch. »Die Flaschen fanden sie bei mir im Spind. Ich habe sie dort nicht hingestellt, da schwöre ich Stein und Bein.«

»Sie sind reingelegt worden?«

Krause nickte.

»Warum?«

Krause sah auf und blickte ihm in die Augen. »Ich wollte einen Betriebsrat gründen, war in der Gewerkschaft. Das mochte der Alte überhaupt nicht hören. Die Felsquelle ist ein traditionelles Familienunternehmen, hat er mir entgegengehalten, und er würde schon für seine Schäfchen sorgen.«

Stephan verstand. Solche Geschichten hatte man schon öfter gehört. »Warum haben Sie sich nicht gewehrt?«

Krause lachte müde. »Hab ich ja. Ich bin vor Gericht gegangen. Zuerst zahlte sogar die Gewerkschaft, aber dann ließen die mich auch fallen. Die Beweislage war zu eindeutig. Ich habe mein ganzes Vermögen in den Prozess gebuttert, meine Ehe geopfert und bin darüber krank geworden. Scheißleben!«, spie er aus. Sein Blick streifte die Luger.

Stephan stand auf und steckte die Pistole in seine Hosentasche. »Das ist keine Lösung«, sagte er sanft.

Krause nickte, doch sein Blick verriet, dass er anders dachte.

***

Zurück in seinem Benz, steckte Stephan die Luger ins Handschuhfach. Engel würde sie bei nächster Gelegenheit entsorgen müssen. Dann rief er Charlotte an. »Kennst du jemanden, der gut darin ist, Selbstmordkandidaten wieder aufzubauen?«

»Um wen geht es?«

Stephan berichtete ihr von Krause, und sie versprach, sich darum zu kümmern.

Nach dem Telefonat sah Stephan zu dem Verwaltungsgebäude der Felsquelle hinüber und grübelte über das Gespräch mit Germanus junior nach. Er ärgerte sich, dass er vergessen hatte, das Foto von der

Unbekannten aus Friedrich Germanus' Album mitzunehmen. Es lag zu Hause auf dem Küchentisch. Er war offensichtlich ein wenig aus der Übung. Er hätte das Bild Rainer Germanus zeigen können. Vielleicht hätte der gewusst, wer die unbekannte Schöne war. Dann drängte sich aber ein anderer Gedanke in den Vordergrund: Das Auftauchen von Bursch, die Terminüberschneidung, konnte das Zufall gewesen sein? Es hatte ausgesehen wie eine schlechte Vorzimmerleistung. Poensgen hatte zwar einen Termin gehabt, war Germanus junior zufolge aber zu früh aufgetaucht. Hatte die Greskowiak das zu verantworten? Aber warum sollte sie so etwas tun?

Stephans Gehirn lief auf Hochtouren. Burschs Anruf war ebenfalls ungelegen gekommen, das war eindeutig erkennbar gewesen. Bursch, Poensgen, Germanus. Das Dreigestirn, wie Krause sie bezeichnet hatte. Krause! Er war schon seit Jahren aus der Firma raus. Dafür war er aber ziemlich gut im Bilde und wusste über Interna Bescheid, die sonst nur ... ja, wer wusste?

Plötzlich fiel bei ihm der Groschen. Er lachte leise vor sich hin. »Okay«, murmelte er, nahm sein Handy und tippte eine Nummer.

»Felsquelle, Sie sprechen mit dem Büro des Geschäftsführers Rainer Germanus, Greskowiak am Apparat.«

»Tries hier. Woher kennen Sie den Krause so gut, dass Sie ihm die geheimsten Dinge verraten?« Stephan blickte zu ihrem Bürofenster hoch und meinte, eine huschende Bewegung wahrzunehmen. Vermutlich war sie vor Überraschung aufgesprungen. Er winkte aus dem offenen Autofenster zu ihr hoch.

»Ich rufe gleich zurück«, hauchte sie und legte auf.

»Gerne«, bestätigte Stephan in die tote Leitung hinein und grinste.

Fünf Minuten später posaunte Stephans Handy den Radetzkymarsch.

»Das ging aber schnell«, meldete er sich.

»Was wollen Sie?« Frau Greskowiaks Stimme klang hallend. »Und wie kommen Sie darauf, dass ich etwas mit Herrn Krause zu tun habe?«

»Wo sind Sie gerade?«

»Auf der Toilette. Also?«

»Krause wusste, wer ich bin und was ich mache. Sie haben gehorcht«, warf Stephan ihr an den Kopf, »und es ihm alles brühend warm weitergegeben, vermutlich von derselben Klobrille aus, auf der

Sie jetzt hocken. Und dass Poensgens unerwartetes Auftauchen und der Anruf von Bursch Zufälle waren, können Sie mir nicht erzählen. Sie wollten mir damit etwas deutlich machen.«

Für einen kurzen Moment blieb es in der Leitung still, dann antwortete sie: »Und wenn es so war?«

»Dann ziehen wir unsere gemeinsame Fahrt vor«, entschied Stephan. »Wann haben Sie Feierabend?«

Sie seufzte. »Um halb sechs. Aber nicht direkt vor der Tür auf mich warten«, sprudelte sie hervor. »Um sechs oben am Römerhof. Ich muss aufhören, da kommt jemand.« Sie unterbrach die Verbindung.

Stephan sah auf seine Armbanduhr. Drei Stunden blieben noch bis zum Treffen. Zeit genug, um eine Sache abzuklären, die ihm erst jetzt eingefallen war. Er warf sein Handy auf den Beifahrersitz und startete den Motor.

FÜNF

»Hallo, Robert«, rief Stephan dem Butler zu, als dieser die Tür öffnete.

»Ah, der Herr Hauptkommissar.« Robert verbeugte sich leicht. »Ich möchte in Erinnerung rufen, dass ich zwar fast nichts mehr sehe, aber noch gut hören kann.«

Verlegen räusperte sich Stephan. »Ich werde versuchen, daran zu denken«, flüsterte er.

Robert lachte freundlich. »Das wird schon. Leider muss ich Ihnen mitteilen, dass Frau Germanus nicht zu Hause ist. Sie ist nach Siegburg gefahren, um eine Freundin zu besuchen. Ich erwarte sie erst am späten Abend zurück.«

»Sie fährt noch selbst?«, fragte Stephan entsetzt. Er stellte sich Elfriede Germanus hinter dem Lenkrad vor, halb blind, mit zittrigen Armen.

»Oh nein. Unser Gärtner fährt sie.«

Stephan atmete erleichtert aus. Die Straßen im Vorgebirge blieben zumindest von dieser Gefahr verschont. »Darf ich trotzdem kurz reinkommen?«, fragte er.

Robert zog die Stirn kraus, machte aber den Weg frei. »Selbstverständlich. Wenn ich Ihnen helfen kann. Übrigens ist momentan auch unsere Köchin anwesend.«

»Dann stellen Sie mich bitte vor«, bat Stephan, froh, zwei Dinge auf einmal erledigen zu können.

Robert führte ihn in die Küche. An der Arbeitsplatte stand eine kleine Frau mit pechschwarzen, schulterlangen Haaren. Sie rollte gerade einen Teig aus. »Kaka, wir haben Besuch«, sagte Robert beim Eintreten.

Die Frau drehte sich nicht um. Stephan dachte für einen kurzen Moment, er wäre Darsteller im Film »Eine Leiche zum Dessert«, mit einem blinden Butler und einer taubstummen Köchin.

Doch als Robert der Frau auf die Schulter tippte, drehte die sich um und zog dabei zwei Kopfhörer aus den Ohren. »Robert! Erschreck mich nicht immer so«, tadelte sie ihn.

»Wenn du nicht immer deine Arien im Ohr hättest, würde das nicht passieren«, knurrte Robert und stellte sie Stephan vor.

»Ich kann Ihnen nicht die Hand geben«, trällerte Katharina Klawartzki. »An meinen Fingern klebt Teig.«

Stephan war sich sicher, dass sie gerne Opernsängerin geworden wäre. Er schätzte ihr Alter auf vierzig. Lachfältchen hatten sich in ihre Mundwinkel gegraben, und ein grüner Lidstrich unterstrich ihre ebenfalls grünen Augen. Doch das Auffälligste an ihr waren ihre Brüste, die, riesig und rund, fast die schwarze Bluse sprengten. Es war nahezu unmöglich, an ihnen vorbeizuschauen.

»Was bereiten Sie denn da vor?«, fragte Stephan, um sich abzulenken.

»Blätterteigpastete mit Gemüsefüllung. Die Zutaten habe ich gerade frisch beim Gemüsehof Mertens in Widdig gekauft. Ist bei mir direkt um die Ecke.« Sie sang fast jede Silbe.

»Ich habe noch einige Dinge zu erledigen.« Robert klopfte dreimal ungeduldig mit seinem Blindenstock auf den Boden.

Stephan erinnerte sich an den eigentlichen Grund seines Besuches. »Ich wollte Sie fragen, ob eine Alarmanlage im Haus installiert ist.«

Robert schüttelte den Kopf. »Das hat Herr Germanus für nicht notwendig erachtet.«

»Ungewöhnlich«, stellte Stephan fest. »Bei so einem großen Haus und so vielen Einstiegsmöglichkeiten. Dass etwas zu holen ist, sieht man dem Prunkbau schließlich schon von außen an.«

»Ja, sicher«, bestätigte Robert. »Doch ein Einbruch ist nie versucht worden. Somit lag Herr Germanus mit seiner Einschätzung wohl richtig.«

Oder er hat einfach Glück gehabt, dachte Stephan. »Eine Sache noch, Robert. Frau Germanus hat in der Unfallnacht ein polterndes Geräusch vernommen. Vermutlich war es der Sturz ihres Ehemanns. Haben Sie vielleicht auch etwas gehört, was Sie bisher nicht zuordnen konnten?«

Der Butler lehnte das Kinn auf seinen Blindenstock und ließ sich Zeit. Frau Klawartzki nahm währenddessen ein großes Messer aus dem Block und fing an, Sellerie zu schneiden. Der frische Geruch durchströmte die Küche.

»Nein, so leid es mir tut, ich habe nichts gehört«, sagte Robert nach einer Weile.

»Du hast schon einen gesegneten Schlaf«, sang Frau Klawartzki.

»Da kann man richtig neidisch werden. Dein Zimmer ist doch nicht weit von der Treppe entfernt.«

»Kann ich denn was dafür?«, fuhr Robert auf. »Wenn ich schlafe, dann schlafe ich.«

»Ist ja schon gut«, beschwichtigte ihn Stephan, der mitunter selbst wie ein Stein schlief. »Den ganzen Tag auf den Beinen, da ist man eben müde. Das war alles, Robert. Ich finde gleich selbst raus.«

Der Butler verneigte sich knapp und ging aus der Küche.

Stephan wandte sich wieder der Köchin zu. »Stört es Sie, wenn ich Ihnen ein paar Fragen stelle, während Sie kochen? Ich kann Ihnen auch behilflich sein.«

Sie lachte glockenhell und stupste ihn mit der Schulter an. »Gerne, einen netten Mann an meiner Seite habe ich mir schon lange gewünscht.«

Stephan spürte, wie er rot wurde. Flirten gehörte nicht zu seinen Stärken. Rasch griff er sich ein Messer und schnippelte drauflos.

***

Verfluchte Hitze, dachte Stephan und warf die Haustür hinter sich ins Schloss. Von Frau Klawartzki hatte er nichts erfahren, was er nicht bereits wusste. Die Familienzwistigkeiten der Germanus hatte sie zwar bestätigt, aber vom Unfall hatte sie erst erfahren, als sie gegen Mittag den Dienst aufnahm. Also konnte sie ihm auch kaum etwas darüber sagen. Doch sie sprühte vor Charme, und Stephan hatte sich das eine oder andere Mal dabei ertappt, wie er Fragen stellte, nur um seinen Aufbruch hinausschieben zu können.

Tiger tappte ihm im lässigen Wiegeschritt entgegen und maunzte jämmerlich.

»Dir ist es auch zu warm, stimmt's?«, murmelte Stephan. »Komm her. Frisches Wasser wird dir guttun.« Er nahm den Napf, der neben der Flurkommode seinen Stammplatz hatte, mit in die Küche. Tiger folgte ihm, strich um seine Beine und rieb ihren Rücken an seinen Waden.

»Gleich, gleich, nur die Ruhe.« Er öffnete den Wasserhahn der Spüle. Nichts geschah. Stephan runzelte die Stirn, kontrollierte, ob er in die richtige Richtung gedreht hatte. Alles stimmte. »Verflucht«, schimpfte er. »Erst die Elektrik, dann das Dach, der Putz und was weiß ich noch alles, und jetzt auch noch diese Scheiße!« Er schloss die Augen und stützte sich auf der Spüle mit den Fäusten ab. Das konnte doch nicht wahr sein. Dieses Haus war wie ein Blutegel, es saugte ihm das Ersparte unerbittlich von den Konten. Er hieb mit einer Faust auf die Arbeitsfläche, dass das ungespülte Geschirr von gestern Abend klirrte. »Hilft ja nichts«, seufzte er, »da muss wohl mal wieder ein Handwerker her.«

Tiger maunzte und sah mit großen Augen zu ihm auf.

»Keine Sorge. Für dich habe ich noch Mineralwasser«, sagte Stephan und öffnete den Kühlschrank. Er goss Tiger den Napf voll und kraulte ihr kurz den Kopf, bevor er sich daranmachte, das Telefonbuch nach einem Klempner zu durchforsten.

***

Schlecht gelaunt fuhr Stephan den Rankenberg zum Römerhof hinauf. Nach einigen Telefonaten hatte er endlich einen Handwerker gefunden, der eingewilligt hatte, am nächsten Tag bei ihm vorbeizukommen. Bis dahin musste er sich ohne Wasser begnügen.

Er ließ die Villa der Germanus links liegen und erreichte wenig später die Heimerzheimer Straße. Am Lückenhof bog er links in die Zufahrt zum Römerhof ab. Der Benz schaukelte gemütlich, begleitet vom sonoren Brummen des Motors, was Stephans Laune ein wenig aufbesserte. Zumindest der Oldtimer schien auf seiner Seite zu sein.

Frau Greskowiak lehnte an ihrem Cooper und hob kurz die Hand zur Begrüßung.

Stephan hielt neben ihr an und ließ das leicht geöffnete Fenster ganz runter. »Wollen wir eine Runde drehen?«

Sie schüttelte energisch den Kopf. »Nicht jetzt, nicht hier. Zu auffällig.«

Stephan nickte und parkte im Schatten einer Ulme.

»Schöne Anlage, sicher eine Bereicherung für unseren Naturpark Kottenforst. Aber wenig los hier«, sagte er, nachdem er ausgestiegen war. »Der Golfplatz scheint sich ja nicht gerade zu rentieren.«

»Sie sollten mal am Wochenende vorbeischauen.« Frau Greskowiak öffnete den Kofferraum ihres Wagens, zog ihre Straßenschuhe aus und legte sie ins Auto. Dann zog sie sich Turnschuhe an. »Ich kann einfach nicht mit Laufschuhen Auto fahren«, erklärte sie. Stephan zuckte mit den Schultern. Er hatte gar nicht darauf geachtet, sondern nur ihre straffen Waden, die in einer eng anliegenden Sporthose steckten, bewundert.

»Normalerweise jogge ich um die Zeit eine Runde«, berichtete sie. »Ich denke, heute reicht ein strammer Spaziergang. Auf den bestehe ich aber.«

»Dann gehen Sie mal vor«, gab sich Stephan großzügig. »Ich kenne mich hier nicht aus.«

Sie lief los. »Ich habe gedacht, Sie sind aus der Region.«

»Mein Erwachsenenleben habe ich in Köln verbracht. Geografisch gesehen sind meine Kindheitserinnerungen ans Vorgebirge verblasst.«

Sie folgten dem Weg südlich in den Wald hinein. »Dann schlage ich vor, wir gehen zum Kamelleboom.«

»Ah, das sagt mir noch was. Dort war ich mal bei einem Schulausflug, als Steppke von sieben oder acht.« Die Baumkronen boten Schutz vor der Sonne, trotzdem schwitzte Stephan bereits. »Also, der Krause, wie stehen Sie mit ihm in Verbindung?«, kam er zur Sache.

Frau Greskowiak erhöhte das Tempo, bevor sie antwortete. »Ich war mit seinem Sohn liiert, gerade zu der Zeit, als die Quelle dieses Ding mit ihm gedreht hat. Damals war ich noch in der Lehre.«

»Das Ding, damit meinen Sie die Kündigung, oder?«

Sie hielt kurz an und drehte sich zu Stephan um. »Haben Sie etwas dagegen, wenn wir uns duzen? Wenn es so persönlich wird, wäre es mir einfach lieber.«

Stephan hatte nichts dagegen. Sie hieß Laura. Die kurze Verschnaufpause war vorbei. Laura rannte fast.

»Kündigung, das hört sich so, hm, anständig an«, nahm sie den Faden wieder auf. »Aber so war es nicht. Herr Krause ist ein ganz Lieber, ein Vorzeigedeutscher, wenn du verstehst, wie ich das meine. Also im positiven Sinne.«

Stephan nickte. »Fleißig, pünktlich und zuverlässig«, presste er zwischen zwei Atemzügen hervor.

»Ja. Nimm ›bescheiden‹ noch mit dazu, und Herr Krause ist charakterisiert. Er tat mir so leid. Man konnte zusehen, wie es mit ihm bergab ging.«

Eine menschliche Tragödie in einem Satz, dachte Stephan und

sprang über einen Ast, der im Weg lag. Fast wäre er gestolpert. Laura dagegen flog elegant und leicht, wie von einer Feder angetrieben, darüber.

Sie näherten sich einer Wegkreuzung. Von links bog eine Gruppe Wanderer auf ihren Weg ein und ging laut lamentierend vor ihnen her.

»War richtig fies, was die mit Herrn Krause gemacht haben. Der wollte nur ein wenig mehr Menschlichkeit in den Betrieb bringen«, spie Laura wütend aus. »Einen ordentlichen Pausenraum zum Beispiel. Das Loch, in dem die Arbeiter frühstücken, hat noch nicht mal ein Fenster.«

»Meckert da nicht die Gewerbeaufsicht?«

»Pff! Offiziell ist das ein Lagerraum.«

»Da vorn«, rief eine übergewichtige Wanderin in grell orangefarbener Bekleidung und deutete auf einen Platz, auf den mehrere Wege zuliefen und in dessen Mitte ein kleiner Lindenbaum wuchs.

»Das ist nicht der echte Kamelleboom«, erinnerte sich Stephan.

Laura kicherte. »Das wissen aber nur die wenigsten. Die da drüben scheinen jedoch im Bilde zu sein.« Sie deutete auf die Gruppe, die sich halbkreisförmig weiter links vom Lindenbaum vor einem Baumstumpf versammelte, der in einen Betonsockel eingegossen war.

Die Wanderin im orangefarbenen Dress stellte sich vor die Gruppe und bat um Ruhe.

»Sollen wir einen Moment zuhören?«, fragte Laura.

»Warum nicht?«, antwortete Stephan, der froh war, eine Verschnaufpause zu bekommen.

Laura und Stephan stellten sich dazu und lauschten.

»Das hier ist der echte Kamelleboom.« Die Frau wies auf den Stumpf. »Der stand fünfhundert Jahre, dort, wo jetzt die junge Linde steht.« Sie zeigte auf den Baum in der Mitte des kleinen Platzes, etwa zwanzig Meter entfernt. »1967 wurde er dann gefällt und hier als Denkmal verewigt.«

»Betonsockel. Das sind ja Mafiamethoden«, warf ein groß gewachsener Grauhaariger mit Randlosbrille ein. Die Gruppe lachte höflich.

»Ja, der Pate lässt grüßen.« Die Sprecherin klopfte mit einem Fingerknöchel auf den Stein, wies dann auf ein Loch im Stamm. »Wenn die Kinder hier den Kopf durchsteckten, konnten die Eltern oben Kamellen reinwerfen. Durch den hohlen Baumstamm fielen sie den

Kindern buchstäblich direkt in den Mund – oder zumindest auf die Köpfe.« Sie kicherte kurz. »Der Brauch, die Kinder so zu beschenken, stammt aus dem 19. Jahrhundert. Die Bauersfrauen aus Swist gingen wöchentlich hier durch den Wald, um ihre Waren zur Roisdorfer Station der Bonn-Cölner Eisenbahn zu bringen. Abends, auf dem Heimweg, kamen ihnen ihre Kinder neugierig entgegen. Selbstverständlich hatten die Frauen die Gelegenheit genutzt und in der Stadt Süßigkeiten gekauft. Die ließen sie dann hier durch den Baum rieseln.«

Laura beugte sich zu Stephan. »Können wir weiter?«, flüsterte sie. »Hab heute noch eine Verabredung. Hast du wieder Puste?«

Er holte Luft und wollte sich verteidigen, doch Laura kam ihm zuvor. »Du keuchst wie eine Dampflok.«

Stephan beschloss, nichts weiter zu diesem Thema zu sagen und ihr einfach zu folgen. Sie nahmen einen anderen Weg zurück.

Laura erzählte ohne Umschweife weiter, kaum dass sie ihr Tempo wiederaufgenommen hatten. »Herr Krause hat alles versucht. Er wollte die Felsquelle nicht mit den gemeinen Anschuldigungen gegen ihn durchkommen lassen. Doch es war hoffnungslos. Die Anwälte der Felsquelle waren mit allen Wassern gewaschen.« Ihre Stimme klang besorgt. »Er verbiss sich in die Sache. Das war sein großer Fehler. Für ihn drehte sich alles nur noch um die Felsquelle und wie er sich entlasten konnte. Es war ein Kampf gegen Windmühlen. Seine Familie und schließlich auch er zerbrachen daran.« Leiser fügte sie hinzu: »Du hast ihn ja vorhin erlebt und wirst wissen, was ich meine. Ich mache mir schon seit einer ganzen Weile große Sorgen um ihn.«

»Sei beruhigt. Eine gute Freundin von mir wird sich darum kümmern.« Stephan erntete einen dankbaren Blick. »Jetzt erzähl aber mal, warum du deine Stelle riskierst und ihn mit Informationen versorgst. Das leuchtet mir nämlich überhaupt nicht ein.«

Laura winkte ab und grinste. »Ich hör sowieso bald auf. Nächstes Jahr geht's ins Ausland, ist schon alles eingefädelt. Um meinen Job mache ich mir also keine Sorgen. Und Herrn Krause hilft es, wenn ich ihm ab und zu erzähle, was ich so höre. Er fühlt sich dann bestätigt.«

Ein Eichhörnchen flitzte vor ihnen über den Weg und sprang gekonnt einen Stamm nach oben.

»Und dir macht es Spaß, Germanus ein wenig vorzuführen«, mutmaßte Stephan. »Deswegen die Nummer mit Poensgen und Bursch, stimmt's? Als kleine Rache für das Ding mit Krause.«

Sie zwinkerte ihm keck zu. »Ich hatte den Terminkalender wohl einfach falsch gelesen. Und beim Telefonat mit Bursch habe ich auch was durcheinandergebracht. Ich dachte, der Chef würde ihn sprechen wollen, dabei hat Germanus nur gemeint, dass ich Bursch anrufen soll, um einen Termin auszumachen ...« Sie lachte kurz, doch dann wurde sie wieder ernst. »Der Germanus hat getobt. So blöd kann man ja normal auch gar nicht sein, aber ich habe keine andere Möglichkeit gesehen, Bursch genau in diesem Augenblick telefonisch auftauchen zu lassen. Jetzt stehe ich Zentimeter vor dem Rauswurf. Glaub mir, so etwas riskiere ich nicht nur wegen Krause.«

Sie schwieg einen Moment.

Der Wald endete plötzlich, wie abgeschnitten. Der Weg teilte nun eine Wiese, auf deren rechter Seite sich eine Koppel mit drei Pferden befand. Links, in einiger Entfernung, konnte man schon wieder den Römerhof sehen. Laura hielt an und streichelte einem vorwitzigen Schimmel den Nasenrücken.

»Es ist mehr ein Gefühl«, begann sie wieder. »Oder, nein, ein wenig mehr schon. Ich habe oft mitbekommen, wie die drei sich hinter verschlossenen Türen lautstark über den alten Germanus aufgeregt haben. Die Bezeichnung Dickkopf war noch harmlos in diesem Zusammenhang. Als der alte Herr dann plötzlich den Unfall hatte ...« Sie stockte.

»Du meinst also, die drei könnten die Finger mit im Spiel gehabt haben.«

Sie lächelte traurig. »Zumindest war ich froh, als in dem Telefonat zwischen Germanus und seiner Mutter dein Name fiel. Der Chef war stinksauer, dass sie einen Schnüffler eingeschaltet hatte. Wenn er in dieser Sache etwas zu verbergen hat, wirst du es sicherlich herausfinden.«

Stephan freute sich insgeheim, dass sie ihm so viel zutraute. »Du hast ja auch mit einem ziemlichen Zaunpfahl gewunken«, lobte er.

Ihr Lächeln wurde wieder fröhlicher. »Mach was draus.«

Er nickte. »Was ist, wenn er dich doch noch rauswirft? Ich glaube, ich an seiner Stelle hätte es getan.«

»Na ja, da gibt es schon noch was, was meine Position stärkt.« Sie grinste und blinzelte ihm zu.

»Soll das heißen … Ist nicht wahr«, entfuhr es Stephan. Er schüttelte lachend den Kopf. »Die alte Geschichte von der hübschen Sekretärin und dem geilen Chef!«

Laura stimmte mit ein. »Danke für das Kompliment. Ja, ich war jung und brauchte das Geld. Blöder Spruch, aber irgendwie wahr.«

Sie gingen jetzt langsamer weiter, da die Sonne auf sie niederbrannte.

»Weißt du zufällig auch über die Konkurrenz Bescheid?«, fragte Stephan. Sie bogen links ab. Er erkannte die Straße wieder, die zum Parkplatz führte.

»Du meinst die auf der anderen Straßenseite?«

Stephan nickte.

»Der Geschäftsführer heißt Günther Bauer«, berichtete sie. »Jung, dynamisch, erfolgreich. Er wird bald eine Aufgabe im Ausland übernehmen.«

Stephan stutzte und blieb stehen. »Ausland? Gibt es da einen Zusammenhang?«

Sie lachte wieder. »In der Tat. Ich werde mitgehen.«

Stephan musste schmunzeln. Laura war ganz schön abgebrüht. »Du lauschst also nicht nur für Krause«, stellte er fest.

Laura zuckte als Antwort nur mit den Schultern.

»Ich weiß, dass du nicht objektiv sein wirst, aber könnte Bauer ein Interesse daran haben, den alten Germanus zu beseitigen? Spricht er mit dir überhaupt über solche Dinge?«

»Klaro, warum sollte er nicht? Er vertraut mir«, sagte sie stolz. »Deswegen möchte ich dazu auch nicht groß was sagen, aber ich denke, eins kannst du wissen: Der alte Germanus verstand sich gut mit Günther. Und die Felsquelle ist im derzeitigen Zustand ohnehin keine Konkurrenz. Die Produktivität ist miserabel. Wenn überhaupt, hätte Günther Germanus junior beseitigen müssen. Der will schließlich die Felsquelle wieder konkurrenzfähig machen.«

Eine Weile folgten sie dem Weg schweigend. Stephan grübelte. Es gäbe genug andere Motive, die in Frage kämen, nicht nur das, einen Konkurrenten auszuschalten. Hass, Neid, Liebe, irgendeiner dieser Umstände, die dazu führten, dass jemand zum Mörder wurde. Aber nach seinem derzeitigen Wissensstand gab es nichts, was Bauer dazu getrieben haben könnte, Germanus auszuschalten.

Sie hatten den Parkplatz erreicht. Über den Dächern der in der

Sonne geparkten Autos flimmerte die heiße Luft. Ein fehlgeschlagener Golfball ploppte vor ihnen auf die Straße und kullerte in den Graben. »Der wird Probleme haben, von hier aus wieder aufs Grün zu gelangen«, stellte Stephan fest. »Falls ich mal mit deinem Bauer sprechen muss, würdest du ein gutes Wort für mich bei ihm einlegen?«

Laura öffnete die Fahrertür ihres Coopers. »Klaro, aber ich bin sicher, so weit wird es nicht kommen.«

Stephan beschloss, Bauer zwar im Hinterkopf zu behalten, ihm aber zunächst keine hohe Priorität einzuräumen. Falls sein Informationsstand sich nicht änderte, reichte das für den Anfang.

Laura schnappte sich eine Wasserflasche von der Rückbank. Stephan spürte seine trockene Kehle.

»Bevor du dich am heißen Wasser verbrühst«, sagte er, »hier die Fragen aller Fragen: Was denkst du über die ganze Sache?«

»Ob es ein Unfall war oder nicht?«

»Exakt.«

Sie trank in langen Zügen, und obwohl Stephan kein warmes Wasser mochte, hätte er gerne auch einen Schluck genommen.

»Ich weiß nicht«, gab sie zu, »und kann es auch kaum beurteilen. Ich denke jedoch, du solltest weitermachen.« Sie tauschte wieder die Schuhe. Die kleinen Absätze ihrer Straßenschuhe streckten ihre Beine.

Hübsch, dachte Stephan und hakte nach: »Warum sollte ich weitermachen?«

»Ganz einfach: Wenn etwas an der Sache dran ist, wäre es doch blöd, den Mörder einfach so davonkommen zu lassen, oder?«

Stephan schmunzelte. »Eine schlichte, aber durchaus nachvollziehbare Feststellung.«

Sie reichten sich die Hände.

»Viel Erfolg«, wünschte Laura.

Stephan nickte knapp und schlenderte zu seinem Wagen.

»Fast hätte ich es vergessen«, rief sie ihm nach. »Morgen um elf Uhr dreißig habe ich eine Führung für dich organisiert. Passt das?«

»Gerne«, bestätigte Stephan und winkte ihr zum Abschied zu.

***

»Ich habe Neuigkeiten. Kommst du rüber?«, fragte Stephan und drückte den Hörer fester ans Ohr, um Charlotte besser verstehen zu können. Tiger maunzte laut und lief Achten um seine Beine. Er hätte ihr zuerst zu trinken geben sollen.

»Heute kann ich nicht.« Charlottes Stimme klang besorgt.

»Was ist? Brauchst du Hilfe?«

»Mama geht es nicht gut. Ich möchte sie nicht allein lassen.«

»Soll ich …«

»Danke, aber lass gut sein«, unterbrach sie. »Fremde Personen im Haus würden sie nur noch mehr aufregen.«

Scheiß Demenz, fluchte Stephan stumm. »Dann erzähl ich dir rasch die wichtigsten Dinge.«

Nach einem kurzen Resümee seiner Gespräche mit Germanus und Laura legte er auf. Nachdenklich blickte er auf das Telefon. Charlotte war nicht richtig bei der Sache gewesen, das hatte er deutlich gespürt. Um ihre Mutter musste es wirklich schlimm stehen.

Tiger krallte sich an seinem Hosenbein fest und sah ihn mit einem vorwurfsvollen Blick an. Sie schluckte trocken.

Stephan zog sie vorsichtig von seiner Hose ab und setzte sie auf den Boden. »Komm mit«, befahl er ihr, »ich geb dir …«

Das Telefon schellte.

»Ja?«, meldete er sich knapp.

»Haben Sie es sich überlegt?«, säuselte eine Frauenstimme.

»Was soll ich mir überlegt haben?« Er war irritiert.

»Na, die Kneipe, die Renovierung, Ihre Geschichte.«

Jetzt wusste Stephan, wer da mit ihm sprach. Die Reporterin, Frau Greiss, die er in der Kneipe getroffen hatte. Kommentarlos legte er auf und gab Tiger Wasser.

Eine Prise Cayennepfeffer gab die richtige Würze. Stephan beugte sich über die Pfanne und sog den Duft der Pastasoße ein. Sein Magen knurrte erwartungsvoll. Er rührte Kondensmilch ein, ließ das Ganze ein wenig stocken und gab dann noch Käse und gehackte Petersilie hinzu, bevor er die Nudeln unterrührte.

Gerade als er am Tisch saß und den ersten Bissen auf die Gabel rollte, klingelte es an der Tür. Stephan stöhnte. »Das gibt's doch nicht.«

Wieder klingelte es, gefolgt von einem Klopfen.

Er stand auf und öffnete.

»Hallo, Papa«, begrüßte seine Tochter Christine ihn gut gelaunt und drückte sich an ihm vorbei. Wie immer war er auch diesmal von ihren unerwarteten Besuchen so überrascht, dass er einige Sekunden benötigte, um ihr zu folgen.

»Der Papst betritt die heiligen Hallen«, murmelte er und setzte sich wieder vor seinen Teller.

Christine ging nicht darauf ein. »Riecht gut. Was ist das?« Sie holte eine Gabel aus der Schublade und fischte damit eine Nudel aus der Pfanne.

»Fettuccine mit Räucherkäse und Salami«, antwortete Stephan, »bestehend aus zu viel schmackhaften Fetten und Kohlenhydraten.«

Sie verzog angeekelt das Gesicht. »Ah, der erste Schritt zur Erkenntnis. Ist wirklich ein wenig mächtig.« Sie legte die Gabel in die Spüle und lehnte sich an den Schrank.

»Wie du das nach einer sagenhaften Nudel feststellen kannst, erstaunt mich immer wieder«, lästerte Stephan, den Christines übertriebener Verzicht auf gehaltvolles Essen immer noch ängstigte. Er musterte sie kurz. Zumindest schien sie nicht noch weiter abgenommen zu haben. »Brauchst du Geld?«

Entrüstet stemmte sie die Fäuste in die Hüfte. »Was denkst du von mir? Na hör mal.«

»Ich höre«, erwiderte er und stopfte sich eine Gabel Fettuccine in den Mund. Seine Linke ließ er mit einer auffordernden Geste in der Luft kreisen. Er war sich sicher, dass Christine ihn nicht einfach nur so besuchte.

»Okay, also gut.« Sie gab ihre Zurückhaltung auf und zwinkerte amüsiert. »Du checkst das schon klasse für einen Grufti.«

Stephan verschluckte sich und hustete. »Grufti?«, keuchte er.

»Ach Paps, ich mein das doch positiv. Dir kann so schnell kein Kaffeefahrtenverkäufer eine Heizdecke aufschwatzen.«

Stephan runzelte die Stirn und beschloss, Christines Aussage als Anerkennung zu werten.

Sie kam zu ihm an den Tisch und setzte sich. »Hast du die Kneipe noch? Also ich meine, steht sie noch frei?«

Stephan kaute langsam, fixierte dabei seine Tochter aus zusammengekniffenen Augen. »Ja.«

Über ihr Gesicht huschte ein freudiger Ausdruck. »Klasse!«
»Klasse? Was ist klasse daran? Die Hütte frisst Geld, wenn sie leer steht«, ereiferte er sich.
Sie lehnte sich zurück und lächelte siegessicher. »Dann kannst du ja gar nicht ablehnen.«
Plötzlich dämmerte ihm, worauf dieses Gespräch hinauslief. Er legte seine Gabel auf den Teller und hob die Hände. »Moment mal. Gehe ich richtig in der Annahme, dass du die Kneipe, äh, nun ja … bewirtschaften willst?«
Ihre Augen leuchteten auf. »Du hast doch nichts dagegen, oder?«
»Brauchst du dazu nicht eine Ausbildung?« Er breitete die Arme aus wie ein Prediger. »Du kannst doch nicht einfach mir nichts, dir nichts ein Restaurant eröffnen.«
»Na ja, da hast du schon recht«, lenkte sie ein. »Genau genommen will Kenan eins eröffnen. Ein türkisches. Er meint, die Zeit sei reif.«
Stephan stöhnte auf. »Erde an Christine und Kenan: Wir leben hier in Kohlland und nicht in Dönercity. Kenan irrt gewaltig, glaub mir.«
Christine verschränkte die Arme. Ihre Miene verfinsterte sich, glich einer Gewitterwolke am Abend. »Kannst du nicht einfach mal sein wie andere Väter?«
Kurz verschlug es Stephan die Sprache. »Soll ich dich also einfach so in dein Verderben rennen lassen? Glaubst du, andere Väter würden zusehen, wie ihr einziges Kind mit wehenden Fahnen untergeht?« Er hob die Stimme und setzte noch einen oben drauf. »Ich werde auf keinen Fall zusehen, wie du an den Hirngespinsten deines, deines, äh, Lovers kaputtgehst.«
Christine sprang auf, die Lippen fest aufeinandergepresst. Tränen traten ihr in die Augenwinkel.
Augenblicklich tat Stephan sein Ausbruch leid. Er hatte sich wieder einmal hinreißen lassen und viel zu heftig reagiert. Bevor er das jedoch mit einigen versöhnlichen Worten abmildern konnte, zischte Christine: »Arschloch.« Sie stürmte aus dem Haus und brauste einige Sekunden später in Kenans BMW vom Hof.
Wütend auf sich selbst schaute Stephan ihr durch das Küchenfenster nach.
»Scheiße!«, brüllte er und hieb mit der Faust wütend auf den Tisch. Er traf dabei den Tellerrand und katapultierte die Nudeln gegen die

Wand, wo sie ein ekliges rot-beige gesprenkeltes Muster hinterließen.

Nach einigen schlaflosen Stunden stand Stephan gegen drei Uhr in der Nacht auf, ging nach unten, schnappte sich das Telefon und wählte Christines Handynummer. Es meldete sich nur die Mailbox.

»Hallo, Christine«, sagte er, »entschuldige bitte mein … äh, also das von vorhin. Kenan und du, ihr könnt die Kneipe haben. Also, äh, ich meine, warum auch nicht? Ihr beide seid erwachsene Menschen, keine Kinder mehr. Ihr müsst euren Weg selbst finden.« Stephan überlegte, was er noch sagen konnte. »Und, Christine: Du hast recht, ich bin ein Arschloch.«

SECHS

Am Morgen rief Stephan bei Gisela Germanus an. Nach einem kurzen Gespräch stimmte sie zu, ihn heute noch zu treffen, wenn er bereit wäre, sofort zu kommen. Er sah auf die Uhr. Die Führung in der Felsquelle war für halb zwölf angesetzt. Bis dahin blieben ihm mehr als zwei Stunden. Er sagte zu.

Anschließend rief er Charlotte an und berichtete ihr von seinen Plänen. Sie klang traurig am Telefon, darum versprach er, später bei ihr vorbeizuschauen.

Mühsam, aber stetig erklomm der Mercedes die Hauptstraße durch Rösberg. Stephan genoss das Tempo. Früher hatte er hier immer darauf achten müssen, nicht zu schnell durch die Ortschaft zu brettern. Jetzt konnte er sich im Sitz zurücklehnen und der Tachonadel zusehen, wie sie bei knapp über dreißig Kilometern wie angeklebt stehen blieb. Rechts vor ihm tauchte die »Markusstube« auf, die Fassade leuchtete frisch renoviert in Dunkelrosa. Es war eins der vielen Gebäude in Bornheim, die unter Denkmalschutz standen.

Stephan überlegte, beim »Café Trimborn-Hof« anzuhalten. Hin und wieder trieb es ihn in den umgebauten Kuhstall, um dort in aller Ruhe und bei einer Tasse Cappuccino die Zeitung zu lesen. Doch die Neugier auf Gisela Germanus siegte. Auch glaubte er zu wissen, dass das Café erst am Nachmittag öffnete. Er folgte der K 33, fuhr an Metternich vorbei und bog dann wieder links in Richtung Swisttal ab. Als er den Ortseingang erreichte, kam Udo Lindenberg im Radio und nuschelte mit seiner unverwechselbaren Art: »Irgendwie bin ich ganz anders, nur komm ich viel zu selten dazu.« Der singt über mich, dachte Stephan belustigt.

Das Haus im Heckenweg, in dem Gisela Germanus wohnte, war nicht schwer zu finden. Ein grauer Klotz mit Mietwohnungen aus den Sechzigern. Vielleicht sogar noch früher erbaut. Stephan klingelte. Umgehend summte der Türöffner. Ein Trupp Kinder kam ihm auf der Treppe entgegengesprungen, lärmte nach draußen, die Fußbälle unter die Achseln geklemmt. Er lächelte ihnen hinterher. So jung und unschuldig wäre er auch gerne noch mal.

Gisela Germanus erwartete ihn vor ihrer Wohnungstür im zweiten Stock. Sie war eine zierliche Person. Kaum größer als meine Anrichte, dachte Stephan, dem ihre braunen, fast schwarzen Augen außerordentlich gefielen. Gisela Germanus erinnerte ihn an Susanna Hoffs von den Bangles. Als junger Pubertierender hätte er sein letztes Hemd dafür gegeben, mit der eine Nacht verbringen zu dürfen. Ein warmes Gefühl schoss durch seine Blutbahnen und er spürte, dass er rot wurde.

»Habe die Jungs mit ihren Freunden rausgeschickt, damit wir Ruhe haben«, sagte sie und reichte ihm die Hand.

Stephan schlug ein. Ihre Hand fühlte sich weich und warm an. »Haben die denn keine Schule?«

»Lehrerkonferenz«, antwortete Gisela Germanus und führte ihn ins Schlafzimmer.

Stephan stutzte und sah sie erstaunt an.

»Keine Sorge«, lachte sie, »ich werde nicht rückfällig. Aber wir haben die Maler im Haus. Die machen nur kurz Pause, geht gleich wieder los. Alles steht kopf, nur hier ist es noch auszuhalten. Setzen Sie sich einfach aufs Bett. Wollen Sie etwas trinken?«

Stephan schüttelte den Kopf. »Keine Umstände bitte. Sie wohnen hier mit Ihren Kindern?«, legte er sofort los, da er sich in dem fremden Schlafzimmer unwohl fühlte.

»Ja, und mit Rebecca, meiner Lebenspartnerin.« Sie stand am Fenster, schob die Gardine zur Seite und blickte hinaus. »Jetzt spielen die wieder Fußball.« Sie seufzte.

»Ja und?«, fragte Stephan neugierig.

»Wird Ärger geben. Rundherum wohnen überwiegend alte Leute. Die mögen keinen Lärm. Und die Hausordnung berücksichtigt nicht, dass Kinder spielen müssen.«

»Dämlich«, fällte Stephan sein Urteil, kam dann wieder zur Sache. »Kostet die Renovierung nicht eine ganze Stange Geld?«

Sie runzelte die Stirn. »Schon. Aber was sollen wir machen? Rebecca und ich haben zwei linke Hände.«

»Woher haben Sie das Geld?«, platzte Stephan heraus.

»Geht Sie nichts an, oder?« Ihr Gesicht wirkte plötzlich verschlossen. Sie verschränkte die Arme vor der Brust.

»Lassen Sie mich raten.« Er strich mit der flachen Hand über die Tagesdecke. »Sie werden Ihr Erbe einfordern. Und als kleinen Vorgriff haben Sie schon mal die paar Kröten flüssiggemacht, die Sie gespart haben.«

Gisela Germanus schob den Unterkiefer vor. »Und wenn es so wäre? Ich hätte alles Recht der Welt dazu, so wie mich mein Vater behandelt hat. Wie eine Aussätzige.« Sie klang trotzig und verärgert.

Stephan hob beschwichtigend die Hände. »Ich will das gar nicht werten. Ich verstehe Sie sogar, wirklich. Aber leider muss ich auch feststellen, dass der Tod Ihres Vaters Ihre Lebenssituation deutlich verbessern wird.«

»Das stimmt, zweifellos«, gab sie zögernd zu. »Aber deswegen würde ich den alten Herrn nicht die Treppe hinunterstoßen, nicht für alles Geld der Welt.«

»Wirklich nicht?«, zweifelte Stephan. »Es muss ja nicht wegen des Geldes gewesen sein. Ihr Vater hat Ihnen offenbar böse mitgespielt. Da kocht doch die Seele. Zugang zum Haus konnten Sie sich sicherlich auch verschaffen. Ich wette, Sie haben noch die Schlüssel von früher.«

Trotz des Verdachtes, den Stephan ihr eben um die Ohren gehauen hatte, schmunzelte sie. »Mama hat sich offensichtlich den richtigen Schnüffler zugelegt.« Sie ging zum Nachttisch, zog die oberste Schublade auf und warf Stephan einen Schlüsselbund zu.

Der fing ihn mit einer Hand auf. »Das sind sie?«

»Ja.« Sie ging wieder zum Fenster und spähte hinaus. »Ich war es nicht.«

»Haben Sie ein Alibi?«

»Ich war hier. Rebecca kann das bezeugen.«

Stephan wusste zu genau, was die Aussage der Lebensgefährtin wert wäre. Wenn Gisela Germanus behaupten würde, in der Unfallnacht von Aliens entführt und sexuell belästigt worden zu sein, hätte Rebecca das sicherlich ebenfalls bestätigt.

Gisela Germanus wandte sich um und wiederholte: »Ich war es nicht.«

»Wer dann?«

»Niemand. Es war ein Unfall.«

»Ihr Bruder vielleicht?«

»Rainer? Der ist viel zu blöd.« Sie lehnte sich mit dem Rücken gegen die Wand neben dem Fenster. »Rainer hing immer am Rockzipfel meines Vaters. Der hätte gar nicht die Traute für so etwas.«

»Aber Ihre Mutter denkt, dass sie jemanden gesehen hat«, beharrte Stephan.

»Sie ist fast blind«, konterte sie. »Wenn das alles ist, dann viel Spaß.«

Stephan kramte das Foto der unbekannten Schönen aus seinem Portemonnaie. Diesmal hatte er daran gedacht, es einzustecken. »Kennen Sie diese Frau?«

Gisela Germanus warf einen langen Blick darauf. Aus ihrer gleichbleibenden Mimik schloss Stephan, dass sie die Frau auf dem Bild nicht kannte.

»Nein, tut mir leid, kenne ich nicht. Ist es denn wichtig?«, kam dann auch die erwartete Antwort.

Er steckte das Foto wieder weg. »Das weiß ich ehrlich gesagt noch nicht«, gab er zu.

Es schellte.

Gisela Germanus drückte sich von der Wand ab. »Das werden die Handwerker sein.« Sie verschwand im Flur.

Kurz darauf waren Männerstimmen zu hören. Stephan stand auf, als sich zwei Maler an der Schlafzimmertür vorbeidrückten.

Gisela Germanus kam zurück. »Ich kann Ihnen wirklich nicht helfen«, sagte sie. »Ich habe meinen Vater ewig nicht mehr gesehen, der Kontakt zur Familie ist so gut wie abgebrochen. Nur meine Mutter ruft mich ab und zu an.«

Stephan stand dicht vor ihr und sah auf sie hinab. Ihr Haar duftete nach Vanille. Sie erwiderte den Blick, ohne auszuweichen. Diese Augen, dachte Stephan. Ihm wurde heiß. Susanna Hoffs, die Bangles, Augen wie Abgründe, die ihn zu verschlingen drohten, Textzeilen kreisten in seinem Kopf, von denen er gar nicht wusste, dass er sie kannte.

Oh, what you gonna do
I think I should be with you
A love that's overdue
Oh I think I should be with you

»Frau Germanus? Können wir Kaffee haben?«

Stephan zuckte zusammen und sah in die Richtung, aus der die Stimme gekommen war.

»Sicher. Einen kleinen Moment bitte«, gab Gisela Germanus zurück.

»Sie sollten auf ein ›Bitte‹ bestehen«, sagte Stephan und fuhr sich mit den Händen durch das Gesicht. Was war in der letzten Zeit mit ihm los? Erst Laura, jetzt Gisela Germanus. Seine Hormone schienen Achterbahn zu fahren. Fehlten nur noch Pickel.

»Wie?« Sie blickte ihn verwirrt an.

Er räusperte sich. »Können wir *bitte* Kaffee haben? Lassen Sie den Jungs nicht zu viel durchgehen, dann werden die überheblich.«

Ein flüchtiges Lächeln huschte über ihr Gesicht. Augen wie flüssiger Bernstein, dachte Stephan, riss sich dann los und sah über sie hinweg in den Flur. »Ich werd dann mal wieder. Falls mir noch weitere Fragen einfallen, darf ich mich sicherlich melden«, sagte er hastig und spürte, wie seine Hände feucht wurden.

»Natürlich«, bestätigte sie und geleitete ihn zur Tür. »Ich habe nichts zu verbergen.«

Stephan nickte und eilte die Treppen hinunter. Unten angekommen, holte er tief Luft. Was für eine Erscheinung, dachte er und sah noch mal zur Wohnung hinauf. Gisela Germanus stand am Fenster und winkte zaghaft. Er nickte ihr knapp zu.

»Wollt ihr wohl aufhören!«, rief eine ärgerliche Stimme.

Ein Mann mit Bartschatten stand auf einem Balkon des Nachbarhauses und fuchtelte wütend mit einer Faust in der Luft herum. Sein Gesicht glich einer überreifen Tomate. »Kein Fußballspiel!«, rief er erregt.

Stephan ging zu den acht Jungs, die wie Orgelpfeifen aufgereiht unschlüssig auf der Wiese standen.

»Mensch, lasst uns aufhören. Der ruft wieder meine Eltern an, und dann gibt es Ärger. Darauf habe ich keinen Bock«, sagte der größte von ihnen.

»Nichts da!«, bestimmte Stephan. »Ich spiele eine Runde mit. Und falls dann jemand Ärger bekommt, werde ich das sein. Einverstanden?«

Die Jungen zögerten, aber als Stephan gegen den Ball trat, warfen sie ihre Bedenken über den Haufen und kickten mit.

Leicht verschwitzt machte er sich zwanzig Minuten später auf den Weg nach Roisdorf zur Felsquelle. Dabei passierte er die Orte Dünstekoven, Buschhoven, Ramelshoven, Impekoven, Oedekoven und Alfter. Als er ausstieg, hatte er immer noch ein breites Grinsen im Gesicht. So viele »Oven« hatte er nicht mehr gesehen, seit er im Sommer letzten Jahres bei der Firma Hark auf der Bergisch Gladbacher Straße in Köln seinen neuen Kamin gekauft hatte.

Er ging zum Pförtner und meldete sich an.

»Es kommt gleich jemand«, teilte der ihm nach einem kurzen Telefonat mit.

Tatsächlich strebte schon bald ein kleiner Mann, mit Kittel, Latzhose und Sicherheitsschuhen bekleidet, auf Stephan zu. Ein Haarkranz umrahmte seine Glatze, eine Hornbrille zierte die Nase.

»Herr Tries, nehme ich an«, fistelte der Mann mit hoher Stimme.

Stephan bejahte und gab ihm die Hand.

»Ich bin der Produktionsleiter hier im Betrieb, Ludwig Beuel. Legen wir los.« Er schritt trotz seiner kleinen Beine weit aus und machte einen energischen und zielsicheren Eindruck.

Stephan stolperte hinterher.

Eine Stunde lang ging es quer durch die Produktion. Er erfuhr alles. Von der Wasserförderung über die Spülung der Flaschen bis hin zur Abfüllung blieben keine Fragen offen. Erstaunlich fand Stephan, dass die Anlagen nur von recht wenigen Arbeitern beaufsichtigt wurden.

Zum Schluss ging Beuel mit Stephan in einen kleinen Pausenraum. Dessen Wände waren so verputzt, dass das Innere einer Grotte glich. Ein kleiner Brunnen stand an der rechten Wand. Beuel drückte einen Knopf rechts an der Wand, und augenblicklich plätscherte aus einem Hahn Wasser hinein. »Hier können Sie unser Felsquellerzeugnis frisch probieren«, sagte er.

Beuel öffnete die Tür unter einer Spüle, die an der dem Brunnen gegenüberliegenden Wand stand, nahm ein Glas heraus und füllte es bis zum Rand. Er drückte es Stephan in die Hand. »Hier. Es ist ausgezeichnet, Sie werden es schmecken.«

Stephan probierte. Das Wasser war kalt und leicht salzig.

»Erfrischend«, stellte er fest.

Beuel lächelte und nickte.

»Arbeiten Sie eigentlich schon lange hier?«, wollte Stephan wissen.

»Dreißig Jahre«, kiekste Beuel, warf sich in die Brust und strahlte. »Die fünfzig mache ich noch voll.« Kaum hatte er das gesagt, verfinsterte sich sein Gesicht.

Stephan ahnte, was Beuel durch den Kopf ging. »Sie machen sich Sorgen, dass der Betrieb schließen könnte?«

Beuel kratzte sich die Glatze und musterte Stephan. »Sie sind doch kein Reporter?«

Stephan winkte ab. »Gott bewahre.«

»Wenn nicht bald was passiert, müssen wir den Hahn zudrehen«, seufzte er. »Wir sind ja schon auf Kurzarbeit.«

Daher die wenigen Arbeiter, folgerte Stephan.

»Aber immerhin besteht jetzt wieder Hoffnung«, sagte Beuel, und seine Miene hellte sich auf. Gleich darauf machte er ein erschrockenes Gesicht. »Also, äh, verstehen Sie mich nicht falsch, äh, nicht dass ich mich über den Tod des Seniorchefs freue. Aber ich habe Familie, und in meinem Alter noch was Neues zu finden ist praktisch unmöglich«, stammelte er.

»Keine Sorge, ich weiß genau, was Sie meinen«, beruhigte ihn Stephan. »Was wir hier bereden, bleibt unter uns.« Er hielt sein Glas unter die sprudelnde Quelle, füllte es erneut und leerte es in einem Zug. »Wie kamen die beiden eigentlich miteinander aus? Ich meine, Senior und Junior«, fragte er wie beiläufig.

Ein junger Mann mit dicken Pickeln im Gesicht schaute zur Tür herein. »Die Abfüllanlage steht.«

»Komme gleich«, antwortete Beuel. »Sag Hans Bescheid.«

Das Pickelgesicht verschwand wieder. »Hans ist unser Elektriker. Ist auf Abruf zu Hause«, erläuterte Beuel und fügte leise an: »Früher hat er hier Überstunden geschoben.« Dann straffte er sich und nahm den Faden wieder auf. »Sie haben mich nach den beiden Chefs gefragt.« Er überlegte kurz. »Zu viele Köche verderben den Brei, sagt man. Ja, ich denke, das passt.«

»Wer war denn in Ihren Augen derjenige, der den Brei am besten kochen konnte?«

Beuel musste nicht überlegen. »Der Junior, ganz klar. Sie haben es ja gesehen.« Er wies in Richtung Halle. »Wir müssen dringend modernisieren. Die Energiekosten sind immens, allein dadurch liegen wir schon mehrere Cent über der Konkurrenz. Der Vertrieb muss wachsen, damit neue Kunden gewonnen werden können, und, und, und. Meiner Meinung nach hilft uns nur ein grundlegender Kurswechsel.«

»Und den wollte der Seniorchef nicht.«

Beuel biss sich auf die Unterlippe. »Es ist schon schmerzlich, aber mein Eindruck war, dass die Zeit ihn überholt hatte.«

»Rainer Germanus ist da also anders?«

»Ja sicher«, rief Beuel aus. »Der packt die Sache an. Knallharter Mann, gute Ideen. Der setzt sich durch, da können Sie sicher sein.«

Beuel strahlte wieder, steckte seine Hände in die Kitteltaschen und wippte auf seinen Füßen hin und her.

Stephan nahm sich noch ein Glas Wasser und lächelte. Er hatte genug gehört. Rainer Germanus war offensichtlich alles zuzutrauen, wenn es ums Geschäft ging.

***

Die Zigarre stank gotterbärmlich. Doch Stephan hatte es nicht fertiggebracht, dem Handwerksmeister das Rauchen zu verbieten. Man wusste ja nie, ob sich eine solche Bagatelle hinterher nicht negativ auf den Kostenvoranschlag auswirkte. Eine halbe Stunde waren sie durch das gesamte Haus gelaufen. Meister Babczyk hatte die Wasserhähne überprüft, die Rohre im Keller abgeklopft, in die Abflüsse geschaut und die Wasserspülung laufen lassen. Hier und da hatte er etwas Unverständliches gebrummelt und dabei eine Miene aufgesetzt, die keine Tendenz erahnen ließ. Charlotte hatte den Mann als absolute Koryphäe auf dem Gebiet der Wasserver- und -entsorgung angepriesen. Stephan zweifelte. Der Meister wirkte auf ihn eher unschlüssig als selbstsicher. Er nuckelte an der Zigarre wie ein Kleinkind am Schnuller.

»Und? Schlimm?«, fragte Stephan schließlich.

Meister Babczyk kratzte sich das Kinn, kniff ein Auge halb zu und fixierte die Wand, als ob er hineinsehen könnte.

Innerlich stöhnte Stephan auf. Das kannte er noch von den anderen Handwerkern, die hier im vergangenen Jahr ein und aus gegangen waren. Panik befiel ihn, Schweiß perlte urplötzlich aus jeder seiner Poren. Gleich würde Meister Babczyk die Wangen aufblasen und so unheilvolle Worte ausstoßen wie: »Also ich würde sagen: Muss alles raus, der Schrott.«

»Also, ich würde sagen …«, begann Meister Babczyk, hielt dann aber inne.

Verflucht! Stephans Knie wurden weich. Er dachte an seine leeren Bankkonten und blinzelte den Schweiß fort, der ihm in die Augen lief. »Ja?«, presste er mutig hervor und kam sich dabei vor wie ein Delinquent, der gleich in den Abgrund gestoßen werden sollte.

Meister Babczyk kratzte sich den Nacken und ließ den Stumpen vom linken Mundwinkel in den rechten wandern. »Ich kann es nicht glauben.«

Stephan runzelte die Stirn. Was war das denn? Der letzte Satz passte nicht ins übliche Konzept. »Was können Sie nicht glauben?« Er verlor langsam die Geduld.

»Zufälle gibt es aber auch.« Meister Babczyk grunzte erheitert. »Ich war damals noch ein junger Bursche, noch in der Lehre.«

Das wiederum konnte Stephan nicht glauben. Dachte der Gas-Wasser-Scheiße-Mann wirklich, dass er an seinen Jugendgeschichten interessiert wäre?

»Wann war das noch mal genau? Irgendwann in den Sechzigern«, sinnierte Babczyk. »Ich glaube, es war 69, wegen der Mondlandung.« Er nickte. »Genau, ja. Hatte eine Freundin zu der Zeit, die ging ab wie Schmitz' Katze, wenn sie kam. Hab sie Apollo genannt.« Er lachte und zwinkerte Stephan zu. »Rakete, ist klar, ne?«

Stephan schloss die Augen und rieb sich den Nasenrücken. Mit der anderen Hand gebot er Einhalt. »Wenn schon, dann Saturn.«

»Hä?«

»Die Rakete hieß Saturn, Apollo dagegen … Ach, Scheiße! Was erzähl ich hier eigentlich? Was ist nun mit den Leitungen?«, stieß er wütend aus.

Meister Babczyk schob die Unterlippe vor und presste den Zigarrenstumpen so nach oben, dass er in die Höhe ragte wie der Schiefe Turm von Pisa. »Wollt nur sagen«, quetschte er aus dem rechten Mundwinkel hervor, »dass ich diese Leitungen 69 mit meinem Lehrherrn installiert habe. Bessere Qualität wurde damals nirgends verbaut.«

»Das gibt es doch nicht«, sagte Stephan ehrlich überrascht, »ich kann mich gar nicht daran erinnern, dass meine Eltern das haben machen lassen.« Sein Ärger verflog.

»Kein Wunder. Ist ja auch vierzig Jahre her«, stellte Meister Babczyk fest. »Sie waren zu der Zeit noch ein Hosenscheißer.« Er klopfte mit dem Knöchel des Zeigefingers gegen die Wand. »Auf jeden Fall sind die Rohre noch alle in Ordnung. Ich muss nur mal hier und da mit der Spirale durch, dann läuft's wieder.«

Stephan sah ihn ungläubig an. »Mit der Spirale durch« konnte nicht allzu teuer werden, was der Meister auch sofort bestätigte.

Er nahm seinen Stumpen aus dem Mund und grinste. »Ich schick Ihnen nachher meinen Gesellen vorbei. Geben Sie dem einen Hunderter mit, dann sind wir quitt.«

Es dämmerte. Untermalt vom dumpfen Wummern einer Musikanlage zirpten etliche Grillen. Wie sehen die Biester eigentlich aus?, fragte sich Stephan. Er stellte sich große Grashüpfer vor, vermutete jedoch, dass er weit danebenlag. Wie auch immer, in seinem verwilderten Garten schienen sie sich wohlzufühlen. Immer schneller und wilder tönten die Bässe zu ihm herüber. Immer störender.

»Mann, Detlef! Zieh endlich den Stecker«, brüllte er über die Terrasse zum Nachbargrundstück hinüber. Doch er wusste, dass sein bescheuerter Nachbar ihn nicht hören konnte. Ärgerlich grunzend ging er ins Haus und holte sich ein weiteres Bier aus dem Kühlschrank. Als er wieder auf der Terrasse saß, hörte er auf der anderen Seite des Hauses einen Wagen auf den Hof fahren. »Nanu?«, sagte er zu Tiger, die neben ihm auf dem Sessel eingerollt schnurrte. Sie spitzte nur kurz die Ohren und drehte sie wie Radarschüsseln, schien aber nichts Gefährliches geortet zu haben, denn sie streckte sich nur kurz und rollte sich dann wieder ein.

Der Haustürschlüssel drehte sich im Schloss. »Ich bin's«, rief Charlotte.

»Klar, nur du hast einen Schlüssel«, antwortete Stephan. »Komm raus und bring dir was zu trinken mit.«

Es klapperte in der Küche, kurz darauf tauchte Charlotte mit einem Glas Chardonnay auf.

»Puh, was für eine Hitze. Laut Thermometer im Auto immer noch zweiundzwanzig Grad.« Sie ließ sich auf einen Sessel plumpsen. Ihr Rock rutschte nach oben, als sie die langen Beine übereinanderschlug. Sie schimmerten golden im Schein der Antimückenkerze.

Stephan spürte ein Ziehen im Unterleib. Seine Müdigkeit verflüchtigte sich von einer Sekunde auf die nächste. »Was macht deine Mutter?«

»Es geht. Der Zivi ist da. Ich musste mal raus, abschalten. Du wolltest doch vorbeikommen.«

»Ich wäre noch gekommen«, redete er sich raus und spürte, dass er rot wurde.

Charlotte schmunzelte. »Da bin ich sicher«, stellte sie fest.

Die Bässe verstummten.

»Schön«, kommentierte Charlotte und nippte an ihrem Wein. Sie fuhr mit der Zungenspitze über ihre Lippen, in ihren Mundwinkeln bildeten sich Lachfältchen. Stephan wusste nur zu gut, was das zu bedeuten hatte. Er stemmte sich aus seinem Sessel.

»Ich geh rasch duschen.«

Sie lächelte und öffnete ihre hochgesteckten Haare, die herunterfielen und seidig über ihre Schultern flossen.

Stephan ging nach oben, zog sich aus und stieg in die Duschtasse. Der Wasserstrahl erfrischte ihn, er schloss die Augen und genoss die Abkühlung. Während er Meister Babczyk und seinem Gesellen im Stillen dafür dankte, öffnete Charlotte die Tür der Duschkabine, nackt, und schob sich zu ihm hinein. Stephan musste den Bauch einziehen. Er räusperte sich. »Hier?«

Charlotte grinste. »Öfter mal was Neues.«

SIEBEN

Der Wettermann im Radio verkündete, dass es ein heißer Tag werden würde. Stephan stellte seine Tasse ab. »Wenn es nicht bald regnet, wird die Ernte dieses Jahr den Bach runtergehen.«

Charlotte gähnte und strich sich eine Strähne hinters Ohr. »Seit wann kümmert dich das? Ich bin ehrlich überrascht.«

Stephan grübelte einen Moment. Es stimmte, früher hätte er sich darüber keine Gedanken gemacht. »Vielleicht bin ich endlich im Dorf angekommen«, antwortete er.

»Schön«, stellte sie fest und holte dann einen silbrigen Aktenkoffer aus dem Flur. Stephan hatte sich schon die ganze Zeit gefragt, was sie darin mitführte. Sie ließ die Schlösser aufspringen und entnahm ihm einen Stapel Papier, den sie auf den Tisch legte. »Ich war nicht untätig.«

Stephan nahm sich das oberste Blatt. Aufgedruckt war ein Zeitungsbericht. Die Schlagzeile lautete: »Felsquelle dank Bursch gerettet«.

»Habe ich fast alles im Internet gefunden und für dich ausgedruckt. Dann habe ich mit Rainer gesprochen. Du erinnerst dich sicher an ihn. Der Reporter, ihr habt euch auf der Geburtstagsfeier meiner Mutter kennengelernt. Soll ich zusammenfassen? Lesen kannst du das ja später noch.« Charlottes Müdigkeit war verflogen, ihre Wangen leuchteten rosa.

»Na klar«, sagte Stephan und lehnte sich zurück. »Leg los.«

»Anfang des Jahres hat sich der stellvertretende Bürgermeister Bursch tatsächlich ganz schön aus dem Fenster gelehnt. Er verkündete den Erhalt der Arbeitsplätze bei der Felsquelle und ließ sich von der Presse als Retter feiern, genau wie Krause dir gesagt hat. Immer an seiner Seite: dieser Bauunternehmer Poensgen und natürlich Rainer Germanus. Die drei stecken unter einer Decke, auch politisch. Sie gehören alle derselben Partei an.«

»Nachtigall, ick hör dir trapsen.«

»Genau. Wie wir aber inzwischen wissen, haben sie die Rechnung ohne den alten Germanus gemacht. Ich habe mir noch die Mühe gemacht und ein wenig die übrigen Aktivitäten von Poensgen und Bursch beleuchtet.« Charlotte lächelte süffisant.

»Rück schon raus«, forderte Stephan.

»Alles streng geheim natürlich«, säuselte sie.

»Streng geheim«, bestätigte Stephan und zog sich einen imaginären Reißverschluss über die Lippen.

Sie beugte sich vor. »Ich habe eine Freundin, die bei Poensgens Hausbank arbeitet.«

Stephan schüttelte den Kopf und lachte. »Deine Vernetzung überrascht mich jedes Mal.«

Sie winkte ab. »Alles halb so wild. Also, alle erwarten, dass Poensgen bald das Handtuch wirft. Die Banken haben ihm den Geldhahn zugedreht. Im letzten Monat ist ihm der Großauftrag für den Bau der neuen Disco in Roisdorf durch die Lappen gegangen.«

»Eine Disco? Hier in Bornheim?«, fragte Stephan überrascht. Ein Tanztempel passte in seinen Augen genauso wenig ins beschauliche Vorgebirge wie Kenans türkisches Restaurant. Vielleicht lebte er inzwischen wirklich hinter dem Mond.

»Ja, sicher, warum auch nicht?«, bestätigte Charlotte. »Roisdorf hat einen Bahnhof, der von Köln und Bonn gut zu erreichen ist. Dazu noch eine eigene Autobahnabfahrt von der A555. Eine bessere Anbindung kann man sich als Betreiber gar nicht wünschen. Soll eine richtige Großdisco werden, mit Rittersaal, Skihütte und Gastronomie. Wenn ich mich richtig erinnere, steckt die Discokette MPC dahinter. Die betreiben wohl schon über einhundertfünfzig solcher Tanzläden.« Sie hob die Augenbrauen.

»Verstehe«, sagte Stephan, »für Poensgen wäre es wie ein Sechser im Lotto gewesen, hätte er den Auftrag bekommen.«

Charlotte nickte. »Richtig. Jetzt bleibt ihm nur noch die Sanierung der Felsquelle. Andere Aufträge sind nicht in Sicht. Dass er überhaupt noch seinen Fuhrpark bewegen kann, gibt Rätsel auf. Man vermutet, er hat Kontakte in die Unterwelt und beschafft sich dort das Geld. Was die Unterwelt mit denen macht, die ihre Kredite nicht mehr bezahlen können, kann man in Krimis nachlesen. Da ist es doch schmerzfreier, man beseitigt den Verursacher der ganzen Situation, oder?« Sie hob die Augenbrauen. »Sollte Poensgen den Auftrag zur Sanierung der Felsquelle erhalten, wäre das Rettung in letzter Minute, und seine Situation würde sich deutlich entschärfen.«

»Das ist nicht neu«, kommentierte Stephan.

»Das nicht«, stimmte Charlotte zu und schmunzelte. »Aber jetzt kommt es.« Sie machte eine Spannungspause, platzte dann heraus: »Unser hochverehrter stellvertretender Bürgermeister Bursch ist stiller Teilhaber bei Poensgen. Wenn die Felsquelle schließen müsste, würde das auch für ihn der finanzielle Genickbruch.«

Stephan hielt kurz die Luft an. »Das ist ja der Hammer.« Er tippte mit den Fingern auf den Tisch und grübelte. »Alle drei hätten somit ein Motiv«, murmelte er. »Ich denke, denen werde ich mal auf die Füße treten. Wenn da keine Schweinerei bei rauskommt, fresse ich einen Besen.«

Charlotte streckte sich. »Ich komme mit, wenn du nichts dagegen hast.«

»Prinzipiell nicht. Gleich will ich aber erst mal zum Gärtner der Germanus, Karl Liebknecht. Der hat zwar in der Unfallnacht nicht in der Villa übernachtet, war aber zumindest vor Ort. Er hat in der Gartenlaube geschlafen. Vielleicht hat er etwas bemerkt. Und heute Nachmittag habe ich eine Verabredung mit dem Bürgermeister, den werde ich dann mal wegen Bursch aushorchen.«

»Du hast eine Verabredung mit dem Bürgermeister?«, fragte Charlotte erstaunt.

»Hab ich das noch nicht erzählt?«

Charlotte schüttelte den Kopf und kniff die Lippen zusammen. Ihre gute Laune war verflogen.

»Entschuldige bitte«, sagte Stephan schnell. Er spürte, dass er mal wieder in ein Fettnäpfchen getreten war. Rasch berichtete er ihr von dem Anruf. »Bin gespannt, was dabei rauskommt.«

Ein Wagen fuhr auf den Hof. Stephan streckte sich und sah aus dem Küchenfenster. »Christine und Kenan. Die wollen bestimmt den Kneipenschlüssel holen.«

»Den Kneipenschlüssel?«, wiederholte Charlotte verständnislos, und Stephan sah ihr an, dass sie langsam ärgerlich wurde.

Er hätte sich am liebsten zur Strafe selbst auf die Zunge gebissen. »Sorry«, presste er hervor, »habe ich auch vergessen zu erzählen. Tut mir wirklich leid. Hole ich nach, versprochen.«

Charlotte schwieg mit düsterer Miene.

***

Aufgeschreckt suchte ein Kaninchen das Weite. Es sprang mit riesigen Sätzen davon und verschwand in einem Erdloch. Stephan blieb auf dem Rheinuferweg stehen und sondierte die Lage. Kurz schweiften seine Gedanken ab. Charlotte hatte sich überraschend schnell und, wie er meinte, mit einer fadenscheinigen Begründung verabschiedet. Wer sprengt schon morgens den Rasen? Sie hatte ihm keinen Kuss zum Abschied gegeben. Warum musste immer alles so kompliziert sein? Er trat gegen eine leere Bierdose, die scheppernd über den Weg auf die Wiese flog. Da vergaß man mal, etwas zu erzählen, und Charlotte machte daraus gleich einen Vertrauensbruch. Er nahm sich vor, später noch bei ihr vorbeizuschauen und um Verzeihung zu bitten, wenn er auch nicht genau wusste, für was.

Der Rhein floss träge in seinem Bett, ein voll beladenes Güterschiff kämpfte gegen den Strom rheinaufwärts. Ein Matrose warf einen Eimer mit Abfällen über Bord. Sofort umkreisten kreischende Möwen die Stelle.

Die Hausboote dümpelten in einem toten Arm des Flusses, abgetrennt von der Hauptfahrrinne, durch eine kleine, mit hohen Bäumen bewachsene Insel Herseler Werth.

Von Katharina Klawartzki wusste Stephan, dass das größte Boot von den vieren dasjenige war, auf das sich Karl Liebknecht in seiner Freizeit zurückzog. Er ging den kleinen Pfad hinunter, der den Anlegeplatz mit dem höher gelegenen Rheinuferweg verband. Vor dem Steg, der zu dem Boot führte, blieb er stehen und betrachtete es. Die rote Farbe platzte in dicken Flecken von den Planken ab, von der Sonne ausgeblichenes, fast graues Holz kam zum Vorschein. Vor den Fenstern hingen schmutzige Vorhänge, ließen keinen Blick ins Innere zu. Grün angelaufene Teerpappe bedeckte das Kajütendach. Stromleitungen waren nicht zu sehen. Stephan betrat den Steg, der bedrohlich schwankte und knarzte. Der Zugang zum Deck wurde durch ein Metalltor blockiert.

»Hallo«, rief Stephan. »Herr Liebknecht? Sind Sie da?«

Nichts rührte sich. Stephan zögerte. Vielleicht schlief Liebknecht ja noch und musste sich erst anziehen. Plötzlich bemerkte Stephan eine Bewegung hinter einem der trüben Fenster. Ein Vorhang wurde kurz zur Seite geschoben, fiel dann wieder zurück.

»Ich komme im Auftrag von Frau Germanus«, erklärte Stephan mit lauter Stimme, und als Liebknecht sich immer noch nicht sehen ließ, ergänzte er: »Es geht um den Selbstmord ihres Mannes. Vielleicht können Sie mir helfen.«

Knarrend öffnete sich die Kajütentür, und Liebknecht trat heraus. Stephan erkannte ihn vom Foto aus Germanus' Album.

Karl Liebknecht musterte Stephan missbilligend. Er trug eine abgewetzte Latzhose und derbe Schnürstiefel, sein Oberkörper war nackt. Deutlich sichtbare Narben zogen sich über seine Brust. Er hatte welliges graues Haar und trug einen mächtigen Vollbart. Stephan konnte sich ein Grinsen nicht verkneifen.

»Was amüsiert dich denn so?«, brummte Liebknecht, verschränkte die Arme und ließ seinen Bizeps spielen.

»Entschuldigen Sie bitte«, antwortete Stephan. »Aber Sie erinnern mich an jemanden.«

»Karl Marx?«

»Wenn ich ehrlich sein darf? Ja.«

Eine Zornesader erschien auf Liebknechts Stirn. »Arschloch!«, rief er und verschwand ohne ein weiteres Wort wieder in der Kajüte.

»Was für ein netter Geselle«, murmelte Stephan. So schnell wollte er sich aber nicht geschlagen geben. »Herr Liebknecht, es war nicht so gemeint. Ich möchte doch nur ein wenig mit Ihnen plaudern.«

Liebknecht rührte sich nicht.

Stephan schätzte die Entfernung vom Steg bis zum Bootsdeck ab. Gut und gerne drei Meter. In seiner Jugend hatte er locker Weiten von vier und mehr geschafft. Allerdings mit ordentlich Anlauf, den er hier auf dem wackeligen Steg nicht hatte. Er musste schräg springen, damit er am Tor vorbeikam.

»Ach, was soll's«, entschied er sich kurz entschlossen, ging fünf Schritte zurück und spurtete los. Mit einem kräftigen Satz sprang er ab und landete tatsächlich hinter der kaum einen Handspann hohen Reling. Siegreich reckte er einen Arm in die Höhe. Leider hatte er nicht bedacht, dass sich ein Boot bewegte. Das Deck neigte sich, und Stephan ruderte mit den Armen, um nicht hintenüberzufallen. Vergebens. Er machte einen Schritt zurück, trat gegen die Reling, stolperte und fiel über Bord. Gott sei Dank dämpfte der Uferschlick seinen Sturz.

»Was zum Teufel ...?«, röhrte jemand über ihm. Als er die Augen öffnete, glotzte Liebknecht ihn von oben herab an. »Bist du aus der Bonner Landesklinik ausgebrochen? Wie kann man denn so blöd sein und versuchen, hier draufzuspringen?«, brummte er, schien aber unter seinem Vollbart zu grinsen.

Stephan rappelte sich hoch. Das Wasser reichte ihm gerade mal bis zur Hüfte. »Wer nicht wagt, der nicht gewinnt«, gab er zurück und wischte sich, so gut es ging, den Modder von der Kleidung.

»Ach, verdammte Scheiße«, nuschelte Liebknecht, »geh ans Ufer. Ich schließe das Tor auf. Mit einem Bekloppten wollte ich mich immer schon mal unterhalten.«

In der Kajüte roch es nach Bier und Zigaretten. Dreckige Kleidungsstücke lagen verstreut über der kleinen Bank in der linken Ecke vom Eingang. Auf dem Tisch davor türmten sich Farbflaschen. Rechts stand eine Staffelei, darauf ein halb fertiges Landschaftsbild. Eine kleine Kombüse, nicht mehr als zwei Gaskocher, eine Spüle und ein Holzschrank befanden sich geradeaus an der Wand.

»Mein Reich«, informierte Liebknecht Stephan und sammelte die dreckige Kleidung auf einen Haufen zusammen, bevor er sich setzte. »Viel Platz ist nicht. Bleib ja stehen, du versaust mir sonst die ganze Bude. Den Schlick kriege ich nicht wieder raus.« Er griff nach einem Tabakbeutel und fing an, sich eine Zigarette zu drehen.

Stephan beschloss, sich auf das Du einzulassen. »Warum warst du denn eben so abweisend?«

»Mag keine Gesellschaft«, antwortete Liebknecht.

»Aha.« Stephan wies mit dem Kinn zu dem Bild. »Du malst gerne? Kubismus, soweit ich das mit meinen bescheidenen Kunstkenntnissen beurteilen kann. Picasso, nicht wahr?« Liebknecht hatte offensichtlich Talent.

Liebknecht hob wortlos die Hände und streckte die Finger. Entsetzt sah Stephan, dass die Glieder offensichtlich mehrmals gebrochen und krumm zusammengewachsen waren. Es erinnerte ihn augenblicklich an seine alte Tante Theresa. Diese hatte an Gicht gelitten, und ihre Hände hatten im Endstadium der Krankheit genauso ausgesehen. »Verstehe«, sagte Stephan. Mit solchen Händen konnte man kaum einen Pinsel führen. »Ein Unfall?«

Liebknecht schüttelte den Kopf. »Lange Geschichte.« Er leckte über das Zigarettenpapier. »Meine Freundin malt«, sagte er und zündete sich die Zigarette an. Er sah Stephan an, kramte dann aus der Dreckwäsche ein Handtuch hervor und warf es ihm zu. »Besser als nichts.«

Stephan schauderte, als er die dunklen Flecken auf dem Stoff sah und hoffte, dass es nichts Ansteckendes war. Er rieb sich den Kopf mit dem Tuch ab, sparte dabei Augen und Mund aus.

Liebknecht aschte auf den Boden ab. »Also sag schon! Was willst du wissen?«

»Es geht um den alten Germanus, um den Unfall …«, wollte Stephan erklären, doch Liebknecht unterbrach ihn.

»Geschenkt, bin schon im Bilde. Robert hat mir alles erzählt.«

»Umso besser. Du warst in der Nacht, als der Unfall passierte, auch dort. Hat Robert erzählt.«

»Der alte Quasselkopf. Aber es stimmt. Ich wollte früh am nächsten Morgen eine alte vom Blitz gespaltene Tanne fällen. Die drohte, auf die Gartenlaube zu fallen.«

»Und? Hast du etwas bemerkt in der Nacht? Oder sogar etwas gesehen?«

Liebknecht sah auf die Glut seiner Zigarette, schien nachzudenken. Das Kraut riecht, als wäre es auf der Bahndamm-Schattenseite gewachsen, dachte Stephan, dem leicht übel wurde. Doch Liebknechts nächster Satz, ließ ihn sein Unwohlsein vergessen.

»Ja, da war was«, sagte Liebknecht so gleichgültig, als würde er über das Wetter sprechen.

Stephan horchte auf. Da war er plötzlich wieder, sein Jagdinstinkt. Er witterte Beute, fühlte sich bestätigt, auf der richtigen Fährte zu sein.

»Erzähl einfach«, forderte er Liebknecht wissbegierig auf. Die Luft schien plötzlich aufgeladen.

»Ich weiß nicht, was«, sagte Liebknecht.

Stephan konnte es fast nicht glauben. Der Mann vor ihm schien mit ihm spielen zu wollen. »Was soll das heißen? Hast du nun etwas gesehen oder nicht?«

»Schon«, gab sich Liebknecht einsilbig.

»Dann rück schon raus damit!« Stephan platzte fast vor Neugierde.

Liebknecht drückte die Zigarette im überfüllten Aschenbecher aus. »Na gut, aber so toll ist es auch nicht.« Er griff wieder zum Tabakbeutel. »Ich schlaf ja in dem kleinen Gartenhäuschen hinter der Villa im Park. Hatte das Licht aus. Von meinem Bett aus kann ich das Haupthaus sehen.«

Ein Glöckchen über dem Küchenschrank schlug an. Liebknecht stand auf. »Komm mit«, forderte er.

Stephan stöhnte innerlich. Der Mann hatte die Ruhe weg. Er folgte Liebknecht hinaus zum Bug. Dort hing, festgesteckt in einer Verankerung, eine Angel über Bord. Ein Bindfaden führte von der Rute zum Inneren der Kajüte. Das Fiberglas bog sich durch. Mit einem gekonnten Griff schnappte sich Liebknecht die Angel aus der Halterung und begann, die Schnur einzuziehen. »Ich konnte nicht schlafen«, erzählte er weiter, während er mit dem Fisch kämpfte. »Habe öfters Alpträume von früher, na ja, andere Geschichte.« Er zog an der Rute, sein Bizeps spannte sich. »Scheint ein kapitaler Bock zu sein.« Er deutete mit dem Kinn auf das Wasser hinaus.

»Du konntest also nicht schlafen«, sagte Stephan, der keine Lust verspürte, über die Fischerei zu plaudern.

»Genau. Also, vom Bett aus kann ich zur Villa rüberschauen«, wiederholte Liebknecht. »Der Flur hat ein Fenster zum Garten. Wie immer brannte das Licht. Ein Schatten tauchte vor einem der Fenster auf, ich tippe auf den alten Germanus.« Er zog kräftig an der Angel, und ein Barsch sprang förmlich aus dem Wasser an Deck und zappelte wild. Seine Kiemen bewegten sich hektisch. Liebknecht legte die Angel ab, nahm sich einen Holzstab, der neben einem Eimer lag, und haute dem Barsch damit auf den Kopf. Das Zappeln wurde langsamer und hörte ganz auf. »So. Abendessen ist gerettet«, meinte er trocken.

»Kann man die denn überhaupt essen?«, fragte Stephan.

Liebknecht lachte. »Du meinst, wegen des Rheins? Klar kann man. Ist lange her, dass das nicht ging.« Er griff nach einem Taschenmesser, das mit der Spitze in einer Planke steckte, und fing an, dem Barsch die Innereien zu entfernen.

»Bevor du anfängst, deinen Fang zu braten, gib mal Butter bei die Fische«, forderte Stephan. »Was war denn nun mit dem Schatten?«

Liebknecht kratzte sich mit dem Handrücken den Bart. »Ja, das ist komisch. Mit einem Mal tauchte direkt daneben noch ein Schatten auf, dann war der erste plötzlich weg. Jetzt, im Nachhinein, denke ich, dass das vielleicht genau der Zeitpunkt war, als Germanus die Treppe hinabstürzte.«

»Könnte doch Frau Germanus gewesen sein. Oder Robert«, wandte Stephan ein.

Liebknecht schüttelte den Kopf. »Glaub ich nicht. Ich bin mir fast sicher. Robert hat geschlafen. Der arme Kerl ist doch froh, wenn er mal ein paar Minuten Ruhe bekommt. Und drei Fenster weiter war noch eine andere Silhouette zu sehen. Die hätte zu der Alten gepasst.« Er fing wieder an, im Fisch zu pulen.

Stephan grübelte und blickte über den Rhein. Ein Sportboot pflügte durchs Wasser. Es glich einer summenden Mücke über einer Pfütze. Wenn Liebknechts Einschätzung stimmte, dann war noch jemand im Haus gewesen. Frau Germanus' Version erhielt Futter. »Du bist wirklich sicher, dass du drei Schatten gesehen hast?«, hakte Stephan nach.

Liebknecht nickte langsam und rammte das Taschenmesser wieder in die Planke.

»Warum hast du denn nichts unternommen?«, wollte Stephan wissen. »Dir muss doch klar gewesen sein, dass da einer zu viel rumlief.«

Liebknecht warf den Fisch in einen Eimer. »Hätte ja auch sein können, dass die Besuch haben. Was weiß ich schon davon? Ich mische mich nirgends mehr ein.«

Stephan schüttelte den Kopf. »Was für ein blöder Spruch. Zumindest der Polizei hättest du das doch später erzählen können.«

Liebknecht zuckte zusammen, sah auf seine Hände, spuckte dann ins Wasser. »Sei froh, dass ich es dir erzählt habe. Mit den Bullen will ich nichts zu tun haben«, zischte er.

Stephan dämmerte etwas. Liebknechts ängstlicher Blick auf seine Hände, gerade in dem Moment, als er das Wort Polizei ausgesprochen hatte. Der Mann musste eine schreckliche Vergangenheit haben. »Schlechte Erfahrungen?«, horchte Stephan vorsichtig nach.

Liebknecht stierte in die Ferne, doch Stephan war sich sicher, dass der Mann in sein Innerstes blickte.

»Ich möchte nicht darüber reden«, antwortete er, als er aus seiner Starre erwachte. »Gehen wir wieder rein, ich brauch 'ne Kippe.« Er schnappte sich den Eimer und ging vor. »Setz dich ruhig. Bist ja jetzt fast trocken«, bestimmte er und deutete auf die Bank. Den Fisch legte er in die Spüle und setzte sich dann ebenfalls. Augenblicklich fummelte er wieder mit dem Tabakbeutel herum.

Stephan holte seine Brieftasche raus und zog das Bild der schönen Unbekannten hervor. »Kennst du die?« Er legte das Foto vor Liebknecht auf den Tisch.

Der hielt kurz inne und runzelte die Stirn. »Nettes Mädel«, sagte er dann, »wäre schon schön, wenn ich die kennen würde.« Er grinste und leckte über das Zigarettenpapier.

Stephan steckte das Foto wieder ein.

»Woher hast du das Bild?«, fragte Liebknecht, ohne ihn anzuschauen.

Stephan stutzte. »Warum ist das wichtig?«

Liebknecht zündete sich seine Kippe an, zuckte mit den Schultern. »Nicht wichtig, vergiss es.«

Stephan versuchte, in Liebknechts Mimik zu lesen. Ein verräterisches Zucken oder Ähnliches könnte bedeuten, dass er die Frau doch kannte. Doch der buschige Bart machte seine Bemühungen zunichte. »Wenn du sie kennst …«

Sein erneuter Vorstoß wurde gleichgültig unterbrochen: »Kenn sie nicht.«

Stephan stand auf. »Das wäre es fürs Erste. Kann ich dich anrufen, wenn mir noch etwas einfällt?«

»Hab zwar ein Handy hier für Notfälle. Allerdings habe ich es nie an«, antwortete Liebknecht, »aber komm einfach her, wenn du was von mir willst. Hier bin ich lieber als in der Gartenlaube der Villa. Wenn ich nicht da sein sollte, wirf einen Zettel in den Briefkasten, dann rufe ich dich zurück.«

Bevor Stephan von Bord ging, fiel ihm noch etwas ein. Liebknecht war ihm gefolgt und stand direkt hinter ihm. Sein Schweiß roch nach saurer Milch.

»Eins noch«, sagte Stephan und drehte sich um. »Was hat dich eigentlich mit dem alten Germanus verbunden?«

Liebknecht hob eine Augenbraue. »Verbunden? Er war mein Arbeitgeber.«

»Komm, hör auf«, brummte Stephan. »Er hatte ein Foto von dir in einem Album in seinem Nachttischschränkchen. Da steckt man normalerweise nicht seine Arbeitnehmer rein.«

Liebknecht hob die Schultern und drehte die Handflächen nach außen. »Vielleicht war er schwul.«

Stephan verdrehte die Augen. »Du weißt also nicht, warum?«

Liebknecht schüttelte bedächtig den Kopf. »Nö, ehrlich, keine Ahnung.«

Stephan glaubte ihm nicht, doch er verabschiedete sich und ging über den Steg ans Ufer. So unschuldig Liebknecht auch tat, da war noch etwas im Busch. Das spürte er.

Am Wagen angekommen, warf Stephan eine Decke aus dem Kofferraum über den Sitz und rief Engel an. Er fasste kurz zusammen, was er von Liebknecht erfahren hatte.

»Verdammt«, fluchte Engel, »warum hat er uns das nicht gleich erzählt?«

»Nimmst du den Fall wieder auf?«

»Ich werde mal mit dem Staatsanwalt reden. Mal sehen, wie der das Ganze einschätzt.«

»Wenn du schon mal dabei bist, besorg uns doch mal ein paar Informationen über diesen Liebknecht. Der muss ein bewegtes Leben gehabt haben. Seine Finger sehen aus wie durch den Wolf gedreht. Seinen Andeutungen nach war die Polizei dabei nicht ganz unschuldig. Ist dir das nicht aufgefallen?«

»Als ich da war, um seine Aussage aufzunehmen, trug er Handschuhe und zersägte gerade eine Tanne. Werde mal sehen, was ich finde, und melde mich dann wieder.«

Sie verabschiedeten sich. Stephan startete den Wagen und bog in Höhe der Straßenbahnhaltestelle Uedorf auf die Elbestraße in Richtung Wesseling ab. Er hatte noch etwas Zeit bis zur Verabredung mit dem Bürgermeister. Da wollte er doch mal sehen, was die Kinder machten.

***

Staunend stieg Stephan aus seinem Mercedes. Die Kneipe glich einem Ameisenhaufen. Alle Fenster und Türen waren sperrangelweit offen, und ein Container stand auf der Straße, halb gefüllt mit dem Mobiliar aus dem Schankraum. Unzählige Männer schleppten Dinge herum, lachten und rauchten.

Vorsichtig näherte sich Stephan dem Gewusel.

»Papa«, hörte er plötzlich eine Stimme. Er blickte hoch und sah Christine, die sich aus einem der Fenster im ersten Stock beugte. Sie lachte. »Warte, ich komme runter.«

Sie brauchte keine zwanzig Sekunden. Erst wollte sie zu einer Umarmung ansetzen, hielt sich dann aber zurück. »Wie siehst du denn aus?«

Stephan blickte an sich herunter. Der Schlamm war getrocknet, zeugte aber immer noch von seinem »Rheinfall«.

»Lange Geschichte«, wiegelte er ab und drückte seine Wange gegen ihre. »Ist nicht wichtig. Wo kommen die denn alle her?«, wechselte er das Thema und wies auf die vielen Männer.

»Verwandte und Freunde von Kenan. Wer gerade Zeit hat, hilft mit.« Sie hielt ihn an den Händen fest und wirbelte mit ihm herum. »Ist das nicht phantastisch?«, jubelte sie.

Stephan spürte einen Stich in der Brust. Er hatte es nie geschafft, Christine so in Verzückung zu bringen. Sie kam ihm vor wie eine Außerirdische, die er zum ersten Mal sah.

Kenan bemerkte sie und kam zu ihnen. »Hallo, Herr Tries. Sie müssen nicht helfen. Wir machen das schon.«

»Wollte nur mal nach dem Rechten sehen«, murmelte Stephan. »Ihr scheint es ernst zu meinen.«

Christine ließ Stephan los und drückte sich an Kenan. Er legte einen Arm um ihre Hüfte.

Wieder spürte Stephan diesen Stich.

»Machen Sie sich keine Sorgen, Herr Tries.« Kenans Augen funkelten freudig. »Ich weiß schon, was ich mache. Kommen Sie mit, ich zeige Ihnen alles.«

Nach der Führung durch die Kneipe fuhr Stephan nach Hause und setzte sich mit einer Flasche Bier auf seine Terrasse. Er staunte immer noch. Zum ersten Mal, seit sie sich kannten, zollte er Kenan Respekt. Der junge Mann schien tatsächlich genau zu wissen, was er wollte, hatte ihm Baupläne gezeigt und die Finanzierung erläutert. Alles schien Hand und Fuß zu haben, soweit er das mit seinen Laienkenntnissen einschätzen konnte. Warum nur spürte er tief in seinem Inneren noch immer einen Widerstand gegen das Vorhaben? Er dachte an die Bruststiche, die ihn vorhin geplagt hatten. Plötzlich wusste er es, und sein Hals schnürte sich zu. Er wischte sich über die Augen, schluckte heftig. Seine Tochter war erwachsen geworden, lebte ihr Leben, ihre Träume. Und fragte nun nicht mehr ihn um Rat, wenn sie etwas bedrückte, sondern Kenan. Das ängstigte Stephan, der sich auf einmal sehr, sehr alt fühlte.

ACHT

Bürgermeister Mombauer, ein schmaler Mann in den Fünfzigern mit grauen Haaren, streckte den Arm aus. »Hier wollen wir bauen lassen.«

Vor ihnen befand sich das brachliegende Feld von vier Hektar, das Stephan gestern noch von seinem Baumhaus aus betrachtet hatte. Disteln standen mannshoch auf dem Grundstück und ließen die Blätter hängen. Der Boden war in vertrocknete Schollen aufgebrochen, glich so einem Puzzle für Riesen. Mitten auf dem Feld erhob sich ein Strommast in den blauen Himmel. Die Starkstromleitungen über ihren Köpfen summten.

»Lohnt sich das denn für die Stadt?«, fragte Stephan. »Das Gewerbegebiet östlich von Sechtem an der K 60 ist doch auch noch nicht alt.«

Mombauer winkte ab. »Da gibt es gewisse Probleme, die eine Ausweitung des Gebietes nicht ermöglichen.«

Stephan schirmte mit der rechten Hand seine Augen vor der grellen Sonne ab und blickte übers Feld. Seine Eltern hatten ihm eine Handvoll Parzellen rund um Sechtem vererbt, überwiegend Nutzflächen. Einige waren verpachtet und brachten ein paar Euros in Stephans klamme Kasse. Doch leben konnte man von diesen Einnahmen nicht. Für das Feld vor ihnen hatte sich bisher niemand interessiert.

Ein Traktor wirbelte Staub auf dem südlich gelegenen Wirtschaftsweg auf. Das dumpfe Tuckern des Dieselmotors ließ die Grillen verstummen.

»Herr Tries«, hob der Bürgermeister an und legte ihm die Hand auf die Schulter, »was wir Ihnen hier bieten, ist eine einmalige Gelegenheit. Unser Angebot ist großzügig, da können Sie sich informieren.«

Mag sein, dachte Stephan, doch es ist das erste Angebot. Er überlegte. Wenn er verkaufen würde, könnte er davon einige Jahre in Saus und Braus leben. Wenn er sparsam damit umginge, vermutlich sogar bis zur Pension. So würde er der täglichen Tretmühle des Kölner Präsidiums entkommen. Er spürte ein Kribbeln im Magen. Was sich hier bot, war die Lösung für seine schlaflosen Nächte. Das Feld würde er sowieso nie selbst bewirtschaften können, und eine Pacht über Jahrzehnte würde nicht annähernd das einbringen, was er auf einen Schlag durch den Verkauf erzielen könnte. Er müsste schon mit dem IQ eines Ziegelsteins gesegnet sein, um darauf nicht einzugehen.

»Und? Was sagen Sie?«, drängte Mombauer.

Stephan blies die Wangen auf. »Ich weiß nicht«, spielte er den Unentschlossenen. »Wissen Sie, ich hänge an dem Fleckchen. Ich sehe immer wieder meinen Vater vor mir, wie er genau hier seine dicksten Kartoffeln erntete.«

Mombauer gefror das Lächeln auf dem Gesicht. »Soll das heißen, Sie wollen trotz unseres generösen Angebotes nicht verkaufen?«

Stephan setzte ein Pokergesicht auf, druckste herum. »Mhm, ich weiß noch nicht. Gestehen Sie mir ein wenig Zeit zu. Ich muss mich erst mal ein wenig schlaumachen.« So leicht würde er es der Stadt nicht machen.

Der Bürgermeister trat von einem Bein auf das andere. »Ich wiederhole: Unser Angebot ist ausgezeichnet.«

»Das kann ich hier und jetzt nicht einschätzen«, gab Stephan zu bedenken.

Mombauer setzte zu einer Erwiderung an, stockte aber. Zögerlich nickte er. »Ich verstehe, sicher, sicher. Bedenken Sie in Ruhe alles«, quetschte er politisch vorbildlich heraus. »Wann kann ich denn mit Ihrer Entscheidung rechnen?«

»Ich verspreche, Sie nicht absichtlich hinzuhalten«, beruhigte Stephan. »Ein paar Tage vielleicht.«

Das schien dem Bürgermeister zu genügen. »Dann kann mein Fahrer mich ja jetzt abholen.« Aus der Innentasche seines Jacketts zog er ein Handy. Bevor er jedoch die Verbindung herstellen konnte, bremste ihn Stephan.

»Es wäre freundlich von Ihnen, wenn ich Sie noch in einer anderen Sache sprechen dürfte.«

Auf Mombauers Stirn erschien eine Falte. Langsam steckte er das Handy wieder ein. »Ich bin immer für die Bürger dieser Stadt ansprechbar«, formulierte er gestelzt.

»Schön«, freute sich Stephan, »gehen wir zu Fuß zurück. Dabei können wir reden, und Sie verlieren kaum Zeit.«

Gemeinsam schritten sie los. Ein Bussard kreiste über ihnen, vermutlich auf der Suche nach Beute.

»Wie kommen Sie eigentlich mit Ihrem Stellvertreter klar?«, begann Stephan.

Mombauer hatte sein Jackett ausgezogen und trug es am rechten Zeigefinger aufgehängt über der Schulter. »Mit Bursch? Warum fragen Sie?«

»Haben Sie von Friedrich Germanus' Unfall gehört?«

»Sicher, sicher.«

»Seine Frau glaubt nicht an einen Unfall. Ich ermittle privat in dieser Sache.«

Sie gingen noch drei Schritte, dann blieb Mombauer so abrupt stehen, als ob er gegen eine unsichtbare Mauer gelaufen wäre, und sagte entrüstet: »Bursch kann man ja vieles anhängen, aber doch keinen Mord.« Er merkte, dass er zu laut gesprochen hatte, und sah sich hastig um. Ein Radfahrer kam ihnen entgegen, war aber noch zu weit entfernt, um etwas gehört zu haben.

»Dass ich jemandem einen Mord anhänge, so weit bin ich noch nicht«, beruhigte Stephan ihn. »Im Moment sammle ich Informationen. Zum Beispiel habe ich gehört, dass Bursch finanziell eine kleine Durststrecke durchmacht.«

Sie gingen weiter. Mombauer wirkte grimmig. »Habe ich auch gehört. Wird dann wohl stimmen.«

»Kein Mitgefühl unter Kollegen?«

Mombauer machte eine wegwerfende Handbewegung. »Pah, Kollegen.« Wieder sah er sich nach allen Seiten um. »Bursch ist, na ja, er hat Charakterzüge, an die man sich gewöhnen muss«, sagte er gedämpft. »Ich würde dem noch nicht mal meinen alten Schäferhund anvertrauen. Der würde den eigenhändig erwürgen, zu Gulasch verarbeiten und als Delikatesse verkaufen. Ich denke, das reicht, um zu wissen, wie ich über ihn denke.« Er blieb stehen und fasste Stephan am Oberarm. »Wenn davon allerdings irgendetwas …«

Stephan unterbrach ihn. »Sie können ganz offen sein. Von mir erfährt niemand etwas, nichts wird öffentlich. Das verspreche ich Ihnen.«

Mombauer schien zufrieden und ließ ihn los. »Gut.«

Sie setzten ihren Weg fort.

»Bursch ist nicht dumm. Er versteht es in brillanter Art und Weise, seine Interessen werbewirksam umzusetzen«, erzählte Mombauer. »Er hat gute Verbindungen zu den hiesigen Gewerbetreibenden, ist Vorsitzender in unzähligen Vereinen, bei der freiwilligen Feuerwehr und, und, und. Es ist ein Leichtes für ihn, seine Wähler zu motivieren.«

»Oder zu manipulieren?«

Mombauer zuckte mit den Achseln, antwortete aber nicht.

»Ist er denn so charismatisch?« Stephan wich einer toten Blindschleiche aus, deren Körper auf dem heißen Teer briet.

»Oberflächlich gesehen schon. Er schmiert dem Wahlvolk genau den Honig um den Bart, den sie mögen. So hat er sich mir gegenüber selbst einmal erklärt.«

»Hat er Familie?«

Mombauer schüttelte den Kopf. »Bei dem würde es keine Frau aushalten, zumindest keine, die auf Treue pocht. Sie verstehen, was ich meine.«

Sie verließen den Holzweg und bogen in die Eupener Straße ein.

»Hat Ihr Stellvertreter sich mal was zuschulden kommen lassen?«

Mombauer zögerte. »Er biegt sich schon mal gern die Wahrheit zurecht. Und wenn er einen Vorteil wittert, dann greift er zu.«

Stephan stöhnte innerlich auf. Dieses Politikergeschwätz empfand er als sehr anstrengend. »Mehr mit Blick auf die harten Dinge im Strafgesetzbuch, meinte ich«, präzisierte er.

Mombauer überlegte. »Bursch ist raffiniert. Wie gesagt, ich traue ihm einiges zu. Dabei leider auch eine gewisse Geschicklichkeit, wenn es darum geht, etwas zu vertuschen. Aber soweit ich weiß, hat er eine reine Weste, zumindest offiziell.«

»Wie viel trauen Sie ihm denn nun genau zu?«, wollte Stephan wissen. »Einen Mord hatten Sie ja eben ausgeschlossen.«

Mombauer verlangsamte seine Schritte, blieb dann stehen und sah Stephan an. »Je länger ich darüber nachdenke …« Er brach ab. »Dazu sage ich lieber nichts.«

Stephan war das Antwort genug. Sie passierten die weiße Burg an der Kaiserstraße. Im ausgetrockneten Burggraben quakte ein Frosch. Das Viech hört sich müde an, dachte Stephan. »Kennen Sie auch Herrn Poensgen, den Bauunternehmer?«

Mombauer lachte. »Ist mein nächster Termin.«

»Ist nicht wahr«, sagte Stephan verblüfft. »Wissen Sie von seiner geschäftlichen Verbindung zu Ihrem Vize? Wenn Sie für Poensgen etwas tun, dann helfen Sie indirekt auch Bursch.«

»Sicher, sicher.« Mombauer seufzte. »Doch leider ist es so, dass …«

»Ich versteh schon«, unterbrach Stephan. »Poensgen beschäftigt viele Arbeiter und somit Wähler aus der Bornheimer Region. Und wenn er dichtmacht, weil die Stadt ihm vielleicht nicht zur Seite gestanden hat, wird der Volkszorn natürlich Sie treffen und nicht Bursch.«

»Politik ist ein mieses Geschäft«, brachte es Mombauer auf den Punkt. »Da muss man Kröten ohne Ende schlucken.« Er lachte missvergnügt.

Sie bogen in die Ophofstraße ein und erreichten Stephans Grundstück. Der Fahrer des Bürgermeisters lehnte am Kotflügel des Audis und las Zeitung.

»Eine Bitte habe ich noch.« Stephan blieb außer Hörweite des Fahrers stehen. »Können Sie mir die Handynummern von Bursch und Poensgen verraten? Das würde mir ein wenig Arbeit ersparen.«

»Tut mir leid, die habe ich nicht«, antwortete Mombauer verdächtig schnell.

Stephan holte tief Luft und lächelte freundlich. »Vielleicht stimmen Sie mich damit wohlwollend, was meine Entscheidung wegen des Grundstücks betrifft.« Er sah einem Star nach, der über sie hinwegflog und in den Ästen einer großen Linde verschwand.

»Mannomann.« Der Bürgermeister kramte sein Handy hervor. »Von mir haben Sie die aber nicht. Hat Ihr Handy Bluetooth?«

»Sicher, sicher«, bestätigte Stephan und stellte sein Handy auf Empfang.

Der Bürgermeister war noch nicht ganz vom Hof, da glitt Stephan auf den Fahrersitz seines Wagens und fuhr zu Charlotte. Er schellte, doch niemand öffnete. Der Mazda stand nicht in der Garage, und alle Türen und Fenster der Grauen Burg waren trotz der Hitze verschlossen. Seltsam, dachte Stephan und wählte Charlottes Handynummer. Sie meldete sich augenblicklich.

»Mama geht es nicht gut. Ich bin in Bonn, in der Uniklinik.« Ihre Stimme klang sachlich.

»Schlimm?«, fragte er.

»Kann ein Schlaganfall gewesen sein. Sie wird noch untersucht.«

»Ich drück ihr die Daumen«, sagte Stephan und suchte nach tröstenden Worten. »Das wird schon wieder, ganz sicher.«

»Ja.« Sie atmete schwer. »Ich melde mich wieder, sobald ich mit dem Arzt gesprochen habe.«

»Gut, mach das bitte.« Sie verabschiedeten sich. »So eine Scheiße«, murmelte Stephan und setzte sich auf die Bank, die vor dem Haus stand. Er wusste, dass Charlotte sehr an ihrer Mutter hing, und hoffte, dass es nicht so schlimm sein würde.

Ein Eichhörnchen flitzte die große Eiche neben der Toreinfahrt hinauf. Die Viecher schienen ihm mittlerweile überall zu begegnen.

»Kannst du auch nicht mehr, wenn du alt wirst«, rief Stephan ihm hinterher. »Alt werden taugt nichts.« Er dachte kurz über seine Aussage nach und klopfte sich dann mit beiden Händen auf seinen vorstehenden Bauch. »Aber jung den Löffel abgeben ist noch beschissener«, stellte er fest.

Er blieb noch eine Viertelstunde auf der Bank sitzen, dann suchte er Poensgens Telefonnummer aus seinen Kontakten heraus und wählte.

»Wat es?«, kam es grollend aus dem Handy.

»Columbo hier. Sie erinnern sich sicherlich an mich. Vorgestern Mittag bei Germanus. Der Privatschnüffler«, sagte Stephan. »Ich hätte eine Frage.«

»Wat wellste von mir?« Poensgens Stimme klang drohend.

»Nur ein wenig unterhalten.«

»Han nix jedonn. Maach dat de fott küss.«

Dass Poensgen nicht begeistert sein würde, damit hatte Stephan gerechnet. Daher griff er zu einem Trick. »Ich weiß mehr, als Sie denken, also mal ganz sachte.«

»Quatsch kene Blödsinn!«

»Insolvenzverschleppung ist kein Blödsinn.« Stephan wusste absolut nichts darüber, er behauptete das einfach ins Blaue hinein und hoffte, Poensgens wunden Punkt zu treffen. »Steuerhinterziehung auch nicht.«

Sekundenlang war es still am Telefon. Dann knurrte Poensgen: »Kannste net bewiese.«

»Oh«, höhnte Stephan, »aber Ihnen meine Kollegen auf den Hals hetzen, das kann ich. Die werden was finden, da bin ich mir sicher.«

Poensgen atmete schwer. »Sibbe Uhr, bei dir«, stieß er hervor.

Stephan gab ihm die Adresse und beendete das Gespräch. Er amüsierte sich königlich, dass seine Einschüchterung funktioniert hatte.

Poensgen war pünktlich wie die Maurer. Er parkte seinen Lexus direkt vor der Haustür, und Stephan war sich sicher, dass der Bauunternehmer, wenn es möglich gewesen wäre, direkt im Wohnzimmer gestoppt hätte. Was ihn überraschte, war, dass Poensgen jemanden mitgebracht hatte.

»Dat es dä Bürjemeester. Vielleich wellste der och jet frooge«, stellte er den groß gewachsenen Mann an seiner Seite vor. Dessen schwarze Haare klebten gegelt am Kopf, die Fingernägel waren perfekt manikürt. Sein Rasierwasser duftete nach einer Herde Moschusochsen, der Anzug passte wie aus einem Guss und war sicherlich nicht von der Stange.

»Er übertreibt. Ich bin nur der stellvertretende Bürgermeister, Konrad Bursch.« Er lächelte süffisant und gab Stephan die Hand. Dann wandte er sich an Poensgen. »Versuch's mal mit Hochdeutsch, damit der Herr Kommissar nicht bei jedem Satz raten muss, was du zu sagen hast.«

Poensgen stutzte, entgegnete aber nichts. Stumm schob er sich an Stephan vorbei ins Haus.

Sie setzten sich auf die schattige Terrasse. Stephan bot den beiden Getränke an, die sie ablehnten.

»Also?«, fragte Poensgen.

»Warum nahmen Sie an, dass ich auch mit Herrn Bursch sprechen möchte?«

»Unser Freund Rainer Germanus hat uns informiert, dass Sie Nachforschungen hinsichtlich des Unfalls seines Vaters anstellen«, antwortete Bursch an Poensgens Stelle. »Ich habe mir gedacht, bevor Sie falsche Informationen erhalten, rede ich lieber persönlich mit Ihnen. Missverständnisse kann ich nämlich nicht ausstehen.«

»Danke«, sagte Stephan, ohne es ernst zu meinen. Er wusste, dass Bursch nur die Fäden in der Hand behalten wollte. »Sie wissen, dass Frau Germanus nicht an einen Unfall ihres Mannes glaubt?«

Poensgen verzog das Gesicht. »Die Frau hät en Äatz am Wandere.«

Irritiert sah Stephan ihn an. »Bitte?«

Bursch lachte in die hohle Hand. »Mein Freund Mörtel möchte damit sagen, dass Frau Germanus, na ja, nicht ganz bei Trost ist.«

»Jibt doch kenne Grund, den Ahl zu beseitigen«, erklärte Poensgen, wobei er vergeblich versuchte, nicht gänzlich ins Platt abzudriften.

Bursch nickte zustimmend.

Wollen die beiden mich verscheißern?, dachte Stephan. Denken die wirklich, ich bin so blöd? Oder ist das nur eine Taktik, um herauszubekommen, wie viel ich bereits weiß? Stephan blies die Wangen auf. »Reden wir mal Klartext.«

Er deutete auf Bursch. »Sie sind stiller Teilhaber bei Ihrem Kumpel Mörtel.« Sein Finger wanderte zu Poensgen. »Und Sie sind fast pleite. Mit dem Auftrag zur Sanierung der Felsquelle könnten Sie vielleicht gerade noch so den Hals aus der Schlinge ziehen. Aber der alte Germanus blockierte das Vorhaben, stand Ihnen somit im Weg. Geben Sie es doch zu! Ungelegen kam der Unfall für Sie beide nicht gerade.«

Poensgen war bleich geworden, Bursch hingegen hatte sich besser im Griff. Nur sein Fuß zuckte kaum merklich.

»Du häs ene Hau met de Wichsbürsch«, zischte Poensgen, das Hochdeutsche über Bord werfend. »Ich hann den Ahl nittt umjebraaht!«, schrie er plötzlich. »Dat loss ich mir von dir Botzendrießer net aandriehe.« Er hieb mit der Rechten so heftig auf den Tisch, dass das Holz bedenklich knackte.

Stephan zuckte zusammen. Für einen Moment war er froh, dass Bursch da war.

Der lächelte plötzlich wie eingeschaltet und fing leise an zu lachen.

Das schien Poensgen zu irritieren, denn er runzelte die Stirn und fragte: »Spinnst du? Watt laachste denn so blöd? Häst du kapiert, wat der Columbo gesagt hat?«

Bursch winkte ab. »Nehmen wir doch mal einen Moment an, wir hätten mit dem Unfall des alten Germanus irgendetwas zu schaffen. Nicht dass da was dran wäre, aber egal.«

Poensgen wischte sich mit seiner fleischigen Hand den Schweiß von der Stirn. »Total plemplem«, murmelte er.

Stephan ahnte, auf was Bursch hinauswollte, nahm aber nichts vorweg, sondern wartete geduldig, bis dieser weitersprach.

»Sie könnten es nicht beweisen!«, triumphierte Bursch.

Poensgen stutzte, dann klatschte er in die Hände. »Jetz weeß ich, wat de Botte koß«, sagte er grinsend und wandte sich an Stephan. »Do luurste ävver blöd, wa, Columbo?«

Der zuckte mit den Schultern. »Durchaus nicht. Ich habe bereits einen Zeugen, der in der Nacht, als Germanus verunglückte, jemanden im Haus gesehen hat. Vielleicht kommen noch mehr dazu. Beweise sind auch immer eine Frage der Ausdauer.« Er glaubte selbst nicht an seine Worte, doch er wollte die beiden verunsichern und so zu Fehlern oder unüberlegten Handlungen treiben. Dass das bei Bursch funktionieren würde, davon ging er nicht aus. Aber bei Poensgen könnte es klappen.

Abrupt hörte Poensgen auf zu lachen.

»Herr Tries, Sie schwimmen, und zwar gewaltig«, fasste Bursch seine Einschätzung der Lage zusammen. »Ich kann Ihnen nur nochmals versichern, dass wir, und ich schließe meinen Freund Rainer Germanus dabei mit ein, nichts mit der Sache zu schaffen haben. Dafür würde ich meine Hand ins Feuer legen, wie man so schön sagt. Also empfehle ich Ihnen, Ihre Energie auf das Verfolgen anderer Spuren zu verlegen.« Er stand auf. Offensichtlich hielt er das Gespräch für beendet.

Aalglatt, der Typ, dachte Stephan.

Poensgen erhob sich ebenfalls, grinste jetzt wieder.

»Eins noch, bitte.« Stephan holte das Bild der schönen Unbekannten. »Kennen Sie diese Frau?«

Bursch warf einen Blick darauf und schüttelte den Kopf. Poensgen sagte: »Lekker Määdche. Kenn ich aver net«

Schon seltsam, dachte Stephan, dass die gar nicht danach fragen, warum ich Ihnen das Foto überhaupt zeige. Er geleitete die beiden zur Tür. Als sie auf den Hof traten, fuhr Christine vor.

»Hi, Paps, wollte nur mal schnell reinschauen. Ist ja jetzt nicht mehr so weit.«

»Dat es e Äppelche für de Duursch ze lösche«, tönte Poensgen und warf sich in die Brust.

Stephan hätte dem Fettsack am liebsten den feisten Hals umgedreht. Plötzlich war er froh, dass Christine mit Kenan befreundet war.

»Sieh zu, dass du Land gewinnst«, zischte Stephan und legte Christine den Arm um die Schulter.

Poensgen lachte. »War en Kompliment. Kannste stolz sin auf dat Frauminsch, Columbo.« Die beiden stiegen ins Auto und fuhren los.

Christine sah ihnen hinterher. »Was waren denn das für Typen? Die sahen ja aus wie von der Mafia.«

»Möglicherweise liegst du damit gar nicht so weit neben der Wahrheit«, antwortete Stephan.

NEUN

Am nächsten Morgen versuchte Stephan, Charlotte zu erreichen. Gestern Abend hatte er keinen Erfolg damit gehabt, aber diesmal meldete sie sich sofort.

»Ich habe die Nacht hier im Krankenhaus verbracht.« Sie gähnte.

»Wie geht es deiner Mutter?«

»Sie ist noch auf der Intensivstation. Es war tatsächlich ein Schlaganfall. Aber sie ist jetzt stabil, sagen die Ärzte.«

»Was so viel heißt wie?«, hakte Stephan nach.

»Ich soll mir keine Sorgen mehr machen. Ich glaube, ich fahre gleich nach Hause und leg mich erst mal eine Weile hin. Ich bin total gerädert.«

»Soll ich dich abholen?«

»Nicht nötig. Das kurze Stück schaffe ich noch.«

»Wenn du meinst«, sagte Stephan und versuchte, seine sicherlich übertriebene Sorge nicht durchklingen zu lassen. »Sehen wir uns heute? Du musst doch einen mordsmäßigen Hunger haben. Soll ich uns was kochen?«

»Das wäre lieb von dir. Jetzt, wo das Schlimmste vorerst überstanden ist, könnte ich schon was verkraften.«

»Dann komm heute Abend um sechs vorbei. Ich werde nachher mal bei deiner Mutter vorbeischauen.«

Charlotte gab noch die Besuchszeiten durch und versprach, dem Arzt Stephans Besuch anzukündigen. Dann legte sie auf.

Stephan atmete durch. Wenn Charlotte wieder an Essen denken konnte, dann schien es mit ihrer Mutter tatsächlich bergauf zu gehen. Eine kleine Sorge weniger.

Tiger tapste aus dem Flur heran und strich schnurrend um Stephans Waden. Er ging in die Hocke und streichelte sie. »Schon wieder Hunger? Du hattest doch gerade erst.«

Er schüttete eine Handvoll Trockenfutter in den Napf, und Tiger stürzte sich sofort darauf.

»Du bist wie dieser komische Comic-Kater. Hast ja schon fast seine Körperfülle angenommen. Ich glaube, ich muss dich allmählich auf Diät setzen.«

Tiger hob nur kurz den Kopf, maunzte einmal als Protest und widmete sich dann wieder den Brekkies.

»Das muss ich wohl als ein Nein werten«, lachte Stephan und machte sich auf den Weg, die Zutaten für das Abendessen einzukaufen.

***

An der Kasse des Kaiser's an der Eichholzer Straße in Wesseling klingelte sein Handy. Mit einer Hand stapelte er weiter die Waren in seinen Einkaufswagen und meldete sich.

»Kaschny mein Name«, hauchte eine rauchige Frauenstimme. »Spreche ich mit dem Privatdetektiv?«

»Ich glaube, da sind Sie falsch verbunden«, erklärte Stephan.

»Sie arbeiten also nicht für Elfriede Germanus?«

Jetzt fiel der Groschen. »Doch. Allerdings bin ich kein Privatdetektiv.«

Die Kassiererin, eine dralle Blondine mit zu viel Schminke im Gesicht, maulte: »Also ich hab nicht den ganzen Tag Zeit. Vierundsiebzig vierzig krieg ich von Ihnen.«

Stephan fummelte sein Portemonnaie aus seiner Hosentasche und versuchte, mit einer Hand an seine EC-Karte zu kommen.

»Ich kann Ihnen vielleicht etwas zu der Person sagen, die Sie suchen«, hörte er durch das Handy.

Stephan hielt überrascht inne und drückte den Hörer fester gegen sein Ohr. Der Frau hinter ihm in der Schlange, augenscheinlich eine in die Jahre gekommene Italienerin, platzte der Kragen: »Wird das heute noch was? Ich muss die Kinder abholen.«

Er drehte sich weg und starrte durch die großen Scheiben auf den Parkplatz hinaus. Die Luft flimmerte trotz der frühen Stunde über dem Asphalt. »Wer sind Sie?«

»Kaschny hier, sagte ich doch bereits. Ich bin Hellseherin. Vielleicht haben Sie schon mal von mir gehört.«

Das Kribbeln in der Magengrube, das Stephan für einen kurzen Moment gespürt hatte, verflog. »Hören Sie, Frau Kaschny, ich glaube nicht an spirituelle Dinge. Wenn Sie in Ihrer Glaskugel meinen Namen gesehen haben, dann vergessen Sie ihn schnell wieder. Ich habe kein Interesse.«

Er drückte das Gespräch weg.

»Vierundsiebzig vierzig«, forderte die Kassiererin in einem scharfen Ton.

Stephan gab ihr ärgerlich seine EC-Karte. »Ja, ja, schon gut«, knurrte er.

»War das Frau Kaschny? Die Wahrsagerin?«, sprach ihn plötzlich die Frau an, die ihn eben noch wegen ihrer Kinder angekeift hatte. Etwas Ehrfürchtiges schwang in ihrer Frage mit.

Stephan tippte seine Geheimnummer ein. »Ja«, antwortete er knapp.

Die Frau legte ihm eine Hand auf den Unterarm. »Sie ist ein Medium«, flüsterte sie ehrfürchtig. »Sie sollten ihr zuhören.«

Stephan runzelte die Stirn. Er musterte die Frau. Unscheinbar, aber nicht offensichtlich verrückt, war sein oberflächliches Urteil. »Kennen Sie Frau Kaschny näher?«

Die Frau kicherte. »Sie sind nicht von hier, stimmt's? Alle kennen Frau Kaschny.« Sie strahlte ihn an, als wäre ihr gerade der Allmächtige persönlich erschienen.

»Was ist denn damit?«, maulte ihn die Kassiererin an und wies auf die Flasche Chianti, die noch am Ende des Bandes lag. Stephan legte sie in den Einkaufswagen. »Diese Frau Kaschny ist also gut?«

»Oh«, hauchte die Frau und lächelte, »sie ist unglaublich. Frau Kaschny hat mir das Leben gerettet.«

Stephan wollte nachhaken, aber die Kassiererin kam ihm zuvor. »Können Sie nicht draußen weiterquatschen? Sie halten hier den ganzen Verkehr auf.«

Er holte tief Luft, drängte seine aufkeimende Wut aber zurück, als er in die Gesichter blickte, die hinter ihm in der Schlange standen und ihn alle mit finsterem Blick anstierten. Die Kassiererin hatte sicherlich recht. Ihr Ton hingegen gefiel ihm ganz und gar nicht.

»Warten Sie draußen«, bat ihn die Italienerin. »Ich mach nur schnell fertig.«

Stephan nickte, riss der Kassiererin die hingestreckte EC-Karte aus der Hand, schoss noch einen bösen Blick auf sie ab und schob dann seinen Einkaufswagen nach draußen.

Sie standen im Schatten des Vordachs. »Wie kann denn eine Wahrsagerin ein Leben retten?«, fragte Stephan und lehnte sich gegen einen Pfeiler.

Die Frau kicherte. Ihre Ohren färbten sich rötlich. »Och, es gab da so Probleme zwischen mir und meinem Mann.« Verlegen sah sie zu Boden.

Stephan konnte sich halbwegs vorstellen, dass es sich um ein sexuelles Problem gehandelt haben musste, daher ging er nicht näher drauf ein. »Sie sind aber nicht die Einzige, der Frau Kaschny helfen konnte?«, fragte er stattdessen.

»Nein, natürlich nicht.« Sie sah hoch. Ihre Augen leuchteten freudig. »Sie ist einfach phantastisch. Ganz vielen hat sie schon geholfen.« Sie beugte sich ein wenig vor. »Warum hat sie Sie denn angerufen?«

»Sie kennt jemanden, den ich suche«, gab Stephan offen zu.

»Aha. Und wen?«

Stephan runzelte die Stirn. Die Frau hob beide Arme und wedelte mit den Händen in der Luft herum. »Auwei, meine Neugierde. Entschuldigen Sie bitte. Es geht mich nichts an.«

Stephan grinste, zog das Bild der ihm unbekannten Schönen aus seiner Tasche und zeigte es ihr.

Die Miene der Frau verfinsterte sich beim Anblick des Fotos. Dann sah sie Stephan voller Verachtung an. »Guten Tag, der Herr«, spie sie aus und schob energisch ihren Einkaufswagen über den Parkplatz.

»Warten Sie doch. Kennen Sie die Frau?«, rief er ihr nach.

Doch sie erhöhte bloß ihre Geschwindigkeit und zog die Schultern hoch.

Konsterniert blickte Stephan ihr hinterher. Was war das denn jetzt?, fragte er sich, schüttelte verständnislos den Kopf und machte sich auf den Heimweg.

***

Die Paprika passte gerade noch in den Kühlschrank. Stephan grübelte immer noch über die Reaktion der Italienerin nach. Hatte er etwas Falsches gesagt? Nein, erst als er ihr das Foto gezeigt hatte, hatte die Frau zugemacht. Der Zusammenhang war eindeutig. Nachdenklich blieb er vor dem Kühlschrank stehen. Ein Gedanke blitzte in ihm auf. Wenn eine Frau bei einer anderen Frau solch eine Reaktion hervorrief, dann doch nur, weil …

Das Handy spielte den Radetzkymarsch und bewegte sich summend über den Küchentisch.

»Tries«, meldete er sich.

»Und? Haben Sie sich über mich schlaugemacht?«, fragte die rauchige Stimme, die Stephan sofort Frau Kaschny zuordnen konnte.

»Wieso denken Sie, dass ich mich über Sie erkundigt habe?«

»Ich bin Hellseherin«, lachte sie. »Möchten Sie vorbeikommen?«

»Jetzt?«

»Warum nicht?«

»Müssen Sie nicht erst noch Ihre Glaskugel polieren?«, konnte sich Stephan nicht verkneifen zu lästern.

Sie lachte wieder. »Habe ich gestern schon gemacht. Schließlich wusste ich ja, dass Sie kommen.«

Kurz verspürte Stephan den Wunsch, ihre Prophezeiung durch Abwesenheit nicht eintreten zu lassen. Doch seine Neugierde war stärker. Zumindest schien Frau Kaschny eine gute Portion Selbstironie und Humor zu besitzen. Das allein machte sie schon interessant.

»Okay, ich komme«, sagte er. »Geben Sie mir Ihre Adresse, und ich mache mich sofort auf den Weg.«

***

Frau Kaschny wohnte in Walberberg. Stephan fuhr mit seinem Benz durch die engen Gassen und suchte die Hohlgasse. Das Tuckern des Motors wurde von den Häuserwänden zurückgeworfen. Er hielt am Straßenrand, kurbelte die Seitenscheibe hinunter und fragte einen Jüngling in einem zu großen, bunten T-Shirt und Baggy Pants nach dem Weg.

»Willste zu der Tempelflitzerin?«, fragte der junge Mann und grinste verächtlich.

»Tempelwas?«

»Mensch, zu der Hexe.«

Ah, sieh an, dachte Stephan, nicht alle sehen die Kaschny als Heilsbringerin. »Wenn du Frau Kaschny meinst, dann sprechen wir von derselben Person, ja.«

Der junge Mann hob einen Arm, doch dann entschied er sich anders, öffnete die Beifahrertür und ließ sich auf den Beifahrersitz fallen. »Krasse Karre, echt. Lass uns cruisen, ich zeig dir den Weg.«

Stephan fuhr an.

»Hier haben 'se den ›Stromberg‹ gedreht. Früher war da ein Laden drin.« Der junge Mann deutete auf ein Eckhaus. Am Schaufenster klebte Werbung für einen Malerbetrieb.

Stephan las die Straßenschilder an der Kreuzung. »Hauptstraße« und »Flammgasse« stand dort. »Stromberg? Kenne ich nicht«, gab er zu.

»Fahr links«, wies ihn der junge Mann an. »Lebst hinterm Mond, wa? Stromberg kennt doch jedes Bratzengesicht. So 'n Ekel, das bei einer Versicherung arbeitet, der Capitol. Weiter geradeaus.«

Stephan zuckte mit den Schultern. »Tut mir leid.«

Sein Beifahrer schüttelte den Kopf und zog eine Grimasse. Sie fuhren schweigend die Hauptstraße hinunter.

»Jetzt wieder links«, sagte der junge Mann schließlich. Nach ein paar Metern fügte er hinzu: »Da vorn wohnt die Hexe.«

Sie hielten vor einem kleinen Fachwerkhaus.

»Hier ist das Knusperhäuschen«, sagte er und stieg aus. Er beugte sich noch mal zum geöffneten Beifahrerfenster hinunter, wobei er sich am Dach abstützte. »Pass auf. Die Kaschny ist nicht gerade ein Dreitonner. Eher horny, klar? Komm nicht unter die Räder.«

Stephan grinste und schüttelte den Kopf, obwohl er nur die Hälfte verstanden hatte. »Darf ich dir noch eine Frage stellen?«

»Klaro.«

»Redest du immer so? Ist das heutzutage die Jugendsprache?«

Der junge Mann lachte. Seine Wangen färbten sich rosa. »Ertappt. War es zu dick aufgetragen?«

Stephan zuckte mit den Schultern. »Na ja. Sagen wir, äußerst ungewöhnlich.«

»Gut, gut, dann weiß ich Bescheid. Ich übe nämlich gerade für ein Laienstück. Im Volxtheater Rösberg. Da darf ich zum ersten Mal mitspielen. Schon mal davon gehört?«

Stephan schüttelte den Kopf. »Nein, leider. Aber vielleicht besorge ich mir Karten. Würde mich schon interessieren, jetzt, wo ich einen der Hauptdarsteller kenne.«

Der junge Mann grinste. »Man sieht sich.« Er klopfte auf das Dach und ging zu Fuß weiter.

Stephan parkte und öffnete das kleine hölzerne Gartentor. Die Balken des Hauses strahlten frisch in schwarzer Farbe, der Putz wirkte wie gerade erst aufgetragen. Im kleinen Vorgarten wuchsen riesige

Lavendelbüsche, die einen aromatischen Duft verströmten. Eine Holzbank stand vor der Tür. Bevor Stephan schellen konnte, schwang bereits die Haustür auf.

»Lieber Herr Tries, kommen Sie herein«, umschmeichelte ihn die rauchige Stimme von Frau Kaschny.

Stephan schluckte trocken. Was hatte der Junge eben gesagt? Kein Dreitonner? Jetzt verstand Stephan, was damit gemeint war. Frau Kaschny glich eher einem wohlproportionierten Sportwagen als einem Lastwagen. Ihre Kurven saßen überall dort, wo sie hingehörten, und mit ihrer Modellkörpergröße wirkte sie äußerst grazil. Ihre schulterlangen, fast weißen Haare glänzten in der Sonne, und die blauen Augen strahlten funkelnd wie Eiskristalle. So stelle ich mir Amazonen vor, dachte Stephan.

»Sie haben richtig vorhergesehen«, sagte er und reichte ihr die Hand. »Ich bin tatsächlich Stephan Tries.«

Sie lachte herzlich und bat ihn hinein.

Im Haus schlug Stephan eine Kaskade von Düften entgegen. Er sog die Luft ein und versuchte, einige Nuancen zu bestimmen. »Hm, Zitrone, Pfefferminz und Weihrauch«, sagte er.

»Und noch Melisse, Estragon, Liebstöckel, Rosen. Meine Margeritensträucher hinten im Garten blühen auch gerade.« Frau Kaschny führte ihn links vom Flur in eine kleine Kammer. »Nehmen Sie Platz.« Sie lächelte und wies auf einen Stuhl, der an einem einfachen, runden Holztisch stand.

Stephan setzte sich und sah sich um. Viel gab es nicht zu sehen. Eine antike Kommode, auf der Kerzen standen und ein flackerndes Licht abgaben, dazu glimmende Räucherstäbchen. An den Wänden hingen kleine Ölgemälde, die bäuerliches Landleben zeigten.

»Gefallen sie Ihnen?«, fragte die Hellseherin, die seinen forschenden Blick offensichtlich bemerkt hatte. »Die habe ich selbst gemalt.«

Stephan zuckte mit den Schultern. Er dachte an Charlottes Kunstverständnis. Sie liebte das Abstrakte, zu dem Stephan überhaupt keinen Zugang fand. »Zumindest kann ich etwas erkennen«, sagte er.

Frau Kaschny kicherte und setzte sich ebenfalls. »Wie kann ich Ihnen helfen?«

Er hob erstaunt die Augenbrauen.

Wieder lachte sie. »Kleiner Scherz. So beginne ich normalerweise.«

Plötzlich verspürte Stephan Lust, Frau Kaschny zu testen. »Wie wäre es mit den kommenden Lottozahlen? Ich bin ein wenig abgebrannt und könnte ein paar Milliönchen gebrauchen.«

Frau Kaschny blickte traurig. »Ich darf leider meine Fähigkeiten nicht für so profane weltliche Dinge einsetzen. Noch nicht mal für mich selbst.«

»Aha.« Stephan schmunzelte. »Vermutlich so eine Art Ehrenkodex in Ihrer Branche.«

»Da liegen Sie richtig.«

Stephan nickte, beugte sich ein wenig vor und sah Frau Kaschny fest in die Augen. »Dann was anderes, wenn ich schon mal hier bin. Es geht um meinen Sohn. Dirk.«

Sie legte den Kopf schief. »Ihr Sohn Dirk, aha. Unehelich?«, hakte sie nach.

»Wo denken Sie hin? Nee, nee, aus meiner Ehe. Bin inzwischen geschieden.«

Eine Katze kam aus dem Nebenraum herein und sprang Frau Kaschny auf den Schoß. Die kraulte ihr den Rücken und sagte: »Sie haben keinen ehelichen Sohn.«

Stephan stutzte. Das war nicht schlecht. Bevor er näher darüber nachdenken konnte, sagte sie. »Ich habe mich im Internet über Sie schlaugemacht.« Sie beugte sich vor. Ihr Parfüm roch nach Vanille, ihre Augen leuchteten wie zwei blaue Bergseen in der Sonne. Stephan musste aufpassen, nicht darin zu versinken.

»Habe ich Ihren Test bestanden?«, hauchte sie.

Stephan grinste. Frau Kaschny wurde ihm immer sympathischer. Sie hätte ihn auch im Dunkeln tappen lassen können. Stattdessen hatte sie ehrlich geantwortet und damit preisgegeben, dass ihre Antwort nichts mit hellseherischen Fähigkeiten zu tun hatte. Er gab sich einen Ruck. »Also gut«, sagte er. »Ich glaube zwar an den ganzen Firlefanz nicht, aber einen Versuch ist es wert. Was wollen Sie mir sagen, und woher wissen Sie überhaupt davon?«

Frau Kaschny ließ die Katze zu Boden und gab ihr einen Schubs. »Elfriede Germanus ist Kundin bei mir.«

»Ist nicht wahr«, stieß Stephan aus.

»Warum nicht?« Sie lächelte. »Die Familie Germanus fragt mich seit Jahren um Rat.«

»Na, ich dachte, dass bodenständige Geschäftsleute eher Aktienmärkte beobachten, als in eine Glaskugel zu schauen.«

»Doppelt hält besser«, brachte es Frau Kaschny auf den Punkt. »Das hat sie vermutlich auch bei der Sache mit Friedrich gedacht. Und so hat sie nicht nur Sie um Hilfe gebeten, sondern auch mich. Elfi hat mir alles erzählt, auch von dem Foto, das Sie gefunden haben, und bat mich, mit Ihnen zu sprechen. Zunächst habe ich keinen Sinn darin gesehen. Nach dem, was sie mir geschildert hat, hege ich keinen Zweifel an einem Unfall. Aber Elfi hat so lange gefleht, bis ich zugesagt habe. Schaden kann es schließlich nicht. Und nun sitzen wir hier.«

Stephan legte den Kopf schief. »Haben Sie das Foto schon mal gesehen?«

»Nein.«

»Aber Sie haben mir doch am Telefon gesagt, dass Sie wissen, wer darauf abgebildet ist«, sagte Stephan, ohne seine Skepsis zu verbergen.

»Da haben Sie nicht richtig zugehört. Ich sagte, dass ich Ihnen *vielleicht* etwas zu dieser Person sagen kann. Aber das sind Spitzfindigkeiten. Ich bin sicher, dass ich Informationen über die Person auf dem Foto habe.«

Stephan verzog unwillig die Mundwinkel.

»Ich sehe schon«, sagte sie und stand auf. »Sie sind ein sehr skeptischer Mensch. Kommen Sie mal mit.«

Stephan folgte ihr zurück in den Hausflur, die Treppe hinauf und schließlich in einen großen Raum, der ihr offensichtlich als Arbeitszimmer diente. Auf einem modernen Schreibtisch mit Glasplatte stand ein weißes Notebook. Bücherregale zogen sich an den Wänden entlang.

Sie setzte sich hinter den Schreibtisch und winkte Stephan heran. Der stellte sich so, dass er auf den Bildschirm des Notebooks blicken konnte. Rasch navigierte sie in unterschiedlichen Programmen. »Was ich Ihnen jetzt zeige, behalten Sie für sich. Ich verrate Ihnen mein Geheimnis.« Auf dem Bildschirm erschien ein Dokument, überschrieben mit »Stephan Tries«.

»Hier habe ich die Informationen zusammengetragen, die ich über Sie in der Kürze der Zeit erhalten konnte.«

Stephan überflog die Zeilen und war überrascht, was die Wahrsagerin alles über ihn herausgefunden hatte.

»Meine Datenbank ist einzigartig«, erklärte Frau Kaschny und tippte mit dem Mauszeiger auf den Namen von Stephans Vater, der unterstrichen war. Augenblicklich öffnete sich ein weiteres Dokument. Darin stand fast alles, was er selbst über seinen Vater wusste. »Mittels Querverweisen stelle ich Verbindungen her. Aber nicht nur das: Das Programm selbst sucht nach Verbindungen. Ich weiß zwar nicht, wie das funktioniert, aber es funktioniert. Mein Exmann ist Programmierer, und er hat mir das Programm zu unserem zehnten Hochzeitstag geschenkt. Kurz darauf war Schluss.« Ihre Miene verfinsterte sich. »Das habe ich übrigens nicht vorhersehen können. Auf dem Auge war ich blind.«

»Woher bekommen Sie Ihre Informationen?«, fragte Stephan, ohne näher auf Frau Kaschnys Trennung einzugehen.

Sie sah ihn spitzbübisch an und legte ihm ihre Hand auf den Unterarm. »Sie werden doch nicht wirklich erwarten, dass ich meine Quellen offenlege?«

Stephans Arm wurde heiß, wie elektrisiert. Er schmunzelte. »Einen Versuch war es doch wert, oder? Doch sagen Sie mir eins: Was hat das mit Wahrsagen zu tun, und warum zeigen Sie es mir überhaupt?«

Frau Kaschny klappte ihr Notebook zu. »Das erkläre ich Ihnen bei einer Tasse Kaffee.«

Die Küche passte überhaupt nicht zu dem, was Stephan erwartet hatte. Keine alten Holzschränke, kein Gasherd, altes Geschirr und Kupferkessel, sondern modern, in Hochglanzweiß, mit klaren Linien und aufgeräumt. Sie stellte ihm eine Tasse Kaffee vor die Nase und setzte sich zu ihm.

Stephan goss Milch in den Kaffee. »Ehrlich gesagt, habe ich mir nicht nur die Küche anders vorgestellt, sondern auch Sie.«

Frau Kaschny lachte. »Kann ich mir vorstellen. Gekrümmte Nase, Warze am Kinn und überall Nippes, habe ich recht? Sie sind damit aber nicht allein. Deshalb auch mein Empfangszimmer. Wenn ich den Klischees entspreche, ist es einfacher.« Sie machte eine öffnende Handbewegung und wies auf die Küchenmöbel. »Ich selbst liebe eher die unkomplizierte Linie.«

Stephan nickte.

Die Katze kam zur Tür herein und sah kurz zu ihnen hoch, um dann am Fressnapf schmatzend einige Bissen zu kauen.

»Die gehört dann wohl auch zum Schauspiel?«, vermutete Stephan.

»Oh nein«, rief Frau Kaschny aus. »Die habe ich in meiner Mülltonne gefunden. Total heruntergekommen, das arme Tier. Als ich den Deckel öffnete und sie mich so herzzerreißend ängstlich anstarrte, habe ich sie bei mir aufgenommen. Ich habe es bisher keine Minute bereut.«

Ob das hier im Vorgebirge normal ist, dass einem die Katzen zulaufen?, dachte Stephan und erinnerte sich daran, wie er Tiger vorgefunden hatte, als er nach Sechtem zog. Damals hatte sie bereits das leer stehende Haus seiner Eltern bewohnt. So war Stephan ebenfalls zu einem Haustier gekommen.

»Aber ich fang wieder an zu schwätzen«, stellte Frau Kaschny fest und nippte an ihrem Kaffee. »Um Ihre Frage von vorhin aufzugreifen: Wahrsagen hat in meinen Augen etwas mit Wahrscheinlichkeiten zu tun. Und um diese vorhersagen zu können, sammle ich so viele Informationen, wie ich bekommen kann. Über alles und jeden. Daher bin ich überzeugt, Ihnen helfen zu können.«

»Und wenn die Frau nicht aus der Gegend ist?«, zweifelte Stephan.

»Dann stehe ich zwar als Großmaul da, habe aber zumindest einen netten Mann kennengelernt.« Sie zwinkerte ihm zu.

Stephan durchfuhr ein wohliger Schauer. Sein Stuhl fühlte sich plötzlich heiß an, und er rutschte darauf hin und her. Um seine Verlegenheit zu überspielen und von sich abzulenken, legte er das Foto auf den Tisch.

Frau Kaschny griff danach und betrachtete es. Gleich darauf fing sie schallend an zu lachen. »Das ist doch ein Witz, oder?« Sie keuchte fast.

»Warum?«, fragte Stephan irritiert. Er konnte sich keinen Reim darauf machen, was Frau Kaschny so in Heiterkeit versetzte.

Sie gab ihm das Foto zurück. »Ich kann nicht glauben, dass bisher niemand die Frau auf dem Bild erkannt hat.«

Stephan dachte an die Begegnung mit der Italienerin. »Also, eine Frau, der ich vorhin beim Einkaufen begegnet bin, hat sie wohl tatsächlich wiedererkannt, ist dann aber wortlos davongerauscht.«

»Haben Sie sonst noch jemandem das Bild gezeigt?«, fragte Frau Kaschny und tupfte sich die Lachtränen aus den Augenwinkeln. »Vielleicht auch Männern?«

»Sicher, klar«, Stephan zuckte mit den Schultern, »aber ohne Erfolg.«

Sie schüttelte den Kopf. »Heuchler, alles Heuchler. Die Frau auf dem Bild ist Hildegard, Hildegard von Bingen.«

»Ist die nicht schon tot?«, gab Stephan zu bedenken.

Frau Kaschny lachte wieder. »Ihr Esprit gefällt mir«, sagte sie.

Stephan wurde wieder warm, und er konzentrierte sich schnell auf das Foto, während Frau Kaschny erklärte: »Ist natürlich nur ihr Arbeitsname. Hildegard heißt sie wirklich, aber nicht von Bingen, sondern ganz profan Meier. Doch mit einem solchen Namen kann man in ihrem Gewerbe natürlich nicht glänzen. Von Bingen klingt doch direkt interessanter, finden Sie nicht?«

»Langsam steige ich dahinter. Diese Hildegard Meier ist eine Prostituierte. Wollen Sie mir das sagen?«

»Prostituierte, nun ja, stimmt schon. Aber eher im High-Society-Sektor. Sie sind Polizist, bei Ihnen kann ich es ja aussprechen: Edelnutte passt am besten. Hildegard nimmt nicht jeden unter ihre Fittiche, das macht sie so anziehend.«

Stephan nickte. »Wenn man zur ihr durchdringt, gleicht es einer Eroberung. Wie bei einer Burg, die es zu erstürmen gilt. Und je schwieriger das ist, desto größer ist hinterher der Triumph.«

»Das trifft es«, bestätigte sie. »Hildegard macht das schon sehr geschickt. Sie hat mir mal erzählt, dass sie jedem ihrer Kunden das Gefühl gibt, der einzig Richtige für sie zu sein. Sie wickelt die Männer damit um den Finger, und die haben nichts Besseres zu tun, als ihr hinterherzulaufen.«

»Hört sich an, als ob die Kunden süchtig sind.«

»Hilde als Droge, eine lustige Vorstellung.« Frau Kaschny kicherte. »Auf jeden Fall ist sie intelligent und mit allen Wassern gewaschen.«

»Wo wohnt sie?«

Frau Kaschny lachte. »Sie würde Sie nicht empfangen. Ihre Burg ist für Sie geschlossen.«

»Ich muss es trotzdem versuchen. Was immer sie mit Friedrich Germanus verbindet, ist vielleicht der Schlüssel zum Fall. Wo residiert denn der Burgadel?«

»Mitten in Bornheim, nahe der Europaschule.«

Stephan verschluckte sich und hustete. »Neben einer Schule?«

Sie nickte und lächelte wissend.

»Die Anwohner wissen natürlich Bescheid und sind nicht begeistert, aber da die lokale Prominenz ein und aus geht, passiert der netten Dame von nebenan nichts«, seufzte Stephan. »Richtig, oder?«

Frau Kaschny hob anerkennend die Hände. »Sie können auch hellsehen.«

»War jetzt nicht schwer zu kombinieren«, gab Stephan sich bescheiden. »Kennen Sie Frau Meier näher?«

»Wir haben uns bei einem VHS-Kurs in Alfter kennengelernt und fanden uns auf Anhieb sympathisch. Ab und an treffen wir uns auf eine Tasse Tee oder Kaffee.«

Stephan runzelte die Stirn. »VHS-Kurs?«

Sie kicherte. »Tun Sie doch nicht so erstaunt. Auch das horizontale Gewerbe hat mal Feierabend und frönt irgendwelchen Hobbys.«

Stephan nickte und stand auf. »Dumm von mir, stimmt. Dann werde ich mal mein Glück bei ihr versuchen.«

»Warten Sie«, sagte Frau Kaschny, »ich habe eine bessere Idee.«

Hildegard Meier empfing Frau Kaschny überschwänglich. »Lisa! Was machst du denn hier?«, rief sie aus, zuckte dann aber zusammen und hielt schützend ihre Hand über den riesigen Bluterguss, der fast ihre ganze linke Gesichtshälfte bedeckte.

»Was ist denn mit dir passiert? Das sieht ja schrecklich aus«, fragte Frau Kaschny entsetzt.

Stephan, der sich ein wenig im Hintergrund gehalten hatte, sah um sie herum. Hildegard Meiers Gesicht glich einer überreifen Aubergine, die Augen waren zugeschwollen, die Oberlippe aufgeplatzt, die Jochbeine schimmerten dunkelviolett.

Hildegard Meier bemerkte ihn und reichte ihm die Hand. »Ich sehe nicht immer so aus«, erklärte sie und versuchte zu lächeln, doch es kam nur ein schiefes Grinsen dabei heraus.

Das konnte Stephan sich gut vorstellen. Hildegard Meier war zwar nicht so hübsch wie ihre Freundin Lisa, doch dafür strahlte sie eine Dominanz aus, die Männer beeindrucken konnte. Trotz der Verletzungen stand sie kerzengerade vor ihnen, das Kinn leicht angehoben.

Frau Kaschny stellte sie kurz vor.

»Kommt rein!«, befahl Hildegard Meier anschließend und ließ sie durch. »Geht in den Wintergarten.«

Stephan zwang sich zu einem Lächeln. Ein Wintergarten im Sommer versprach tropische Temperaturen. Wenn er nur daran dachte, brach ihm der Schweiß aus.

Bevor Stephan ins Haus trat, bemerkte er eine Nachbarin, die den Müll rausbrachte. Ihre Blicke trafen sich. Wütend öffnete die Frau den Deckel der Tonne und stopfte den Beutel hinein. Stephan erkannte die Frau vom Supermarktparkplatz. Ihr hatte er das Bild gezeigt. Jetzt wurde ihm klar, wieso sie so seltsam reagiert hatte. Sicherlich konnte sie es nicht gutheißen, direkt neben einem Sündentempel zu wohnen.

Er nickte ihr höflich zu und folgte dann den beiden Frauen ins Haus.

Angenehme Kühle empfing ihn im Wintergarten. Es war ein klimatisierter, heller Raum mit nur wenigen Pflanzen. Er atmete erleichtert auf. Durch die Scheiben ging der Blick in einen gepflegten Garten. In der Mitte des Wintergartens stand ein großer massiver Pinientisch, um den sie sich setzten. Abstrakte Bilder hingen an der Wand. Ein Papagei saß neben der Tür auf einer Stange und nickte mit dem Kopf. Argwöhnisch betrachtete er die Ankömmlinge, krächzte dann plötzlich: »Daaasss kossstet einen Tausssendeeer.«

»Entschuldige meinen kleinen Freund«, nuschelte Hildegard Meier Stephan zu. »Ara hat so viele Kunden kommen und gehen sehen, dass er fast mein Zuhälter sein könnte.«

Stephan nickte, erstaunt darüber, welche Preise man heute in diesem Gewerbe verlangen konnte. Er deutete auf ihr Gesicht. »Davor hat er Sie aber nicht bewahren können.«

Hildegard holte tief Luft. »Kommt schon mal vor. Berufsrisiko.«

»Wer hat dir das angetan?«, fragte Lisa hitzig. »Hast du ihn angezeigt?«

»Quatsch«, sagte Hildegard bestimmt. »Das kann ich mir gar nicht leisten. Meine Diskretion ist mein Kapital. Wenn herauskommt, dass ich jemanden angeschwärzt habe, werden die anderen die Hose voll haben und sich hier bei mir nicht mehr sehen lassen. Ich lasse Bob einfach an der langen Leine verhungern, wenn er wieder angeschlichen kommt. Das wird ihn mehr schmerzen als alles andere.«

»Bob? Ungewöhnlicher Name«, bemerkte Stephan.

Hildegard lachte gackernd. »Ist nur ein Spitzname. Die echten Namen benutze ich nie.«

»Sehr diskret«, stellte Stephan fest. »Trotzdem ist es Körperverletzung, was dieser Bob mit Ihnen angestellt hat.«

Hildegard Meier hob die Augenbrauen und blickte Frau Kaschny an. »Sag bloß, du schleppst mir einen Bullen ins Haus?«

»Er ist in Ordnung und zurzeit nicht im Dienst«, antwortete die. »Er ermittelt privat und hat dich schon überall gesucht.«

»Hört sich ja spannend an«, sagte Hildegard.

»Wer sind denn Ihre Kunden?«, hakte Stephan ein.

Sie lachte müde. »Lass es gut sein, das werde ich dir bestimmt nicht verraten.«

»Ohne Kondooom geeeht nichts!«, krächzte Ara.

Stephan schmunzelte. »Bin gespannt, was da noch so kommt.«

Sie lachten.

»Okay.« Stephan verschränkte die Unterarme auf dem Tisch und beugte sich vor. »Kommen wir zur Sache. Es geht um Friedrich Germanus.« Er fasste seinen Auftrag kurz zusammen. »In seinem Schlafzimmer habe ich ein Bild von Ihnen gefunden. Jetzt würde mich interessieren, wie es dahin gekommen ist?«

Hildegard Meier beugte sich ebenfalls ein Stück vor. Ihre Lippen berührten sich fast. »Ist doch eigentlich klar, oder? Sag du es mir«, hauchte sie. Ihr Atem roch frisch nach Pfefferminz.

Stephan verteidigte jeden Zentimeter, wich keinen Millimeter zurück. »Ist er ein Kunde?«

»Kunde ist das falsche Wort«, erklärte sie. »Wer es bis zu mir schafft, der ist mein Freund.«

»Plaudert ihr mal weiter«, unterbrach sie Frau Kaschny. »Ich gehe mal kurz rüber zum Rathaus und hol mir ein paar gelbe Müllbeutel.«

Die beiden Kontrahenten rutschten auf ihren Stühlen zurück.

Wir reden hier über das älteste Gewerbe der Welt, und die denkt an Müllbeutel, amüsierte sich Stephan insgeheim. Er musste sich eingestehen, dass er Hildegards Nähe genoss. Sie trug ein ausgezeichnetes Parfüm, mit einem Hauch von Lavendel. Es erinnerte ihn an seine Kindheit. Seine Mutter hatte im Garten riesige Büsche davon angepflanzt.

»Wissen denn Ihre Freunde voneinander?«, nahm er den Faden wieder auf.

Hildegard zog eine Schublade an dem alten Tisch auf und nahm eine Packung Zigaretten heraus. Sie griff hinter sich nach einem Aschenbecher, der auf einem Schränkchen stand.

»Nun, meine Freunde sind ja nicht auf den Kopf gefallen.« Sie steckte sich eine Zigarette an und inhalierte tief.

Mit dem frischen Pfefferminzatem dürfte es vorerst vorbei sein, dachte Stephan. Laut fragte er: »Kommt es vor, dass es Freunde gibt, die damit nicht zurechtkommen? Die Sie nicht mit anderen teilen wollen?«

Sie strich sich vorsichtig über ihre geschwollene linke Gesichtshälfte. »Das geschieht sogar öfter, als ich mir wünschen würde«, gab sie zu.

»Kraaankeeenschweeesteer maaacht sssexhuuundeeert«, flötete Ara, wobei ihm die zweideutige Aussprache famos gelang.

Kurz stellte Stephan sich Hildegard in einer Schwesterntracht vor. Bestimmt nicht übel, dachte er, lenkte seine Gedanken dann aber rasch wieder in andere Bahnen. »Und was ist mit Friedrich Germanus? Liebte er Sie?«, brachte er die Sache auf den Punkt.

»Wie kommst du denn darauf?«

»Na, Ihr Bild steckte in einem Fotoalbum, das er neben seinem Bett im Nachttischchen aufbewahrte. Das hat doch was zu bedeuten.«

Sie drückte mit energischen Bewegungen die Zigarette im Aschenbecher aus und zuckte mit den Schultern. »Kann schon sein. Er redete zumindest von einem neuen Leben, das er mit mir anfangen wollte.«

»Dafür war er Ihnen aber zu alt«, mutmaßte Stephan.

»Friedrich? Alt?« Sie schüttelte den Kopf. »Nein. Er war immer noch ein stattlicher und gut aussehender Mann.«

»Dann hat es Ihnen doch sicherlich geschmeichelt«, bohrte er weiter. »Wie haben Sie sich verhalten? Haben Sie ihn ermutigt?«

Sie steckte sich eine neue Zigarette an, zog daran und blies den Rauch zur Decke. Ein schelmischer Ausdruck erschien auf ihrem Gesicht. »Mich kotzt das Ganze hier schon ein wenig an. Noch verdiene ich ganz gut, doch ich werde nicht jünger. Ich muss an meine Zukunft denken.«

»Schön drum herumgeredet«, sagte Stephan. »Werden Sie mal konkreter: Wären Sie mit ihm gegangen?«

Sie beugte sich vor und hielt die Zigarette wie eine Antenne in die

Höhe. »Ich wäre die Anna Nicole Smith aus dem Vorgebirge geworden.«

»Nicht, solange seine Ehefrau da ist. Oder hat er eine Scheidung angedeutet?«

»Ist doch egal. Friedrich war nicht der Einzige, der mit mir durchbrennen wollte. Ist ein Kniff von mir. Ich säusele den Kerlen das ein. So binde ich sie an mich.« Sie zuckte mit den Schultern und lächelte.

Stephan lehnte sich zurück und grübelte einen Moment. Der Alte war also schlichtweg bis über beide Ohren verknallt gewesen, und Hildegard hatte ihn in seinen Gefühlen bestärkt. Leider brachte ihn das, was den Unfall anging, keinen Schritt weiter.

Der Papagei krächzte: »Nooonne maaacht aaachthuuundeeerrrt.«

Stephan blickte Hildegard erstaunt an. »Mehr als eine Krankenschwester?«

»Ist verruchter.« Sie lächelte spöttisch. »Kommt übrigens gut bei Pfaffen an.«

»Ach du grüne Neune«, murmelte er. »Aber zurück zu Friedrich. Wie sollte denn das neue Leben aussehen? Hatte er keine Skrupel, seine Frau zu verlassen?«

Sie winkte ab. »Quatsch. Der war wie neu geboren. Der hätte mit dem Teufel getanzt, um mich für sich allein zu haben. Wie sich seine Frau fühlen würde, ging ihm buchstäblich am Arsch vorbei. Friedrich wollte seine Firma verkaufen und mit mir ins Ausland gehen.«

»Südamerika?«, fragte Stephan aus dem Bauch heraus und dachte an den englischen Posträuber Ronald Biggs, den es damals in den Sechzigern nach seinem großen Überfall nach Rio de Janeiro verschlagen hatte.

»Nee, in die Toskana.« Sie seufzte. »Da wollte ich immer schon meinen Lebensabend verbringen.«

»Kann ja noch werden«, tröstete Stephan sie. Plötzlich elektrisierte ihn ein Gedanke. War Elfriede Germanus eifersüchtig gewesen? Vielleicht hatte sie gelogen, als sie ihm sagte, dass sie die Frau auf dem Bild nicht kannte. Wie fühlte sich eine Frau nach jahrzehntelanger Hingabe, wenn sie plötzlich fallen gelassen wurde? Weggeworfen wie eine alte Schachtel, aussortiert wie ein krankes Rennpferd? Wäre es nicht fast schon verständlich, wenn man da Mordgelüste bekäme? Ja, ein Motiv hätte Elfriede. Aber der dritte Schatten, den Liebknecht gesehen hatte, wie passte der ins Bild?

»Poooliiiteeesseee kooosteeet fünfhuuundeeert, Haaausbeeesucheee zweeeihundeeert eeextraaa.«

Stephan musste lachen. »Der ist echt putzig.«

»Puuutzfraaauuu zweihuuundeeertfuuuffziiig!«

Erstaunt sah er zu Hildegard.

Die schmunzelte. »Mein Sonderangebot«, erklärte sie.

Stephan stand auf und verabschiedete sich. Hildegard Meier begleitete ihn zur Haustür. Vor dem Haus trafen sie auf Frau Kaschny, die zwei Rollen gelber Müllsäcke in den Händen hielt.

»Na, seid ihr fertig?«, fragte sie.

»Ja«, gab Stephan grinsend zurück. »Ich kenne jetzt alle Preise.«

ZEHN

Charlotte kam pünktlich um sechs.

Nachdem Stephan Lisa Kaschny nach Hause gefahren hatte, war er den ganzen Nachmittag damit beschäftigt gewesen, das Menü vorzubereiten. Jetzt duftete die ganze Küche nach einen Mix aus Knoblauch, Balsamico, Limette, Rosmarin und Thymian.

»Was sagt der Arzt?«, fragte Charlotte nach einer herzlichen Umarmung.

Stephan schoss das Blut ins Gesicht. Das hatte er vollkommen verdrängt. »Äh, ach ja«, sagte er und kratzte sich verlegen hinter dem Ohr.

Charlottes Miene verfinsterte sich. »Du hast es vergessen? Du hast vergessen, meine Mutter zu besuchen?«

Stephan spürte, dass Charlotte keine Entschuldigung gelten lassen würde. »Ja, es tut mir leid«, sagte er kleinlaut, ohne nach Ausflüchten zu suchen.

Charlotte erwiderte nichts, sondern ging in den Flur. Er fürchtete schon, dass sie einfach gehen würde. Doch kurz darauf hörte er die Pieptöne der Telefontasten. Angestrengt horchte er. Charlotte sprach mit jemandem in der Klinik. Da ihre Stimme nicht besorgt klang, schloss er, dass ihre Mutter auf dem Weg der Besserung war. Erleichtert atmete er aus.

Wenig später kam Charlotte zurück. Sie schmiegte sich an Stephan, der unbeholfen die Arme um sie legte. »Du hast Glück«, murmelte sie in seine Brust hinein. »Sie ist heute Nachmittag kurz aufgewacht. Es scheint aufwärtszugehen. Ansonsten wäre ich richtig sauer auf dich gewesen. Aber die positive Nachricht stimmt mich milde.«

»Es tut mir leid«, erwiderte Stephan noch mal. »Wirklich. Und ich freue mich, dass es deiner Mutter besser geht.«

Charlotte löste sich von ihm. »Schwamm drüber. Was gibt es denn heute? Ich habe einen Appetit, ich würde Tiger sogar ihr Katzenfutter streitig machen.«

»Gott bewahre«, lachte Stephan, erleichtert, dass Charlotte nicht mehr sauer auf ihn war. »Die würde dir wahrscheinlich die Augen auskratzen. Sie futtert zurzeit wie ein Scheunendrescher.«

Charlotte sah sich um. »Wo ist sie eigentlich?«

Stephan ging zum Herd und wendete den Braten. »Keine Ahnung. Habe sie heute noch nicht gesehen. Streunt sicherlich wieder irgendwo im Garten herum.« Er nahm einen Löffel aus der Schublade und probierte die Soße. »Einen Schuss Wein noch«, sagte er und schüttete etwas aus der Rotweinflasche in den Bräter.

Charlotte stellte sich neben ihn und schnupperte. »Wahnsinn, riecht das köstlich. Jetzt sag schon! Was ist das?«

»Italienischer Schweinebraten«, erwiderte er stolz. »Sehr einfaches Rezept, aber superlecker. Thymian, Rosmarin, Petersilie klein hacken, Abrieb einer Zitronenschale dazu, mit Butter, Semmelbröseln, Parmesan, Ei, Salz und Pfeffer verrühren. Fleisch der Länge nach durchstechen, da kommt die Paste rein, kräftig anbraten, das war es schon fast. Gleich geht es ab in den Backofen, und wir können die Vorspeise genießen.«

Charlotte schätzte mit einem skeptischen Blick die Größe des Bratens ab. »Vorspeise? Wird das alles nicht ein wenig viel für uns beide?«

»Wolltest du nicht gerade noch um das Katzenfutter kämpfen?«, erinnerte er sie und grinste.

»Schon«, gab sie zögerlich zu. »Es kommt doch niemand mehr, oder?«

Stephan sah ihr an, dass sie heute nicht auf weitere Gesellschaft scharf war. »Keine Sorge. Ich habe nur für mich ein wenig vorgekocht.«

Charlottes Lächeln kehrte zurück.

Stephan schnappte sich den Bräter und stellte ihn in den Backofen. »So, setz dich, Vorspeise kommt sofort. Dabei kannst du mir von deiner Mutter berichten. Anschließend erzähle ich dir, was ich bisher herausgefunden habe.«

»Gerne.« Sie setzte sich und sah ihn erwartungsvoll an.

Stephan holte die Vorspeise aus dem Kühlschrank. »Insalata caprese! Voilà!« Schwungvoll stellte er die Teller auf den Tisch.

»Voilà? Muss es nicht eher pronto oder so heißen?«

Gerade als Stephan zustimmen wollte, schellte es an der Haustür. »Nanu?«, sagte er verwundert. Er ging in den Flur und öffnete. Vor der Tür stand ein müde aussehender Richard Engel.

»Hab gedacht, ich komme mal vorbei und hör mal, was es Neues gibt«, offenbarte der Kommissar.

Stephan spürte einen Widerwillen, Engel eintreten zu lassen. Doch auf die Schnelle fiel ihm keine Ausrede ein.

»Komme ich ungelegen?«, deutete Engel sein Zögern richtig.

Hastig dementierte Stephan. »Ach, Blödsinn. Komm rein. Charlotte ist auch da.«

Engel begrüßte sie herzlich. Hinter seinem Rücken hob Stephan die Schultern und bedeutete Charlotte so, dass der Besuch für ihn überraschend kam. Sie ging nicht darauf ein, sondern lächelte Engel an. »Wir fangen gerade an. Willst du mitessen?«

Engel sog Luft ein, sein Brustkorb hob sich deutlich. »Hm, wenn ich das hier rieche, bleibe ich doch gerne. Mann, ich habe zu Mittag nur einen Hamburger gegessen. Mir läuft das Wasser im Mund zusammen.«

»Nimm meinen Salat«, lud Stephan ihn ein, »ich mach mir schnell noch einen.«

Engel ließ sich nicht zweimal bitten, setzte sich und fing sofort an zu essen. »Ich liebe Mozzarella«, beschied er zwischen zwei Schmatzern.

Stephan goss ihm unaufgefordert Wein ein.

Engel probierte und schnalzte mit der Zunge. »Hammer! Was ist das?«

Charlotte probierte ebenfalls. Sie spitzte die Lippen und rollte den Wein über die Zunge, bevor sie schluckte. »Vorzüglich«, kam sie zum gleichen Urteil.

»Vino bianco alle pesche«, gab Stephan bereitwillig Auskunft. »Weißwein auf Pfirsich. Ich war vorhin noch schnell oben im ›Cher's‹ und habe mich beraten lassen.«

Charlotte hob die Augenbrauen. »In Hemmerich? Auf der Rösberger Straße? Ich bin ehrlich überrascht, dass du dieses Lokal, nein, dass du überhaupt ein Weinlokal kennst.«

Stephan lachte. »Ich gebe zu, dass es eher Zufall war. Ich war letztens im Trimborn-Hof einen Kaffee trinken und bin dann über die Dörfer nach Bornheim runter. Dabei habe ich es entdeckt.«

Engel hob das Glas und sagte: »Darauf trinke ich. Solche Zufälle gefallen meinem Gaumen.«

Stephan freute sich, dass seine Überraschung gelungen war. Augenblicklich entschuldigte er insgeheim Engels unpassendes Erscheinen. Er setzte sich mit seinem Salat zu ihnen. »Was gibt es Neues?«, löcherte er Engel. »Konntest du etwas über diesen Liebknecht herausfinden?«

Charlotte ging dazwischen. »Halt, stopp! Zunächst bringst du mich auf den neuesten Stand. Sonst kann ich nicht folgen.«

Als Stephan geendet hatte, stand er auf, räumte die Vorspeisenteller ab und übergoss den Braten.

»Das mit Friedrich fasse ich nicht«, sagte Charlotte. »Dass er Elfi das antun wollte. Einfach so einen Neuanfang mit einer anderen Frau und sie sitzen lassen.« Sie wirkte traurig.

»Und dann noch mit einer Prostituierten«, resümierte Engel. »Aber so etwas kommt vor.«

Sie schwiegen eine Weile.

»Geschmacklos«, empörte sich Charlotte plötzlich. »Sich nach einer Heiligen zu benennen. Sie stößt damit die Leute vor den Kopf.«

»Ist doch nur ein Künstlername«, meinte Stephan.

Charlottes Miene verfinsterte sich. »Das ist wieder typisch für dich. Was andere denken oder fühlen könnten, ist dir egal. Klar, du glaubst ja an gar nichts. Aber viele Katholiken verehren Hildegard von Bingen. Besonders hier im Rheinland. Die Klosterruine Disibodenberg, wo sie gearbeitet hat, ist nur zwei Autostunden entfernt. Und das Kloster Rupertsberg, das sie gegründet hat und wo sie gestorben sein soll, gerade mal anderthalb Stunden. Liegt übrigens bei Bingen am Rhein. Daher hat sie ihren Namen.«

Stephan stöhnte auf. »Ja, alles richtig. Doch lass mal die Kirche im Dorf. Hildegard Meier ist eine Prostituierte, die sich in die Rolle versetzt, die der Freier sich wünscht. Gerade dieses Verbotene ist doch das, was die Lust anheizt. Und gibt man dem Kind dann noch einen Namen, der das Ganze noch verruchter macht, dann schießen die Säfte umso stärker.«

Charlotte ballte die Fäuste. Aus schmalen Augen heraus sah sie Stephan an. »Darf man sich deshalb alles erlauben? Geschäft geht vor? Willst du das damit ausdrücken? Ich bleibe dabei: Es ist geschmacklos und sollte mit nichts auf der Welt schöngeredet werden.«

Stephan holte tief Luft. So langsam wurde er ärgerlich. Er hatte nur schildern wollen, welche Überlegungen die Namensfindung beeinflusst haben könnten. Dass Charlotte ihn deswegen einen ungehobelten Klotz schimpfte, machte ihn wütend.

»Kinners, jetzt hört doch mit dem Quatsch auf«, griff Engel ein. Er beugte sich vor und tätschelte Charlotte den Oberarm. »Unser Beruf bringt es leider mit sich, dass wir abstumpfen. Es ist gut, wenn uns jemand ab und zu die Augen öffnet. Denn ich muss zugeben, ich hätte mir über die Namenswahl dieser Hildegard auch keine Gedanken gemacht. Dafür erlebe ich einfach viel zu viel Abartiges. So etwas fällt dann bei mir nicht mehr ins Gewicht.«

Er winkte Stephan an den Tisch. »So, gebt euch die Hand und vertragt euch wieder.«

»Soweit ich weiß, ist diese Hildegard von Bingen bisher nicht heiliggesprochen worden«, quetschte Stephan heraus.

»Sie war aber eine Heilige, zumindest für mich«, zischte Charlotte.

Sie sahen sich noch einige Sekunden finster an. Charlottes Mundwinkel zuckten. Was für eine absurde Situation, dachte Stephan. Sein Ärger verrauchte. Er grinste, und das Eis war gebrochen. Beide brachen sie in Gelächter aus. Charlotte stand auf, kam zu ihm und drückte ihn. »Tut mir leid. Ich bin im Moment ein wenig empfindlich.«

»Und ich schon mal ein Elefant im Porzellanladen«, gab Stephan zu.

Sie drückte ihn noch mal kräftig und setzte sich dann wieder.

»Schön«, sagte Engel, »so ist es recht. Kommen wir jetzt mal zum alten Germanus zurück. Du hast nichts gefunden, was auf einen Mord an ihm hinweist, sieht man mal von dem ab, was Liebknecht gesehen haben will. Was er so in seiner Freizeit trieb, ähm, also ich meine, wie er seine Freizeit verbrachte, ist zwar interessant und vielleicht sogar amüsant, doch mehr auch nicht.«

Stephan schloss die Backofentür und machte sich daran, die am Nachmittag vorbereiteten Ricotta-Gnocchi zu kochen. Vorsichtig gab er sie mithilfe eines Küchentuchs in das kochende Salzwasser.

»Da hast du leider recht«, gab er zu. »Aber Motive hätte ich genug im Angebot. Rainer Germanus, der mit Sicherheit nicht wollte, dass sein alter Herr die Firma verkauft. Rainers Schwester Gisela, zerstritten mit ihrem Vater, die jetzt durch ihr Erbe ein angenehmeres Leben führen kann. Bursch und Poensgen, die unbedingt den Auftrag für die Felsquelle erhalten müssen, um die Pleite abwenden zu können. Bei Bursch zusätzlich die politische Karriere, die beim Scheitern der Felsquelle einen Knick bekommen könnte. Sogar der arme Tropf Krause, der, den der Friedrich rausgeschmissen hat, hat ein Motiv.«

»Rache«, nickte Engel.

»Genau. Und Elfriede Germanus ist plötzlich auch verdächtig. Sie könnte es aus Eifersucht getan haben.«

»Aber dann hätte sie dich doch gar nicht beauftragt«, zweifelte Charlotte.

Stephan zuckte mit den Schultern und schenkte noch Vino bianco alle pesche nach. »Sie ist alt, hat nicht mehr viel zu verlieren. Vielleicht sieht sie es als eine Art Spiel. Hast du eigentlich in letzter Zeit mit ihr gesprochen?«

Charlotte nippte an ihrem Glas. »Vorhin erst, bevor ich los bin. Sie hat mich gelöchert, ob du schon etwas herausgefunden hast.«

»Muss ihr wohl mal Bericht erstatten«, brummte Stephan.

Engel feixte. »Tja, ob du nun im Dienst bist oder privat ermittelst: Irgendjemandem musst du trotzdem Rechenschaft ablegen. Soll ich mal erzählen, was ich über diesen Karl Liebknecht weiß?«

»Nur zu«, forderte Stephan ihn auf.

»Ist interessant, das kann ich euch jetzt schon versprechen«, schürte Engel die Spannung. »Liebknecht ist das klassische Beispiel einer gescheiterten Existenz. 1965 in Leipzig geboren, legte er eine DDR-Bilderbuchkarriere hin. Dabei entstammt er einer echten Arbeiterfamilie, seine Mutter war Näherin in einem VEB, sein Vater schraubte Maschinen für den Export zusammen. Aber Liebknecht hat es geschafft. Anfang der Achtziger war er das sportliche Nachwuchstalent, holte mehrere nationale Preise und sollte 1984 sogar an den Olympischen Spielen teilnehmen. Aber die fielen ja für den Ostblock als Reaktion auf den US-amerikanischen Boykott der Spiele 1980 in Moskau aus.«

Stephan rührte die Gnocchi vorsichtig um, damit sie nicht am heißen Boden des Topfes festbrannten. »So wie Liebknecht aussieht, würde ich auf Kampfsport tippen. Oder Gewichtheben.«

»Da liegst du richtig«, bestätigte Engel. »Boxen. Zur Medaille reichte es zwar nicht, aber mit einem siebten und fünften Platz war er nicht weit davon entfernt. Nebenbei war er Offizier in der Nationalen Volksarmee.«

»Hatte er eine eigene Familie?«, wollte Charlotte wissen. »Viel Zeit dazu hatte er bestimmt nicht, nach dem, was du berichtest.«

Engel nickte. »Dazu reichte die Zeit vermutlich wirklich nicht. Mit zwanzig wechselte Liebknecht zur Staatssicherheit.«

»Er wurde ein IM?« Stephan hob die Augenbrauen.

»Nee, kein IM, sondern OM.«

»Was soll das denn sein?«, hakte Charlotte nach.

»Offizieller Mitarbeiter«, erklärte Stephan. »Mensch, ich kann das kaum glauben. Wenn du den auf seinem Schiff hocken siehst, mit seinen verkrüppelten Fingern, dann denkst du, er ist das Opfer. Und jetzt stellt sich heraus, dass er selbst die Bestie war. Wer weiß, wie viele Gefangene er selbst gefoltert hat.«

Engel nickte. »Leider wurde seine Stasiakte weitestgehend bei der Erstürmung der Stasibezirksverwaltungen 1989 zerstört«, berichtete er weiter. »Dort klafft also eine Lücke.«

»Mist«, fluchte Stephan, »gerade wenn es interessant wird.«

Engel grinste. »Wart's ab. Ein paar Dinge habe ich doch noch recherchieren können. Es gibt alte Gerichts- und Gefängnisunterlagen. Liebknecht saß in Bautzen ein. Eingeliefert wurde er, das ist jetzt kaum eine Überraschung, mit gebrochenen Fingern.«

Charlotte sog scharf Luft durch die Zähne und betrachtete ihre Finger. »Wenn ich mir das vorstelle, dann wird mir übel. Warum musste er ins Gefängnis?«, wollte sie wissen.

»Aus politischen Gründen«, antwortete Engel. »Er soll Republikflüchtlingen geholfen haben.«

»Vom Saulus zum Paulus?«, fragte Stephan.

Engel seufzte. »Laut Urteil ja. Doch was wirklich passiert ist, werden wir aus den Akten nie erfahren. Sicher ist nur, dass Liebknecht gefoltert wurde. Und diese Aufgabe übernahm in der Regel die Staatssicherheit. Liebknecht war als OM sicherlich eine dicke Nummer in der Organisation. Da musste schon einiges vorgefallen sein, wenn man ihn wie eine heiße Kartoffel fallen ließ.«

Charlotte schüttelte sich. »Schrecklich.«

»Ja«, bestätigte Engel. »Obwohl sich mein Mitgefühl in Grenzen hält. Schließlich hat er einige Zeit selbst dieses grausame System mit am Leben erhalten und tatkräftig unterstützt. Er hat das zu spüren bekommen, was er jahrelang selbst mit anderen gemacht hat. Liebknecht saß dann von 1988 bis kurz nach dem Mauerfall. Nach der Wende verließ er den Osten und heuerte bei Germanus an.«

»Klingt wie verspätete Republikflucht«, fasste Stephan zusammen. Zufrieden beobachtete er, wie die Gnocchi an die Oberfläche trieben.

»Viele haben dem Braten damals nicht getraut und sind schnell rüber in den Westen«, erläuterte Engel. »Ist ja auch kaum zu glauben, was da damals passierte. Wer konnte schon vorhersehen, dass die Mauer tatsächlich offen blieb? Von der Wiedervereinigung ganz zu schweigen.«

»Hast du das alles auch dem Staatsanwalt erzählt?« Stephan fischte die ersten Gnocchi mit einer Siebkelle aus dem Wasser. »Du wolltest ihn doch noch mal wegen des dritten Schattens anhauen, den Liebknecht in der Unfallnacht gesehen hat.«

Engel winkte ab. »Ist dem feinen Herrn zu wenig. Er meint, der Schatten könnte auch ein wehender Vorhang gewesen sein. Offiziell ist da im Moment nichts zu machen.«

Ein wenig enttäuscht holte Stephan den Braten aus dem Backofen. Es wäre einfacher gewesen, an Informationen zu kommen, wenn Engel hätte einsteigen können. Der Kräutergeruch verstärkte sich.

»Erwähnen sollte ich vielleicht noch«, sagte Engel, »dass Liebknecht im Gefängnis häufig wegen schwerer Körperverletzung aufgefallen ist. Er war kein Kind von Traurigkeit. Er galt als jähzornig, schoss dann auch schon mal über das Ziel hinaus. Mehrere Häftlinge bekamen dies zu spüren, einer ist fast an den Verletzungen, die ihm Liebknecht zugefügt hat, verstorben.«

Stephan schärfte das große Fleischmesser und grübelte. Dann schüttelte er den Kopf. »Alles sehr interessant. Doch Liebknecht hat kein Motiv. Durch Germanus' Tod hat er keine Vorteile.«

Charlotte kicherte. »Du hast so einen Unterton in der Stimme, den kenne ich. Da kommt doch noch was.«

Stephan zwinkerte ihr zu. »Ich bin für dich wie ein aufgeschlagenes Buch. Ja, in der Tat, Liebknecht interessiert mich. Ich denke, ich fahre morgen noch mal hin und konfrontiere ihn mit unseren Informationen.«

»Wusste ich es doch.« Charlotte schmunzelte.

»Was erwartest du von dem Gespräch?«, fragte Engel.

Stephan überlegte einen Moment. »Dass mir kein Motiv einfällt, heißt ja nicht, dass er keins hat. Vielleicht kam der alte Germanus ihm krumm, und Liebknecht schlug zu. Und um von sich abzulenken, erzählt er mir, dass er die ganze Zeit im Gartenhaus lag und angeblich einen Schatten gesehen hat. Vielleicht kann ich ihn ein wenig aus der Reserve locken.«

»Versuchen kann man es ja mal«, brummte Engel. »Aber sei vorsichtig. Der ist zu allem fähig. Würde mich nicht wundern, wenn er dich an die Fische verfüttern würde.« Er setzte eine besorgte Miene auf.

Charlotte nickte bekräftigend. »Zumindest wissen wir, dass du bei ihm bist. Ruf an, sobald du wieder hier bist.«

Stephan wiegte den Kopf. »Na, so schlimm wird es schon nicht werden. Was hat dir Elfriede Germanus denn vorhin noch so erzählt?«

»Morgen wird der Notar das Testament eröffnen.«

»Sind Überraschungen zu erwarten?«, hakte Engel ein.

»Ich rechne damit, dass Gisela ihren Pflichtanteil fordern wird, sollte sie leer ausgehen«, erläuterte Charlotte. »Ansonsten sind ja alle Erben bekannt.«

Stephan tranchierte den Braten. »Er könnte aber unsere gute Hildegard von Bingen als Erbin eingesetzt haben.«

Charlotte überlegte kurz und entgegnete dann: »Ja, möglich, daran habe ich gar nicht gedacht. Das wäre wirklich eine Überraschung.«

Sie schwiegen einen Moment. Stephan richtete das Fleisch auf dem Teller an. Gerade als er die Gnocchi verteilen wollte, bemerkte er, dass Kenans BMW in die Einfahrt einbog.

»Nanu?«, stieß er bereits zum zweiten Mal an diesem Abend aus und hielt einen Moment unschlüssig den Löffel in der Hand.

»Was ist?«, wollte Engel wissen.

»Moment«, murmelte Stephan und ging zur Tür.

Christine stürmte heran. »Hi, Paps«, warf sie ihm sichtlich gut gelaunt entgegen.

Kenan ging hinter ihr und reichte ihm die Hand. »Ihre Tochter wollte unbedingt noch bei Ihnen vorbeischauen.«

Wird wohl zum Dauerzustand, dachte Stephan und folgte ihnen in die Küche, wo sich bereits alle lautstark vorstellten und begrüßten.

Er ignorierte die Runde und holte noch zwei Teller aus dem Schrank. Viel würde jetzt nicht mehr von seinem Braten zum Einfrieren übrig bleiben.

Während des Essens berichtete Kenan mit steigender Begeisterung von seinen Plänen. »Ich bin sicher, mein Restaurant wird ein voller Erfolg.« Er schob den Schweinebraten unangetastet zum Tellerrand.

Christine klebte an seiner Seite, himmelte ihn an, ihre Augen strahlten.

So, so, *mein* Restaurant, dachte Stephan und schielte zu seiner Tochter. Ihr schien das Personalpronomen nicht aufgefallen zu sein.

Kenan prostete in die Runde. »Ich lade euch alle zur Eröffnung ein«, versprach er. »Ein paar Wochen dauert es allerdings noch. Die Küche muss mir ein Bob Baumeister einbauen, davon habe ich keine Ahnung.«

Stephan stutzte. Plötzlich leuchteten alle Alarmlampen bei ihm auf. Etwas, was Hildegard Meier nebenbei erwähnt hatte, passte plötzlich ins Bild. »Bob Baumeister?«, wollte er von Kenan wissen.

Der junge Türke lachte. »Der stammt aus einer Kindersendung, ein Bauarbeiter. Meine Neffen stehen auf den. Bob hat sprechende Maschinen um sich herum und bekommt jeden Auftrag gemeistert. Ein Bauarbeiterheld eben. Jeder Handwerker lässt sich inzwischen gerne mit dem vergleichen.«

Kenan ging nicht weiter darauf ein, sondern erzählte übergangslos weiter von den zurückliegenden Tagen.

Stephan hörte nicht richtig zu. Er grübelte. Könnte die Lösung so einfach sein? Eine Figur aus einer Kindersendung?

»Was ist?«, hauchte Charlotte ihm ins Ohr. »Du siehst plötzlich so ernst aus.«

Er schüttelte kaum merklich den Kopf und tupfte sich mit der Serviette den Mund ab. »Entschuldigt mich bitte kurz. Ich muss mal telefonieren.«

Er verließ die Runde, ging mit seinem Handy auf die Terrasse, suchte die Nummer heraus und wählte. Gleich würde er wissen, ob er richtiglag. Überraschungsangriff, dachte er, als sich eine grollende Stimme meldete.

»Warum haben Sie Hildegard Meier zusammengeschlagen?«, fuhr Stephan seinen Gesprächspartner barsch an.

»Meier?«

»Hildegard, Hildegard von Bingen.«

Stephan hörte ein Lachen, doch es wirkte unsicher. »Die alte Petze.«

»Sie hat nicht gepetzt, ganz im Gegenteil.« Er erntete ein widerwilliges Schnaufen. »Das war Körperverletzung, richtig böse Körperverletzung. So was bringt mächtig Ärger.«

»Soll dat en Erpressung sin?«

»Nennen Sie es, wie Sie wollen, Herr Poensgen. Ich werde Sie bald wieder anrufen, und dann wäre ein wenig mehr Kooperationsbereitschaft von Ihnen ganz nett. Nur ein wenig plaudern, mehr will ich nicht.«

Poensgen fluchte. Dann unterbrach er die Verbindung.

Stephan grinste zufrieden und ging wieder ins Haus.

Die Nachspeise wartete.

Gelächter schallte ihm entgegen. Die Gäste waren offensichtlich guter Stimmung. Bevor Stephan in die Küche abbiegen konnte, schellte es wieder. »Was jetzt?«, rief er genervt und riss dabei die Haustür auf.

Seine Exfrau Monika stand vor der Tür. Verlegen zupfte sie sich ihre Bluse zurecht. »Komme ich ungelegen?«

»Ja, äh, nein. Nur unerwartet. Was machst du hier?« Stephan hatte Monika ewig nicht mehr gesehen und kaum wiedererkannt. Seit Christine ihr eigenes Leben führte, hatten sie keinen Grund mehr, sich zu treffen oder zumindest miteinander zu sprechen. Sie sah gut aus, ganz anders, als sie ihn damals verlassen hatte. Gesunde Hautfarbe, dezente Schminke, die ihre strahlenden Augen und sinnlichen Lippen hervorhob, und modische Kleidung waren die Anzeichen für die Veränderung. Irritiert senkte Stephan den Blick, als er sich dabei ertappte, wie er sie von oben bis unten musterte.

»Ich wollte Christine besuchen«, antwortete sie und ergänzte mit leichter Verzögerung: »Und Kenan. In der Kneipe sagte mir ein Freund von ihm, dass sie bei dir sind.«

So, so, dachte Stephan, der angehende Schwiegersohn kommt sich hier vergnügen und lässt andere in der Zeit für sich malochen. »Sie sind in der Küche«, sagte er.

»Wo willst du denn hin?«, kicherte Charlotte, die plötzlich hinter ihm stand und ihn auf die Wange küsste. Da bemerkte sie Monika. »Oh! Guten Abend«, sagte sie förmlich und gab ihr die Hand. Monika stellte sich vor.

Sekundenlang standen sich die beiden regungslos gegenüber, ohne ein Wort zu wechseln. Sie schienen einen stummen Kampf auszufechten. Charlotte presste die Lippen aufeinander, Monika streckte das Kinn vor. Charlottes Motivation war Stephan klar. Warum aber seine Exfrau sich auf ein solches Spielchen einließ, erschloss sich ihm nicht. Er holte tief Luft und unterbrach das Duell. »Kommt, alle rein in die gute Stube. Es gilt, noch eine Limoncello-Creme zu verteilen. Lecker, mit Pfirsichen und Amarettini.«

Engel verabschiedete sich als Erster, Monika schloss sich ihm an, Kenan und Christine folgten ihnen eine halbe Stunde später.

»Setzen wir uns noch was auf die Terrasse?«, fragte Charlotte und gähnte.

Stephan nickte und folgte ihr.

Der Mond leuchtete hell, die Bäume warfen lange Schatten. Eine Fledermaus zischte im Tiefflug vorbei. Die Terrassenplatten strahlten die vom Tag aufgesaugte Hitze ab.

Sie setzten sich in die alte Hollywoodschaukel, die Stephans Mutter so geliebt hatte. Die Federn quietschten bedenklich.

Charlotte kuschelte sich an seine Brust. Ihr Haar duftete nach Sandelholz.

»Tut mir leid«, brummte Stephan.

»Was?«

»Ich hatte dir einen Abend zu zweit versprochen. Das ging ja wohl so richtig in die Hose.«

Sie lachte leise und streichelte ihm über den Unterarm. »War doch ganz lustig. Und so weiß ich wenigstens, wie weit du im Moment bist und wo du stehst. Kenan ist übrigens ein richtig netter Bursche.«

»Ja«, stimmte Stephan halbherzig zu. Er wunderte sich über sich selbst. Charlotte hatte doch recht. Warum nur konnte Kenan bei ihm bisher nicht punkten? Gab es vielleicht doch ein unterbewusstes Konkurrenzdenken zwischen Vater und Freund der Tochter? Er hatte mal irgendwo in einer Elternzeitung gelesen, dass Töchter sich oft Freunde aussuchten, die dem Vater ähnelten. Kurz verglich Stephan sich mit Kenan. Dynamisch-schlanker Sportlertyp trifft auf faltigen Bierbauchträger, dachte er und musste schmunzeln. Das Aussehen war es jedenfalls nicht, was eine Ähnlichkeit begründen könnte. Und für einen Vergleich der inneren Werte kannte er Kenan noch nicht gut genug.

»Die beiden werden heiraten, das spürt man«, riss ihn Charlotte aus seinen Überlegungen.

Spürt man das wirklich?, fragte sich Stephan. Eine Gänsehaut breitete sich über seinem Unterarm aus.

»Christine hat mir erzählt, dass sie gerne ein Kind hätte«, murmelte Charlotte.

Stephan schluckte. Das wurde ja immer besser. »Sie ist doch selbst noch ein Kind«, parierte er schwach.

»Väter«, stieß Charlotte hervor, als ob damit alles erklärt wäre. Leise lachte sie.

Die nächsten Minuten schwiegen sie. In weiter Ferne grollten dumpfe Triebwerksmotoren. Stephan blickte auf die Uhr. Kurz vor zwei. Die frühe Stunde hinderte aber nicht den Anflug auf den Kölner Flughafen, schließlich ging es dort auch nachts weiter.

Charlotte atmete jetzt tief und gleichmäßig an seiner Schulter.

Er küsste sie zart auf die Wange. »Lass uns schlafen gehen«, flüsterte er. »Morgen ist auch noch ein Tag.«

ELF

Sie standen erst gegen elf Uhr auf. Nur mit einer Unterhose bekleidet, ging Stephan die Stufen hinunter. Die Küche glich einem Schlachtfeld. Überall standen Teller, Töpfe und Gläser. Im Bräter tummelte sich eine Schar Stubenfliegen. »Mistviecher«, zischte Stephan und wedelte mit der Hand darüber. Die Fliegen stoben hektisch auseinander und drehten ein paar Kreise, um sich dann wieder im insektischen Schlaraffenland niederzulassen.

Er kratzte sich am Hintern und überlegte, was er als Erstes machen sollte.

»Sexy«, kicherte Charlotte. »Erinnert mich an eine Szene im Kölner Zoo, die ich mal im Affenhaus gesehen habe.«

Er wandte sich um. Sie lehnte nackt am Türblatt. Ihre Haut schimmerte elfenbeinfarben.

»Sollen wir duschen?«, fragte Stephan etwas verlegen.

Charlotte schmunzelte. »Hinterher.«

Um zwei hatten sie endlich die Küche aufgeräumt, und Charlotte verabschiedete sich. Sie wollte zu ihrer Mutter. Stephan versprach, später nachzukommen.

Er ging gerade zu seinem Benz, um Liebknecht einen Besuch abzustatten, als sein Handy klingelte. Zu seiner Überraschung meldete sich Elfriede Germanus. »Er hat alles geerbt«, stieß die alte Frau schrill hervor.

»Wer? Sprechen Sie von Ihrem Sohn? Bitte beruhigen Sie sich erst einmal«, versuchte Stephan sie zu beschwichtigen.

»Oh Gott! Ich habe es nicht gewusst. Wirklich nicht.« Ihre Stimme überschlug sich fast. »Jetzt wird mir alles klar.«

»Was wird Ihnen klar?«, warf Stephan ein, doch Elfriede Germanus schien ihn gar nicht zu hören. »Er war es«, heulte sie.

Stephan wusste nicht, wie er Elfriede Germanus am Telefon beruhigen sollte. Da er ohnehin vorhatte, ihr über den Stand der Ermittlungen zu berichten, sagte er: »Ich bin in zehn Minuten bei Ihnen. Warten Sie auf mich.«

Robert empfing ihn sichtlich aufgeregt. »Gut, dass Sie da sind, Herr Tries. Die Familie befindet sich im Arbeitszimmer.«

Stephan folgte ihm in den rechten Flügel der Villa. »Die Familie?«, fragte er. »Wer genau?«

»Die Kinder, Herr Germanus junior und Gisela.«

Sie erreichten das Ende des Flures. Robert klopfte und öffnete die drei Meter hohe Tür. »Herr Tries ist eingetroffen«, rief er in den Raum hinein und ließ Stephan eintreten. Hinter einem riesigen weißen Schreibtisch thronte Rainer Germanus, ein Glas in der Hand. Seine Miene war verschlossen.

Gisela Germanus dagegen machte einen entspannten Eindruck. Sie saß lässig auf der Récamiere, die links vor den Fenstern zum Garten stand.

Elfriede Germanus humpelte auf einen Stock gestützt durch den Raum auf Stephan zu. »Gott sei Dank! Sie glauben ja nicht, was passiert ist.« Sie drückte ihm fest die Hand und zog ihn mit sich. Sie setzten sich auf eine Ledergarnitur.

»Den Schnüffler brauchen wir nicht«, sagte Germanus junior barsch und trank sein Glas in einem Schluck leer. Aus der Schreibtischschublade zog er eine Whiskyflasche hervor und goss nach.

Gisela Germanus versuchte das Gemüt ihres Bruders zu beruhigen. »Schaden kann es doch nicht.«

»Du hast gut reden«, fuhr er sie an, »du hast ja deine Schäfchen im Trockenen.«

Sie zuckte mit den Schultern. »Ich bin halt bescheiden und auch mit wenig zufrieden.«

»Hört auf, Kinder!« Elfriede Germanus stieß ihren Stock entrüstet auf den Boden. »Denkt an unseren Gast.«

»Gast«, stieß Rainer Germanus verächtlich aus, schwieg dann aber.

»Sie müssen entschuldigen, wir sind alle noch ganz aufgebracht«, sagte Elfriede Germanus.

Seine Anwesenheit schien eine beruhigende Wirkung auf sie zu haben, denn die Aufregung war von ihr abgefallen.

»Was ist denn los?«, fragte Stephan, um endlich die Ursache für die ganze Aufregung zu erfahren.

Rainer Germanus schnaubte wütend. »Der Gärtner ist immer der Täter, das ist los.«

Stephan runzelte die Stirn, sah Elfriede Germanus an. »Der Gärtner? Sprechen wir von Karl Liebknecht?«

Sie nickte. »Ja. Leider.«

»Ein Kuckuck«, rief Rainer Germanus.

»Lass mich bitte erzählen«, fuhr Elfriede Germanus ihn an. Sie legte ihre Hand auf Stephans Arm. »Wir wussten es alle nicht, ich nicht und meine Kinder erst recht nicht.« Sie presste die Lippen aufeinander und starrte auf den Tisch.

Stephan holte tief Luft. Er hätte sie schütteln können. Warum rückte sie nicht einfach mit der Sprache raus? Er sah in die Runde. Alle drei wichen seinem Blick aus. »*Was* wussten Sie nicht?«, drängte er.

Sie blickte hoch. »Er hat mich betrogen«, flüsterte sie mit gebrochener Stimme. In ihren Augen schwammen Tränen.

Hildegard von Bingen, dachte Stephan. Sie hat es herausgefunden. »Ja«, bestätigte er knapp, da ihm keine tröstenden Worte einfielen.

Rainer Germanus sprang auf und ballte die Fäuste. »Sie wussten das? Wie haben Sie davon erfahren? Raus mit der Sprache.«

Gisela Germanus lachte trocken. »Oho, es scheint, als ob nur wir die Unwissenden waren.«

Stephan runzelte die Stirn. Was wurde hier gespielt? Wussten die Kinder wirklich nichts von dem Seitensprung? Gisela hatte keinen Kontakt mehr zu ihrem Vater, aber Rainer Germanus konnte das doch nicht verborgen geblieben sein.

Elfriede Germanus packte Stephans Unterarm und drückte erstaunlich fest zu. »Das hätten Sie mir eher sagen müssen.«

Rainer Germanus stand mit rotem Kopf hinter dem Schreibtisch. Eine Zornesader zeichnete sich auf seiner Stirn ab. »Sie Arschloch, Sie!«, schrie er. »Wie können Sie meiner Mutter nur so etwas Wichtiges verheimlichen?«

Jetzt reichte es. »Erzählen Sie mir nicht, dass Sie nichts von der Eskapade Ihres Vaters wussten«, erwiderte Stephan ärgerlich. »Das können Sie mir nicht weismachen.«

Entsetzt sah Elfriede Germanus ihren Sohn an. »Stimmt das, Rainer?«

»Ach was. Der Typ will doch nur ablenken. Woher soll ich denn wissen, dass Vater seine Messebesuche in Leipzig genutzt hat, um sich die Hörner abzustoßen? Da war ich doch noch gar nicht geboren!«

Stephan runzelte die Stirn. »Wieso Leipzig?«, fragte er.

»Ich denke, Sie wissen von seinem unehelichen Sohn.« Gisela Germanus kicherte. »Früher hätte man Bastard gesagt. Was für ein schräger Ausdruck dafür.«

»Bastard? Ich kann nicht folgen«, gab Stephan zu und sah von einem zum anderen. »Irgendwie scheint ein Missverständnis vorzuliegen.«

»Wir reden von Karl Liebknecht, unserem Gärtner«, klärte Gisela ihn auf. »Von wem reden Sie denn?«

»Später, erst Sie«, entschied Stephan.

»Der Drecksack ist unser Halbbruder«, platzte Germanus junior heraus. »Schleicht sich hier ein und nutzt uns aus.«

Halbbruder? Stephan konnte es nicht fassen, was er da gerade hörte. Liebknecht gehörte zur Familie? Ihm fiel die Testamentseröffnung ein, die Charlotte gestern Abend erwähnt hatte. Er hob die Arme. »Moment mal. Sie wollen mir also erzählen, dass Sie vorhin beim Notar waren und dort erfahren haben, dass Karl Liebknecht der uneheliche Sohn von Friedrich Germanus ist?«, kombinierte er rasch.

Elfriede Germanus brach wieder in Tränen aus und nickte heftig. »Ja, und mein Mann hat ihm den Großteil unseres Vermögens vererbt. Für uns bleiben nur die Pflichtteile. ›Als Wiedergutmachung‹, stand im Testament.« Sie schniefte.

Gisela Germanus stand auf und reichte ihr ein Taschentuch. »Mir reicht das. Mehr wollte ich ohnehin nie.«

»Du bist eine Egoistin«, warf ihr Bruder ihr wütend vor. »Dass deine Mutter und ich vor dem Aus stehen, scheint dich überhaupt nicht zu kümmern.«

Stephan lehnte sich zurück und schaute zur Stuckdecke, blendete den Streit der beiden aus. Wenn Liebknecht von dem Testament zu seinen Gunsten gewusst hatte, hätte der unscheinbare Gärtner von jetzt auf gleich ein Mordmotiv.

Eine Stunde später verließ Stephan das Arbeitszimmer. Elfriede Germanus hatte seinen Bericht gefasst aufgenommen und Stephan aufgefordert, auf jeden Fall weiterzuermitteln. Geld spiele keine Rolle, hatte sie betont.

Während Robert ihn zur Tür brachte, grübelte er, ob das wirklich stimmte. Geld spielte fast immer eine Rolle. Hatte Elfriede Germanus ihm so ruhig zugehört, weil sie doch von der Beziehung gewusst und eigentlich nichts Neues erfahren hatte? Aber wenn sie ihren Mann aus Eifersucht die Treppe hinuntergestoßen hatte, warum bezahlte sie Stephan dann weiterhin dafür, dass er diesen »Unfall« untersuchte – jetzt, wo sie zudem nur den Pflichtteil vom Erbe erhielt? Und was war mit Liebknecht? Er hatte plötzlich ein Motiv, doch eins wollte Stephan einfach nicht einleuchten: Warum sollte Liebknecht ausgerechnet jetzt seinen Vater töten wollen? War das Testament erst kürzlich zu seinen Gunsten geändert worden? Eigentlich wirkte er nicht wie jemand, dem Geld etwas bedeutete. Aber vielleicht war er auf seinem Hausboot ja doch nicht so glücklich und genügsam, wie er vorgab, sondern träumte davon, aus seinem bescheidenen Leben auszubrechen und die Puppen tanzen zu lassen.

Sie waren am Mercedes angekommen. Überrascht sah Stephan auf. Robert war ihm entgegen seiner Gewohnheit bis hierhin gefolgt. »Robert, ist noch was?«

Der blinde Butler kratzte sich das Kinn. »In der Tat.« Er zögerte, räusperte sich dann. »Bitte verraten Sie mich nicht, Herr Tries. Aber ich habe gelauscht.«

Stephan schmunzelte. »So, so.«

»Die Familie ist so in Aufruhr. Als Butler muss ich die Stimmung aufnehmen, um für Entlastung sorgen zu können«, verteidigte er sich, doch Stephan ließ die Entschuldigung nicht gelten.

»Sie haben gelauscht. Ende aus, keine Ausflüchte.«

Robert zuckte zusammen, als ob Stephan ihn gepeitscht hätte.

»Ein hartes Urteil.«

»Ein gerechtes.« Stephan hatte Mühe, sich das Lachen zu verkneifen.

»Wie Sie meinen«, sagte Robert und verbeugte sich knapp.

»Schwamm drüber«, sagte Stephan. »Aber Sie wollten sicherlich nicht nur Ihre Missetaten bei mir beichten.«

»Nein«, gab der Butler zu. »Ich habe das mit Liebknecht gehört und eins und eins zusammengezählt.« Er machte eine Pause.

»Liebknecht war in der Unfallnacht nicht im Haus. Das haben Sie mir selbst erzählt. Er schlief in der Gartenlaube«, sagte Stephan, der ahnte, worauf Robert hinauswollte.

Der wischte die Ausführungen mit einer schnellen Handbewegung fort. »Pah, das heißt doch nichts. Er hat einen Schlüssel zur Villa, und hin und wieder kommt er nachts rein, wenn er zur Toilette muss. Herr Germanus senior mochte es nicht, wenn Karl in den Garten, na ja, urinierte.«

»Ich werde das bei meinen Ermittlungen berücksichtigen«, sagte Stephan und ergänzte: »Danke für Ihr Vertrauen.«

Wieder verneigte sich Robert, verabschiedete sich und ging zielsicher zum Haus zurück.

Stephan setzte sich in seinen Wagen. Karl Liebknecht also.

Er verspürte den Wunsch, den Mann aufzusuchen und ihn zu löchern. Doch seine Gedanken waren noch zu ungeordnet; die Fragen, die er stellen wollte, schwirrten noch zu sehr in seinem Kopf herum.

Er startete den Wagen und fuhr los. Gemütlich tuckerte er durch Bornheim hindurch, dann durch Alfter, Bonn und Tannenbusch. Er fand schließlich einen Parkplatz am Augustusring in Bonn-Castell. Hier kannte er sich ein wenig aus. Vor sieben Jahren war er eine Weile bei einer Freundin untergekommen, deren Wohnung ganz in der Nähe des alten Römerkrans lag. Stephan versuchte, sich an ihren Namen zu erinnern. Susan, ja, es war Susan gewesen. Sie war Reiseführerin gewesen und hatte ihm alles über Bonn-Castell erzählt. Natürlich hatte er längst alles wieder vergessen. Solche Informationen blieben bei ihm einfach nicht auf Dauer haften.

Er schlenderte am alten Römerkran vorbei zum Rhein hinunter, hielt sich auf der Uferpromenade rechts. Wenige hundert Meter weiter ging er die Treppe hinauf zum Biergarten des Gasthauses »Schänzchen«. Hierhin hatte ihn seine Freundin mal bei herrlichem Sonnenschein geführt, als er gemeckert hatte, es gäbe keine ordentlichen Biergärten mehr.

Er bestellte sich ein Paulaner, setzte sich an einen Tisch unter den riesigen Linden und schaute auf den Rhein. Das Bier war gut gekühlt, schmeckte frisch und leicht süßlich. Die Tische waren heute nur spärlich besetzt. Ein Geschäftsmann plärrte etwas in einer fremden Sprache in sein Handy, ein älteres Ehepaar saß stumm zusammen und genoss seinen Kaffee.

Stephan spürte, wie er zur Ruhe kam. Nur ein Handwerker, der irgendwas in den Toiletten reparierte, störte ab und an mit dem Gekreische seiner Flex.

Liebknecht war heute bei der Testamentseröffnung dabei gewesen. Der Notar hatte dafür gesorgt. Sicherlich feierte er jetzt die Erbschaft. Er war plötzlich ein reicher Mann. Zwar warf die Felsquelle nicht mehr viel ab, doch sie war als GmbH organisiert. So blieb selbst bei einer Pleite das Privatvermögen unangetastet. Allein der Erlös aus dem Verkauf der Villa dürfte für einen Lebensabend in Saus und Braus reichen. Aber das war nicht die einzige Immobilie, die Liebknecht geerbt hatte. Es gab noch drei Mietshäuser in Köln und eins in Siegburg. Der Gärtner war also ein gemachter Mann.

Da gab es aber die eine Frage, die Stephan unter den Nägeln brannte. Er blätterte die Seite in seinem Notizbuch auf, auf der er die Nummer notiert hatte, die ihm Elfriede Germanus genannt hatte, und tippte sie in sein Handy. Eine Männerstimme meldete sich.

»Ich möchte bitte Rechtsanwalt Regh sprechen, den Notar.«

»Um was geht es?«

»Um die Erbangelegenheit von Herrn Friedrich Germanus. Ich bin von seiner hinterbliebenen Frau legitimiert.«

»Einen Moment bitte.«

Stephan wartete geduldig. Der Geschäftsmann am Nebentisch fluchte, packte wütend seine Sachen zusammen und verschwand. Was ihm über die Leber gelaufen war, würde Stephan wohl nie erfahren.

»Regh am Apparat. Was kann ich für Sie tun?« Die Stimme des Notars klang sonor und selbstsicher.

Sicherlich gutes Kapital in diesem Gewerbe, dachte Stephan. Er erklärte dem Notar die Zusammenhänge.

»Guter Mann«, brummte Regh, »das ist ja alles schön und gut. Doch sicherlich erwarten Sie nicht, dass ich Ihnen am Telefon Rede und Antwort stehe. Da müssen Sie schon einen Termin machen und selbstverständlich eine Vollmacht vorlegen.«

Stephan hatte so etwas erwartet. »Verstehe, ja, klar«, gab er sich kleinlaut. »Ich will Sie auch gar nicht bedrängen. Im Moment würde es mir reichen, wenn Sie mir sagen würden, wann das Testament zugunsten von Herrn Karl Liebknecht aufgesetzt beziehungsweise geändert wurde.«

Der Notar lachte. Stephan sah einen graufelligen Grizzlybären vor seinen Augen. »Bleiben Sie bitte in der Leitung und machen Sie einen Termin bei meinem Sekretär. Nicht auflegen, verstanden?«

Enttäuscht verabschiedete sich Stephan und wartete. Da hatte er schon ganz andere Plaudertaschen erlebt.

Der Sekretär meldete sich. »Also einen Termin wollen Sie, einen Moment bitte.«

Stephan hörte ihn blättern.

»Ah, hier. Nehmen wir den 27. Juni, Herr Tries.«

»Wie? Nächstes Jahr erst?«, fragte Stephan erstaunt.

»Nein, nein, dieses Jahr«, rief der Sekretär aus.

»Ist doch schon vorbei.« Stephan schüttelte ärgerlich den Kopf.

»Na, so was«, kicherte der Sekretär, »da hat mir mein Chef wohl einen falschen Tag genannt. Kann ich Sie zurückrufen? Ich werde dann nochmals nachhören.« Er kicherte wieder.

Stephan stutzte. »27. Juni, sagten Sie?«

»Ja, ja«, kicherte der Mann wieder.

Stephan schlug sich mit der flachen Hand gegen den Kopf. »Ja, verstehe, ja, ja. Oder nein, äh, da kann ich nicht. Ich melde mich dann wieder. Auf Wiederhören«, verabschiedete sich Stephan. Er sprang auf und holte sich noch ein Bier.

Vor gut sechs Wochen also hatte Friedrich Germanus sein Testament zugunsten von Karl Liebknecht geändert, am 27. Juni. Aber warum nur? Wieso plötzlich der Sinneswandel? Hatte Liebknecht davon gewusst?

Jetzt fühlte sich Stephan gerüstet, Liebknecht auf den Zahn zu fühlen. Genüsslich trank er sein Bier aus und machte sich dann auf den Weg nach Uedorf.

Auf den Hausbooten rührte sich nichts. Sie glichen einer Flotte von Geisterschiffen. Stephan fragte sich, ob außer Liebknecht um seine Emma sich überhaupt jemand um die anderen Boote kümmerte.

Als er vom Rheinuferweg zur Anlegestelle hinunterging, kam ihm eine Familie mit zwei Kindern entgegen. Der Vater hielt ein Gerät in der Hand, das einem Handy glich. »Noch zehn Meter«, rief er den Kindern zu. Die rannten los und Stephan fast über den Haufen.

»Darf ich fragen, was Sie da machen?«, fragte Stephan neugierig.

Die Mutter lachte. »Wir cachen«, erklärte sie. »Sie können es am besten mit einer Schnitzeljagd vergleichen. Alles, was Sie dafür benötigen, ist ein GPS-Empfänger.«

»Aha«, staunte Stephan, der noch nie davon gehört hatte. »Und was cachen Sie?«

»Einen Schatz«, grölte einer der Jungen. Die Mutter wuselte ihm die Haare durcheinander und lächelte. »Es gibt da unterschiedliche Arten dieser elektronischen Schnitzeljagd. Aber alle haben eins gemeinsam: Am Ende der Tour wartet ein Schatz. Meistens ist es eine Tupperdose mit Krimskrams drin, dazu noch ein Logbuch, in das man sich dann einträgt.«

»Und wo kann man die Touren kaufen?«

Sie schüttelte den Kopf. »Kaufen müssen Sie da gar nichts. Ist alles kostenlos, sieht man mal von dem GPS-Empfänger ab. Im Internet gibt es Seiten, dort findet man die Touren.«

»Wie? Auch hier im Vorgebirge?«

Sie lachte. »Sicher. Das ganze Vorgebirge ist voll davon.«

Sie standen jetzt am Steg, der zur Emma führte. Der Vater studierte mit den Kindern eine Informationstafel, die Stephan bisher gar nicht aufgefallen war.

»Hier, hier ist die Zahl«, der ältere der Jungs tippte aufgeregt auf eine Ziffer.

»Die benötigen wir für das nächste Ziel«, erklärte die Mutter Stephan. Er ließ sich von dem Vater noch zeigen, wie das nächste Rätsel zu lösen war und wie man daraus die Koordinaten für das nächste Ziel ermittelte. Dann verabschiedeten sie sich und zogen aufgeregt davon.

»Ist ja jeck.« Stephan grinste. »Schätze im Vorgebirge, was es nicht alles gibt. Fehlen nur noch die Piraten.«

Diesmal stand das Tor zur Emma offen. Er lief über den Steg und betrat das Heck des Hausbootes. »Herr Liebknecht? Ich bin es, Stephan Tries.«

»Komm runter. Ich habe dich schon erwartet«, kam diesmal prompt die Rückmeldung.

Stephan bückte sich und ging die vier Stufen hinunter in die Kajüte.

Liebknecht saß, mit einem breiten Grinsen im Gesicht, auf seinem Platz auf der Bank und drehte sich eine Zigarette. »Na? Was macht meine Familie? Sind sie sehr enttäuscht?«

Stephan setzte sich. »Enttäuscht, nein, nicht wirklich. Ich würde eher wütend dazu sagen.«

Liebknecht zündete sich seine Selbstgedrehte an und blies den Rauch zur Decke. »Schon erstaunlich, der Alte. Ist er doch noch reumütig geworden.«

»Du scheinst nicht gerade überrascht zu sein.« Stephan beobachtete konzentriert jede Reaktion von Karl Liebknecht.

Doch der zuckte nur gleichgültig mit den Schultern. »Ist doch nur fair, oder?«

»Um das entscheiden zu können, weiß ich zu wenig«, gab Stephan zu. »Vielleicht erzählst du mir einfach etwas über dich.«

Liebknecht zog an seiner Zigarette, schien zu überlegen. »Warum nicht?«, entschied er sich schließlich. »Was willste wissen?«

»Laut meinen Informationen ist dein Vater ein Arbeiter in der DDR gewesen. Passt ja jetzt nicht mehr. Fangen wir doch damit mal an.«

Liebknecht hob den Zeigefinger und tippte in Stephans Richtung. Er grinste schelmisch. »Nicht schlecht. Du weißt doch eine ganze Menge, das merke ich schon. Du hast vermutlich einen anderen Bullen gefragt, und er hat herumgeschnüffelt, stimmt's? Ist so etwas eigentlich erlaubt?«

»Lenk nicht ab«, sagte Stephan und blieb so die Antwort schuldig.

Liebknecht schnaubte durch die Nase. »Bullen. Immer am Recht vorbei. Ihr im Westen seid auch nicht besser als die Stasi.«

»Das können wir später mal diskutieren«, sagte Stephan und schluckte seinen Ärger hinunter. Gerade Liebknecht echauffierte sich, das war ja ein Witz. Ein ehemaliger OM der Stasi, der selbst kräftig mitgemischt hatte. »Was ist nun mit deinem angeblichen Vater aus dem Arbeiter- und Bauernstaat?«

Liebknecht musterte ihn noch ein paar Sekunden. Er kniff ein Auge zu, als der Rauch seiner Zigarette darüberstrich. »Hat meine Mutter gedeichselt«, sagte er dann. »Der arme Tropf wusste nicht, dass ich ein Kuckucksei bin. Er war gar nicht so verkehrt, gab sich Mühe, wenn er auch hin und wieder besoffen nach Hause kam. Von Friedrich hat meine Mutter mir erst alles gebeichtet, als sie im Sterben lag.«

»Wusste Germanus von seiner Vaterschaft?«

»Klaro, von Anfang an.« Liebknecht fingerte sich einen Tabakkrümel von der Zungenspitze und rieb ihn an seiner fleckigen Hose ab.

»Wie war es überhaupt dazu gekommen?«, wollte Stephan wissen.

»Bei der Leipziger Messe. Meine Mutter jobbte dort als Standbetreuerin. Na ja, eigentlich mehr als Zierde. Zu sagen hatte sie nichts. Aber man wollte auf einer solch internationalen Ebene natürlich auch die rassigen DDR-Frauen präsentieren.«

»Mir fällt es schwer zu glauben, dass Westkontakt einfach so geduldet wurde. Wurde das denn nicht kontrolliert?«

Liebknecht lachte, dass sein Brustkorb bebte. »Klaro, alles wurde überwacht. Aber Wege gibt es doch immer. Meine Mutter war nicht auf den Kopf gefallen. Sie hatte keine Lust«, er wedelte ein paarmal mit seiner Zigarette in der Luft herum, »beim Akt heimlich gefilmt zu werden.«

Davon hatte Stephan schon gehört. Solch brisantes Material wurde gerne eingesetzt, um Westkunden gefügig zu machen. »Aber Germanus hätte dann doch einfach die Brücken abreißen können. Ich meine, wenn es kein belastendes Material gab.«

Liebknecht drückte seine Zigarette aus. »Hätte er, hat er aber nicht. Manchmal hatte er offensichtlich sein Herz an der richtigen Stelle.« Er fummelte eine neue Ladung aus seinem Tabakbeutel auf das Zigarettenpapier.

Eigentlich könnte er sich jetzt Filterzigaretten leisten, dachte Stephan, die würden sicherlich auch nicht so nach Kuhmist stinken. »Hat er dir deswegen den Job als Gärtner gegeben?«

»Blut ist dicker als Wasser, sagt man nicht umsonst«, erklärte Liebknecht. »Der Alte hat mir versprochen, sich um mich zu kümmern, wenn dafür unser Geheimnis ein Geheimnis bleibt. Ich habe mich daran gehalten, sogar über seinen Tod hinaus. Glaub mir, dass er jetzt damit rausgerückt ist, überrascht mich selbst.«

»Wirklich?«, platzte Stephan heraus. Sofort ärgerte er sich über seine unbedachte Aussage. Eigentlich wollte er Liebknecht so lange wie möglich in Sicherheit wiegen.

Liebknecht hörte auf, die Zigarette zu drehen. »Klaro. Gibt es etwa Zweifel?«

Stephan biss sich auf die Zunge. Liebknecht war mit allen Wassern gewaschen, war ein ernst zu nehmender Gegner und durfte nicht unterschätzt werden. »Das Testament wurde am 27. Juni zu deinen Gunsten geändert.«

Liebknechts Augen wurden zu Schlitzen. »Was willst du damit andeuten? Ich habe mit der Änderung nichts zu tun und wusste auch nichts davon«, zischte er.

»Du bist ein ausgebuffter Fuchs«, sagte Stephan jetzt schmeichelnd. »Was würdest du an meiner Stelle denken?«

Liebknecht fing wieder langsam an, seine Zigarette zu drehen. »Denken kannst du viel. Aber es bleibt dabei, dass ich nichts davon wusste.«

Stephan nahm sich vor, später noch mal darauf zurückzukommen. Jetzt interessierte ihn Liebknechts Lebenslauf. »Warum haben deine Freunde von der Stasi dich wie eine heiße Kartoffel fallen lassen?«

»Du weißt wirklich eine ganze Menge über mich«, gab Liebknecht zurück, stand auf und kramte in der Besteckschublade. »Irgendwo hier muss ich es doch haben«, murmelte er. »Ach nee, unter der Spüle.« Er bückte sich und öffnete die Tür. »Hier ist es«, rief er triumphierend und knallte Stephan einige Schwarz-Weiß-Fotos auf den Tisch.

Der nahm sie hoch und betrachtete sie eingehend. Durchweg waren darauf Liebknecht und Friedrich Germanus zu sehen, nur um Jahre jünger. Mal in einem Restaurant, mal beim Spazierengehen, durch das Fenster eines Hauses fotografiert, auf einer Kirmes.

»Die Bilder wurden von meinen Kameraden gemacht, bei den Treffen mit meinem Vater«, erklärte Liebknecht. »Wie du sehen kannst, klebten die netten Kollegen an mir wie Kaugummi an der Schuhsohle.«

Stephan ließ die Fotos noch mal durch seine Finger wandern. »Hm, aber da ist doch nichts bei.«

Liebknecht lachte verächtlich. Seine Barthaare zitterten wie ein Haufen Reisig, durch den sich ein Igel wühlte. »Mensch, bist du bescheuert. Ein Offizier der Staatssicherheit trifft sich heimlich mit einem Westkapitalisten. Da gellen doch alle Alarme los.«

»Ist doch Blödsinn«, ereiferte sich Stephan. »Du hast dich im Rahmen deiner heldenreichen Tätigkeit sicherlich zigmal mit solchen einflussreichen Persönlichkeiten aus der Westwirtschaft getroffen. Das Bespitzeln von Kapitalisten gehörte doch zu euren Aufgaben.«

Liebknecht zog einen Mundwinkel nach oben. Jetzt glich er einem Lehrer, der einem verständnislosen Schüler etwas erklären musste. »Klaro, aber hier gab es keinen Auftrag, verstehst du? Kein Auftrag, kein Kontakt. Ansonsten machte man sich äußerst verdächtig.«

Stephan schüttelte den Kopf. »Das sollte schon ausgereicht haben? Das glaub ich nicht.«

Liebknecht donnerte wütend seine Faust auf den Tisch. Der Tabakbeutel hob ein Stück ab. »Nichts wisst ihr, nichts. Mehr war im Arbeiter- und Bauernstaat nicht notwendig, um in den Bau zu wandern. Sie kamen abends und holten mich aus meiner Vorzeigeplattenbauwohnung ab. Einfach so, ohne Erklärung. Ich kannte die Kollegen, nette Burschen, mit denen ich einige Male einen draufgemacht hatte. Jetzt waren sie wie versteinert, eiskalt. Mir ging mein Arsch auf Grundeis. Ich wusste schließlich, was das bedeutete.«

Liebknecht zitterte plötzlich am ganzen Körper. »Tagelang haben sie mich verhört, alles habe ich durchgemacht: Isolationshaft, Desorientierung, Schlafentzug, das ganze Programm rauf und runter.« Er schrie jetzt fast. »Ich habe denen die Wahrheit erzählt, doch die haben mich ausgelacht. Muss in deren Ohren ja auch lächerlich geklungen haben, ein Vater aus dem Westen. Mein Stammbaum sagte schließlich ganz was anderes aus. Ich habe dann auf stur geschaltet.« Er hob seine Hände und präsentierte seine krummen Finger. »Jeden Finger haben sie einzeln gebrochen. Ich habe die Schnauze gehalten, die hätten mir sowieso nichts mehr geglaubt. Für die war ich jetzt ein Risiko, ein ranghoher Mitarbeiter, der der westlichen Presse viel erzählen könnte. Und was macht man in solchen Fällen?«

»Liquidieren?«, purzelte es aus Stephan heraus.

»Doch nicht im sogenannten Rechtsstaat«, sagte Liebknecht tadelnd. »Weggesperrt haben sie mich. Und wenn die Wende nicht gekommen wäre, würde ich heute noch in dem Loch sitzen.« Er zog heftig an seiner Zigarette, die Glut leuchtete grell.

Sie schwiegen eine Weile. Die Luft in der kleinen Kajüte war stickig und verraucht. Liebknecht hielt seine Zigarette im Mundwinkel, stand auf und kramte wieder unter der Spüle. Er stellte eine Flasche Cognac auf den Tisch, nahm zwei fleckige Wassergläser aus dem Küchenschränkchen und goss großzügig ein.

»Scheiße, Mann, das brauch ich jetzt.« Er drückte seine Zigarette aus und stürzte den Cognac in einem Schluck hinunter. Als er bemerkte, dass Stephan sein Glas nicht anrührte, trank er es ebenfalls leer. »Über zwanzig Jahre ist das her«, flüsterte Liebknecht und strich sich mit der Rechten über den Bart. »Doch nachts wache ich auf, schweißgebadet und träume von dem kalten Kellerloch, in dem mich die Kollegen festgehalten haben, von den Schmerzen, von der Zeit im Bau.« Er kniff die Augen zusammen, schwankte.

»Frische Luft wird dir guttun«, sagte Stephan und griff Liebknechts Ellenbogen. Der riss die Augen auf, sah ihn entsetzt an und ballte die Fäuste.

Für eine Sekunde fürchtete Stephan, Liebknecht würde zuschlagen. Dann aber entspannte sich dessen Miene und er nickte. »Klaro, frische Luft.« Er packte die Cognacflasche am Hals und nahm sie mit nach draußen.

Sie setzten sich auf das Kajütendach. Die Sonne brannte heiß im Nacken, die Möwen schrien.

»Im Gefängnis hast du dich nicht wie ein Musterknabe verhalten«, nahm Stephan das Gespräch wieder auf.

Liebknecht starrte über das träge dahinfließende Wasser des Rheins. »Das Leben ist hart, besonders in Gefängnissen. Da musst du sehen, wo du bleibst, oben oder unten in der Hackordnung ist nicht nur eine Frage der Intelligenz, sondern auch des Durchsetzungsvermögens.«

»Notfalls mit Gewalt? Willst du das damit ausdrücken?«

Liebknecht nahm einen Schluck aus der Flasche. »Klaro, genau, notfalls mit Gewalt. Ich bin nicht stolz darauf, aber anpissen lasse ich mich nicht. Und glaub mir, einige mussten ganz schön was einstecken, bevor sie lernten, mich in Ruhe zu lassen. Einer hat es überhaupt nicht verstehen wollen.«

»Und er musste fast mit dem Leben bezahlen.«

Liebknecht schwieg und blickte in die Ferne.

Stephan nahm sich die Flasche Cognac, wischte mit der flachen Hand über die Öffnung und trank. Der Alkohol brannte in seiner Speiseröhre. Er reichte die Flasche zurück. »Als Offizier und Stasimitarbeiter kennst du vermutlich alle Tricks und Kniffe.«

»Klaro, da bin ich bestens ausgebildet worden.«

Eine Möwe stieß vor ihnen ins Wasser, kam mit einem zappelnden Fisch im Schnabel wieder an die Oberfläche.

Stephan gab sich einen Ruck. »Pass auf, ich erzähle dir jetzt mal meine Theorie. Sie wird dir nicht gefallen.« Er machte sich auf einen erneuten Wutausbruch von Liebknecht gefasst. Doch der nickte nur. Der Alkohol schien ihn zu beruhigen.

»Also, du wusstest von dem Testament. Ich halte es sogar durchaus für möglich, dass du Friedrich so lange bearbeitest hast, das Testament zu deinen Gunsten zu ändern, bis er schließlich zustimmte. Jetzt musstest du nur noch einen günstigen Moment abpassen, um einen Unfall vorzutäuschen. Dass du in der Lage und ausgebildet bist, einen Menschen zu töten, hast du gerade selbst zugegeben.«

Liebknecht lachte leise, schüttelte den Kopf. »Ich habe gar nichts zugegeben. Ich habe nur geschwiegen.«

Stephan dachte an das, was Engel herausgefunden hatte. »Ich jedenfalls traue dir eine ganze Menge zu.«

Liebknecht lachte müde und stemmte sich in die Höhe. »Ich leg mich jetzt was hin. Phantasier du ruhig weiter« Er schmiss die leere Cognacflasche in einem hohen Bogen in den Rhein und ging in die Kajüte, ohne sich zu verabschieden.

Stephan blieb noch einige Minuten sitzen und grübelte. Es war von vornherein aussichtslos gewesen, Liebknecht zu einem Geständnis bewegen zu wollen. Natürlich hatte er das gewusst und war daher auch nicht enttäuscht. In gewisser Weise war er einfach neugierig auf Liebknechts Leben gewesen, und in dieser Hinsicht war das Gespräch ja auch ganz erfolgreich verlaufen. Aber wie er es auch drehte und wendete, bei den Ermittlungen kam er nicht weiter. Er konnte noch so viele Informationen, Indizien und Motive sammeln, überführen konnte er damit niemanden.

ZWÖLF

Stephan warf seinen Autoschlüssel auf die Flurkommode und holte sich ein Wasser aus dem Kühlschrank. Er hätte den Cognac nicht trinken sollen. Und Auto fahren hätte er erst recht nicht sollen. Sein Kopf fühlte sich an wie in Watte gepackt. Sein schlechtes Gewissen machte ihn schwindelig. Oder waren es nur wieder die Auswirkungen des Alkohols? Er setzte die Flasche Wasser an den Mund. Angenehm erfrischend rann die Flüssigkeit durch seinen ausgedörrten Hals. Als er den ersten Durst gestillt hatte, fiel ihm auf, dass Tiger nicht aufgetaucht war und wie üblich um seine Beine kreiste und bettelte.

»Na, so was«, murmelte er in die Stille hinein, »wo steckt das Vieh bloß?« Er schlenderte durch das Haus. »Tiger, Tigerchen, wo steckst du?«

Wie schnell man sich doch an so ein Tier gewöhnt, dachte er leicht besorgt. Ein Schreck erfasste ihn, als er die offene Hintertür bemerkte, doch gleich darauf schalt er sich selbst einen Blödmann. Schließlich hatte Tiger lange vor ihm hier gewohnt. Die Instinkte der Katze würden ihre neun Leben schon erhalten. Stephan trat auf die Terrasse und ließ vor Schreck fast die Flasche fallen, als er dort eine Gestalt sitzen sah. Sein Herz pochte wild.

»Charlotte. Ich habe dein Auto gar nicht gesehen.«

»Bin zu Fuß.« Sie zog an ihrem Zigarillo, wirkte müde und abgespannt.

»Mann, du hast mich ganz schön erschreckt.« Stephan lachte befreit auf.

»Warum? Quält dich ein schlechtes Gewissen?«, fragte sie wie beiläufig.

»Wie? Schlechtes Gewissen? Ich doch nicht.« Er setzte sich und wunderte sich über ihre Bemerkung. Ihm fiel kein Grund ein, ein schlechtes Gewissen zu haben. Sah man mal von seiner Fahrt unter Alkoholeinfluss … Plötzlich fiel ihm ein, dass er ja noch ins Krankenhaus hatte fahren wollen. Scheiße, schalt er sich selbst, das hatte er vollkommen verschwitzt. Daher ihre schlechte Laune.

Er versuchte sich herauszureden. »Dass du schon hier bist, überrascht mich. Ich dachte, wir treffen uns bei deiner Mutter. Ich wollte mich nur schnell frisch machen und dann losfahren.« Der Schweiß brach ihm aus.

Nebenan drehte Detlef wieder seine Anlage auf Anschlag. »Der Abend hätte so lauschig sein können«, murmelte Stephan und trank noch einen Schluck.

»Die Besuchszeit ist längst vorbei. Auf der Intensivstation kannst du nicht kommen und gehen, wie du willst«, spie Charlotte aus. »Du hast es wieder vergessen.«

Stephan hielt die Luft an. Dass Charlotte sauer darüber war, dass er die Verabredung vergessen hatte, konnte er nachvollziehen. Aber er spürte, dass noch mehr im Argen lag.

Ihr Zigarillo glühte auf. »Hast du mir nichts zu sagen?«

Stephan verschluckte sich und hustete. Charlottes seltsame Fragen, die gespielte Gleichgültigkeit, der Zigarillo. Stephans Gehirn kam auf Touren, prüfte alle Ereignisse der letzten Tage auf Situationen, bei denen er etwas Falsches gesagt oder getan haben könnte. Ohne Ergebnis, er war vollkommen ratlos, was Charlotte so aufgebracht hatte. »Wenn es um deine Mutter geht …«

Sie wischte mit der Hand durch die Luft und unterbrach ihn. »Das meine ich nicht.«

»Gibst du mir einen Wink?«, fragte er vorsichtig.

Verächtlich blies sie Rauch aus der Nase aus, glich so einem wütenden Drachen. »Tu doch nicht so unschuldig.«

»Charlotte, wirklich, ich weiß nicht, wovon du sprichst.«

»Ach nein?«

In Stephan keimte Ärger auf. Er stellte die Flasche heftig auf dem Tisch ab. »Also ehrlich. Jetzt ist aber mal gut. Was ist los? Raus damit!«

Übergangslos schluchzte Charlotte auf. »Verarsch mich nicht«, schrie sie heiser.

Stephan zuckte zusammen.

»Bin ich dir zu alt?«, wollte sie wissen.

Er holte tief Luft. Charlotte war zehn Jahr älter als er. Am Anfang ihrer Beziehung hatte er sich darüber Gedanken gemacht, doch das war Vergangenheit. »Lass das! Du weißt genau, dass das kein Thema mehr für mich ist«, entgegnete er daher eine Spur heftiger als vorgesehen.

Aufgeregt nestelte sie ein Taschentuch aus ihrer Hose. »Warum verabredest du dich dann hinter meinem Rücken mit anderen Frauen?«

»Hä? Ich weiß nicht, wovon du sprichst.« Er versuchte jetzt nicht mehr, seinen Ärger zu verhehlen.

»Ach, sag bloß? Du Unschuldslamm«, keifte Charlotte und sprang auf. Wütend warf sie ihm einen Zettel auf den Tisch. »Da, du sollst zurückrufen. Hab ich vorhin aufgeschrieben. Schon blöd, wenn ich mal überraschend auftauche, nicht?«

Stephan nahm den Zettel, sah eine Telefonnummer. »Ich kenne die Nummer nicht.«

Charlotte stand vor ihm, bebte vor Wut. »Bestell ihr schöne Grüße von mir. Ich wünsch euch viel Spaß bei eurer Tour.« Dann rauschte sie davon und knallte die Tür hinter sich zu.

Minutenlang blieb Stephan regungslos sitzen. Er konnte nicht fassen, was da eben passiert war. »Du glaubst es nicht«, grummelte er. Den Zettel hielt er immer noch in den Fingern. Dann holte er das Telefon und wählte die ihm unbekannte Nummer. Neugierig horchte er.

»Greskowiak.«

Stephan rieb sich mit der freien Hand über die Stirn.

»Herr Tries, ich meine, Stephan? Bist du das?«, fragte Rainer Germanus' Sekretärin.

»Äh, ja«, meldete er sich. »Um was geht's?«

Sie lachte. »Unsere Spritztour. Du erinnerst dich doch hoffentlich.«

Jetzt wurde Stephan alles klar. Stumm fluchte er auf Charlotte und ihre übertriebene Eifersucht.

»Sicher«, bestätigte er. »Ich habe im Moment nur ein paar Dinge zu regeln.«

»Oh, schade.« Sie klang enttäuscht.

Stephan erklärte rasch: »Ist nur aufgeschoben. Ich melde mich auf jeden Fall.«

Er verabschiedete sich und legte den Hörer auf die Ladestation. Unschlüssig blieb er stehen und starrte darauf. Sollte er Charlotte anrufen und versuchen, alles zu erklären? Schließlich entschied er sich dagegen. Sie würde ihm keine Chance geben, mehr als drei Worte zu sagen, nicht jetzt, wenn sie so aufgebracht war. Soll sie ruhig einen Moment schmoren, dachte er trotzig. Er setzte sich in den Garten. Warum mussten die Dinge immer so kompliziert sein? Ärgerlich ließ er die Musik seines Nachbarn über sich ergehen. Eine Dusche zu zweit wäre ihm lieber gewesen.

***

Ein Geräusch ließ Stephan aus dem Schlaf aufschrecken. Er tastete nach dem Schalter der Nachttischlampe und machte Licht. Müde rieb er sich die Augen, kämpfte sich stöhnend in die Höhe und horchte. Jetzt hörte er es ganz deutlich, ein Kratzen, dann ein Klimpern, als ob Metall aneinanderstößt. Er streifte sich seine Hose über und schlich die Treppe hinunter. Im Flur blieb er stehen. Nichts war mehr zu hören, außer dem Ticken der alten Küchenuhr.

»Du hast geträumt«, murmelte er und schaltete das Licht ein. Er schloss die Haustür auf und trat in die Nacht hinaus. Der Mond stand hell am Himmel, zum Greifen nah. Es roch nach abgeernteten Weizenfeldern. Eine Nachtigall trillerte. Von der anderen Seite des Dorfes war das Rumpeln eines schweren Güterzuges zu hören.

Stephan sah sich um. Erst bemerkte er nichts, dann stutzte er. War da nicht ein Schatten bei den Bäumen? »Hallo?«, rief er.

Dann ging alles sehr schnell. Der Schatten löste sich von dem Baum, gleich darauf ein zweiter. Von der Körpergröße her mussten es Männer sein. »Was soll das werden?«, rief er überrascht.

Die beiden waren in Schwarz gekleidet, trugen Sturmhauben und sprinteten auf ihn zu. Der Erste trat Stephan in den Unterleib. Mit einem solch brutalen Angriff hatte er nicht gerechnet. Stöhnend fiel er auf die Knie und sah bunte Kreise vor den Augen. Sein Unterleib fühlte sich an, als ob jemand im Inneren mit einer Kettensäge hantierte. Ein Schlag explodierte an seiner linken Schläfe und raubte ihm für Sekunden das Bewusstsein. Als er wieder zu sich kam, schwebte eines der maskierten Gesichter über ihm und zischte: »Halt dich raus, Schnüffler! Sonst kommen wir wieder.« Speicheltröpfchen benetzten Stephans Haut.

Der Mann trat noch mal mit voller Wucht in seine Seite. Dann war der Spuk genauso schnell vorbei, wie er begonnen hatte.

Stephan hörte ein Motorrad davonbrausen, drehte sich stöhnend auf den Bauch und drückte sich auf allen vieren hoch. Stolpernd erreichte er das Telefon im Flur und wählte Engels Handynummer. Immer wieder musste er sie korrigieren, da sein Blick getrübt war und er die falschen Tasten erwischte. Endlich meldete sich Engel.

»Stephan? Was ist los?«

»Kannste kommen?«, nuschelte Stephan. »Überfall.«

Dann ließ er das Telefon los, krümmte sich zusammen und erbrach sich auf die Fliesen im Flur.

Keine zehn Minuten später rauschte Engel auf den Hof und bremste scharf. Der Kies knirschte.

Stephan saß im Flur, an der Wand angelehnt. Das Licht der Scheinwerfer zauberte stechende Schmerzen in sein Hirn. Stöhnend kniff er die Augen zusammen.

»Au Backe«, rief Engel, nahm sein Handy und wählte. »Ja, Engel hier. Schick mir den Notarzt.« Er gab die Adresse durch, steckte das Handy zurück in seine Jackentasche. Eilig verschwand er in der Küche. »Hättest direkt die 112 rufen sollen«, rief er aus der Küche.

Stephan hörte den Wasserhahn rauschen, kurz danach fühlte er etwas Kaltes auf der Stirn. »Halt das Handtuch mal fest, ich hol dir was zu trinken.«

Seine Arme fühlten sich an wie mit Blei ausgegossen. Doch irgendwie schaffte er es, das kühlende Tuch an seinem Platz zu halten.

Engel drückte ihm einen Becher gegen die Lippen. Stephan schluckte vorsichtig. Seine Übelkeit war immer noch nicht verschwunden. Zwar hatte in seinem Unterleib der Mann mit der Kettensäge aufgehört zu arbeiten. Doch seinen Job hatte dagegen ein Schweißer übernommen. Heiß brannten Stephans Eingeweide, und er hoffte inständig, dass seine Hoden nicht zu Mus zerquetscht waren.

Der Notarzt kam, gefolgt von zwei Männern mit einer Trage. »Nehmen wir mit«, entschied der Arzt nach einer kurzen Untersuchung. »Wir bringen ihn in die Uniklinik Bonn«, beschied er Engel.

Stephan wachte auf, als ihm eine Schwester die Decke wegzog.

»Mooorgen«, trällerte die junge Frau, die ihre blonden Haare streichholzkurz trug, »Thrombosespritze!« Sie hielt die Injektionsnadel hoch und lächelte.

Bevor Stephan überhaupt reagieren konnte, zog sie schon sein Nachthemd nach oben und hieb sie ihm in seine Bauchdecke. Es zwickte kurz, doch gegen die Schmerzen, die er trotz der Medikamente immer noch am ganzen Körper spürte, fiel das nicht ins Gewicht.

»So, schon vorbei. In einer halben Stunde gibt es Frühstück«, zwitscherte die Frau in Weiß und flog wieder zur Tür hinaus.

»Ihnen auch einen guten Morgen«, brummte Stephan, zog sich die Decke über den Kopf und schlief erschöpft wieder ein.

Um zehn kam Engel, schnappte sich einen Stuhl und setzte sich an Stephans Seite. »Einzelzimmer. Respekt«, bemerkte er.

Stephan fuhr sein Kopfende nach oben. »Nicht mehr lange. Ich warte nur noch auf den Arzt, dann bin ich raus.« Er wechselte das Thema, als er Engels skeptischen Gesichtsausdruck bemerkte. »Schön, dass du Zeit für mich hast. Und auch danke für heute Nacht.«

Engel winkte ab. »Dafür nicht. Erzähl mal, was du noch weißt.«

»Zwei Männer, vermummt, schwarze Klamotten. Sie sind mit einem Motorrad getürmt.«

»Kennzeichen?«

Stephan verzog die Mundwinkel. »Machst du Witze? Ging alles zu schnell. Darauf zu achten war ich wirklich nicht in der Lage, wie du dir vielleicht vorstellen kannst.«

Engel seufzte. »Dann wird es schwierig, sie zu finden. Aber wem erzähl ich das?«

»Das waren Poensgens Männer«, brach es aus Stephan heraus. Wut flammte in ihm auf. Seine Bauchmuskeln spannten sich. Sofort schoss eine Schmerzwelle durch seinen malträtierten Körper. »Wenn ich die in die Finger kriege, dann gnade denen Gott! Oder Poensgen persönlich«, zischte er und hieb sich mit der rechten Faust in die Hand. Augenblicklich bereute er es, denn in seinem Kopf stach es, als ob jemand mit einem Messer darin rumbohren würde.

»Wieso sollte er Schläger auf dich ansetzen?«, fragte Engel. »Da kann ich nicht folgen.«

Stephan ächzte. »Ich habe ihm vorgestern ein wenig Feuer unterm Arsch gemacht. Jetzt kam die Quittung.« Kurz fasste er die Sache mit Hildegards Körperverletzung zusammen und wie er auf die Verbindung zu Poensgen gekommen war.

Engel nickte. »Okay, ich werde nachher mal jemanden bei Poensgen vorbeischicken, um ihm auf den Zahn zu fühlen. Mehr kann ich nicht machen.«

Auf dem Flur schepperte es. Eine keifende Stimme wies jemanden zurecht. Engel rümpfte die Nase. »Da hat ein Zivi bestimmt eine Bettpfanne fallen lassen.«

»Scheiß Job halt«, brummte Stephan und versuchte ein Grinsen.

Plötzlich flog die Tür auf, und ein Trupp Ärzte rückte an, in der Mitte ein untersetzter Mittfünfziger mit grauem Haarkranz, um den die anderen kreisten wie die Planeten um die Sonne.

»Professor Doktor Krökert«, stellte sich der Mann vor.

»Ich komme später noch mal wieder«, wollte sich Engel verabschieden, doch Stephan hielt ihn am Ärmel zurück. »Nichts da, du musst mich gleich mitnehmen.«

Der Professor lachte. »So schnell geht das nicht, guter Mann.« Die anderen um ihn herum stimmten pflichtbewusst ein.

Stephan holte tief Luft, warf die Decke zur Seite und setzte sich auf die Bettkante, unterdrückte dabei ein Stöhnen. »Na, das werden wir ja sehen«, keuchte er.

Eine halbe Stunde später schleppte sich Stephan zu Engels Opel.

»Ob das so schlau war?«, zweifelte Engel nicht zum ersten Mal.

Schweißgebadet ließ sich Stephan auf den Beifahrersitz fallen. »Ich hasse Krankenhäuser.«

Engel setzte sich hinters Lenkrad. »Schon klar, aber trotzdem.«

»Spiel nicht meine Mutter, Richard, bitte«, japste Stephan, schloss die Augen und lehnte den Kopf gegen die Stütze. »Bring mich einfach nach Hause.«

Engels Handy klingelte. Er meldete sich und lauschte konzentriert. Mit den Worten »Ich komme sofort« beendete er das Gespräch. Einige Sekunden saß er regungslos und schweigend in seinem Sitz.

»Ist was?«, horchte Stephan nach, der endlich nach Hause wollte.

Engel drehte langsam den Kopf und sah Stephan eindringlich an. »Sei froh, dass die dich diese Nacht dabehalten haben.«

»Wieso?«

»Na, du wolltest doch vorhin Poensgen ans Fell.«

»Ja und?«

»Du wärest quasi der Verdächtige Nummer eins. So hast du ein klasse Alibi.« Engel startete den Motor und ließ dann erst die Bombe platzen. »Poensgen ist tot, ermordet, wie es scheint. Und was noch besser ist: Die Mordwaffe scheint unserem feinen Herrn stellvertretenden Bürgermeister Bursch zu gehören.«

Stephan riss erstaunt die Augen auf. »Mensch, das ist ein Ding.«

»Allerdings«, bestätigte Engel und steckte den Zündschlüssel ins Schloss. »Ich bringe dich rasch …«

»Ich komme mit«, beschied ihn Stephan und kämpfte die aufkeimende Übelkeit hinunter.

Engel hob eine Augenbraue und sah ihn mit skeptischem Blick an. »Und wenn ich dich nicht mitnehme?«

Stephan wusste, dass Engel am längeren Hebel saß. Sturheit würde ihn geradewegs nach Hause katapultieren, daher musste er seinen Freund überzeugen.

»Poensgen hatte ein Motiv, Friedrich Germanus an den Kragen zu wollen. Dieser Bursch ebenfalls. Es könnte doch sein, dass alles miteinander zusammenhängt. Und wer weiß am besten über die Hintergründe des Todes von Friedrich Germanus Bescheid? Ich könnte also nützlich für euch werden.« Er öffnete die Arme und hob leicht die Schultern.

»Deine Verfassung ist nicht gerade die beste«, entgegnete Engel.

»Keine Sorge, ich halte durch und weine auch nicht«, scherzte Stephan, obwohl er gerade von Letzterem nicht überzeugt war.

Engel startete, kuppelte ein und fuhr los. »Ich versteh dich nicht, wirklich nicht.« Er schüttelte den Kopf. »Wenn du ohnehin ermittelst, warum fängst du dann nicht wieder an zu arbeiten?«

Stephan sah aus dem Fenster und dachte einige Minuten darüber nach. Sie fuhren gerade auf die A 565 auf, als er antwortete. »Ich stehe morgens auf, wann ich will. Ich gehe ins Bett, wenn ich müde bin. Essen kann ich, was und wann ich will. Wenn ich ein Bier trinken will, dann mach ich es einfach. Und wenn mir ein Furz quer sitzt, brauche ich ihn nicht zurückzuhalten. Ich habe daran Gefallen gefunden. Verstehst du, was ich meine?«

Engel wechselte am Kreuz Bonn-Nord auf die A 555 und gab Gas, ignorierte dabei die Tempo-Hundert-Beschränkung. »Aber es ist doch gar nicht so, wie du es darstellst. Du sitzt gerade hier neben mir im Auto und ermittelst in einem Fall. Nichts mit Biertrinken und Feiern bis zum Umfallen. Um es auf den Punkt zu bringen: Du arbeitest.«

Ein Fiesta wechselte auf die Überholspur. Engel bremste scharf. Fluchend griff er das Blaulicht von der Mittelkonsole, stellte es auf das Armaturenbrett und schaltete es ein.

Der Fahrer reagierte nicht und blieb stur auf der Spur.

»Wenn ich Zeit hätte, würde ich mir den vorknöpfen«, schnaubte Engel wütend und betätigte die Lichthupe.

Das wirkte endlich. Der Fiesta wechselte auf die mittlere Spur, und Engel gab Gas. Hinter dem Lenkrad des Fiestas saß ein Rentner, der erschrocken zu ihnen rüberschaute.

»Ja, ich arbeite«, gab Stephan zu. »Geld spielte dabei eine wichtige Rolle, zumindest am Anfang, als ich den Auftrag angenommen habe. Doch die Situation hat sich inzwischen entspannt, der Druck ist weg.«

»Du Glücklicher.« Diesmal klang es eine Spur neidisch. »Meine Familie frisst mir die Haare vom Kopf.«

Stephan kannte Engels Frau, ein bescheidenes, liebenswürdiges Geschöpf ohne große Ansprüche. Aber Engels Kinder studierten, und er wusste, dass sie vom Vater finanziell unterstützt wurden. Sie zählten auf ihren alten Herrn. Von dieser Warte aus betrachtet, konnte Stephan froh sein, für niemanden Verantwortung übernehmen zu müssen. Er war sein eigener Herr.

»Aber dann kannst du doch auch aufhören, Hirngespinsten hinterherzujagen«, sagte Engel und überholte einen BMW verbotswidrig rechts.

»Hm, sicher. Aber jetzt will ich wissen, ob etwas an der Sache dran ist. Und ich gebe zu, dass ich Blut geleckt habe. Ich spüre, dass am Tod von Friedrich Germanus mehr dran sein könnte.«

Engel nahm die Ausfahrt Wesseling, bog nach rechts ab und durchfuhr den Kreisel an der Tankstelle in atemberaubendem Tempo, vorbei am Schnellimbiss mit dem großen goldenen M. Die Reifen quietschten.

»Wohin geht es eigentlich?«, wechselte Stephan das Thema. Engels verschlossene Miene zeigte ihm, dass sie bald da waren.

»Hersel. Poensgen wurde tot in seinem Bett aufgefunden.«

»Im Bett sterben die meisten Menschen.« Stephan hielt sich an dem Haltegriff fest, als Engel nach links auf die B9 einbog. Seine Rippen schmerzten, und er keuchte nach Luft. »Wärst du da nicht besser in Roisdorf abgefahren?«

»Hast es gleich überstanden. Die neue Abfahrt habe ich noch nicht auf dem Plan. Wäre sicher kürzer gewesen, ja.«

Engel hielt Wort. Keine Minute später bogen sie in die Ursulinenstraße ein.

»Hier um die Ecke betreibt das Erzbistum Köln ein Gymnasium«, informierte er Stephan. »Kommt mir die Galle hoch, wenn ich nur daran denke, dass direkt um die Ecke ein Mord begangen wurde.«

»Vielleicht besser als *in* der Schule«, murmelte Stephan.

Ein Streifenwagen blockierte die Weiterfahrt. Der Kollege erkannte sie, fuhr etwas vor und winkte sie durch. Kurz darauf parkten sie vor einem weißen Bungalow.

Engel sprang trotz seines Alters leichtfüßig hinaus.

Stephan hielt sich mit beiden Händen an der Dachreling fest und zog sich nach oben.

Die Spurensicherung war bereits zugange, als sie das Haus betraten. Ein junger Mann mit verknautschtem weißem Hemd und blauer Jeans empfing sie. »Er liegt noch oben. Die Kollegen haben gerade erst angefangen.« Er wies auf die Männer in den weißen Schutzanzügen.

Engel legte Stephan eine Hand auf die Schulter. »Das ist Kriminalhauptkommissar Stephan Tries von der Kripo Köln. Er wird uns helfen.«

Der junge Mann reichte Stephan die Hand. »Christian Klein, noch Kriminaloberkommissar. Offen gesagt: Du siehst scheiße aus. Wie geschreddert.«

Stephan schmunzelte. Klein schien ein offener und ehrlicher Typ zu sein. Dass ein ihm unbekannter Kollege hier auftauchte und mitmischen wollte, schien ihn nicht zu erstaunen oder zu stören.

»Dein Hemdzipfel hängt dir aus dem Hosenbund«, entgegnete Stephan. »Sieht auch scheiße aus.«

»Ich brauche es aber nur wieder reinzustecken, dann ist die Welt wieder in Ordnung.« Klein grinste, ließ aber seine Kleidung unangetastet. »Mach mir das mal nach.«

Engel räusperte sich. »Können wir jetzt?«

»Bin bereit«, stieß Klein übertrieben pflichtbewusst aus.

»Wer hat ihn gefunden?«, fragte Engel. Dabei drückte er sich an die Wand, da ein Kollege mit einem Aluminiumkoffer an ihm vorbeiwollte.

Stephan und Klein machten ebenfalls den Weg frei. »Die Putzfrau«, antwortete Klein. »Die sitzt im Wohnzimmer und heult Rotz und Wasser. Sie weiß nichts, ist erst um zehn hier aufgetaucht.«

»Warum sitzt die denn dann noch hier, wenn die nichts weiß?« Engel schien sauer. »Die Frau muss doch nicht live eine Tatortsicherung mitmachen.«

Klein überging den Vorwurf. »Hätte ja sein können, dass du selbst dein Glück versuchen willst.«

»Schick sie nach Hause. Sie soll sich zur Verfügung halten«, entschied Engel. »Was gibt es sonst noch?«

»Nicht viel«, gab Klein zu. »Ich habe vorhin nur einen kurzen Blick auf die Leiche werfen können, bevor unsere weißen Mäuse hier auftauchten. Aufgesetzter Herzschuss, blutige Sauerei, sieht nicht schön aus. Der war sofort tot, da war ein Profi dran.«

Stephan sah zum Schlafzimmer am Ende des Flures hinüber. Der Mann, der eben den Aluminiumkoffer getragen hatte, kniete an der Tür und nahm Fingerabdrücke. Dahinter also wartete das Grauen. Warum nur mussten Morde immer so blutig sein?

»Wie konnte die Waffe dann so schnell dem Besitzer zugeordnet werden?«, fragte er. »Profis benutzen keine registrierten Waffen. Und lassen sie auch nicht am Tatort zurück.«

»Hm, stimmt auch wieder«, bestätigte Klein. »Streichen wir also den Profi. Hab die Seriennummer vorhin abgeschrieben und checken lassen. Da gibt's kein Vertun, die gehört eindeutig Bursch.«

»Hm«, grübelte Engel. »Aber so blöd kann Bursch gar nicht sein, dass er einen Mord begeht und dann die auf ihn registrierte Waffe hier liegen lässt.«

»Stimmt, Bursch ist nicht ganz blöd«, gab Stephan zu bedenken. »Er könnte damit gerechnet haben, dass wir so denken. Wir sollten ihn nicht voreilig ausschließen.«

Der Fotograf drückte sich mit einer gemurmelten Entschuldigung an ihnen vorbei. Im Schlepptau hatte er eine kräftige Frau, die zwei Strahler trug.

»Machen wir nicht«, bestätigte Engel. »Gibt es Augenzeugen?«

Klein kicherte. »Na klar, Chef. Der eine hat alles gesehen, der andere alles gefilmt, und der Dritte kann uns den Aufenthaltsort des Mörders verraten.«

Stephan wunderte sich über den lässigen Ton, den Klein bei Engel anschlagen durfte.

»Ja, ja, blöde Frage. Also nichts«, fasste Engel zusammen.

Klein schüttelte den Kopf.

Der Mann mit dem Aluminiumkoffer kam zurück. Sie zogen wieder die Bäuche ein.

»Macht mich ganz kirre, dieses Hin und Her«, schimpfte Engel. »Lasst uns rausgehen, bis die fertig sind.«

»Ich sag nur kurz der Putzfrau Bescheid.« Klein verschwand durch eine Tür. Engel und Stephan schnappten frische Luft und lehnten sich gegen Engels Opel.

»Der Kleine ist gut«, kam Engel Stephans Frage zuvor. »Loses Mundwerk, aber ordentlich etwas dahinter.«

»Lässt du ihm deshalb so viel durchgehen?«

Engel lachte leise. »Du bist ein aufmerksamer Beobachter. Ich sag dir was: Bei mir kann jeder nach seiner Fasson glücklich werden, Hauptsache, die Leistung stimmt.«

»Erzähl mir nichts.«

Engel musste schmunzeln. »Meine Tochter und er, äh, sie sind zusammen.«

»Sie gehen miteinander?«

»Ich glaube, das sagen die jungen Leute heute nicht mehr«, erklärte Engel. »Aber ja, nach unserem ständig geübten und althergebrachten Sprachschatz ist es wohl die richtige Wortwahl. Sie gehen miteinander, ganz genau.«

»Du bist trotzdem sein Vorgesetzter«, erinnerte ihn Stephan.

Engel zog eine Grimasse, spielte nervös mit seinem Schlüsselbund. »Ich soll nicht so spießig sein, hat meine Frau gesagt. Das würde mich so alt machen.«

»Übertreib es nur nicht«, sagte Stephan noch schnell, bevor Klein in der Haustür erschien und auf sie zuschlenderte.

»Wo ist die Putzfrau?«, fragte Stephan.

»Ich habe einen Arzt gerufen. Sie scheint total von der Rolle zu sein.«

»Auch das noch«, seufzte Engel.

Eine Stunde später konnten sie den Tatort betreten. Die Rechtsmedizinerin, eine junge Farbige mit hohen Wagenknochen und intelligenten Augen, packte gerade ihre Utensilien zusammen.

»Was für eine Sauerei«, presste Engel heraus. Klein würgte, aschfahl stand er neben Stephan.

Poensgen lag nackt auf einem Doppelbett, dessen Kopfende von einem riesigen Bücherregal gekrönt wurde. An den Titeln, die die Buchrücken zierten, erkannte Stephan, dass es sich bei den Büchern ausschließlich um Liebesromane handelte.

Nach außen den harten Kerl spielen und im stillen Kämmerlein Herzschmerzgeschichten lesen?, dachte er. Peinlich.

Ein überraschend kleines Loch zierte Poensgens Brust. Das weiße Laken hatte sich vom Blut rot verfärbt, die mit blauem Satin bezogene Decke türmte sich weggetreten und zerwühlt am Bettende. Sein Gesicht war bleich, die Augen weit aufgerissen und trübe. Wie eine Wachsfigur, dachte Stephan.

Klein würgte und verließ das Schlafzimmer.

Stephan sah ihm nach. Der junge Kollege tat ihm leid. Er selbst hatte auch lange Jahre benötigt, bis er sich halbwegs einem Tatort nähern konnte, ohne dass der Magen explodierte. Wohl fühlte er sich trotz seiner Routine nie.

Engel trat näher. »Blattschuss. Der war augenblicklich tot.«

»Mitten durchs Herz«, bestätigte die Ärztin. »Sie kenne ich noch nicht«, sagte sie an Stephan gewandt und reichte ihm die Hand. »Doktor Francis Neumann.«

Stephan stellte sich ebenfalls vor. Einen Moment lang war er irritiert von ihrem Nachnamen, da er irgendetwas Exotisches erwartete hatte. Doch dann sah er ihren Ehering. »Ich habe schon von Fällen gehört, die so etwas überlebt haben. Die Verletzung muss also nicht augenblicklich zum Tod führen.«

Dr. Neumann nickte. »Aber die Wahrscheinlichkeit ist groß.«

»Habt ihr's jetzt?«, unterbrach Engel wirsch. »Hier liegt eine Leiche, und du tauschst mit der Medizinfrau Statistiken aus.«

Sie verdrehte die Augen. Das Weiß ihrer Augäpfel hob sich leuchtend von ihrer schwarzen Hautfarbe ab. »Schon ein wenig rassistisch, oder?«, fragte sie Stephan. Doch sie schien es rhetorisch gemeint zu haben, denn sie trat, ohne eine Antwort abzuwarten, mit eleganten Bewegungen neben Engel, den sie um gut zwei Köpfe überragte. »Die Putzfrau hat ihn um kurz nach acht gefunden. Nach meinen Untersuchungen kann ich den Todeszeitpunkt auf ein bis drei Uhr in der Nacht einschränken.«

»Plusminus?«, fragte Engel.

»Eher wenig«, antwortete sie. »Wie du dir wahrscheinlich denken kannst, liegen keine ungewöhnlichen Umstände vor, die eine Messung relevant beeinträchtigen könnten. Anzeichen für eine andere Todesursache konnte ich übrigens nicht finden.«

Stephan war beeindruckt. Nicht viele ihrer Kollegen legten sich mit ihren Aussagen derartig fest. Die meisten wollten sich den Rücken frei halten, für den Fall, dass später ein anderer Todeszeitpunkt rekonstruiert wurde.

»Obduktion morgen um elf«, teilte sie ihnen mit. »Wer von euch möchte dabei sein?« Sie sah sich um.

Engel blickte zu Klein, dem es offensichtlich immer noch nicht besser ging. Er lehnte mit geschlossenen Augen am Türrahmen und presste sich ein Taschentuch vor den Mund.

»Ich komme«, entschied Engel.

Dr. Neumann griff nach ihrem Koffer und wandte sich zum Gehen. Vor Stephan blieb sie stehen. »Sie sehen gar nicht gut aus.«

»Ich hatte heute Nacht einen Zusammenstoß mit zwei Bulldoggen«, scherzte er. Tatsächlich ließ die Wirkung des Schmerzmittels, das er am Morgen im Krankenhaus erhalten hatte, langsam nach.

»Schmerzen?«

Stephan zuckte mit den Achseln. Sofort brandete eine Schmerzwelle durch seinen Körper. Er unterdrückte ein Keuchen.

»Haben Sie etwas dagegen zu Hause?«

Aspirin, wollte Stephan antworten, dachte dann aber an seine Zahnschmerzen vor drei Monaten, die er damit nicht betäuben konnte. Er schüttelte den Kopf.

Sie öffnete ihren Koffer, suchte kurz und drückte Stephan einen Tablettenstreifen in die Hand. »Aber nur nehmen, wenn es nicht mehr anders geht.«

»Poensgen hatte Ärger mit der Unterwelt. Vielleicht wollte da jemand sein Geld wiederhaben«, sagte Engel und stopfte sich ein Stück seiner Currywurst in den Mund.

Sie standen im Wesselinger Marktkauf an einem Stehtisch, direkt gegenüber den Kassen. Auch Klein hatte wieder Farbe angenommen und genoss ein Zigeunerschnitzel. Seine vorlaute Klappe funktionierte auch wieder. »Weiß nicht. Dass die jemanden auf diese Art und Weise umbringen, habe ich noch nie gehört. Und ein Toter schafft kein Geld mehr ran. Nee, Chef, passt nicht.«

»Es gibt immer ein erstes Mal«, ließ Engel nicht von seiner Theorie ab. »Wir sollten die Möglichkeit auf jeden Fall im Auge behalten.«

»Und die Mordwaffe?«, gab Klein zu bedenken. »Bursch kann der Kragen geplatzt sein, bevor er durchgedreht ist. Ist für mich im Moment der heißeste Kandidat.«

Stephan spielte mit dem Tablettenstreifen in seiner Hand und dem Gedanken, gleich zwei davon mit seinem Kaffee herunterzuspülen. Doch vor den beiden wollte er keine Schwäche zeigen, solange sie so bereitwillig ihre Gedanken mit ihm teilten. »Wann nehmt ihr euch Bursch vor?«, fragte er.

Engel leckte sich etwas Currysoße aus dem Mundwinkel. »Ist die nächste Adresse. Ein Wagen von uns ist schon vor Ort und passt auf, dass er nicht abhaut.«

»Wenn du nichts dagegen hast …«, setzte Stephan an.

Doch Engel unterbrach ihn lachend. »Schon klar, kannst mitkommen.« Er grinste. »Ich krieg dich schon wieder in den aktiven Dienst.«

Engel bog in Waldorf hinter dem Chinarestaurant links in den Bannweg ein und parkte den Wagen hundert Meter weiter gegenüber dem Max-Ernst-Wegs auf der gepflasterten Fläche vor einer Doppelgarage.

»Die Tore sind zu, die Maus sitzt in der Falle«, sagte Klein. Er winkte den Kollegen in Grün-Weiß, die auf der anderen Straßenseite parkten. Einer von ihnen stieg aus und kam zu ihnen herüber.

Engel fuhr die Seitenscheibe hinunter.

»Er ist im Haus«, berichtete der Kollege. »Wir haben ihn durch die Fenster gesehen.«

»Hat er auf euch reagiert?«, wollte Engel wissen.

»Nein. Ich glaube, der hat uns gar nicht bemerkt.«

»Seltsam«, brummte Engel und blickte zum Haus. »Spielt den Unschuldigen.«

»Sollen wir noch bleiben?«, fragte der Kollege.

Engel schnallte sich ab. »Nicht nötig. Ich danke euch.« Er verabschiedete sich, und sie stiegen aus.

Im Bannweg war es ruhig. Niemand war zu sehen. Stephan fühlte sich wie Marshall Will Kane in »Zwölf Uhr mittags«.

Engel schellte, Schritte näherten sich.

Bursch öffnete die Tür und sah sie erstaunt an. Als er Stephan wiedererkannte, fragte er: »Was machen Sie denn hier?«

Engel und Klein zückten ihre Ausweise und stellten sich vor.

»Kriminalpolizei?« Bursch wandte sich erneut an Stephan. »Haben Sie mir die auf den Hals gehetzt?« In seiner Stimme schwang ein bedrohliches Timbre mit. »Doch nicht etwa wegen der blöden Sache mit Friedrich?«

»Herr Tries hat nichts damit zu tun«, erläuterte Engel. »Und wir kommen nicht wegen Friedrich Germanus. Wir ermitteln in einem Mordfall. Herr Tries unterstützt uns. Dürfen wir reinkommen?«

»Kann jetzt jeder Hinz und Kunz mit der Polizei mitlaufen?«, ereiferte sich Bursch. Eine Zornesader erschien auf seiner Stirn. Anscheinend glaubte er Engel nicht und nahm immer noch an, dass Stephan ihn angezeigt hatte.

»Sicherlich nicht jeder«, antwortete Engel. »Aber jeder, den wir gerne hinzuziehen möchten. Können wir jetzt miteinander sprechen?«

Bursch schoss noch einen wütenden Blick auf Stephan ab, machte dann aber den Weg frei. »Im Flur links, geradeaus durch in mein Arbeitszimmer.«

Er wollte die drei Männer vorausgehen lassen. Doch Klein und Engel warteten, bis sich Bursch in Bewegung setzte, und folgten ihm. Richtig so, dachte Stephan, den Rücken frei halten. Er schloss sich ihnen an und wischte sich den Schweiß von der Stirn. Er schwitzte nicht nur wegen der Schmerzen, sondern auch aufgrund der subtropischen Schwüle, die sich im Laufe des Tages im Rheinland festgesetzt hatte. Bald wird der Wettergott zornig werden, dachte er.

Burschs Arbeitszimmer zeigte sich so, wie Stephan sich das Büro einer Werbeagentur vorstellte. Plakate mit Burschs Konterfei hingen an den Wänden. Sie waren garniert mit kernigen politischen Sprüchen. Auf dem Boden standen Kisten mit Werbematerialien aller Art: Kugelschreiber, Luftballons, Frisbeescheiben, Mousepads, eben diese Dinge, von denen eh schon jeder genug in den heimischen Schubladen liegen hatte. Ein Flipchart stand dreibeinig hinter dem Schreibtisch, zeigte eine gezackte Linie, die links unten anfing und rechts oben endete. Die Verschuldung der Stadt, vermutete Stephan. Der neue Kämmerer, der gerade erst seinen Dienst angetreten hatte, konnte einem leidtun.

Bursch blieb in der Tür stehen. »Nehmen Sie doch Platz.« Er wies auf die lederne Sitzgruppe, die vor dem Fenster stand.

»Sind Sie im Besitz von Waffen?«, legte Engel los, ohne Burschs Angebot anzunehmen. Auch Klein und Stephan blieben stehen.

»Ja. Ich bin Sportschütze«, gab Bursch zu. Die Antwort klang offen und ehrlich. Doch Stephan bemerkte, dass Bursch Engels Blick auswich.

»Wo bewahren Sie Ihre Waffen auf?«, feuerte Engel die nächste Frage ab.

Bursch befeuchtete sich die Lippen. »Im Keller.«

Engel lächelte freundlich. »Ordnungsgemäß sicherlich.«

»Selbstverständlich«, antwortete Bursch trotzig. »Darf ich jetzt mal erfahren, was die ganze Fragerei soll? Wenn mir jemand etwas anhängen möchte, kann ich Ihnen versichern: Dies geschieht nicht zum ersten Mal. Ist halt so, wenn man erfolgreich ist, das ruft Neider hervor. Da wird man auch schon mal, auf Neudeutsch gesagt, angepisst.«

Ein Ablenkungsmanöver, dachte Stephan, der hat Fracksausen.

Engel schien es ebenfalls bemerkt zu haben, denn er wippte auf seinen Füßen vor und zurück und säuselte: »Können wir Ihren Waffenschrank vielleicht mal sehen?«

Bursch wurde knallrot. Er schob den Unterkiefer vor. »Ich wüsste nicht, warum.«

Klein schaltete sich ein. »Wenn doch alles in Ordnung ist, können Sie uns den Schrank doch zeigen.«

Bursch schluckte, sein Adamsapfel hüpfte wie ein Tennisball. »Kommen Sie mit einem Durchsuchungsbefehl wieder, wenn es denn so dringend ist.«

Da ist was im Busch, dachte Stephan, der aufmerksam jede Reaktion von Bursch beobachtete. Der stellvertretende Bürgermeister wirkte bei Weitem nicht mehr so überheblich und arrogant, wie er ihn kennengelernt hatte. Wäre es möglich, dass er tatsächlich etwas mit Poensgens Tod zu schaffen hatte?

Engel fackelte nicht lange. Mit großen Schritten lief er an Bursch vorbei und sprang die Stufen in den Keller hinunter.

»He! Was soll das?«, schrie Bursch.

»Vertuschungsgefahr!«, rief Engel aus dem Keller zu ihnen hoch.

Stephan hörte, wie er Türen öffnete, während er hinter Klein und

Bursch die Treppe hinunterhumpelte. Als er unten ankam, hörte er Engel triumphierend ausrufen: »Aha!«

»Das wird Konsequenzen haben«, schrie Bursch Klein an. »Ich kenne den Polizeipräsidenten persönlich. Ich werde dafür sorgen, dass Sie suspendiert werden. So was habe ich ja noch nicht erlebt. Wir sind hier doch nicht im Taka-Tuka-Land.« Er hob die Fäuste.

Mit einer schnellen und energischen Bewegung packte Klein Burschs linken Unterarm und verdrehte ihn auf den Rücken.

»So, so, Angriff auf einen Polizeibeamten. Mal sehen, was der Polizeipräsident dazu sagen wird. Machen Sie es doch nicht schlimmer, als es ohnehin schon ist.« Er schob Bursch in den Kellerraum.

Stephan zollte seinem jungen Kollegen stummen Respekt. Die brenzlige Situation hatte er gekonnt gemeistert. Staunend sah er sich um. Eine Waffenkammer der Bundeswehr war sicherlich spärlicher ausgerüstet. An den Wänden hingen Gewehre und Maschinenpistolen. Stephan war kein Waffennarr, doch er erkannte auf Anhieb eine AK 47 Kalaschnikow und eine Uzi. Auf einem Holztisch in der Mitte des Raumes stand ein Maschinengewehr. Zwei Waffenschränke mit vergitterten Glasscheiben in den Türen standen rechts der Tür. In ihnen lagen Pistolen in allen Kalibern.

Engel zog am Griff. Die Tür war nicht abgeschlossen und schwang auf. Er pfiff leise durch die Zähne. »Das nenne ich ja mal einen Fund.«

Bursch riss sich von Klein los und rieb sich den Unterarm. »Blödsinn. Fast alles nur Schauwaffen. Und die, mit denen Sie wirklich etwas anfangen können, sind ordnungsgemäß erstanden und gemeldet.« Er stieß einen hysterischen Lacher aus. »Sie glauben doch nicht, dass ich mich wegen eines Hobbys in die Nesseln setze? Alles gemeldet, ordnungsgemäß«, wiederholte er.

»Die Waffen müssen unter Verschluss gehalten werden«, erklärte Klein.

Bursch winkte ab. »Pah.«

Klein holte tief Luft. »Das gibt Ärger.«

Doch damit konnte er Bursch nicht mehr beeindrucken. Der Überraschungseffekt war verflogen, und der stellvertretende Bürgermeister hatte sich wieder voll im Griff. »Ach, kommen Sie mir doch nicht so. Bestenfalls liegt eine Ordnungswidrigkeit vor. Dafür wird sich noch nicht einmal die Lokalpresse interessieren.« Er tippte

Klein auf die Brust. »Bei Ihnen jedoch könnte ein Karriereknick drin sein.«

Stephan spürte eine Welle der Übelkeit, ihm wurde kurz schwarz vor Augen. Er presste die Augen zusammen und lehnte sich mit dem Rücken gegen die Wand. Als er die Augen wieder öffnete, sah er Engel mit einem skeptischen Blick in einen der Schränke schauen.

»Fehlt hier nicht was?«, fragte er und zeigte auf eine Reihe von Waffen. Stephan sah eine Heckler & Koch USP, daneben eine Browning. In der Mitte hätte tatsächlich noch eine Waffe Platz gehabt. Die Vertiefung im Samt, der über dem Regalbrett gespannt war, bewies, dass dort auch vor kurzer Zeit noch eine Waffe gelegen hatte.

Bursch runzelte die Stirn, trat näher und sah genauer hin. »Meine Beretta. Was …?« Er brach ab, öffnete den anderen Schrank und durchsuchte ihn, wobei das Vorhaben lächerlich wirkte, da die Glasscheibe der Tür den Blick auf das ganze Innere freigab.

»Sie vermissen also eine Pistole«, stellte Engel fest. »Ob das immer noch nur eine Ordnungswidrigkeit ist, bezweifele ich.«

Stephan bemerkte, dass Klein sich ein Grinsen verkniff.

»Ich versteh das nicht«, murmelte Bursch, der aschfahl geworden war.

Engel drängte ihn zur Seite, griff nach der Heckler & Koch und ließ das Magazin in seine linke Hand fallen. Er schnaubte durch die Nase und zeigte es herum. »Geladen.« Dann wandte er sich wieder an Bursch, der plötzlich um mehrere Zentimeter geschrumpft zu sein schien. »Mensch, was haben Sie sich dabei gedacht?«, fuhr Engel ihn an. »Geladene Waffen aufbewahren. Sie ticken doch nicht ganz sauber.«

Bursch schrumpfte noch mehr.

Engel holte tief Luft. »Wir wissen, wo Ihre Beretta ist.«

Bursch sah auf, ein Hoffnungsschimmer huschte über sein Gesicht. »Wirklich? Da bin ich aber froh.« Er stutzte, lächelte plötzlich. »Da haben Sie mir aber einen Schrecken eingejagt. Die ganze Zeit ging es um die Beretta, stimmt's? Von wegen Mordsache. Sie wollten mich leimen.« Er stieß einen Lacher aus. »Okay, Sie hatten Ihren Spaß. Dann mal her mit der Waffe.«

»Wie lange waren Sie schon nicht mehr hier unten?«, überging Engel die Aufforderung.

Vorsichtig sagte Bursch: »Ist schon eine Weile her. Die letzte Zeit bin ich viel unterwegs. Die Wahlen stehen ja bald an.«

»Sie wissen also nicht, wie lange die Pistole schon weg sein könnte?«

Bursch schüttelte den Kopf. »Nicht genau, nein. Ach, jetzt hören Sie mal auf mit dem Quatsch. Ich habe keine Lust ...«

»Wo waren Sie gestern Nacht zwischen eins und drei?«, ging Klein dazwischen. Stephan bemerkte, dass Klein jetzt absolut souverän und selbstsicher wirkte. Es war nichts mehr von seiner jugendlichen Unbekümmertheit zu spüren. Das gefiel Stephan. Klein würde sicher mal ein ausgezeichneter Ermittler werden. Wenn er es nicht schon längst war.

»Wie? Gestern Nacht?« Bursch war sichtlich irritiert. Er knibbelte an seinen Fingernägeln.

»Zwischen eins und drei. Wo waren Sie da?«, wiederholte Klein. »So schwer zu verstehen ist meine Frage doch nicht.«

»Da war ich in Köln-Deutz, im Hyatt.« Burschs Unsicherheit verflog langsam wieder. Seine Antwort kam trotzig. »Bei einer kleinen Parteisitzung.«

»Das werden wir prüfen«, sagte Klein.

Bursch stemmt die Fäuste in die Seite. Seine Halsschlagadern schwollen an. »Darf ich jetzt endlich mal erfahren, was hier gespielt wird?«

Klein sah Engel fragend an, der nickte kaum merklich. »Wir haben Ihren Partner Poensgen gefunden. Ermordet«, fasste Klein zusammen.

Stephan richtete seine ganze Aufmerksamkeit auf Burschs Reaktion.

Der riss die Augen auf und starrte Klein sekundenlang an. »Unmöglich. Sie scherzen«, hauchte er schließlich.

»Nicht nur das«, fuhr Klein ohne Rücksicht fort, »er wurde erschossen, und zwar mit Ihrer Beretta.«

Bursch schlug die Hand vor den Mund, seine Augen fielen fast aus den Höhlen.

»Wer hat noch Zugang zu diesem Raum hier?«, fragte Engel.

Bursch sah ihn verwirrt an. »Niemand sonst, äh, ich ...«

»Mann, reden Sie keinen Stuss«, fuhr ihn Engel an. »Wir sind doch gerade selbst einfach hier rein. Nirgends war abgeschlossen. Jeder, der ins Haus eingelassen wird, könnte sich hier bedienen.«

»Aber ich, äh, das ist doch alles nur theoretisch«, stammelte Bursch. »Ich bin schließlich auch noch da und kann aufpassen.«

»Sicher«, lästerte Engel. »Haben Sie eine Putzfrau?«

Burschs Gesichtsfarbe wechselte von Kalkweiß zu Zartrosa. »Wie, was, Putzfrau?«

Stephan wunderte sich. Was gab es denn da rückzufragen? Ein klares Ja oder Nein wäre doch hier angebrachter.

Engel verdrehte die Augen. »Mann, jetzt reißen Sie sich mal am Riemen. Putzt jemand für Sie?«

»Ach so.« Bursch atmete aus. »Ja, da beschäftige ich jemanden, eine fleißige Frau. Sie …« Er brach ab, schüttelte den Kopf. »Eine unscheinbare Person, die tut keiner Mücke etwas zuleide.«

»Putzt sie auch bei Poensgen?«, fragte Klein.

Stephan war plötzlich hellwach. Er bemerkte, dass auch Engel die Luft anhielt.

»Ja. Ich hab sie ihm empfohlen«, sagte Bursch. »So wie einigen anderen Freunden und Bekannten. Gutes Personal ist ja heutzutage selten.« Er senkte den Blick und rieb sich das Kinn. »Sie ist natürlich ab und zu auch alleine im Haus.«

Sekundenlang rührte sich niemand. »Und du besorgst ihr noch einen Arzt. Klasse«, sagte Engel zu Klein.

»Noch wissen wir nicht, ob sie mit drinsteckt«, verteidigte sich Klein.

Stephan amüsierte sich über die beiden, dann wurde ihm wieder schwarz vor Augen. Seine Knie wurden weich, und er spürte, wie er die Wand hinunterrutschte.

»He, he, mach keinen Quatsch«, drang Engels Stimme von weit her an seine Ohren.

Stephan kämpfte gegen die Bewusstlosigkeit an. Das Rauschen in seinen Ohren ließ ein wenig nach.

»Am besten, ich bring dich wieder ins Krankenhaus«, hörte er Engels Stimme aus weiter Ferne.

Er schüttelte den Kopf, zumindest versuchte er es. »Einfach nach Hause. Ich leg mich dort was hin.«

Sein Blick klärte sich, und er erkannte Engel.

Der stand mit besorgter Miene vor ihm und hielt ihn unter den Achseln fest. »Dann aber mal los«, sagte er. Über die Schulter hinweg wies er Klein an: »Du rufst die Grün-Weißen. Die sollen dich zurück zu Poensgen bringen. Oder besser noch: zur Putzfrau. Ich komme so schnell wie möglich nach.« Zu Bursch sagte er: »Sie halten sich zu unserer Verfügung. Und wehe, Ihr Alibi ist keins. Dann fahre ich mit Ihnen Schlitten.«

Im Auto ging es Stephan etwas besser. Engel raste die Breslauer Straße entlang in Richtung Sechtem. Die Felder verwischten in Stephans Augenwinkeln. »Poensgen tot, Germanus tot. Was ist, wenn es da einen Zusammenhang gibt?«, nuschelte er müde und lehnte den Kopf nach hinten gegen die Stütze.

»Kann ich mir im Moment nicht vorstellen«, zweifelte Engel. Ohne zu zögern, bretterte er an einem Traktor vorbei. »Scheint doch eher Zufall zu sein.«

»Die Putzfrau«, wandte Stephan ein. »Sie könnte das verbindende Glied sein.«

Engel verzog den Mund. »Das werden wir bald herausfinden. Aber überleg mal: Wie soll die denn nachts bei den Germanus eingestiegen sein?«

»Sie könnte sich versteckt haben. In einem solch großen Haus ja nicht unmöglich.«

Engel zuckte mit den Schultern und lenkte den Wagen auf Stephans Hof. »Soll ich dich noch reinbringen?«

»Keine übertriebene Sorge«, antwortete Stephan. »Halt mich auf dem Laufenden.« Er stieg aus und schleppte sich ins Haus. Hinter sich hörte er, wie Engel mit quietschenden Reifen beschleunigte.

Stephan ging in die Küche, füllte einen Becher voll Leitungswasser und spülte zwei Tabletten hinunter. Ab ins Bett, dachte er und gähnte.

DREIZEHN

Er schlief wie ein Toter, stand erst auf, als die Dämmerung einsetzte, und hockte sich mit einem Bier auf die Terrasse. Erst jetzt registrierte er, dass Charlotte sich nicht nach ihm erkundigt hatte. Obwohl er es nicht zugeben wollte, schmerzte es ihn. Aber wusste sie überhaupt von seiner nächtlichen Boxeinlage? Tat er ihr unrecht? Er nippte an seinem Bier und sah zu den dunklen Wolken hinauf, die sich bedrohlich über den Kamm des Vorgebirges schoben. Es passte ausgezeichnet zu seiner miesen Stimmung. Ein Schmetterling flatterte vor seiner Nase und landete auf seinem Unterarm. Stephan hatte da mal von einer Theorie gehört. »Na, kleiner Kerl? Hast du das Wetter verändert?«

Das Orange der Flügel erinnerte Stephan an Tiger. Sie war immer noch nicht aufgetaucht, und er machte sich inzwischen ernstlich Sorgen, dass seiner Katze etwas zugestoßen war. Da fiel ihm etwas ein. Er pustete sanft den Schmetterling von seinem Unterarm, stemmte sich keuchend in die Höhe und schlurfte in die Küche.

»Das gibt es doch nicht«, murmelte er. Tigers Fressnapf war leer. Auf der einen Seite freute ihn dies, da Tiger offensichtlich in der Zwischenzeit nochmals zum Essen aufgetaucht sein musste. Andererseits ärgerte es ihn auch, dass das Mistvieh offensichtlich nur noch eine Futtermaschine in ihm sah. Dabei konnte er sich gar nicht erinnern, wann er das letzte Mal den Napf aufgefüllt hatte. Er öffnete eine Dose Katzenfutter mit Thunfischgeschmack und gabelte den Inhalt in Tigers Fressnapf. Den durchdringenden Fischgeruch ignorierte er. Er ging wieder hinaus und beobachtete den Himmel. Die Wolken türmten sich bereits, einige Ecken schimmerten schmutzig grau. Ein dumpfes Grollen rollte aus weiter Ferne über die Ville.

Er setzte sich wieder und verfolgte weiter das Schauspiel der herannahenden Wetterkatastrophe. Das tiefe Brummen eines Mähdreschers lag in der Luft, und Stephan hoffte, dass der arme Kerl von Bauer noch rechtzeitig fertig wurde. Die Blitze zuckten in Kaskaden über dem fernen Horizont, entluden ihre Energien in der Eifel. Stephan spürte, wie das Schmerzmittel in Verbindung mit dem Bier seine Müdigkeit förderte. Er schloss die Augen und dämmerte vor sich hin.

Das Geräusch eines aufheulenden Motors weckte ihn. Jemand legte auf der Vorderseite des Hauses eine Vollbremsung hin.

»Was zum Teufel …«, fluchte er und schlurfte ums Haus herum.

Charlottes Mazda stand in der Mitte des Hofes, der Motor lief noch, im Licht der Scheinwerfer tanzte aufgewirbelter Staub. Sonst rührte sich nichts.

Er humpelte näher und konnte Charlotte im Auto sitzen sehen. Warum stieg sie nicht aus? Er winkte, doch sie starrte unbeeindruckt geradeaus. Stephan öffnete die Tür.

Charlotte zuckte zusammen und sah ihn an.

»Was machst du hier?«, fragte Stephan. »Warum steigst du nicht aus?«

Charlotte schluchzte auf und fingerte zitternd den Gurt los.

Stephan half ihr aus dem Wagen. »Na, komm hör auf«, tröstete er sie. »Wir reden darüber. So ein Streit ist doch …«

»Mama ist tot!«, unterbrach ihn Charlotte mit erstickter Stimme. Ein Weinkrampf packte sie und ließ ihren Körper beben.

Stephan fasste sie etwas ungelenk an den Schultern und zog sie an sich heran. Wenn hier und jetzt das Gewitter mit Pauken und Trompeten herunterkommen würde, würde es passen, dachte er.

Doch das Gewitter kam erst um kurz nach Mitternacht. Charlotte schreckte auf und weinte sofort wieder.

Stephan konnte ohnehin nicht schlafen, also stand er auf und schloss das Fenster. Er blieb stehen und sah stumm hinaus. So stellte er sich einen Krieg an vorderster Front vor. Ohrenbetäubendes Getöse und Blitze gleich Artilleriefeuer störten die Nachtruhe. Der Sturm peitschte den Regen fast waagerecht übers Land, die Bäume bogen sich, kämpften mit schaukelnden Ästen gegen die Elemente an. Die Luftfeuchtigkeit war in den letzten Stunden bis ins Unerträgliche gestiegen, wie es so typisch für die Kölner Bucht war. Das Dachgebälk knarrte. Doch da es erst letztes Jahr umfassend renoviert worden war, machte sich Stephan keine Sorgen. Es würde halten, da war er sich sicher.

Charlotte war wieder eingeschlafen und jammerte leise im Traum.

Stephan hatte ihre Mutter gemocht, auch wenn sie ihn fast nie erkannt hatte. Sie war eine bescheidene und trotz ihres Demenzleidens immer gut gelaunte Dame gewesen. Jetzt würde Charlotte ganz allein in der riesigen Villa leben müssen.

Er holte tief Luft, ein Blitz krachte nicht weit entfernt in einen Baum, elektrisierte die Luft.

Bleibt alles anders, dachte Stephan und legte sich neben Charlotte und nahm sie in den Arm.

***

Sie saßen schweigend am Frühstückstisch. Stephan hatte ihr von dem Überfall auf ihn erzählt. Charlotte hatte kaum reagiert. Jetzt saß sie gebeugt auf dem Stuhl und starrte mit geschwollenen Augen stumm vor sich hin.

Stephan wusste nicht, wie er sie trösten sollte, und darüber ärgerte er sich. Er nippte an seinem Kaffee und brütete über seine Unfähigkeit nach, Gefühle zu zeigen. Seine Exfrau Monika hatte ihn einmal einen groben, kalten Klotz genannt. Was das Äußere betraf, so hatte sie damit richtiggelegen. Doch innerlich sah es bei ihm ganz anders aus. Am liebsten würde er Charlotte umarmen, sie streicheln, doch er brachte es einfach nicht fertig und wusste nicht, woran das lag.

Das Telefon schrillte. Es war Engel. »Ich wollte dir nur sagen, dass wir die Putzfrau wieder haben laufen lassen. Sie hat ein wasserdichtes Alibi.«

»Nachts? Hat ihr Ehemann ihr das geliefert?«, zweifelte Stephan.

»Sie reinigt nachts Züge. Mindestens zehn Kolleginnen können bestätigen, dass sie da war.«

»Fleißige Person. Schläft die auch mal?«

»Schlafen ist was für Weicheier«, grunzte Engel. »Schau mich an. Ich weiß schon gar nicht mehr, wann ich mal länger als fünf Stunden am Stück in meinem Bett verbracht habe.«

»Was ist mit Bursch?«, horchte Stephan nach.

»Der sitzt zu Hause und schaukelt seine Eier«, brummte Engel. »Seine Version vom kleinen Parteitag im Hyatt stimmt ebenfalls.«

»Und was ist mit der Beretta? Irgendjemand muss sie doch aus dem Schrank genommen haben.«

»Beim Bursch geht es zu wie im Taubenschlag. Da kommt halb Bornheim in Frage.«

»Habt ihr sonst was?«

»Bei Poensgen hat vorgestern eine dicke Party stattgefunden. Hat uns die Putzfrau gesagt. Das Aufräumen war eine ziemliche Sauerei.«

Stephan stöhnte. »Also ist das Haus sozusagen kontaminiert.«

»Du sagst es. Überall Spuren, die wir erst mal zuordnen müssen.«

»Scheiße«, murmelte Stephan.

»Genau«, stimmte Engel zu und verabschiedete sich.

Stephan schlurfte zurück in die Küche.

Charlotte saß unverändert steif auf ihrem Stuhl.

Er wollte sich ebenfalls wieder setzen, zögerte dann aber. Er gewann seinen inneren Kampf, umarmte Charlotte linkisch und drückte sie.

»Wie geht es jetzt weiter?«, fragte er sie, als sie am Nachmittag einen Spaziergang machten. Charlotte hatte ihn darum gebeten. Sie wollte den Krankenhausgeruch aus der Nase bekommen, den Kopf klar bekommen.

Das Unwetter der letzten Nacht hatte dafür gesorgt, dass es merklich abgekühlt war. Eine graue Wolkendecke spannte sich über dem Himmel und verdeckte die Sonne. Der Sturm hatte nachgelassen, aber es wehte immer noch eine steife Brise. Sie waren quer durch Sechtem gegangen und nahmen den Weg am Friedhof vorbei in Richtung des Hundevereinsplatzes, der sich im »Death Valley« verbarg. So hatte Stephan die kleine Mulde zwischen Hundeplatz und Bahnstrecke genannt, da sich dort die Hitze des Sommers staute und nur selten ein Windhauch regte. Seit er im Frühling versucht hatte, mit Joggen abzunehmen, war ihm die Stelle in unangenehmer Erinnerung geblieben.

»Ich weiß nicht. Mein Kopf ist so leer«, antwortete Charlotte nach einer Weile. »Du kennst das sicher. Mit deiner Mutter ist das ja auch noch nicht so lange her.«

Stephan presste die Lippen aufeinander. Zarte Schuldgefühle regten sich in ihm. Der Tod seiner Mutter hatte ihn kaum berührt. Schon Jahre vorher war der Kontakt fast eingeschlafen, eine intensive Beziehung wie zwischen Charlotte und ihrer Mutter hatte es zwischen ihnen nie gegeben. Daher konnte er nicht nachempfinden, wie sich Charlotte gerade fühlen musste. »Soll ich mich um die Beerdigung kümmern?«, bot er an.

Charlotte blieb stehen. Ihre Augenbrauen zogen sich zusammen. »So sachlich«, spottete sie. »Ich möchte mit dir über meine Gefühle sprechen, und was machst du? Denkst an die Beerdigung, daran, wie sie schnell verscharrt und der Alltag wieder einkehren kann. Manchmal denke ich, du hast ein Herz aus Stein.«

Stephan sog heftig Luft ein. Trotz der scharfen und zum Teil ungerechten Zurechtweisung fühlte er sich doch ertappt. Nervös fuhr er sich mit der Hand durchs Haar. »Ich möchte dir nur helfen«, verteidigte er sich.

»Helfen, aha.« Es klang verächtlich. Sie drehte sich auf dem Absatz um und ging zurück.

Stephan folgte ihr überrascht, fasste sie am Arm und hielt sie zurück. »Was habe ich Falsches gesagt?«

Charlotte riss sich los. »Ich schaff das schon mit der Beerdigung, mach dir keine Sorgen.« Sie hastete weiter.

»Charlotte«, rief Stephan. Doch sie drehte sich nicht um, hob nur einen Arm und fuchtelte wütend damit in der Luft herum. Er hetzte hinterher und versuchte, mit ihr Schritt zu halten. »Ich helfe dir aber gerne, wirklich«, versuchte er es erneut.

»Ich denke, wir sollten uns eine Weile nicht sehen«, sagte sie in einem sachlichen Ton. Über ihre Wangen rollten Tränen.

Stephan fühlte sich wie vor den Kopf gestoßen. »Warum nicht?«

Sie überquerten die Straße bei der Wendelinuskapelle. Charlotte schlug den direkten Weg zur Grauen Burg ein.

»Komm mit zu mir«, bat Stephan. »Lass uns reden. Darüber oder worüber du willst.«

Charlotte blieb abrupt stehen. »Reden, reden, reden«, fuhr sie ihn an. »Ich will nicht reden. Du bist steif wie ein Laternenpfahl. Meinst du, ich merke nicht, wie distanziert du dich verhältst? Wie schwer es dir fällt, mich einfach nur in die Arme zu nehmen?«

Stephan schluckte trocken. Sein Mund fühlte sich wie ausgedörrt an. »Ich verspreche dir …«, setzte er an, doch Charlotte schnitt ihm das Wort ab und äffte ihn nach.

»Ich verspreche dir, wie pathetisch. Gratuliere zur steifsten Wortwahl des Jahres.« Sie rannte weiter.

Stephan stolperte hinterher. »Bleib doch mal stehen.«

Tatsächlich kam sie seiner Aufforderung nach, und er lief in sie hinein, fing sie auf, bevor sie fallen konnte.

»Lass mich.« Sie wand sich aus seinen Armen. Ihre Wangen glühten. »Lass mich einfach in Ruhe. Ich muss nachdenken.«

»Über uns?«

»Über alles.«

Er wollte etwas sagen, doch sie hielt ihm die flache Hand entgegen und bedeutete ihm so, zu schweigen. »Ich melde mich bei dir.«

Verstört schaute er ihr hinterher, bis sie in den Münstergarten abbog. Ihre Absätze klackten energisch auf dem Asphalt. Wut brannte in seinem Magen. Warum nur fiel es ihm so schwer, Gefühle richtig zu zeigen?

VIERZEHN

Die Glocken der katholischen Kirche St. Gervasius und Protasius riefen die Gläubigen zur Sonntagsmesse.

Stephan lag im Bett, starrte zur Decke und wusste nichts mit sich anzufangen. Gestern hatte er den ganzen Nachmittag mit sich gerungen, ob er Charlotte anrufen und zur Rede stellen sollte. Doch schließlich hatte er ihre Entscheidung akzeptiert, so schwer es ihm auch fiel.

Er faltete die Arme unter dem Hinterkopf und starrte zum Fenster hinaus. Die Wolken hingen tief, Nieselregen besprühte das Glas. Ein trüber Tag, der zu meiner Stimmung passt, dachte er.

Ein Fiepen ließ ihn aufhorchen. Eine Maus? Lange hatte sich keine mehr in dem alten Gemäuer verlaufen. Er hoffte, dass die Plage nicht wieder zurückgekehrt war. Wieder ein Fiepen. Er setzte sich auf und lauschte. In unregelmäßigen Abständen wiederholte sich das Geräusch. Es klang jämmerlich. Er streifte sich seine Jeans über und folgte dem Laut. Es schien vom Dachboden zu kommen. Gerade als er der Sache auf den Grund gehen wollte, klingelte das Telefon. In der Hoffnung, dass Charlotte ein Einsehen mit ihm hatte, spurtete er, so schnell er mit seinen lädierten Knochen vorankam, nach unten und nahm das Gespräch an.

»Tries«, meldete er sich keuchend.

»Was bist du denn so außer Atem? Schmerzen?«, fragte Engel besorgt.

Die Enttäuschung brannte in Stephans Kehle. »Geht schon wieder. Die Tabletten sind richtig gut. Was willst du am heiligen Sonntag von mir?« Er nahm den Hörer mit in die Küche.

»Wir haben vielleicht was. Wollte ich dir brühend heiß erzählen.«

Stephan drückte den Hörer fester ans Ohr. »Leg los.«

»Auf der Pistole haben wir Farbreste gefunden.«

»Farbe? Geht's schon genauer?«

»Das Labor arbeitet dran. Viel ist es nicht, doch sie sind sicher, das noch etwas spezifizieren zu können.«

Stephan warf einen Pad in seine neue Senseo-Maschine und brühte sich einen Kaffee auf. »Was sagt Bursch dazu?«

»Da fahr ich gleich hin. Werde ihm mal die Pistole auf die Brust setzen.« Engel lachte kehlig.

»Makaber, dein Spruch«, kommentierte Stephan und grinste.

Sie verabschiedeten sich.

Stephan drückte den Knopf an der Senseo. Die Maschine zischte los. Farbe, grübelte er, was hatte das zu bedeuten? Poensgen war Bauunternehmer gewesen. Kam der Mörder doch aus dem Baumafiakreis? Aber setzen die wirklich ihre Maler und Lackierer als Killer ein? Als Nebenjob, schwarz, vorbei an der Steuer? Absurd, entschied Stephan. Aber vom Bau könnte schon sein.

Das Fiepen riss ihn aus seinen Überlegungen. Mit der Tasse Kaffee in der Hand nahm er seine Suche nach dem seltsamen Geräusch wieder auf, ging nach oben, horchte einige Minuten. Doch es wiederholte sich nicht mehr.

Gegen Mittag kletterte Stephan ächzend in sein Baumhaus, zog sich mit Mühe und Not auf die Plattform. Schwitzend legte er den Kopf an den Stamm und schloss für einen Moment die Augen. Dumpf wummerte der Schmerz in seinem Unterleib. Unangenehm, doch es ließ sich aushalten. Windböen strichen durch die Äste und kühlten sein Gesicht. Die Blätter raschelten.

Er öffnete den mitgebrachten Rucksack und zog seine Aufzeichnungen heraus. Er wollte sich ablenken, sein Jagdfieber neu entfachen, nicht die ganze Zeit darüber grübeln, welche Entscheidung Charlotte fällen würde.

Zunächst notierte er, was er über den Fall Poensgen wusste. Dann blätterte er durch die Seiten und suchte nach Verbindungen zu Germanus, die er bisher nicht beleuchtet hatte. Die Putzfrau war eine, doch die schied durch das wasserdichte Alibi aus. Stephan kaute auf dem Bleistift herum, den er in der Hand hielt. Ein paar Jungs liefen unten auf der Straße vorbei und jauchzten um die Wette. Sie bemerkten ihn nicht. Einer rief: »Wenn du mich noch mal trittst, trete ich dir in die Eier!«

Stephan verzog das Gesicht, spürte einen Stich im Unterleib und schüttelte sich. Eine Gänsehaut überzog seine Unterarme. Die Ereignisse der letzten Tage hatten ihn noch fest im Griff.

Plötzlich stutzte er. Hastig blätterte er in seinen Aufzeichnungen zurück. Die Putzfrau hatte Zugang zur Waffe. Er blickte auf und trommelte gedankenverloren mit der Bleistiftspitze auf dem Blatt herum. Burschs seltsame Reaktion gestern auf Engels Frage, ob er eine Putzfrau beschäftigte, ließ ihm keine Ruhe. Die ungewöhnliche Rückfrage. Es wäre doch möglich, dass es da einen Zusammenhang gab. Mann, das passt ja wie ein Legostein auf den anderen, dachte Stephan. Konnte es wirklich so einfach sein? Dem musste er auf den Grund gehen. Rasch packte er seine Unterlagen zusammen. Jetzt war sein Jagdfieber wieder da, betäubte seine Lethargie und gab ihm neue Kraft. Als er durch seinen kleinen Park lief, überlegte er, Engel zu informieren, entschied sich dann aber dagegen. So weit war er noch nicht. Noch stützten keine harten Fakten seinen Verdacht.

Nur wenige Minuten später blubberte der alte Diesel, und Stephan fuhr langsam vom Hof.

Diesmal nahm er den Sechtemer Weg nach Bornheim, unterquerte die L 192 und bog in den Reuterweg ein. Dem Apostelpfad folgend, fuhr er an der Tennishalle in die Wallrafstraße und am Sportplatz vorbei in den Kreisverkehr. Er parkte in der Kartäuserstraße.

Stephan blieb sitzen und beobachtete das Haus. Eine Weile schien es wie ausgestorben. Dann sah er sie, wie sie im Wohnzimmer den Fernseher einschaltete und es sich auf dem Sofa bequem machte.

Er grinste. Wenn den Leuten bewusst wäre, wie leicht man jemanden beobachten kann, der keine Gardinen am Fenster hat, dann würden sie vermutlich den nächsten Stoffladen plündern.

Er holte sein Handy heraus und wählte Burschs Nummer. Der Bürgermeisterkandidat meldete sich.

»Tries hier. Ich bin bei Ihrer Putzfrau«, sagte Stephan.

»Was soll der Mist denn jetzt?«, raunzte Bursch. »Egal, sie ist sowieso nicht da. Sie hat mich vorhin angerufen und mir mitgeteilt, dass sie für eine Weile verschwinden wird. Das Ganze hat sie zu sehr mitgenommen, was ja durchaus verständlich ist. Das arme Ding.«

»Ich meine die andere Putzfrau«, säuselte Stephan amüsiert.

Eine Weile blieb es bis auf das Verbindungsrauschen still in der Leitung. »Die andere?«, horchte Bursch nach. »Welche andere?«

»Kommen Sie.« Stephan lachte. »Tun Sie nicht so scheinheilig. Die mit dem höheren Stundensatz meine ich.«

Wieder einige sprachlose Sekunden, bis Bursch sagte: »Ich weiß nicht, wovon Sie sprechen.«

»Sie könnte Ihre Beretta entwendet haben«, erklärte Stephan.

»Überlegen Sie sich gut, ob Sie Ihre Beziehung zu ihr weiterhin geheim halten wollen.«

»Aber sie liebt mich«, erregte sich Bursch, und in Stephans Ohren klang es so, als ob er es wirklich glaubte. »Sie würde mich doch nicht belasten.«

»Sie Träumer«, erwiderte Stephan. »Sie ist eine Professionelle. Sie spielt Ihnen nur etwas vor.«

»Nie im Leben!«, schrie Bursch. »Bei uns ist das anders.«

Stephan hatte genug gehört. Burschs Reaktion hatte bestätigt, dass er mit seiner Annahme richtiglag: Hildegard von Bingen spielte für Bursch die Putzfrau. Er drückte das Gespräch weg, ohne sich zu verabschieden, und stieg aus.

Ein Mann kam im Seemannsgang auf dem Bürgersteig auf ihn zu. »Haste mal Feuer?«, lallte er Stephan an, steckte sich eine Zigarette in den Mund und beugte sich vor. Dabei verlor er das Gleichgewicht, stolperte und fiel gegen ihn. Reflexartig griff Stephan zu und hielt den Mann fest.

»Au, Scheiße«, nuschelte der Fremde und kämpfte sich wieder in die aufrechte Position. »Tut mir escht leid.«

»Schon gut«, beruhigte Stephan ihn.

Der Mann spuckte seine Zigarette achtlos zu Boden. »Frühschoppen«, nuschelte er, als ob damit alles entschuldigt sei, und eilte dann davon.

Kopfschüttelnd sah Stephan ihm hinterher, ging dann durch den kleinen Vorgarten und klingelte.

Hildegard Meier öffnete nicht.

Stephan drückte den Knopf noch mal, ließ ihn nicht mehr los.

Plötzlich flog die Tür auf.

»Hast du einen an der Waffel?«, schrie Hildegard. Ihre Augen funkelten wütend. Die Blutergüsse in ihrem Gesicht sahen nicht mehr ganz so bedrohlich aus, waren vom Violetten ins Gelbliche gewechselt. Die Schwellungen hatten nachgelassen. Jetzt konnte Stephan erahnen, wie attraktiv sie ohne Verletzungen sein musste. Sie trug einen Kimono, der seidig an ihrem wohlgeformten Körper anlag.

»Poensgen ist tot«, überfiel Stephan sie. »Ich glaube, wir sollten darüber reden.«

Nur kurz wich sie Stephans Blick aus, eine Unsicherheit, die er registrierte und die ihm bestätigte, dass er hier an der richtigen Stelle war.

»Poensgen war ein Arschloch, ist nicht schade drum.« Sie hatte sich wieder im Griff, reckte die Nase nach oben und wirkte abweisend bis arrogant. Sie machte keine Anstalten, Stephan ins Haus zu lassen.

»Ob es schade ist oder nicht: Er ist ermordet worden, und das ist schon nach den Zehn Geboten verboten. Unser Strafgesetzbuch sieht es nicht anders«, meinte Stephan sachlich.

Verächtlich schnaubte sie durch die Nase. »Gesetze, dass ich nicht lache. Verschwinde, ich habe nichts damit zu tun. Schleich dich!«

Sie wollte die Tür ins Schloss drücken, doch Stephan stemmte sein Bein dagegen. »Ich kann meine Vermutung auch direkt bei der Polizei vortragen, wenn Ihnen das lieber ist.«

Sie lächelte verächtlich. »Wenn du etwas Konkretes in der Hand hättest, hättest du das schon gemacht.«

Ihr Scharfsinn beeindruckte Stephan. Sie war eine anstrengende Gegnerin. Er wechselte die Taktik. »In erster Linie geht es mir immer noch um den Tod des alten Germanus. Ich suche Verbindungen zum Mordfall Poensgen und umgekehrt. Sie kannten beide.«

»Und das macht mich verdächtig?«

»Sollen wir nicht drinnen weiterreden?«

Ein kleines Lächeln hing in ihren Mundwinkeln. »Du bist ganz schön hartnäckig, wie ein festgebissener Terrier.« Sie machte den Weg frei. »Setzen wir uns wieder in den Wintergarten.«

Stephan ging voran.

»Eeerst Geeeld, dann Lieeebeee«, begrüßte ihn Ara, der Papagei.

Stephan lachte und setzte sich. »Der ist wirklich klasse.«

Hildegard goss sich einen Bourbon ein, bot Stephan aber nichts an. Aus dem Kühlschrank nahm sie sich zwei Eiswürfel und warf sie ins Glas. Sie blieb an der Bar stehen. »Poensgen war ein brutales Arschloch. Er hat es verdient.«

»Niemand verdient einen gewaltsamen Tod.«

»Polizistengeschwätz«, zischte Hildegard.

»Haben Sie ihn umgebracht?«

»Was meinst du?« Sie nippte an ihrem Glas, prüfte Stephan über den Rand hinweg. Ihr Kimono stand halb offen und ließ die Sicht auf eine Brustwarze frei.

Sie will mich irritieren, dachte Stephan, aus dem Konzept bringen. Obwohl er es durchschaute, wurde ihm heiß. Er riss sich von dem Anblick los und sah zu Ara, der mit wippendem Kopf auf der Stange saß. »Ich erzähl jetzt mal, wie ich mir das Ganze vorstelle. Sie kannten nicht nur den alten Germanus und Bob Baumeister, sondern Sie kennen auch unseren stellvertretenden Bürgermeister Bursch. Er steht auf die Nummer mit der Putzfrau und bestellt Sie wahrscheinlich regelmäßig zu sich nach Hause.«

»Hausbeeesucheee kosteeeen eeextrrrraaa«, krähte Ara.

»Genau, mein kleiner Freund.« Stephan wandte sich jetzt wieder Hildegard Meier zu.

Lasziv strich sie sich durchs Haar. Jetzt gab ihr Kimono den Blick auf ihren enthaarten Schritt frei. »Erzähl mal weiter, Schätzchen«, hauchte sie.

Stephan schluckte, riss sich zusammen. »Sie sind also regelmäßig bei Bursch und kennen nicht nur seine Vorlieben und Gewohnheiten, sondern auch sein Haus in- und auswendig. Sie wissen, dass er ein Waffennarr ist und es nicht so genau nimmt mit den Vorschriften. Als Poensgen Sie dann die Fäuste spüren lässt, ist der Plan zur Rache schnell gefasst. Sie entwenden bei Bursch die Pistole aus dem Schrank und nehmen sie heimlich mit. Die Wahrscheinlichkeit, dass Bursch das Fehlen der Waffe auffällt, ist gering. Er ist ja ständig unterwegs und kontrolliert selten seinen Bestand.« Stephan beugte sich vor und konzentrierte sich darauf, ihr in die Augen zu schauen, sonst nirgendwohin. »War es so? Sind Sie so an die Pistole gelangt?«

Sie befeuchtete ihre Lippen und nippte an ihrem Glas. »Du bist gut, Commissario, richtig gut. Ich glaube, du hast auch eine richtige Waffe in deiner Hose, eine mit hartem und festem Lauf«, hauchte sie.

Hör nicht darauf, mahnte sich Stephan und konzentrierte sich auf ihre Augen. »Als dann Poensgen bettelte, Sie sollten ihn wieder besuchen und es wäre doch alles nicht so schlimm gewesen, war der Zeitpunkt gekommen. Rasch die Waffe eingepackt und hin zu ihm. Er liegt nackt auf dem Bett und erwartet Ihre Dienstleistung. Sie holen die Pistole aus der Handtasche, setzen in einer raschen Bewegung, die ihm keine Chance auf eine Reaktion mehr lässt, den Lauf auf und drücken ab. Schnell, sicher, gefahrlos, hinterhältig, geplant und absolut kaltblütig. Ein lupenreiner Mord.«

Sie nippte an ihrem Glas. Ein Kondenstropfen fiel auf ihren Halsansatz, rann zwischen ihren Brüsten hindurch und verschwand auf Gürtelhöhe unter dem Kimono.

»Solch ekelige Phantasien bei einem so netten Kerl hätte ich nicht erwartet.« Sie tippte mit dem rechten Zeigefinger in ihr Glas und rieb ihre Brustwarze mit langsam kreisenden Bewegungen mit dem Bourbon ein. Sie stellte sich augenblicklich auf. Sie öffnete den Mund und stöhnte leicht.

Stephan spürte, wie es sich bei ihm regte.

»Du machst mich richtig scharf, Commissario. Noch nie hat mich jemand als mörderische Spinne hingestellt. Turnt mich richtig an.« Sie drückte sich von der Bar ab, kam auf Stephan zu und strich mit dem Handrücken über seine Wange.

Für einen kurzen Moment verschwammen Stephans Gedanken. Er roch ihr Parfüm, diesmal wuchtig, stark, wie Opium. Er drückte sich gegen ihre Hand und gierte für den Bruchteil einer Sekunde nach Zuneigung.

»Vergiss doch die ganze Sache«, hauchte Hildegard in sein Ohr. Ihr Atem strich heiß über seinen Nacken. Ihr Atem roch scharf nach Alkohol, stach in Stephans Nase, schärfte seine Sinne wie Natron, klärte seine Gedanken. Unwirsch zog er sein Gesicht von ihrer Hand fort.

»Sie haben Poensgen getötet!«

Ihre Hand zuckte zurück, als ob sie sich an Stephan verbrannt hätte.

Sein kurzer Moment der Schwäche war verflogen.

Sie zog ihren Kimono enger und band den Gürtel neu. »Geh«, forderte sie ihn auf. »Und versuch von mir aus, deinen abstrusen Verdacht zu beweisen.«

Stephan erhob sich. Er war sich sicher, dass er richtiglag. Warum sonst hatte sie versucht, ihn zu verführen, wo sie doch angeblich so unnahbar war? »Das werde ich«, sagte er entschlossen.

Die Haustür knallte hinter ihm ins Schloss. Zufrieden ging er über die Straße zu seinem Mercedes. Er musste Engel einen Besuch abstatten. Bursch musste in die Mangel genommen werden. Wenn er zugab, dass Hildegard Meier bei ihm ein und aus ging, waren sie einen Schritt weiter. Außerdem würde es den Kollegen von der Spurensicherung helfen, wenn sie bei Poensgen und in Burschs Keller gezielt nach DNA von ihr suchen könnten.

Stephan schaltete die Zündung ein. Der Zeiger der Tankanzeige hob sich kaum. Er startete und fuhr los. Am Ende der Straße bog Stephan nach links ab, keine fünfhundert Meter weiter fuhr er rechts an die Zapfsäule der Tankstelle Löhrer.

Er stieg aus und stellte die Zapfpistole auf Automatik. Mit dem Rücken lehnte er sich gegen den Wagen. Es roch scharf nach Treibstoff, und er versuchte, flach zu atmen. Er war der einzige Kunde an der Tankstelle. Die Kassiererin gähnte und beobachtete ihn. Stephan schloss kurz die Augen. Dass Diesel immer so stinken muss, dachte er. Warum parfümiert ihr das Zeug nicht?

Er dachte an das zurückliegende Gespräch mit Hildegard Meier. Poensgens Tod hatte sie nicht erschüttert. Ganz im Gegenteil. Sie hatte erleichtert, wenn nicht sogar zufrieden auf ihn gewirkt. Sein Gespür, trainiert aus unzähligen Verhören, sagte ihm, dass Hildegard Dreck am Stecken hatte. Allerdings würde er eine wie sie nicht mit ein paar hartnäckigen Fragen aufs Kreuz legen. Stephan schmunzelte. Sehr zweideutige Gedanken.

Die Zapfpistole klackte.

Stephan drückte noch ein paar Tropfen in den Tank und ging dann in den Verkaufsraum.

»Hallo«, begrüßte er die Kassiererin, ein junges Ding, das sich hier vermutlich das BAföG aufbesserte. Er klopfte seine hinteren Hosentaschen ab. »Nanu?«

»Wer nicht zahlt, wird erschossen«, drohte die Kassiererin neckisch.

»Moment, ich hab's gleich«, murmelte Stephan und suchte in seinen vorderen Taschen. Nichts.

»Vielleicht im Wagen.« Er wandte sich um und ging zum Wagen. Die Kassiererin folgte ihm und postierte sich neben der Zapfsäule. Sie ließ ihn nicht aus den Augen.

»Bitte nicht schießen«, versuchte Stephan einen Scherz. Doch sie verzog keine Miene mehr und kaute nur stumm auf ihrem Kaugummi.

Im Inneren des Wagens fand er das Portemonnaie ebenfalls nicht. Stephan überlegte fieberhaft, ob er es zu Hause liegen gelassen hatte. Er war sich jedoch sicher, es eingesteckt zu haben.

Plötzlich stutzte er und rekapitulierte den Zusammenstoß mit dem angetrunkenen Mann von vorhin. Er klatschte sich mit der flachen Hand gegen die Stirn. Seemannsgang, ja klar, allerdings hatte der Mann keine Alkoholfahne gehabt. Auch war er nach dem Zusammenstoß rasch und zielsicher verschwunden, ganz ohne Koordinierungsschwäche. Feuer hatte er sich auch nicht mehr geben lassen.

Obwohl sich Stephan über seine eigene Blödheit ärgerte, amüsierte er sich über den Trick. Er lachte leise und schüttelte den Kopf. Einem Polizeibeamten so geschickt das Portemonnaie aus der Tasche zu klauen war schon eine Leistung.

Grinsend stieg er aus. Die Kassiererin war ihm gefolgt. Er musste also nicht zurück in den Verkaufsraum. »Ich glaube, wir müssen uns jetzt duellieren«, sagte er zur Kassiererin.

Ihrer Miene nach zu urteilen, schien sie wirklich auf seinen Vorschlag eingehen zu wollen.

***

Engels Lachen schallte laut aus der Ohrmuschel. »Also wirklich, ein Taschendieb. Was ist mit dir los? Du bist ganz schön aus der Übung.«

»Du bist nicht der Erste, der das feststellt«, gab Stephan zu. Er klemmte sich den Hörer zwischen Schulter und Hals und goss die Nudeln ab. Der Dampf des heißen Wassers strich über seine Hände. »Au«, entfuhr es ihm.

»Was ist?«, fragte Engel. »Noch Schmerzen?«

Stephan überging die Frage. »Der Besitzer der Tankstelle ist Gott sei Dank ein ganz netter Typ. Hat mir eine Rechnung mitgegeben, muss ich dann überweisen.«

»Und was willst du jetzt von mir? Soll ich den Taschendieb suchen lassen?«

»Kannst du halten, wie du willst. Ich wollte dir noch was anderes erzählen.«

»Leg los«

Stephan berichtete von seinem Besuch bei Hildegard Meier und von seiner Theorie.

»Alleingänge finde ich nicht so toll«, kommentierte Engel brummig, als er geendet hatte.

»Ja, Papa.«

»Wenn du dann wieder am Boden liegst, darf ich für dich erneut den Lebensretter spielen.«

»Ist gut jetzt? Bleib mal bei meiner Spur.«

»Auf jeden Fall gut durchdacht. Wäre ich so schnell nicht drauf gekommen, dem werden wir nachgehen«, kommentierte Engel. »Aber vielleicht hat sich das auch bald erledigt.«

»Moment, was soll das heißen? Erledigt? Habt ihr etwa was Neues?«

»Die drei Fragezeichen«, lachte Engel leise.

»Hä?« Stephan verstand nichts mehr.

»Mann, du hast drei Fragen gestellt, da kamen mir ›Die drei Fragezeichen‹ in den Sinn. Peter, Bob und Justus. Haben meine Kinder ... ach, vergiss es einfach. Also, Poensgen hatte am späten Abend Besuch von zwei Männern. Eine Nachbarin hat sie ins Haus gehen sehen, als sie die Rollläden hinunterließ.«

»Ist ja ein Ding«, entfuhr es Stephan. Er holte einen tiefen Teller aus dem Schrank, griff mit einer Zange die Nudeln und legte sie auf. »Wann kamen die beiden Herren wieder raus? Hat die Nachbarin darauf geachtet?«

»Leider nein.«

»Mist!«

»Nicht ganz. Sie hat das Kennzeichen notiert.«

»Das gibt es doch nicht. Die haben direkt vor der Tür geparkt?«

»Sieht so aus.«

»Unterwelt?«, hakte Stephan nach.

Engel brummte eine Zustimmung. »Kochst du etwa gerade? Da hat doch was geklappert.«

»Ja. Spaghetti mit etruskischem Pesto. Aus getrockneten Tomaten, Knoblauch, Chili und Basilikum. Einfach und gut.«

Engel zögerte. »Hast du noch was übrig?«

»Musst du nicht bei deiner Familie sein, heute, am Sonntag?«

»Die sind alle ausgeflogen. Besuchen meinen Schwager in Berlin. Der wird fünfzig. Die kommen erst heute Nacht zurück.«

»Und du bist nicht mit?«

»Willst du mich verarschen? Glaubst du, mein Chef lässt mich jetzt verreisen? Mitten in einer Mordermittlung?«

»Die drei Fragezeichen.«

Engel stutzte und lachte dann. »Ganz genau. Was ist nun? Hast du noch ein paar Almosen für einen armen Beamten?«

Stephan sah in die Spüle, wo die restlichen Nudeln im Sieb lagen, und schätzte die Menge ab. »Ich denke, es reicht für uns beide. Ich halt mal alles warm, bis du da bist.«

»Bin unterwegs, wir sehen uns in einer Viertelstunde.«

»Wo ist denn Charlotte?«, fragte Engel, als er genau dreizehn Minuten später vor der Tür stand.

Stephan überlegte, ob er Engel von ihren Problemen erzählen sollte, entschied sich aber dagegen. Warum sollte er seinen Freund damit belasten? »Ihre Mutter ist leider verstorben. Jetzt muss sie sich um die Beerdigung kümmern.«

»Oh, das tut mir leid«, sagte Engel. »Ich werde sie anrufen.«

Sie gingen in die Küche.

Stephan hatte bereits den Tisch gedeckt und zwei Bier bereitgestellt. »Setz dich. Erst essen, dann reden, sonst werden die Nudeln noch ganz kalt.«

Sie aßen, redeten wenig und genossen das Essen. Engel verdrückte zwei Portionen und schob dann mit einem zufriedenen Lächeln im Gesicht den leeren Teller von sich. »Wahnsinn. Das italienische Zeug kriegst du aber auch immer spitzenmäßig hin. Ich schaffe bestenfalls mal eine Tütenbolognese.«

»Bah«, urteilte Stephan und schüttelte sich. »Bolognese muss bei mir frisch sein. Und die Soße muss schön lange köcheln, zwei Stunden mindestens.«

»Machen das die Bologneser so? Hört sich nicht nach schneller Küche an.«

Stephan lachte. »Stimmt, schnell nicht, aber einfach. Und soviel ich weiß, hat die Bolognese nie was mit der Stadt Bologna zu schaffen gehabt. Ich meine mal gehört zu haben, dass es sich von der französischen Bolognaise-Soße ableitet.« Er räumte die Teller ab. »Ich geb dir das Rezept mit. Ist kein Geheimnis.«

Engel nickte und kramte aus seiner Hosentasche eine Streichholzschachtel.

Stephan fürchtete, er würde sich eine seiner stinkenden Zigarren anzünden oder sich ein Pfeifchen gönnen.

»Keine Sorge«, sagte Engel, »ich weiß ja, dass du keine verräucherte Buden magst.« Er nahm ein Streichholz aus der Schachtel und pulte mit der Rückseite zwischen den Zähnen.

Stephan zog eine Grimasse. »Möchtest du ein Stück Brot dazu?«

»Sag mal, wo steckt denn deine Katze?«, überging Engel die Frage. »Die streift doch sonst immer sofort hier herum, wenn Essen auf dem Herd steht.« Er streckte die Beine unterm Tisch aus.

Stephan sah zum Fressnapf. Leer. »Wenn ich das mal so genau wüsste«, gab er zu, öffnete eine Dose Katzenfutter und gabelte es in den Napf. Dann setzte er sich wieder an den Tisch. »So, jetzt habe ich mich lang genug geduldet. Was ist nun mit den beiden Unbekannten?«

Engel steckte sein Streichholz in die Schachtel zurück. »Untergetaucht. Sie sind zur Fahndung ausgeschrieben. Der Wagen stand am Kölner Hauptbahnhof, ein Audi A6.«

»Sicher gestohlen«, mutmaßte Stephan.

»Nee, eben nicht. Das ist ja das Kuriose. Der Audi ist ein Firmenwagen und gehört einem Baulöwen in Köln.«

»Baulöwe?«

»Sascha Kuschinski. Kennst du den?«

Stephan nickte. »So ganz astrein ist der nicht. Den haben wir immer schon mal in Verdacht gehabt, krumme Dinger zu drehen. Nachweisen konnten wir ihm allerdings nie etwas. Der steckt fest im kölschen Klüngel. Dort hackt eine Krähe der anderen kein Auge aus. Wann nimmst du den in die Zange?«

»Morgen.« Engel stopfte sich seine Pfeife. »Meine Leute konnten aber schon in Erfahrung bringen, dass Kuschinski expandieren möchte.« Er hob die Augenbrauen und nickte einmal.

»Verstehe«, sagte Stephan. »Er leiht Poensgen das Geld, macht ihn so abhängig. Fortan hätte Poensgen nach seiner Pfeife tanzen müssen.«

»Genau«, bestätigte Engel. »Und wenn Poensgen von der Linie abgewichen wäre, hätte es ein paar hinter die Löffel gegeben.« Er rieb sich mit der flachen Hand über den Bauch und verzog schmerzvoll das Gesicht. »Ich glaube, ich habe zu viel gegessen.«

Stephan verstand den Wink und holte aus dem Wohnzimmer eine Flasche Grappa und zwei Gläser. Während er eingoss, sagte er: »Ich kann mir schon vorstellen, dass Kuschinski den alten Germanus um die Ecke bringen ließ. Schließlich störte der indirekt seine Expansionspläne. Wenn Poensgen pleitegeht, sieht er sein Geld nicht wieder. Vielleicht hat er den Plan sogar mit Poensgen zusammen ausgeheckt.«

»Kann sein. Vielleicht stecken auch noch der Junior und Bursch mit unter der Decke. So ein Klüngel ist zu allem bereit und schwer aufzudecken, da jeder für jeden aussagt.«

»Die Sache zieht immer größere Kreise«, stellte Stephan fest. »Kann ich morgen mit?«

Engel nickte, roch an seinem Grappa und trank dann zur Hälfte aus. »Geiles Zeug«, resümierte er.

»Frisch aus der Toskana.« Stephan ließ die ölige Flüssigkeit im Glas kreisen, bevor er trank. »Kräftig, aber trotzdem nicht kratzig. Butterweich im Abgang. Ich hab da eine Fattoria aufgetan. La Vialla heißt die. Die machen Spitzenerzeugnisse.«

»Fattoria? Ist das so etwas wie ein Weingut?«, wollte Engel wissen und schwenkte den Grappa im Glas. »Wie Öl«, murmelte er.

»Eher ein Bauernhof«, antwortete Stephan. »Vermutlich würde es bei uns unter Hofladen laufen.«

Sie tranken schweigend und genossen das warme Feuer, das sich in ihren überfüllten Mägen ausbreitete. Plötzlich hörte Stephan wieder dieses Fiepen, das er bereits am Morgen gehört hatte.

»Was ist das denn?«, fragte Engel und lauschte.

»Keine Ahnung«, gab Stephan zu. »Habe ich heute Morgen schon nach gesucht.«

Sie standen auf und schlichen durch den Flur. Wieder fiepte es jämmerlich. »Kommt von oben«, flüsterte Engel.

Stephan nickte. An der Speichertreppe blieben sie stehen. Das Fiepen wurde lauter, klarer, deutlicher.

»Also wenn du mich fragst«, sagte Engel, »dann ist das keine Maus. Höchstens eine Fledermaus.«

»Das will ich jetzt aber genau wissen.« Stephan schlich die Treppe hoch, öffnete leise die Tür, schaltete das Licht auf dem Speicher aber nicht an. Engel folgte dichtauf. Von unten drang der Schein der Flurlampe hoch. Nach einigen Sekunden hatten sich ihre Augen an das schwache Licht gewöhnt. Konturen schälten sich aus dem grauen Nichts, alte Möbel, Bilderrahmen, Kisten, ein zusammengerollter Teppich, eine ausgediente Stehlampe.

Minutenlang blieb es still. Schon wollten sie resigniert aufgeben, als das Fiepen wieder zu hören war. »Dort. Aus der Kiste links. Auf dem Stuhl«, stieß Engel aus und deutete in die Richtung.

Stephan pirschte sich ran. Plötzlich löste sich aus dem Grau ein Schatten und sprang ihn fauchend an. »Was zum Teufel …«, rief Stephan erschrocken und taumelte zurück in Engels Arme.

»Was ist los?«, röhrte der.

Stephans Herz hämmerte wild. Mit wilden Bewegungen wehrte er den Angreifer ab, der sich in seine Brust gekrallt hatte. Dumpf landete das Wesen auf dem Boden und fauchte weiter.

»Das ist deine Katze«, rief Engel, bückte sich und griff um Stephans Beine herum in Tigers Nacken. Entschlossen nahm er sie hoch, streichelte sie und sprach beruhigend auf sie ein.

»Mistvieh«, spie Stephan ihr entgegen.

»Gutes Kätzchen«, säuselte Engel. »Hör nicht, was der böse Mann da sagt. Der ist ganz, ganz böse.«

»Danke«, murrte Stephan. Gleichzeitig schoss eine Welle der Erleichterung durch seinen Körper. Sie lebte, war nicht unter einen Autoreifen gekommen.

In der Kiste fiepte es.

»Ich mach mal das Licht an.« Engel ging zurück zur Treppe und drückte den Schalter.

Stephan blinzelte und benötigte einige Sekunden, bis er sich an das Licht der Sechzigwattbirne gewöhnt hatte.

Engel setzte Tiger auf den Boden. Sie flitzte augenblicklich an Stephan vorbei und sprang in den Umzugskarton. Engel stellte sich neben Stephan, und beide schauten hinein. Am Boden lag Strohwolle, das erinnerte Stephan an die alte Wohnzimmeruhr seiner Eltern, die er während der Bauarbeiten vor zwei Jahren darauf gebettet hatte. Was jetzt auf der Strohwolle lag, überraschte ihn allerdings.

»Sieh an«, sagte Engel und öffnete mit spitzen Fingern seinen Pfeifenbeutel, den er wie immer am Gürtel trug. Kurz darauf brannte der Tabak und verströmte einen Vanilleduft.

Drei kleine Katzenbabys lagen nah an Tiger gekuschelt, eins schwarz-weiß, eins bunt gescheckt, und eins kam nach Tiger. Sie maunzten leise und durchdringend, rissen dabei jedes Mal die Mäuler weit auf.

Tiger rollte sich zusammen. Offensichtlich sah sie in den beiden Männern keine Gefahr mehr.

Stephan schüttelte den Kopf und streichelte ihr den Rücken. »Und ich dachte, du wärest fett geworden. Jetzt verstehe ich auch, warum du dich so rargemacht hast.«

Engel kaute breit grinsend auf seiner Pfeife. »Na dann: Herzlichen Glückwunsch zum Nachwuchs«, nuschelte er.

FÜNFZEHN

Bereits früh am Morgen holte Klein Stephan ab. »Den Chef treffen wir in Köln«, erklärte er. »Ist schon mal vorgefahren, um mit den Kollegen in Kalk alles abzustimmen.«

Der junge Mann hatte einen flotten Fahrstil, kurvte wie ein Rallyefahrer um die Ecken, wirkte dabei aber gelassen und souverän.

»Wo hast du so gut fahren gelernt?«, fragte Stephan, der sich zwar am Haltegriff festhielt, jedoch nicht die Spur von Angst fühlte.

Klein beschleunigte auf der Zufahrt zur A555 und drehte dabei die Gänge ordentlich aus. »Ich war vor zwei Jahren noch beim SEK und wurde dort speziell als Fahrer ausgebildet.«

Er plauderte aus dem Nähkästchen, erzählte Stephan von brenzligen Situationen, von einem Einsatz gegen die Russenmafia, bei dem er angeschossen wurde. »Als ich wieder aus dem Krankenhaus raus war, habe ich mir überlegt, doch lieber ein wenig weiter weg vom Geschehen die Fäden zu ziehen.« Er lachte. »So bin ich zur Kripo gekommen.«

»Ist aber auch nicht ungefährlich«, gab Stephan zu bedenken.

Klein zuckte mit den Schultern. »Nee, das nicht. Aber meistens kommen wir doch erst, wenn alles schon bereinigt ist.«

Sie fuhren auf dem Zubringer unter dem Bürokomplex neben der Lanxess-Arena nach Deutz hinein.

»Wo müssen wir denn hin?«, fragte Stephan.

Klein deutete auf den hohen Turm, der vor ihnen auftauchte. »Kuschinski hat sich im LVR-Turm eingemietet.«

Er parkte am Kennedy-Ufer. Engel erwartete sie am Eingang.

»Nanu?«, sagte Klein und sah sich demonstrativ um. »Kein Kölner Kollege dabei?«

»Sind alle beschäftigt. Wir sollen ihnen hinterher berichten«, erklärte Engel.

Sie meldeten sich im Foyer an und wurden von einer jungen Frau zum Aufzug geleitet. Sie hielt eine Karte vor einen Transponder, drückte die Sechzehn, wünschte ihnen einen schönen Tag und entfernte sich mit einem gekonnten Hüftschwung.

»Nett«, wisperte Klein, bevor die zufahrende Aufzugstür den Blick unterband.

Engel hob eine Augenbraue, sagte aber nichts.

Kurz darauf standen sie in Kuschinskis Büro, das einen phantastischen Blick auf die andere Rheinseite bot. Links erhob sich die dreischiffige Basilika mit ihrem kleeblattförmigen Ostchor und dem quadratischen Vierungsturm mit vier Ecktürmchen. Groß St. Martin, eine der zwölf großen romanischen Kirchen in der Kölner Innenstadt. Rechts erblickten sie den markanten dreischiffigen Kirchenbau St. Kunibert. Aber so monumental die beiden Kirchen auch aus dem Häusermeer herausragten, verblassten sie doch im Schatten des Kölner Domes. Sekundenlang konnte Stephan den Blick nicht von dem dominanten Bau abwenden. Aus dieser Perspektive, fünfzig Meter über dem Boden, wirkte der Dom noch imposanter. Er versank in der Schönheit der filigranen Architektur, geradezu atemlos betrachtete er die Türme, als sähe er sie zum ersten Mal.

»Hast du was? Ist dir schlecht?«, raunte Engel ihm besorgt hinter vorgehaltener Hand zu.

Stephan riss sich von dem Anblick los und bemerkte jetzt erst, dass Kuschinski vor ihm stand und ihm die Hand hinhielt. Rasch griff er danach und schüttelte sie.

Der Baulöwe trug für einen Geschäftsmann eher lässige Kleidung, eine schwarze Jeans, Sneakers und einen weißen Pullunder. Eine markante Brille zierte seine Nase. »Meine Herren, setzen wir uns doch«, rief er und wies auf den Konferenztisch.

Sie setzten sich. Kuschinski bewegte sich geschmeidig wie eine Katze, obwohl Stephan ihn auf über sechzig schätzte. Die Sekretärin erschien und brachte Getränke. Sie trug ein modisches graues Kostüm und glich Heidi Klum fast bis aufs Haar. Geschmack hat der Kuschinski, dachte Stephan und schmunzelte. Hatte er bei einem Baulöwen allerdings auch nicht anders erwartet.

Klein goss sich ein Glas Wasser ein, Kuschinksi nahm sich eine Tasse Kaffee.

»Der gute Poensgen, ich fasse es immer noch nicht«, sagte Kuschinski und setzte eine Trauermiene auf. »Wieder ein guter Mann weniger.«

Klein holte seinen Notizblock heraus. Klare Rollenverteilung, dachte Stephan, Klein schreibt mit, Engel stellt die Fragen.

»Herr Kuschinski, Ihren Nachruf in allen Ehren. Aber Poensgen war Ihr Konkurrent. Sein Tod kommt Ihnen doch sicherlich gelegen.«

Kuschinski sah Engel einige Sekunden eindringlich an. Ein Lächeln stahl sich in seine Mundwinkel. »Was Sie nur denken.« Er schüttelte den Kopf. »Konkurrent, na ja. Dafür war sein Unternehmen nicht groß genug.« Er beugte sich zurück, ließ die Arme seitlich herabbaumeln und flegelte sich jetzt förmlich auf dem Stuhl.

Stephan spürte Kuschinskis Selbstsicherheit. Der Mann war abgebrüht.

»Wissen Sie«, begann der Baulöwe, »solche Unternehmer, wie Poensgen einer war, die muss es auch geben. Ich meine damit, dass ich mich ja nicht um alles kümmern kann, nicht um jeden Furzauftrag.« Er lachte, schien sichtlich amüsiert.

Stephan fiel eine Frage ein. Er suchte den Augenkontakt zu Engel, der stumm nickte.

»Furzauftrag, sagen Sie?« Stephan rieb sich die Lippen mit dem rechten Zeigefinger, tat nachdenklich. »Poensgen sollte die Felsquelle in Bornheim-Roisdorf umbauen. Da kann sicherlich von Furz keine Rede mehr sein, eher von einem dicken Rülpser.«

Kuschinski winkte ab und schloss die Augen halb. »Ach was, war doch alles noch nicht durch.«

»Sie wissen also von der Sache?«, fragte Stephan.

Der Baulöwe verschränkte die Arme vor der Brust und räusperte sich. »Ich habe davon gehört«, antwortete er vorsichtig.

»Davon gehört?«, Stephan wollte ihn festnageln und spürte eine fiebrige Erregung. Kuschinski zeigte zum ersten Mal eine Unsicherheit. Er wusste zu gut, dass er sich verplappert hatte. »Könnte es nicht sogar sein, dass Poensgen sich bei Ihnen Geld geliehen hat, um seine Durststrecke überstehen zu können? Bis er den Auftrag mit der Felsquelle in der Tasche hat?«

»Davon weiß ich nichts«, brummte Kuschinski. »Und selbst wenn: Ist doch nicht verboten, jemandem zu helfen, der vorübergehend klamm ist, oder?«

»Das nicht«, versicherte Stephan. »Aber wir brauchen da erst gar nicht um den heißen Brei herumzureden. Das Baugewerbe kann mitunter ein hartes und dreckiges Geschäft sein. Wer da seinen Verpflichtungen nicht nachkommt, hat schnell Beton an den Füßen, oder?«

»Sie lesen zu viele Romane.« Kuschinski lachte, doch es klang aufgesetzt. »Solche Methoden sind doch obsolet.«

»Wirklich?«, hakte Stephan nach.

Kuschinskis Lachen erstarb. »Was wollen Sie eigentlich damit andeuten? Doch nicht etwa, dass ich etwas mit Poensgens Tod zu schaffen habe?«

»Sie sind ein ausgebuffter, knallharter Geschäftsmann«, übernahm Engel. »Sie wissen, wie man im Geschäft bleibt, wie die Maschinerie geschmiert werden muss, damit der Klüngel läuft. Ist es da so abwegig, auf den Gedanken zu kommen, dass Sie Poensgen haben um die Ecke bringen lassen?«

Kuschinski schüttelte den Kopf und verzog unwillig die Mundwinkel. »Hat die Polizei nichts Besseres zu bieten? Sie denken in Klischees.«

Klein blätterte in seinem Notizbuch. »Es wurden zwei Männer beobachtet, die Poensgen besucht haben. An dem Abend, als er ermordet wurde. Das Fahrzeug, mit dem die Männer gekommen waren, wurde von einer Zeugin gesehen. Ein schwarzer Audi A6, der Wagen ist auf Ihre Firma zugelassen.« Klein beugte sich leicht vor und machte eine kurze Spannungspause. »Die beiden Männer sind untergetaucht.«

»Quatsch!«, wies Kuschinski Klein zurecht, »die sind nach Mallorca geflogen. Sollen dort für mich ein Bauprojekt klarmachen.«

Stephan bemerkte, dass sich Engel und Klein überrascht ansahen. »Unsere Kölner Kollegen standen doch gestern mit Ihrem Fahrdienst in Kontakt«, meinte Klein. »Von dort wurde mitgeteilt, dass die Fahrer unbekannt seien.«

Kuschinski lachte und hieb mit der flachen Hand auf den Tisch. »Klasse, meine Jungs vom Fahrdienst. Auf die kann ich mich verlassen.«

»Was soll das heißen?«, fragte Klein. Er klickte die Kugelschreibermine rein und raus.

»Ganz einfach«, erklärte Kuschinski. »Ich gebe Ihnen gleich die Namen der beiden Untergetauchten.« Er malte imaginäre Anführungszeichen in die Luft. »Alles topsecret, die beiden erledigen Dinge für mich, inoffizielle Dinge, die niemand außer mir erfahren soll. Sie sind meine rechte Hand und mir direkt unterstellt. Der Fahrdienst hat die strikte Anweisung, sie zu ignorieren, wenn nötig zu verleugnen. So einfach ist die Erklärung.«

»Ihre Mitarbeiter haben die Polizei angelogen«, stellte Engel fest. »Das wird Konsequenzen haben.«

Kuschinski winkte ab. »Werden meine Anwälte klären, machen Sie ruhig.«

Stephan stellte fest, dass Kuschinski jetzt wieder abgeklärt und selbstsicher die Situation dominierte.

»Herr Kuschinski«, setzte Engel an, »erst erzählen Sie uns, dass Sie nichts mit Poensgens Tod zu tun haben. Trotzdem schicken Sie höchstpersönlich zwei Mitarbeiter zu ihm. Die haben ihm doch so spät am Abend keinen Höflichkeitsbesuch abgestattet. Um was ging es?«

»Überführt, Herr Kommissar. Ich habe ein wenig geflunkert. Ich wollte meine beiden Mitarbeiter aus der Schusslinie bringen«, seufzte Kuschinski.

Engel brauste auf. »So langsam habe ich die Schnauze voll! Ihre Mitarbeiter lügen, Sie lügen. Was denken Sie, wie das bei uns ankommt?« Seine Gesichtsfarbe war ins Rötliche gewechselt. Er tippte mit dem Zeigerfinger auf den Tisch. »Warum haben Ihre Mitarbeiter Poensgen einen Besuch abgestattet?«

Klein hielt seinen Kugelschreiber bereit. Stephan bewunderte die Gelassenheit, die der Baulöwe ausstrahlte.

Kuschinski grinste. »Ich bin da jetzt mal ganz freiheraus.«

»Ich bitte drum. Ansonsten können wir auch anders«, drohte Engel.

»Ich habe Poensgen Geld geliehen, wollte ihn damit ein wenig binden, besser gesagt: anbinden. An mein Geschäft. Poensgen sollte so eine Art Subunternehmer werden. Ich sollte die Aufträge für ihn an Land ziehen. Dafür sollte er eine kleine Bearbeitungsgebühr abdrücken. Meine Mitarbeiter haben ihn nur an die Abmachung erinnert. Ich verspreche Ihnen: Alles lief ausschließlich verbal ab.«

Stephan runzelte die Stirn. Das passte zu der Theorie, die er gestern gegenüber Engel geäußert hatte. Kuschinski ließ den alten Germanus ermorden, damit Poensgen doch noch an den Großauftrag der Felsquelle kam. Der aalglatte Baulöwe verlangte dafür, wie er sagte, eine kleine Bearbeitungsgebühr. Und zukünftig würde Poensgen nach seiner Pfeife tanzen. So schloss sich der Kreis. »Kennen Sie Friedrich Germanus?«, fragte er.

Engel zog die Augenbrauen zusammen, Klein hörte auf zu schreiben.

»Nein«, antwortete Kuschinski. »Obwohl, ich gebe zu, dass mir

Germanus schon etwas sagt. Ich kann es im Moment nur nicht zuordnen.«

Stephan prüfte ihn stumm und versuchte zu ergründen, ob Kuschinski wieder log. Doch der saß ungerührt auf seinem Stuhl, nichts deutete auf eine Lüge hin.

Engel hustete. »Lassen wir dies mal so stehen. Wir werden Ihre Aussagen natürlich überprüfen.«

»Selbstverständlich«, erwiderte Kuschinski. »Ich werde alles in meiner Macht Stehende tun, um die Sache aufzuklären.«

»Zunächst reicht es mir, wenn Sie uns die Namen Ihrer Mitarbeiter nennen und ich so bald wie möglich mit ihnen reden kann«, forderte Engel. »Wussten Sie eigentlich, dass Poensgen einen Teilhaber hatte?«

»Ja, ist mir bekannt.« Kuschinski lachte. »Darüber hat er sich oft genug bei mir beklagt. Am liebsten hätte er seinen Partner ... wie heißt der doch gleich?«

»Bursch«, beantwortete Klein die Frage, ohne von seinen Notizen aufzusehen.

»Richtig, Bursch«, fuhr Kuschinski fort. »Den wollte Poensgen am liebsten aus der Firma drücken.«

»Hat er gesagt, warum?«

»Sicher. Dieser Bursch hat ihm zu viel hineingeredet. Eigentlich sollte er ein stiller Teilhaber sein. Aber als die Firma zu trudeln anfing, konnte Bursch sich wohl nicht mehr zurückhalten, weise Ratschläge zu erteilen.«

Engel griff nach der Pfeifentasche an seinem Gürtel, hielt aber inne, als er bemerkte, dass Kuschinski ihn mit einem strafenden Blick belegte. »Und das störte Poensgen?«, fragte er stattdessen.

»Bursch hat doch keine Ahnung vom Bau«, erklärte Kuschinski. Er schlug die Beine übereinander. »Wenn mir so einer in die Geschäfte funkt, würde mich das auch stören. Sie würden es doch auch nicht begrüßen, wenn ich plötzlich auf die Idee kommen würde, in Ihre Ermittlungen hineinzureden.«

»Da haben Sie recht«, stimmte Engel zu. »Konnten Sie Poensgen denn helfen?«

Schön vorsichtig vortasten, dachte Stephan und schmunzelte.

»Wir haben alle Möglichkeiten erörtert«, fasste Kuschinski zusammen.

»Die da wären?«, forderte Engel eine konkretere Antwort.

Kuschinski schüttelte den Kopf. »Ist doch jetzt nicht mehr wichtig. Die Toten sollte man ruhen lassen.«

Engel beugte sich vor. »Der Tote ist ermordet worden«, sagte er scharf. »Ich werde einen Teufel tun und irgendetwas ruhen lassen. Ich will wissen, wie Sie Poensgen helfen wollten.«

Kuschinski grinste. »Das sind Geschäftsgeheimnisse, die ich nicht einfach so ausplaudern werde. Besorgen Sie sich einen Beschluss, dann dürfen Sie in meinen Akten wühlen. Ich werde einen Teufel tun und irgendetwas über meine Geschäftspraktiken verraten.«

Stephan spürte, dass es Kuschinski Spaß machte, Engel zu ärgern.

Der sprang auf. Sein Kopf färbte sich rot. »Bitte halten Sie sich zu meiner Verfügung. Ich komme wieder«, stieß er aus.

»Machst du jetzt auf Terminator?«, wollte Klein wissen, als sie draußen standen. »Ich komme wieder«, äffte er Engel nach und steckte sich eine Zigarette an.

»Das stinkt zum Himmel«, stellte Engel fest, ohne auf die Frotzelei seines Kollegen einzugehen.

Stephan nickte. »Ich würde ihm einen Mord zutrauen. Vielleicht sogar den an Friedrich Germanus. Der sollte sterben, damit Rainer Germanus freie Hand hat, den Sanierungsauftrag zu erteilen.«

»Ja«, stimmte Engel zu, »so könnte es gewesen sein.«

Verblüfft blickte Stephan ihn an. Zum ersten Mal gab sein Freund zu, dass Germanus' Unfall vielleicht keiner gewesen war.

»Aber damit sind wir in Sachen Poensgen keinen Schritt weiter. Wir müssen jetzt zunächst an Kuschinskis Mitarbeiter ran«, erklärte Engel das weitere Vorgehen. Vorher fahre ich noch rasch nach Kalk rüber und berichte den Kölner Kollegen. Bringst du bitte Stephan nach Hause, Christian? Wir treffen uns dann im Präsidium.«

Klein nickte, warf seinen Zigarettenstummel auf den Boden und drückte ihn mit einer drehenden Bewegung seines Absatzes aus. »Geht klar.«

Engels Handy klingelte. Er nahm das Gespräch an und lauschte.

Klein und Stephan hoben die Hände zum stummen Verabschiedungsgruß, doch Engel bedeutete ihnen zu warten.

»Interessant. Danke«, sagte er nach etwa einer Minute, steckte das Handy ein und schaute nachdenklich zu Boden.

»Was ist?«, fragte Stephan ungeduldig.

»Das Labor. Die Farbe, die auf der Beretta haftete, ist handelsübliche Ölfarbe«, berichtete Engel. »Von der Sorte, wie sie für Gemälde benutzt wird.«

Stephan hörte kaum noch hin. Irgendwo in seinem Innersten war etwas durch diese Information wachgerufen worden. Nur wusste er noch nicht, was.

Klein benötigte für die Strecke nur siebzehn Minuten. Er setzte Stephan vor dessen Haustür ab und brauste nach einer kurzen Verabschiedung mit quietschenden Reifen davon.

Im Haus sah Stephan zunächst nach Tiger und ihren Kleinen. Alle waren wohlauf, und nach ein paar beruhigenden Worten ließ er sie wieder allein. In der Küche schnappte er sich seinen Ordner und notierte sich die Informationen, die er noch von Kuschinskis Verhör im Kopf hatte. Als er geendet hatte, lehnte er sich zurück und grübelte über das Laborergebnis nach. Handelsübliche Ölfarbe. Dazu schlummerte eine Verbindung in den Tiefen seines Unterbewusstseins. Er schloss die Augen und versuchte, danach zu greifen. Es quälte ihn, unruhig rutschte er hin und her. Er kämpfte und spürte, dass er kurz vor der Erkenntnis stand, da riss ihn das Telefon aus seiner Grübelei.

»Tries«, meldete er sich etwas unwirsch.

»Herr Tries, sind Sie dran?« Eine Frau, leise und zurückhaltend. Er versuchte, eine Verknüpfung mit einer Person hinzubekommen.

»Hier ist Gisela Germanus. Kann ich Sie sprechen?«

Sofort hatte Stephan wieder das Bild der Bangles-Sängerin im Kopf.

All the kids in the marketplace say
Ay oh whey oh, ay oh whey oh
Walk like an Egyptian

Er konzentrierte sich wieder auf das Gespräch. »Das machen Sie bereits.«

»Unter vier Augen«, erklärte sie, »nicht am Telefon.«

»Hört sich ja geheimnisvoll an«, sagte Stephan neugierig.

»Ich telefoniere einfach nicht gerne«, erklärte Gisela Germanus.

»Kein Problem«, sagte Stephan rasch, »ich habe Zeit. Soll ich vorbeikommen?« Irritiert stellte er fest, dass er sich auf ein Wiedersehen freute. Aber warum auch nicht? Sie war eine angenehme Person, sachlich, bodenständig. Und hübsch.

»Nein, nicht notwendig. Ich wollte sowieso noch meine Mutter besuchen. Ich schlage vor, wir treffen uns dort. Gegen zwei?«

Stephan stimmte zu und legte auf. Gespannt fragte er sich, was Gisela Germanus ihm mitzuteilen hatte.

***

Stephan kam zehn Minuten zu spät. Er hatte einen Umweg fahren müssen, weil die Kreuzung der L183 und L192 an der Tankstelle Löhrer aufgrund eines schweren Verkehrsunfalls gesperrt war. So musste er den Hohlenberg rauf. In Brenig folgte er der Breite Straße und der Küppersgasse, kam so von hinten auf dem Rankenberg an.

Wie immer empfing ihn Robert. Der fast blinde Butler wirkte müde und bekümmert. Er stützte sich schwer auf seinen Stock. Sein sonst durchgestreckter Rücken bildete einen Buckel. »Geht es Ihnen nicht gut?«, fragte Stephan.

»Nein, nein, mir geht es ausgezeichnet«, antwortete Robert mit müder Stimme.

»Kann ich Ihnen sonst irgendwie helfen?«, gab sich Stephan hilfsbereit.

Der Butler verlangsamte seinen Schritt, schien kurz zu zögern, nahm dann aber wieder sein gewohntes Tempo auf. »Danke. Sie sind zu freundlich. Es ist alles in Ordnung.« Er drückte die Türklinke zum Arbeitszimmer hinunter. Stephan fiel auf, dass seine Hand stark zitterte.

Im Arbeitszimmer wurde er von Gisela Germanus erwartet.

»Setzen Sie sich doch«, sagte sie.

Stephan nahm auf demselben Sessel Platz wie beim letzten Mal. »Wo steckt denn Ihre Mutter?«

»Sie ist gerade raus. Sie ist eine Freundin in Bonn besuchen. Sie muss mal auf andere Gedanken kommen. Möchten Sie etwas trinken?«, fragte sie.

Stephan wollte den armen Kerl von Butler nicht schon wieder aufscheuchen und verneinte daher.

Gisela Germanus lehnte sich gegen den Schreibtisch.
Ihre Augen nahmen Stephan gefangen.

Do you feel the same
Am I only dreaming
Or is this burning an eternal flame

Er schluckte. Scheiße, reiß dich zusammen, rief er sich zur Ordnung. Sie steht auf Frauen, keine Chance also für Zipfelträger. Aber sie hat Kinder und war mit einem Mann verheiratet, säuselte ihm ein Teufelchen ins Ohr. Charlotte würde ihm die Augen auskratzen, wenn sie seine Gedanken lesen könnte. Er spürte, wie ihm der Schweiß ausbrach. Charlotte, Charlotte, Charlotte, sprach jetzt wieder das Teufelchen, sie hat dich sitzen lassen.

»Ich möchte nicht lange drum herumreden«, unterbrach Gisela Germanus seinen inneren Dialog. »Aber ich mache mir Sorgen. Um Rainer, meinen Bruder. Seit er von dem Testament erfahren hat, kann man mit ihm kein normales Wort mehr sprechen.«

»Nun ja, überrascht Sie das?«, wollte Stephan wissen. Seine Zunge klebte am Gaumen. »Schließlich hat sich sein Plan in Rauch aufgelöst. Ich an seiner Stelle wäre auch nicht glücklich.«

Sie ging um den Schreibtisch herum, zog eine Schublade auf und nahm einige Blätter heraus. Die reichte sie Stephan. »Das sind E-Mails, die ich in Rainers Notebook gefunden habe. Lesen Sie.«

Froh darüber, eine Ablenkung zu erfahren, griff er danach. Es war ein Schriftverkehr zwischen Poensgen und Rainer Germanus aus der Nacht nach der Testamentseröffnung.

Der Inhalt war äußerst brisant:

An: Paul.Poensgen@vorgebirge.de
Gesendet: Freitag, 22.08.2009, 22:10 Uhr
Betreff: Zecke
Hi, Mörtel,
bist du noch wach? Wir müssen etwas unternehmen, ich werde noch verrückt.
Gruß
Rainer

An: Rainer.Germanus@felsquelle.de
Gesendet: Freitag, 22.08.2009, 22:15 Uhr
Betreff: AW: Zecke
Meinste, ich kann pennen? Was für eine Scheiße!

An: Paul.Poensgen@vorgebirge.de
Gesendet: Freitag, 22.08.2009, 22:19 Uhr
Betreff: Re: Zecke
Wir müssen die Zecke zerquetschen!
Gruß
Rainer

An: Rainer.Germanus@felsquelle.de
Gesendet: Freitag, 22.08.2009, 22:24 Uhr
Betreff: Re: Re: Zecke
Ich kümmere mich drum, wie immer. Sauf nicht so viel! Und hör auf zu schreiben, du Idiot. Wir reden morgen drüber.

»Woher haben Sie das?«, fragte Stephan.

Sie zuckte mit den Schultern. »Ich war schon immer neugierig. Rainer hat an diesem Abend nicht aufgehört zu saufen, ist dann total besoffen ins Bett gefallen, ohne sein Notebook runterzufahren. Er hätte besser auf seinen Kumpel hören sollen.«

Stephan las die Zeilen noch mal und reichte ihr die Ausdrucke anschließend zurück. »Also ich nehme jetzt mal an, Zecke ist die überaus freundliche Bezeichnung Ihres Bruders für Karl Liebknecht. Sagen Sie ihm am besten Bescheid. Allerdings ist Poensgen inzwischen tot. Er wird nichts mehr unternehmen können.«

Sie winkte ab. »Liebknecht weiß Bescheid, ich habe ihn schon informiert. Er wird sich in Acht nehmen.«

»Gut«, urteilte Stephan. »Vielleicht sollten Sie zusätzlich die Polizei informieren.«

»Liebknecht will keine Aufmerksamkeit.«

Stephan hielt das für eine falsche Entscheidung und nahm sich vor, später Engel zu informieren. »Um was geht es Ihnen denn jetzt?«, nahm Stephan den Faden rasch wieder auf, bevor ihre Augen ihn wieder gefangen nehmen konnten.

Sie setzte sich in den Sessel gegenüber, legte ein Bein über ihre Lehne und wippte mit dem Fuß. »Ich hatte Ihnen doch bei unserem ersten Zusammentreffen gesagt, dass Rainer viel zu blöd wäre, unseren Vater zu töten. Aber das, was ich gefunden habe, ängstigt mich. Rainer scheint doch abgebrühter zu sein, als ich gedacht habe.« Sie zögerte. »Mein Bruder scheint keine Probleme zu haben, über Leichen zu gehen«, stieß sie schließlich aus.

Die Uhr zeigte zwanzig vor drei, als Stephan wieder im Wagen saß. Er starrte nach draußen, das Fenster runtergekurbelt, den Ellenbogen auf der Tür aufgelegt. Er holte tief Luft und bemühte sich, Gisela Germanus aus seinem Gedächtnis zu verdrängen. Er zwang sich, zu überlegen, was er als Nächstes unternehmen könnte.

Rainer Germanus war im Betrieb, das wusste Stephan von Gisela. Dort könnte er den Junior zur Rede stellen. Außerdem könnte er ihn fragen, warum er sich für die Felsquelle noch so heldenhaft einsetzte, wenn er doch bald den Schlüssel aus der Hand geben musste. Gerne hätte Stephan mit Elfriede Germanus das Thema besprochen. Ihre Einschätzung zu den E-Mails hätte ihn interessiert. Doch sie wurde erst spät am Abend zurückerwartet.

Liebknecht wäre ein gleichermaßen lohnenswertes Ziel. Es wäre interessant zu erfahren, wie er Gisela Germanus' Warnung aufgenommen hatte. Engel könnte ebenfalls neue Informationen für ihn haben, und von hier aus war es auch nicht weit zu Kenan und Christine. Wie weit waren die beiden wohl mit dem Umbau?

Stephan seufzte. Er fühlte sich erschlagen. Zwar brannte noch das Jagdfieber in ihm, doch fehlte ihm jetzt ganz deutlich jemand, mit dem er sich austauschen konnte und der die Informationen auf andere Art und Weise kombinierte als er. »Jemand«, murmelte er vor sich hin und schnaubte. Er nahm sein Handy und durchsuchte mit dem Daumen seine Kontakte, bis er Charlottes Nummer gefunden hatte. Dann zögerte er. Sie wollte Abstand, hatte sie gesagt. Jetzt anzurufen würde bedeuten, diese verlangte Distanz zu überbrücken, ihren Wunsch zu missachten. Stephan warf sein Handy wütend auf den Beifahrersitz. Es federte hoch und fiel in den Fußraum.

Er drehte den Zündschlüssel, wartete ab, bis das Vorglühen beendet war, und startete dann den Motor. Langsam rollte er über den Kiesplatz vor der Villa und bog auf der Straße rechts ab. Die Kreuzung bei der Tankstelle Löhrer war wieder frei. Er hielt an der roten Ampel. Gerade als sie Gelb anzeigte, klingelte das Handy.

»Ich habe es geahnt«, rief Stephan ärgerlich und bückte sich. Er suchte, fand es aber nicht sofort. Hinter ihm hupte jemand. Er sah kurz hoch, die Ampel leuchtete grün. Er ignorierte es und suchte weiter. Endlich fühlte er das Handy unter dem Sitz. Er riss es hervor. »Tries!«

»Hast du mir nicht erzählt, dass du bei dieser Hildegard von Bingen warst?«, meldete sich Engel ohne Begrüßung. Wieder hupte der Hintermann. Stephan sah im Rückspiegel, dass der Fahrer ihm mit der Faust drohte.

»Die heißt Hildegard Meier. Von Bingen ist ihr Künstlername.« Stephan ließ den Wagen anrollen, bog rechts nach Bornheim ab, erwischte dabei gerade noch Gelb und fuhr durch.

»Ist doch egal, du weißt, wen ich meine, darauf kommt es an«, grummelte Engel.

Stephans Hintermann blieb stehen und beackerte wütend Lichthupe und Hupe.

»Was ist denn da los?«, fragte Engel.

»Nur ein Verkehrsrowdy«, gab Stephan zurück und kam dann auf Engels Frage zurück. »Ja, ich war gestern bei ihr. Warum?«

»Dann komm mal schnell hierher«, brummte Engel. »Ich warte auf dich. Und keine Umwege, verstanden?«

»Wo ist denn ›hierher‹?«

»Na, zu Hildegard Meiers Haus.«

Stephan runzelte die Stirn und wollte Engel noch löchern, was passiert war.

Doch der hatte bereits aufgelegt.

SECHZEHN

Stephan traute seinen Augen nicht, als er vor dem Haus der Edelprostituierten hielt. Zwei Rettungssanitäter stürmten gerade mit einer fahrbaren Trage aus dem Haus. Einer hielt einen Tropf über den Kopf des leblosen Körpers, der mit einer Silberfolie bedeckt war. Der Notarzt hockte bereits im Rettungswagen und zog eine Spritze auf.

Engel stand vor der Haustür und winkte ihm hektisch. Stephan parkte und eilte zu ihm. »Was ist denn hier los?«, rief er schon von Weitem.

»Wann genau warst du hier?«, überging Engel die Frage.

Stephan runzelte die Stirn. »Gestern, um die Mittagszeit.«

Klein kam aus dem Haus. »Die Frau ist jetzt so weit«, sagte er.

Engel wollte ins Haus stürmen, doch Stephan hielt ihn zurück. »Mensch, Richard, klär mich endlich auf. Was ist passiert?«

Engel sah auf seinen Arm, auf die Stelle, wo Stephan ihn festhielt. »Hildegard von ... Meier ist schwer verletzt worden. Sie schwebt in Lebensgefahr.« Er nahm Stephans Handgelenk und machte sich los.

Stephan war wie vor den Kopf gestoßen. »Du denkst doch nicht etwa ...«

Engel wischte mit der Hand energisch durch die Luft. »Nein, denke ich nicht. Sonst hätte ich dich nicht hierherbestellt. Ich brauch dich als Zeugen. Wir müssen den Ablauf rekonstruieren. Komm mit.«

Klein hob eine Augenbraue. Er schien die Einschätzung seines Chefs nicht ganz zu teilen.

»Ist was?«, fuhr Engel ihn an.

Klein schürzte die Lippen und schüttelte den Kopf, machte auf unschuldig.

»Du kümmerst dich um die Spurensicherung«, befahl Engel ihm. »Ich will Ergebnisse. Ich komme mir hier bald vor wie im Wilden Westen.«

Sie gingen ins Haus, Klein bog ins Wohnzimmer ab.

Sie durchquerten den Wintergarten. Ara saß stumm auf seiner Stange und schien zu ahnen, dass es seinem Frauchen nicht gut ging.

Die Frau saß im Garten auf einem Stuhl und zuckte zusammen, als Engel sie ansprach. Er stellte ihr Stephan als einen Kollegen vor, der zurzeit beurlaubt sei, aber aushelfe. Dann kam er zur Sache. »Frau Müller, können Sie uns bitte schildern, wann und wie Sie Frau Meier gefunden haben?«

Die Nachbarin schniefte in ihr Taschentuch. Ihre Schminke lief in dicken Bahnen über ihre geröteten Wangen. Stephan stellte fest, dass sie niedlich aussah, unschuldig, irgendwie zum Knuddeln. Wie ein großes Kind. Er schätzte ihr Alter auf Mitte zwanzig.

»Etwa vor einer Stunde bin ich hier angekommen. Ich wohne zwei Straßen weiter, am Schwimmbad. Wir waren verabredet. Ich habe einen Schlüssel.« Sie schniefte wieder, zog aus ihrer Hosentasche einen Schlüsselbund.

Engel holte tief Luft. »Das erklärt, wie Sie hereingekommen sind. Was wollten Sie denn eigentlich im Haus?«

Frau Müller verstand Engel vollkommen falsch. Sie sprang auf und zitterte am ganzen Körper. »Ich hab damit nichts zu tun!«, schrie sie.

Engel hob beschwichtigend die Hände und nickte Stephan kaum merklich zu. Der übernahm.

»Beruhigen Sie sich doch, Frau Müller«, sagte er mitfühlend. »Mein Kollege möchte nur, dass derjenige, der Ihrer Freundin das angetan hat, so schnell wie möglich geschnappt wird. Nichts anderes. Keinesfalls hat er Sie in Verdacht. Ich schlage vor, wir gehen die Sache noch mal von vorne an.« Er reichte ihr ein frisches Papiertaschentuch und erntete dafür ein zuckersüßes Lächeln.

Frau Müller setzte sich wieder und schlug die Beine übereinander. Stephan schien eine beruhigende Wirkung auf sie auszuüben. Er sah sich um, holte sich einen Stuhl aus dem Wintergarten und setzte sich zu ihr.

Engel lehnte sich gegen die Hauswand und ließ ihn gewähren. Dabei lächelte er süffisant. Stephan vermutete, dass er insgeheim schon damit rechnete, dass er selbst in Kürze den Dienst wiederaufnehmen würde.

»Sie haben also Frau Müller …«

»Meier«, unterbrach sie, »Müller bin ich.«

»Richtig, Entschuldigung. Sie haben also Frau Meier hier gefunden.«

Sie nickte und wischte sich mit dem Papiertaschentuch den Lidstrich bis fast zum Ohr.

»Im Wohnzimmer«, hakte Stephan mit sanfter Stimme nach.

»Ja. Ich kam rein und rief nach ihr. Und als sie nicht antwortete, hab ich Hilde dort gefunden.« Sie wies mit einer fahrigen Bewegung zum Haus. »Alles war voller Blut. Sie muss auf den Glastisch ... überall lagen Scherben. Hilde mittendrin, ich ...« Ihre Stimme brach, und sie verstummte.

Stephan gab ihr einige Sekunden. »Es muss ein Schock für Sie gewesen sein. Ich merke, Sie stehen Frau Meier sehr nahe.«

Sie nickte heftig. »Wir sind Freundinnen, ganz dicke.« Sie schluchzte. »Kommt sie durch?«

Stephan blickte Hilfe suchend zu Engel. Der zuckte mit den Schultern und setzte eine ahnungslose Miene auf. Stephan antwortete ehrlich: »Tut mir leid, ich weiß es leider nicht.«

Frau Müller senkte den Blick. »Sie wird es schaffen«, sagte sie trotzig, »sie ist eine Kämpferin. Sie musste sich immer durchbeißen, schon als Kind. Ihre Mutter ist jung verstorben, totgeschlagen von ihrem eigenen Mann.« Sie sah auf. »Hilde war dabei, als es passierte. Sie sah, wie ihr Vater ihre Mutter umbrachte. Können Sie sich das vorstellen? Wie grausam.« Sie schüttelte sich. Stephan sagte nichts, er spürte, dass die Frau ohne sein Zutun weitersprechen würde.

»Ihr Vater hat sich kaputt gesoffen, da war Hilde gerade Teenager. Sie kam ins Waisenhaus. War auch nicht besser. Ihr Erzieher war ein sadistisches Schwein, triezte die Mädchen, wo er nur konnte. Das Pech klebte an ihr wie Scheiße am Schuh.« Sie blickte in die Ferne. »Sie war sogar mal verheiratet. War wohl die große Liebe. Doch der Typ kam auf Drogen und versumpfte irgendwo in Berlin, so Christiane-F.-mäßig. Ist doch kein Wunder, wenn man da von Männern genug hat und ihnen bloß noch Verachtung entgegenbringt.«

Engel verdrehte die Augen.

Ohne dass es Frau Müller bemerkte, bedeutete Stephan ihm mit einer knappen Handbewegung, er solle abwarten. »Verachtung?«, horchte er nach. »Dafür hat sie sich aber einen Beruf ausgesucht, der ... naja, sehr viel mit Männern zu tun hat.«

Frau Müller lachte verächtlich auf. »So viel Einfalt hätte ich von Ihnen nicht erwartet. Sie ist dominant, in jeder Situation, bei jedem Spielchen. Es therapiert sie.«

Stephan rieb sich mit der Hand über das Kinn. »Starker Tobak«, murmelte er. »Damit hätte ich jetzt nicht gerechnet.«

Von drinnen krächzte Ara. »Hiiilfeee.« Es klang traurig.

Wie gut dieses Federvieh doch spürt, dass etwas nicht in Ordnung ist, dachte Stephan.

»Ich kann ihn nicht leiden«, spie Frau Müller aus.

»Wen?«, fragte Stephan.

»Ara. Er ist mir zu laut. Er stinkt.«

Tja, Ara, dachte Stephan, somit hast du für die nächsten Tage ein Problem. Plötzlich schoss ihm ein Gedanke durch den Kopf. Er räusperte sich. »Darf ich Ihnen eine indiskrete Frage stellen?«

Sie nickte etwas zögerlich und sah ihn dann erwartungsvoll an.

»Sind Sie ein Paar?«

»Wer?«

»Äh, na, Sie und Hildegard.«

»Wie kommen Sie denn darauf?« Sie schien sich zu amüsieren.

»Na, wenn Hildegard Meier Männer hasst, liegt der Schluss doch nahe, oder?«

»Ist das wirklich wichtig?«

»Könnte wichtig werden. Man weiß nie«, orakelte Stephan.

Frau Müller schniefte und kicherte gleichzeitig. »Nein, wir sind kein Paar. Soweit ich weiß, steht Hilde nicht auf Frauen.«

Stephan überlegte kurz. Dann kam ihm eine andere Idee. »Arbeiten Sie hier?«

»Ich habe gedacht, das wäre bereits klar«, sagte sie. »Ja, ich arbeite hier.«

Er sah Engel an. Der hob anerkennend den rechten Daumen.

»Sicher nicht als Haushaltshilfe«, mutmaßte Stephan.

Sie kicherte wieder. »Nee, als Zofe. Manche Männer stehen darauf.«

Was für ein Morast, dachte Stephan, ganz schön sündhaftes Gebiet hier. Kein Wunder, dass die Anwohner nicht gut auf Hildegard Meier zu sprechen waren.

Engel drückte sich von der Wand ab. »Dann kennen Sie die Kunden? Sie wissen, wer bei Frau Meier ein und aus geht?«

Frau Müller zuckte zusammen, als ob er sie geschlagen hätte. »Nicht so richtig.«

»Was soll das denn heißen?«, fuhr Engel sie an.

»Hilde hat da immer ein Geheimnis drum gemacht. Sie führt ja noch nicht einmal einen Kalender. Sie hat alles im Kopf.« Sie jaulte fast.

Stephan fragte sich, ob sie schauspielerte. Zofen waren doch unterwürfig, oder?

»Mann, Mädchen. Sie sind doch nicht auf den Kopf gefallen.« Engel sah so aus, als ob er die zierlich Frau packen und durchschütteln wollte. »Sie haben die Männer doch gesehen. Einige müssen Sie doch kennen.«

»Die haben doch Masken auf«, verteidigte sich Frau Müller. »Zofe, Domina, Sklave. Das gehört zum Spiel.«

Engel stöhnte auf und verdrehte die Augen. »Sie können uns also nicht sagen, wer heute Morgen einen Termin bei Ihrer Freundin hatte?«

»Nein, sag ich doch die ganze Zeit. Hilde managte alles. Außerdem war ich heute gar nicht gebucht, ich bin bloß so vorbeigekommen, um etwas zu besprechen. Ich habe wirklich keine Ahnung.«

Engel rieb sich die Augen. »Wäre ja auch zu schön gewesen. Halten Sie sich zur unserer Verfügung. Ich komme wieder«, brummte er und stakste ins Haus.

Stephan lachte lautlos. Wieder ein Terminatorabgang. Gut, dass das Klein nicht mitbekommen hatte. Er hätte seinen angehenden Schwiegervater sicherlich wieder damit aufgezogen.

»Irgendwie sieht Ihr Kollege sauer aus«, stellte Frau Müller fest.

»Der ist sonst ganz anders, ein lieber und ganz hilfsbereiter Kerl. Das Ganze hier scheint ihm an die Nieren zu gehen.« Von drinnen klang Engels wütende Stimme nach draußen. Er stauchte die Jungs von der Spurensicherung zusammen.

»Vielleicht sollte er mal einen Termin bei Hilde machen«, kicherte Frau Müller. »Wir kennen da ein paar Tricks, die Ihren Kollegen entspannen würden.«

Stephan grinste. »Ich werde es ihm sagen.«

Zehn Minuten später brachte Stephan Frau Müller durchs Haus zur Tür. Als sie gerade hinaustraten, kam ein Mann auf sie zugerannt. Er trug Jeans von oben bis unten, darüber eine braune Lederweste. In den ausgebeulten Westentaschen konnte Stephan Kugelschreiber, einen Tabakbeutel und ein Brillenetui ausmachen.

»Franz Cherub-Strebsam vom ›Vorgebirgsblick‹«, stellte sich der Mann vor.

»Franz Cherub-Strebsam?« Frau Müller kicherte wieder. »So einen seltsamen Namen habe ich noch nie gehört.«

Der Reporter überging die Bemerkung, fummelte ein Diktiergerät aus seiner Tasche und hielt es Stephan unter die Nase.

»Ich habe gehört, hier ist ein Verbrechen passiert. Können Sie etwas dazu sagen?« Er stutzte und nahm das Diktiergerät herunter. »Sie kenne ich doch. Sie sind doch dieser Bulle, äh, Polizist, der damals in Sechtem von dem Verrückten mit dem Messer verletzt wurde.«

»Ja, der bin ich«, gab Stephan zu. Er bedeutete Frau Müller zu gehen und schob dann den Reporter an den Schultern durch den Vorgarten. »Ich bin aber nur zufällig hier«, flunkerte er, »und der leitende Polizeibeamte ist im Moment nicht gut zu sprechen.«

Als Untermalung kam ein wütendes »Scheiße. Ich will was haben, verdammt. Suchen Sie alles nochmals ab!« aus dem Haus.

»Das war er?«, fragte der Reporter.

Stephan hob die Schultern und machte ein gequältes Gesicht.

Frank Cherub-Strebsam steckte sein Diktiergerät ein. »Vielleicht komme ich später wieder.«

Stephan nickte, wunderte sich allerdings über die dürftige Courage, die der Mann an den Tag legte. So würde er nie den Pulitzer-Preis bekommen.

Der Reporter verabschiedete sich und verschwand hinter der nächsten Straßenecke.

Stephan ging zu dem blau-weißen Einsatzwagen, in dem zwei Streifenhörnchen saßen und Mettbrötchen verdrückten. Er stützte sich am Dach ab und sah ins Wageninnere. Die Beifahrerscheibe war heruntergekurbelt. »Die Herren, kurze Aufmerksamkeit bitte.«

Die beiden sahen ihn an. Im Auto roch es nach Zwiebeln.

»Arbeitet ihr gerne hier im Vorgebirge?«, fragte Stephan.

»Sicher«, brummte der Fahrer und pulte sich ein paar Essensreste aus den Zahnzwischenräumen. »Wir wohnen beide in Bonn, haben es also nicht weit.«

»Wenn hier noch mal ein Reporter freien Zugang zum Tatort bekommt«, sagte Stephan betont leise, »dann werde ich dafür sorgen, dass ihr zukünftig in Zittau euren Dienst verseht.«

Der Beifahrer runzelte die Stirn. »Zittau?« Dann erst schien er Stephans Drohung auch als solche zu verstehen. Sein Gesicht verfinsterte sich. »Du kannst uns gar nichts.«

Wieder drang Engels wütendes Gebell aus dem Haus.

Stephan deutete mit dem Daumen über seine Schulter. »Ich nicht, das ist richtig. Aber mein Freund da drin, der, der im Moment ein wenig ärgerlich ist, dem wird eure Arbeitseinstellung nicht gefallen. Also überlegt es euch besser.« Er wünschte einen guten Tag, stieß sich ab und schlenderte zu seinem Mercedes hinüber.

Gerade als er am Türgriff zog, donnerte jemand hinter ihm: »Stopp! Wo willst du denn hin?« Er ließ den Griff los und drehte sich um.

Engel kam auf ihn zugehetzt.

»Die Müllerin ist nach Hause, bei der Spurensicherung kann ich nicht helfen. Was soll ich also noch hier?«, fragte Stephan.

»Du kommst mit zum Präsidium. In einer halben Stunde trifft sich das Team.«

»Ich? Team? Spinnst du jetzt vollkommen?«

»Du kommst mit!«

In Stephan regte sich Widerstand. Er mochte es nicht, fremdbestimmt zu werden. Das hatte er Engel auch kürzlich erst gesagt. Ärger keimte in ihm hoch. »Ich bin beurlaubt«, brauste er auf.

»Komm mir doch jetzt nicht so«, blökte Engel und wedelte mit den Armen in der Luft herum. »Hat dich doch die ganze Zeit nicht gestört.«

Stephan entgegnete nichts, wandte sich ab und zog die Autotür auf. Doch bevor er sich setzen konnte, spürte er eine Hand auf der Schulter. »Stephan, warte mal.«

Widerwillig drehte er sich um.

Engel sah zu Boden. »Entschuldige bitte, ja? Ich brauche dich. Erst wird Poensgen ermordet, und jetzt ist auch noch Hildegard Meier schwer verletzt, vielleicht sogar bald tot. Ich kann das alles kaum glauben. Das kann einfach kein Zufall sein. Wir sind hier doch nicht im Chicago der dreißiger Jahre, hier läuft kein Al Capone durch die Gegend und lässt Leute abballern. Auch Kolumbien ist weit weg.«

»Was willst du denn jetzt damit sagen?«

Engel hieb mit der Faust auf das Autodach, allerdings mit gezügelter Energie, wie Stephan erleichtert registrierte. »Zwei Tote, wenn man Germanus mit einrechnet, und eine Schwerverletzte sprengen hier den Rahmen. Du hast von Anfang an versucht, die Vorfälle zu verbinden. Du hast mit Leuten gesprochen, die ich erst noch verhören müsste. Du bist mein Joker.«

Stephan zögerte.

Engel setzte eine sauertöpfische Miene auf.

»Also gut«, stimmte er schließlich zu und zauberte so ein breites Lächeln auf Engels Gesicht. »Dass du mir aber nicht mehr daraus machst. Nur dieses eine Mal. Ich reagiere nämlich allergisch auf Polizeipräsidien.«

Engel lachte, kramte in seiner Jackentasche und zog eine orange Medikamentenflasche heraus. »Hier.« Er drückte Stephan das Fläschchen in die Hand.

Verdattert las Stephan die Aufschrift. »Fenistil? Was soll ich denn damit?«

»Antiallergikum. Hilft nicht nur gegen Heuschnupfen. Nimm dreißig Tropfen, dann wird es in Bonn nicht so schlimm für dich.«

Stephan fühlte sich nicht wohl. Er saß am Ende des Konferenztisches, einen Becher Kaffee in der Hand, und wurde von den anderen ignoriert.

Links sprach Klein mit einer Kollegin über ein Konzert, das er in Köln in der Lanxess-Arena besucht hatte. Die Kollegin, die sich Stephan als Sibille Brunert vorgestellt hatte, hörte nur halbherzig zu. Ab und an gähnte sie ausgiebig und wirkte mit dicken Tränensäcken unter den Augen übermüdet.

Rechts saß Hauptkommissar Frank Kremer und stierte vor sich hin. Auch er sah fertig aus, kalkweiß, mit knittriger Kleidung. Schweißperlen rannen über seine Stirn.

Engel war vorhin mit einer gemurmelten Entschuldigung zur Toilette verschwunden. Stephan hoffte, dass Engels Stuhlgang keine längere Sitzung notwendig machte, da er endlich loslegen wollte, um so schnell wie möglich wieder von hier verschwinden zu können.

In diesem Moment flog die Tür auf, und Engel kehrte mit einem Stapel Unterlagen zurück. Er knallte sie auf den Tisch und warf jedem seiner Mitarbeiter eine Kladde zu. »Ein paar Hinweise, die heute reinkamen. Schaut sie euch nachher an. Frank, du bist Schriftführer.« Er schob Kremer einen Ordner hin. »Tut mir leid mit deiner Erkältung. Aber du bist einfach der Beste beim Protokoll.«

Der Kollege hob wie in Zeitlupe den Kopf und blickte Engel an, als ob der nicht alle Tassen im Schrank hätte. Dann nahm er seinen Kugelschreiber aus der Brusttasche und öffnete den Ordner.

Klein fasste zusammen, was die Spurensicherung bisher bei Hildegard Meier finden konnte. »Wir haben unzählige, bisher nicht zugeordnete Fingerabdrücke. Die Zugänge zum Haus sind unversehrt, der oder die Täter wurden also höchstwahrscheinlich freiwillig ins Haus gelassen oder hatten einen Schlüssel. Anzeichen für einen Kampf gibt es nicht. Ich vermute, Hildegard Meier ist vom Angriff überrascht worden. Die Story, die ihre Freundin Müller erzählt hat, also das mit der schweren Kindheit, stimmt ebenfalls, zumindest soweit wir das in der Kürze der Zeit recherchieren konnten.«

»Wie geht es ihr?«, fragte Sibille Brunert dazwischen. »Ist sie vernehmungsfähig?«

Klein schüttelte den Kopf. »Sie liegt im Koma. Sobald sich dieser Zustand ändern sollte, egal wie, wird uns die Klinik benachrichtigen.«

»Sonst noch was?«, fragte Engel.

Klein verneinte und fasste dann den Stand der Ermittlungen im Mordfall Poensgen zusammen. »Eigentlich gibt es nichts Neues. Außer dass die ballistische Untersuchung eindeutig ergeben hat, dass die Kugeln aus Burschs Waffe stammten. Vielleicht hätten wir unser Augenmerk doch besser auf Hildegard Meier richten sollen, als dem Schleimer Kuschinski in Köln hinterherzurennen. Schließlich war sie vorher mit Bursch zusammen.«

Stephan sah irritiert in die Runde. Woher wusste Klein davon?

Engel schien seine Überraschung bemerkt zu haben. »Glaub mal nicht, ich nehme nicht ernst, was du so herausfindest und mir erzählst«, erklärte er. »Wir haben deine Theorie hier diskutiert.« Engel wandte sich an Klein, ohne auf den Hauch von Kritik einzugehen, den dieser in seinen Bericht eingestreut hatte. »Christian, habt ihr schon veranlasst, dass die Fingerabdrücke auf Burschs Beretta mit denen von Hildegard Meier verglichen werden?«

»Hat die Spurensicherung bereits erledigt. Der Bericht ist in den Unterlagen.« Klein tippte auf die Mappe, die ihm Engel eben zugeworfen hatte. »Passt aber nicht. Das Gleiche bei Bursch. Und das ist wirklich bemerkenswert, denn seine Abdrücke müssten eigentlich auf jeden Fall zu finden sein. Er wird seine Waffen ja nicht mit Handschuhen anfassen.«

Stephan verstand, auf was er hinauswollte. »Da hat sich also jemand die Mühe gemacht, die Pistole zu reinigen, um dann frische Fingerabdrücke darauf zu hinterlassen. Ganz schön blöd.«

Engel seufzte. »Oder fingiert.« Er wandte sich an seine Leute und wies auf Stephan. »Ich möchte unseren Horizont erweitern. Gehen wir einen Moment davon aus, dass Friedrich Germanus' Unfall, der Mord an Poensgen und der Angriff auf Hildegard Meier zusammenhängen könnten. Stephan, erzähl mal, was du bisher herausgefunden hast. Lass nichts aus, wir haben Zeit.«

Der blasse Frank Kremer wurde noch bleicher. Anscheinend sehnte er sich nach seinem Bett.

Stephan benötigte eine gute halbe Stunde für seine Zusammenfassung. »Ich gebe zu, für den Mord an Poensgen hatte ich Hildegard Meier im Verdacht. Die schrecklichen Erfahrungen, die sie in ihrem Leben leider gesammelt hat, hätten die Theorie unterstützt. Sie muss einen immensen Hass auf Männer haben. Aber da sie nun selbst Opfer ist, muss ich wohl umdenken«, schloss er. »Trotzdem stellt sie in meinen Augen den zentralen Dreh- und Angelpunkt dar. Sie hatte Kontakt zu allen: zum alten Germanus, zu Bursch, dem stellvertretenden Bürgermeister, und zu Poensgen, ihrem Angreifer. Unwahrscheinlich, dass das alles nur Zufall ist. Wenn ich an eurer Stelle wäre, würde ich versuchen, an Hildegard Meiers Kundenliste heranzukommen. Einer von ihnen könnte ausgetillt sein.«

Er hob den Zeigefinger. »Das ist aber nur eine Möglichkeit. Ein anderer Ansatz wäre natürlich die Felsquelle. Ich habe euch ja gerade erzählt, wie die Familienmitglieder zueinander stehen.« Stephan seufzte. »Aber vielleicht ist auch alles nur Zufall, und es gibt keine Zusammenhänge.«

»Na, das sind doch mal konstruktive Ansätze«, höhnte Klein. »Mal hü, mal hott.«

»Hast du bessere?«, ätzte Stephan zurück. Ihm gingen die kleinen Frechheiten des jungen Kollegen mehr und mehr auf die Nerven.

»Kinder, beruhigt euch«, bremste Sibille Brunert die Emotionen. »Sei fair, Christian. Wir können ja nichts Besseres vorweisen.«

Für eine Weile war es still. Nur der Kugelschreiber von Frank Kremer kratzte über das Papier. Von der Straße drang Verkehrslärm hoch.

»Strengt euren Grips an«, unterbrach Engel die Stille, »der Chef will Ergebnisse sehen.«

»Braucht ihr mich noch?«, fragte Stephan und stemmte sich in die Höhe. Er hatte alles gesagt und seine Überlegungen mit den anderen geteilt. Mehr konnte er nicht beitragen. Darüber hinaus grummelte in seinem Unterleib der Schmerz. Die nächste Tablette wurde fällig. Die lag aber auf dem Küchenschrank.

»Ich weiß nicht, wie es euch geht«, brummte Kremer, »aber ich habe so richtig Hunger auf eine Fettpeitsche. Mit allem Drum und Dran. Wir können doch dabei weiter überlegen.«

Klein tippte mit dem Zeigefinger an seine Stirn. »So wie du aussiehst, kotzt du die doch direkt wieder aus.«

»Egal«, bestimmte Kremer. »Hab einfach Appetit drauf.«

Die anderen überlegten nicht lange und stimmten zu. »Wir gehen rüber zu RWR«, sagte Engel.

»Verstehe nur Bahnhof«, gab Stephan zu.

Engel grinste. »Rot-Weiß-Rudi ist Essen-Fan und hat einen Frittenwagen. Der steht am Eingang zur Rheinaue. Er macht die besten Krakauer der Welt.«

Bei Stephan fiel der Groschen. »Fettpeitsche, aha.«

»Also?«

Stephan schüttelte den Kopf. »Nicht heute.« Er rieb sich über seinen Bauch und verzog schmerzhaft das Gesicht.

»Gut. Danke bis hierhin für deine Hilfe.« Engel gab ihm die Hand. »Du hast uns sehr geholfen.« Dann stürmte er den anderen hinterher, die bereits die Treppe hinuntertrampelten.

Stephan nahm die A555 in Richtung Köln. Bevor er nach Hause fuhr, wollte er noch etwas erledigen, über das er den ganzen Tag nachgedacht hatte. Bereits bei Bornheim-Roisdorf verließ er die Autobahn, fuhr am Porta vorbei, bog an der Kneipe »Zur gemütlichen Ecke« in Roisdorf nach rechts auf die Bonner Straße ab. Wenige Meter weiter lenkte er wieder nach rechts in die Kartäuserstraße.

Vor dem Haus von Hildegard Meier war es jetzt ruhig. Nur ein zerrissenes weiß-rotes Absperrband flatterte am Gartenzaun und deutete darauf hin, dass hier heute ein Verbrechen passiert war.

Stephan stieg aus. Die Haustür war versiegelt. Er schlich ums Haus herum, blieb stehen und horchte. Die Blätter raschelten im Wind. Von der Autobahn drang ein stetiges Rauschen herüber. Ein Fernseher plärrte in der Nähe. Vielleicht der von Frau Müller, dachte er.

Er zögerte. Sollte er es wirklich tun? Früher hätte er keine Sekunde auch nur einen Gedanken an so etwas Absurdes verschwendet. Er hatte sich eindeutig geändert, auch wenn Charlotte ihn einen groben Klotz schimpfte. Trotzig sah Stephan sich um. Grober Klotz, dass ich nicht lache, dachte er, die wird sich noch wundern. Er lockerte einen der etwa zehn mal zehn Zentimeter großen Pflastersteine aus dem Weg zum Gartenhäuschen, ließ ihn dann aber wieder fallen und ging zur Bude. Sie war nicht verschlossen. Ein Rasenmäher stand in der Mitte. Einige alte Klappstühle lehnten an den Wänden, ein rußgeschwärzter Grill lag umgekippt auf dem Boden. An der Wand hingen einige Werkzeuge, eine Säge, ein Hammer, mehrere Schraubenschlüssel und zu Stephans Freude auch ein Brecheisen. Er griff danach. Es lag schwer und kalt in seiner Hand. Damit ging er zum Haus zurück. Die flache Spitze setzte er am Schloss der Schiebetür des Wintergartens an und drückte. Erst passierte nichts. Als er den Druck erhöhte, gab das Schloss nach. Die Tür glitt zur Seite.

Hoffentlich hat sie keine Alarmanlage, dachte Stephan und machte einen Schritt nach vorn. Es blieb alles ruhig. Die Ölgemälde an der Wand schimmerten in der tief stehenden Sonne, Kerzenhalter warfen gestreckte Schatten.

»Hiiilfeee!«, krächzte Ara. Es klang ängstlich und wehleidig.

»Hilfe kommt«, rief Stephan lachend. »Ja, ja, dein Retter ist da, du Federvieh.«

Ara verhielt sich überraschend friedlich. Er saß in Ermangelung eines Käfigs auf der Lehne des Beifahrersitzes, legte sich in die Kurven und hielt den Rand. Der Vogel schien zu spüren, dass Stephan ihm helfen wollte.

Zu Hause angekommen, hüpfte Ara näher, sprang auf seine Schulter und krallte sich fest. Stephan stieg aus, schloss die Haustür auf und ging hinein. In der Küche streckte der Papagei die Flügel und flatterte auf den Küchenschrank. Dort blieb er brav sitzen und beäugte neugierig die ungewohnte Umgebung. Seine grün-roten Federn schimmerten im Licht der Küchenlampe.

Tiger kam um die Ecke, duckte sich und fixierte Ara.

»Na, dass ich dich noch mal tagsüber zu sehen kriege«, sagte Stephan zur Begrüßung und zeigte auf Ara. »Dass eins klar ist: Ihr müsst eine Weile miteinander auskommen.«

Ara stapfte einen Schritt zu Seite und wieder zurück, nickte heftig. Tiger entspannte sich und machte sich über sein Futter her.

»Gut, das hätten wir geklärt.« Stephan klatschte zufrieden in die Hände und wunderte sich, wie einfach das gewesen war. Er holte das Vogelfutter aus dem Auto, das er in Hildegard Meiers Haus gefunden hatte. In der Küche schüttete er den Inhalt der Tüte in eine flache Schale und sezierte das Futter mit dem Finger. Es sah nach Früchten, Samen, Blüten, Blättern, Rinde und Wurzeln aus. Für ihn schien es in Ordnung zu sein. Er stellte die Schale neben Ara auf den Schrank. Dann füllte er noch eine Schale mit Wasser. Der Papagei schnappte sich eine getrocknete Frucht und kaute darauf herum.

Zufrieden mit sich nahm Stephan sich ein Bier, schluckte seine Tramal und sah Tiger und Ara beim Fressen zu. Tiere sind schnell zufriedenzustellen, dachte er. Dafür schien er ein Händchen zu haben. Wenn er das nur auch bei seinem Umgang mit Menschen behaupten könnte. »Ach verflucht!« Er knallte seine Flasche auf den Tisch, sodass das Bier überschäumte.

Tiger sah kurz auf und fraß dann ungerührt weiter, während Ara den Kopf schüttelte, als ob er sich über die Flucherei beschweren wollte.

Stephan holte das Telefon und wählte Charlottes Nummer. Es schellte. Plötzlich wurde ihm schwindelig, er stützte den Kopf in die freie Hand und schloss die Augen. Ein Rädchen fing an zu laufen, rastete in andere ein, Gedanken blitzten auf und verbanden sich zu einer Geschichte. Die Räder drehten sich und warfen einen Filmprojektor an. Es schellte immer noch. Der Film flackerte, die Zahlen liefen an, dann erschien ein Bild. Hildegard Meiers Wintergarten. Ein zweites: Karl Liebknechts Boot. Stephan legte den Kopf in den Nacken.

Charlotte sagte: »Ich bin noch nicht so weit. Ich melde mich.« Ein Klacken, dann Stille.

Stephan stöhnte und kniff die Augen zusammen. Der Film flimmerte noch immer, die Bilder wurden klarer und deutlicher. Wie in Trance legte er den Hörer weg und rieb sich die Augen. Er wusste jetzt, wie alles abgelaufen war. Entschlossen drückte er sich hoch, griff nach seinem Wagenschlüssel und humpelte, so schnell er konnte, nach draußen.

Ein Opel bretterte auf seinen Hof und bremste scharf. Engel sprang heraus und rief: »Verdammt, warum gehst du nicht an dein Handy? Dein Festnetz ist auch die ganze Zeit besetzt.«

Stephan blickte auf den Beifahrersitz seines Mercedes. Dort lag das Telefon. Er hatte vergessen, es mit hineinzunehmen.

»Die Meier ist wach! Ich war eben bei ihr. Liebknecht hat sie verprügelt.«

Stephan schüttelte den Kopf. »Das kann nicht sein.«

»Doch, ich bin doch nicht taub. Sie hat gesagt, Liebknecht war's. Warum sollte sie lügen?« Engel lehnte sich an den Kotflügel und verschränkte die Arme.

»Sie sind befreundet«, erklärte Stephan.

»Liebknecht und die Meier?« Engel runzelte die Stirn.

»Jepp«, bestätigte Stephan. »Er hat mir erzählt, dass seine Freundin malt. Hab ich damals nicht so richtig geglaubt, habe gedacht, der will sich wichtigmachen. Aber eben habe ich mich an die Ölschinken erinnert, die an der Wand im Wintergarten der Meier hängen, kubistisch, so wie das angefangene Bild bei Liebknecht auf der Staffelei. Und von der Hellseherin, dieser Kaschny, weiß ich, dass sie zusammen einen VHS-Kurs belegt haben. Dort haben sie sich kennengelernt. Da Frau Kaschny auch malt, würde ich die Hand dafür ins Feuer legen, dass es sich um einen Malkurs gehandelt hat.«

Engel rieb sich das Kinn. »Von mir aus. Aber verprügelt haben kann er sie doch trotzdem.«

»Stimmt«, gab Stephan zu. »War ein blöder Einwand von mir. Aber mir ist vorhin noch etwas ganz anderes in den Sinn gekommen.«

»Mach es nicht so spannend«, forderte Engel ihn auf.

»Die Ölfarbe auf der Pistole. Die Meier hat auf dem Hausboot gemalt. Zähl mal eins und eins zusammen.«

Engel straffte sich. »Du denkst, dass Liebknecht was mit dem Mord an Poensgen zu tun hat?«

Stephan nickte. »Würde mich nicht wundern, wenn die Fingerabdrücke übereinstimmen.«

»Aber der hat doch gar kein Motiv. Warum sollte er Poensgen umbringen?«

»Vielleicht aus Rache. Poensgen hat schließlich seine Freundin zusammengeschlagen.«

Engel nickte zögerlich. »Es wurden schon Menschen für weniger umgebracht. Steig ein! Wir werden diesem Liebknecht auf die Füße steigen.«

SIEBZEHN

Engel raste auf der L 190 in Richtung Eichholz. Die Umspannstation flog links an ihnen vorbei. Die drei Windkrafträder drehten sich müde im schwachen Wind.

Anders als bei Klein fühlte sich Stephan nicht sicher. Engel lenkte in hektischen Bewegungen und wirkte bei Weitem nicht so souverän wie sein junger Kollege.

»Liebknecht wird uns nicht weglaufen«, sagte Stephan wie beiläufig, um zum Ausdruck zu bringen, dass es auf ein, zwei Minuten mehr nicht ankam.

Engel überholte einen Lastwagen, ohne das Tempo zu reduzieren, schoss in den Eichholzer Verkehrskreisel am Ortseingang von Wesseling, zog rechts zur Kreuzung, raste mit Blaulicht weiter.

Stephan klammerte sich mit beiden Händen am Haltegriff fest und wünschte sich, sie wären mit seinem gemütlichen Benz gefahren.

Der Wagen hüpfte über die Straßenbahnschienen, Stephan stieß mit dem Kopf gegen das Dach.

Engel störte sich nicht daran und preschte unbeeindruckt mit quietschenden Reifen auf die B 9.

»Vorhin war ich noch mal beim Haus der Meier«, sagte Stephan, um sich von der halsbrecherischen Fahrt abzulenken.

»Wo? Hab ich richtig gehört? Was hast du denn da gemacht?«

»Habe den Papagei geholt. Um den armen Kerl hätte sich bestimmt keiner gekümmert.«

Widdig rauschte vorbei. »Wie bist du denn in Haus gekommen?«, horchte Engel nach.

»Mit der Brechstange«, gab Stefan zu. »Durch den Wintergarten.«

Engel warf ihm einen flüchtigen Blick zu. »Hättest mich einfach fragen sollen, anstatt einzubrechen.«

»Ging so halt schneller«, erklärte Stephan.

Engel bog rasant in die Inselstraße ein. Das Heck des Wagens brach aus, und Stephans Herz setzte einen Schlag aus. Sie schlingerten auf einen Lampenmast zu. Gerade noch rechtzeitig fing Engel den Wagen ab. Dreihundert Meter weiter trat er beherzt in die Eisen und blieb wenige Zentimeter vor einem unscheinbaren Opel Insignia stehen. Stephan rieb sich mit dem Ärmel seines T-Shirts die Schweißtropfen von der Stirn, schickte ein kurzes Stoßgebet nach oben und stieg aus.

Klein stand hinter dem Wagen. »Houston, wir haben ein Problem«, rief er.

»Was soll das heißen?«, fuhr Engel ihn an.

Klein streckte den Arm aus. Er wies auf die Mitte des stillgelegten Rheinarms. Dort trieb Liebknechts Emma. Ein Seil hing vom Bug hinab ins Wasser. Stephan vermutete, dass sich am Grund des Flusses ein Anker in den Schlick gefressen hatte.

»Dann holt den Scheißkerl da runter«, befahl Engel.

Klein lachte verächtlich. »Chef, wir sind nicht auf den Kopf gefallen. Haben wir schon versucht. Frank und Sibille haben sich ein Ruderboot ausgeliehen und wollten übersetzen.« Klein bückte sich ein wenig und deutete auf das Ufer.

Stephan sah die beiden Polizeibeamten, die das Ruderboot festmachten und gebückt zu ihnen heraufrannten. Was hatte das denn nun schon wieder zu bedeuten?

Kurz darauf waren die beiden bei ihnen. Kremer setzte sich keuchend auf den Boden und lehnte sich an die Karosserie des Opels. Er sah aus wie der lebende Tod, bleich und hohlwangig. »Zwei Schüsse. Wir sind sofort umgekehrt.«

»Er schießt?« Engel schüttelte den Kopf, konnte anscheinend nicht glauben, was er eben gehört hatte.

»Ja. Wir brauchen Verstärkung«, antwortete Sibille Brunert. Sie griff sich eine Flasche Wasser aus dem Kofferraum und trank gierig.

»Habe ich schon angefordert«, sagte Klein. »Die Kollegen von der Kölner Wasserschutzpolizei schicken ein Boot. Ein paar Streifenhörnchen kommen gleich und riegeln hier ab. Dazu noch ein Trupp vom SEK.«

»Gut gemacht«, lobte Engel. Dann entfernte er sich ein wenig von ihnen und telefonierte.

Stephan sah nachdenklich zu Liebknechts Emma hinüber. Dass er das Wrack vom Ufer losgemacht und es bis in die Mitte des Rheinarms hatte treiben lassen, war schon fast ein Schuldeingeständnis. Aber ein Mann mit seiner Intelligenz musste doch einschätzen können, dass er keine Chance hatte. Egal, wie lange er dort draußen ausharren würde – von dort kam er nicht mehr weg. Was bezweckte Liebknecht also damit?

Martinshörner kamen näher. Kurz darauf bretterten ein Bus und ein Kombi heran. Fünf Kollegen mit ernsten Mienen sprangen heraus, alle mit Lederjacken bekleidet. Engel wies sie ein, wobei er sein Handy immer noch am Ohr hielt. Kurz darauf kam niemand mehr den Rheinuferweg hinauf oder hinunter.

Engel klappte sein Handy zu und gesellte sich wieder zu ihnen. »Ich habe die Staatsanwaltschaft informiert. Bis du da jemanden an der Strippe hast …« Er verzog mürrisch das Gesicht. »Lasst uns mal runter ans Ufer gehen.«

»Bist du bescheuert?«, regte sich Sibille Brunert auf. »Meinst du, ich will mich abballern lassen?«

»Er hat doch erst geschossen, als ihr auf dem Wasser wart, oder?«

»Daraus möchte ich aber keine Regel ableiten.« Sie setzte sich demonstrativ neben Kremer auf den Boden und starrte in die Ferne.

Stephan wusste, dass Engel sich, wenn es hart auf hart kommen würde, durchsetzen könnte. Doch der zuckte nur mit den Schultern und sah Stephan fragend an.

Er nickte. Sie gingen den kleinen Weg hinunter, der den Rheinuferweg mit der Anlegestelle verband. Ein flaues Gefühl machte sich in seiner Bauchgegend breit.

»Da passiert nichts«, sagte Engel. »Vertrau mir.«

»Vertrauen ist mangelndes Wissen«, murmelte Stephan.

Das Wasser roch muffig. Abfall lag rund um den überfüllten städtischen Mülleimer, der vor einer großen Informationstafel stand. Stephan stellte sich so, dass die Tafel zwischen der Emma und ihm aufragte.

Engel hielt plötzlich ein Fernglas in der Hand. Stephan war gar nicht aufgefallen, dass er eines mitgenommen hatte. Minutenlang starrte er stumm zu dem Hausboot hinüber, dann reichte er ihm das Glas. »Da rührt sich nichts.«

Stephan drückte sich die Okulare gegen die Augen und fokussierte, bis er das Boot klar erkennen konnte. Es dümpelte im leichten Wellengang. Das Ankerseil war straff gespannt. »So groß habe ich das Ding gar nicht in Erinnerung«, sagte Stephan und gab Engel das Fernglas zurück.

»Wirkt am Ufer kleiner, denke ich«, vermutete Engel.

Stephan lehnte sich gegen die Infotafel. »Was machen wir jetzt?«

»Abwarten. Das SEK wird die Drecksarbeit machen und ihn da runterholen.«

Ein Schiffshorn ertönte. In der Fahrrinne schoss rheinaufwärts ein Schnellboot heran. Der Bug teilte das Wasser in zwei riesige Bögen, Gischt klatschte gegen die Brücke.

Engel winkte in ausholenden Bewegungen.

Am Eingang zum Flussarm verringerte der Kapitän das Tempo, drehte das Schiff quer und riegelte die Zufahrt ab. Wenn Liebknecht auf die Idee kommen sollte, den Anker zu lichten, würde er schnurstracks in ihre Arme treiben.

»Und die andere Seite?«, fragte Stephan.

»Rheinaufwärts? Mit dem Wrack?« Engel deutete lachend auf die Emma. »Selbst wenn: Unsere Jungs brauchen nur das Standgas, um schneller auf der anderen Seite zu sein.«

Er klappte sein Handy auf und telefonierte. »Bring mir doch mal eine Flüstertüte.« Ohne eine Antwort abzuwarten, beendete er das Gespräch. Kurz darauf stürmte Klein auf sie zu und drückte seinem Chef das gewünschte Megafon in die Hände.

»Ist das SEK schon da?«, fragte Engel.

»Die stecken im Stau fest, kämpfen sich gerade durch. Bei Godorf hat sich ein Tanklastzug schlafen gelegt.«

»Shit happens«, kommentierte Stephan und grinste. »Und dafür sind wir wie die Blöden hergerast«, foppte er Engel.

»Schisser«, gab Engel zurück und hob das Megafon vor den Mund. »Herr Liebknecht! Hier spricht Kriminalhauptkommissar Richard Engel. Ich fordere Sie auf: Kommen Sie rüber zu uns. Das hat doch alles keinen Zweck.«

In Stephans Ohren dröhnte die verstärkte Stimme nach, als Engel den Arm herunternahm.

Eine Minute starrten sie zur Emma hinüber. Nichts rührte sich.

Engel versuchte es nochmals. »Falls Sie Kontakt mit mir aufnehmen wollen, notieren Sie meine Handynummer.« Er wartete kurz, um Liebknecht die Chance zu geben, sich etwas zum Schreiben zu besorgen, brüllte dann langsam seine Telefonnummer hinüber und wiederholte sie sicherheitshalber noch mal.

Kurz darauf gab Engels Handy ein Geräusch ab, das sich wie das Abfeuern der Photonentorpedos von der Enterprise anhörte.

Klein grinste. »Beam me up, Scotty. Wusste gar nicht, dass du ein Trekkie bist.«

»Quatsch«, wies Engel ihn zurecht. »Da haben sich meine Töchter wieder einen Scherz erlaubt.« Er meldete sich. »Gut, dass Sie sich melden, Herr Liebknecht. Ich bin ...« Er brach ab und starrte fassungslos auf sein Handy.

»Was ist?«, hakte Stephan nach.

Engels Gesicht glühte rot. Er nahm das Handy wieder ans Ohr. »Ich werde Sie ausfindig machen«, brüllte er, »da können Sie Gift drauf nehmen. Und dann gnade Ihnen Gott. Sie behindern eine polizeiliche Aktion, Sie Arschloch, Sie!« Er legte wütend auf.

Klein hob die Augenbrauen. »Arschloch?«

»Nicht gerade die feine Art«, stellte Stephan amüsiert fest.

»Ist doch wahr«, schnaubte Engel. »Irgendein Spaßvogel hier aus der Umgebung.« Er wies zu den Häusern, die oberhalb des Ufers aufragten. »Hat meine Nummer aufgeschrieben und meinte, einen Scherz mit mir machen zu können.«

»Sachen gibt's«, kommentierte Stephan.

Wieder klingelte Engels Handy. Was haben wir nur damals ohne diese Dinger gemacht?, dachte Stephan.

Engel horchte, steckte das Telefon dann wieder in die Hose. »Das SEK ist da. Ich geh mal hoch, um mich mit denen abzustimmen.«

Klein sah noch mal zum Hausboot. »Ich komme mit. Hier passiert eh nichts.«

»Lass mir mal das Vergrößerungseisen da«, forderte Stephan, »ich schau mir noch ein wenig die Gegend an.«

Engel drückte ihm das Fernglas in die Hand und stürmte neben Klein den Uferweg hinauf.

Stephan hob das Fernglas hoch. Nichts rührte sich. Er sondierte jeden Winkel des Hausbootes. Alle Fenster waren verschlossen. Auf dem Bug stand ein Eimer. Die Angel hing über der Reling. Eine Möwe tippelte über das Dach. Stephan fragte sich, ob Liebknecht gezielt auf Brunert und Kremer geschossen hatte. Dazu hätte er eins der Fenster aufmachen müssen, und so wie er den Zustand des Schiffes in Erinnerung hatte, wäre es aus dem Rahmen gefallen. Er vermutete daher, dass Liebknecht nur Warnschüsse in die Luft abgegeben hatte, hinten aus der Kabinentür heraus.

Ein Brummen kam näher und wurde lauter. Er suchte den Himmel ab und entdeckte einen Hubschrauber, der aus Richtung Bonn heranflog. Kurz darauf kreiste er über dem Rheinarm. Keine Presse. »Polizei« stand in großen Lettern auf der Seitentür. Er setzte das Glas ab.

Das Wasser plätscherte müde über die Ufersteine. Ein Hund schnüffelte am Wasser. Wo kommt der denn her?, fragte sich Stephan.

Engel kam zurück. »Wir warten bis zur Dunkelheit. Zwei Kampfschwimmer werden uns helfen.« Seine Unruhe war von ihm gewichen, er wirkte jetzt wieder ausgeglichen.

Er setzte sich auf die Bank und stopfte sich seine Pfeife. Bevor er sie anstecken konnte, schoss sein Handy neue Photonentorpedos ab. Er nahm es ans Ohr und horchte. »Ach du Scheiße«, fluchte er. »Das können Sie vergessen. Ich schicke Ihnen doch nicht freiwillig eine Geisel. Sie haben keine Chance. Geben Sie auf.« Er klappte das Handy zu und steckte sich seine Pfeife an.

»Wer war das denn? Liebknecht etwa?«, fragte Stephan und setzte sich ebenfalls auf die Bank. Blaue Rauchwölkchen stoben, verwirbelt von einer leichten Brise, nach Osten davon.

Engel deutete mit dem Mundstück zum Hausboot hinüber. »Er will dich sprechen. Du sollst rüberkommen.« Er schüttelte den Kopf. »Völlig unakzeptabel.«

Stephan sah erstaunt zur Emma hinüber. Dass Liebknecht gerade ihn sprechen wollte, verwunderte ihn.

»Die Pizza ist da. Kommst du, Richard?«, rief Klein vom Rheinuferweg.

Engel hob zur Bestätigung die Hand und klopfte seine Pfeife aus.

»Ihr habt doch vorhin erst gefuttert«, stellte Stephan fest.

»Ist ausgefallen, weil die Meier ja aus ihrem Koma aufgewacht ist. Jetzt gibt es eben Pizza und keine Fettpeitsche.« Er erhob sich. »Kommst du mit?«

Stephan schüttelte den Kopf. »Lass mich mal. Mein Unterleib verträgt noch keine fettige Kost.«

»Wie du meinst. Pass nur auf, dass uns der Typ nicht durch die Lappen geht.« Engel grinste und machte sich davon.

Stephan legte seine Arme über die Rückenlehne der Bank und starrte zur Emma hinüber. Dort rührte sich immer noch nichts. Er war sich inzwischen sicher, dass Liebknecht nur Warnschüsse abgegeben hatte. Als ehemaliger Offizier der Nationalen Volksarmee und Stasimitarbeiter war damit zu rechnen, dass er vorzüglich mit Schusswaffen umgehen konnte. Selbst von seiner dahindümpelnden Emma aus hätte er aus dem Ruderboot ein Sieb gemacht, wenn er es denn gewollt hätte.

Wenn das SEK erst einmal loslegte, könnte es blutig ausgehen, überlegte er weiter. Er sah zu den Einsatzwagen hinauf. Dort standen einige Männer und wandten ihm den Rücken zu. Die Jungs vom SEK würde Liebknecht nicht so einfach an sich ranlassen, dachte Stephan. Und bei einem Kopfschuss half auch keine kugelsichere Weste.

»Ach Scheiße«, zischte er, stand auf und schlenderte zum Ufer. So unauffällig wie möglich löste er das Seil von dem Boot, das vorhin Brunert und Kremer benutzt hatten. Niemand schien sein Vorhaben zu bemerken. Hinter ihm blieb alles still. Er sprang ins Boot. Es schwankte und er fiel ungelenk auf das Sitzbrett. Jetzt konnte er direkt zu den Männern sehen. Sie hatten immer noch nichts bemerkt, aßen seelenruhig ihre Pizzen. Er blickte nach rechts. Die Kollegen von der Wasserschutzpolizei waren offensichtlich wachsamer. Das Boot drehte und kam mit langsamer Fahrt auf ihn zu.

Jetzt oder nie, dachte Stephan. Er griff beherzt nach den Rudern, richtete sie außenbords und legte los. Nach kurzen Anfangsproblemen fand er einen Rhythmus und zog immer schneller seine Bahn.

»Kehren Sie sofort um!«, befahl ihm plötzlich eine dröhnende, mechanisch verzerrte Stimme. »Sie stören einen Polizeieinsatz.« Sie kam von dem Polizeiboot. Über ihm brauste plötzlich der Hubschrauber. Das Wasser wurde unruhig.

Stephan dachte gar nicht daran zu gehorchen, ignorierte den Hubschrauber und legte einen Zahn zu. Jetzt kamen auch die Männer an Land wild gestikulierend den Uferweg herabgerannt. Ganz vorne erkannte er Engel. Er hob das Megafon vor den Mund. »Stephan, du Vollidiot! Komm sofort zurück!« Stephan konnte es kaum verstehen, so dicht hing der Hubschrauber über seinem Kopf.

Das Polizeiboot nahm Fahrt auf und kam rasend schnell näher. Jetzt war das Dröhnen des Schiffsmotors deutlich zu hören.

Stephan schwitzte wie in der Sauna. Seine Armmuskeln brannten, und in den Händen spürte er bereits Schwielen. Er schätzte seine Geschwindigkeit. Bei diesem Tempo wäre die Polizei bei ihm, bevor er am Hausboot angelangt war. Verzweifelt riss er an den Rudern. Warum konnten sie ihn nicht einfach machen lassen? In der Bilge schoss trübes Wasser vor und zurück. Ein kleiner toter Fisch, der vermutlich als Köder hatte dienen sollen, machte jede Bewegung mit. Aus seinen kalten Augen schien er Stephan höhnisch anzustarren.

Als er schon erschöpft aufgeben wollte, hörte er hinter sich einen Knall. Unwillkürlich duckte er sich und schaute sich um. Das Polizeiboot fuhr einen weiten Bogen und gab die Verfolgung auf. Ein weiterer Knall durchschnitt die Luft. Der Hubschrauber drehte ebenfalls ab. Stephan blickte zum Hausboot. Aus dem Bullauge ragte ein Lauf heraus. Offenbar waren die Fenster doch nicht so marode, wie er gedacht hatte. Ironie des Schicksals, dass gerade Liebknecht ihn verteidigte.

Stephan ruderte weiter.

»Mann, komm zurück!«, plärrte Engels ärgerliche Stimme über das Wasser.

Stephan ignorierte die Aufforderung. Zwei Minuten später legte er längsseits neben der Emma an.

»Du musst sehen, wie du an Bord kommst«, rief Liebknecht mit tiefer Stimme. »Ich trau mich nicht raus.«

»Soviel ich weiß, sind die Scharfschützen noch nicht in Position«, rief Stephan zurück, während er das Boot an einer Klampe vertäute. Steifbeinig kletterte er über die Reling. »Ich bin jetzt an Bord.«

»Du weißt ja, wo du mich findest.«

»Idiot!«, schallte es noch mal vom Ufer herüber.

Stephan ahnte: Wenn das hier vorbei war, würde Engel ein ernstes Wort mit ihm reden.

In der kleinen Kajüte stand der Rauch. Stephan hustete, sein Hals kratzte. »Die Luft in einem Raucherklub könnte nicht schlimmer sein«, sagte er.

»Mach keine Witze und setz dich«, wies Liebknecht ihn an.

Stephan gehorchte. Er sehnte sich nach einem Schluck Wasser. Auf dem Tisch stand eine halb volle Flasche Cognac. Er wischte über den Rand des Halses und nahm einen kräftigen Schluck. Der Alkohol brannte ihm den Magen aus.

Liebknecht drehte ihm den Rücken zu, sah immer wieder aus dem schmalen Fenster hinaus, das sich in seiner Kopfhöhe befand. Das

Gewehr lehnte an der Wand. Er stank erbärmlich nach Schweiß. In seinem Mundwinkel klebte eine Zigarette. »Ich geh nicht mehr in den Knast«, sagte er trotzig.

»Dann hättest du einen Anwalt verlangen sollen und nicht mich. Ich kann dir da wenig helfen. Woher hast du eigentlich die Zimmerflak?« Er deutete auf das Gewehr.

»Hat mir der Alte vor Urzeiten geschenkt. Zur Sicherheit, wenn ich hier auf dem Boot hause, hat er gesagt.« Liebknecht wandte sich ihm zu. Seine Augen waren blutunterlaufen. »Irgendwie muss mein Alter mich doch gemocht haben. Hätte mir schon vor dem Erbe klar werden müssen.« Er drückte die Zigarette aus, nahm den Cognac und trank die Flasche leer. Sein Bart glänzte an der Oberlippe feucht, als er wieder absetzte. Sofort fing er an, eine neue Kippe zu drehen.

Stephan sah ihm eine Weile zu. Liebknechts Hände zitterten. »Was willst du mit deiner Aktion hier eigentlich erreichen?«

Liebknecht dachte eine Weile nach, zuckte dann mit den Schultern. »Ich will nicht in den Knast.«

»Das ist ja dann genau die richtige Aktion, um das zu verhindern«, spottete Stephan.

»Ach, Scheiße, hör auf, den weisen Oberlehrer zu spielen«, fuhr ihn Liebknecht an. Er steckte sich die Zigarette mit einer energischen Bewegung in den Mund und zündete sie an. Das Feuerzeug knallte er auf den Tisch. »Ich habe abgelegt, um eine Weile in Ruhe nachdenken zu können. Über alles. Ich wollte nur Zeit gewinnen, bevor die Sheriffs anrücken.«

»Gut, die sind jetzt da und warten. Was nun?«, nervte Stephan weiter. »Und wieso wolltest du unbedingt mich sprechen?«

»Na, das ist doch wohl nicht schwer zu erraten. Du bist der einzige Bulle hier, der nicht im Dienst ist. Und ich habe den Eindruck, dass du nicht ganz blöd bist.«

»Du sagst es selbst«, wandte Stephan ein. »Ich bin als Privatperson hier, nicht mehr und nicht weniger. Meine Möglichkeiten sind eher beschränkt.«

»Ist doch scheißegal. Willst du meine Geschichte hören oder nicht?«

Stephan hob die rechte Hand. »Leg los.«

Liebknecht spähte wieder aus dem Fenster. »Ich sondiere dabei aber die Umgebung. Deinen Kollegen ist nicht zu trauen.«

Stephans Handy klingelte. Ohne auf die Nummer zu schauen, nahm er das Gespräch an. »Richard, es ist alles in Ordnung. Pfeif die Jungs vorerst zurück und gib mir eine Stunde.«

»Wie bitte?«, trällerte eine Frauenstimme, die Stephan bekannt vorkam.

»Was …« Stephan starrte auf das Display. Bornheimer Vorwahl.

»Hallo? Herr Tries?«

»Ja. Wer spricht denn da?«

Liebknecht blickte ihn an und runzelte die Stirn.

»Das Büro des Bürgermeisters. Herr Mombauer lässt anfragen, ob Sie bereits eine Entscheidung …«

Stephan stöhnte auf. »Schlechter Zeitpunkt, ganz schlechter Zeitpunkt. Ich melde mich wieder.« Er drückte das Gespräch weg.

Liebknecht zog eine Augenbraue nach oben. »War das ein geheimer Code? Wenn ja, hört er sich ziemlich blöd an.«

»Hat nichts mit dir zu tun. Leg los, erzähl deine Geschichte«, forderte Stephan. »Kein Code, mach dir keine Sorgen.«

Liebknecht zögerte.

»Du kannst mir trauen«, bestätige Stephan noch mal.

»Das habe ich schon so oft gehört«, brummte Liebknecht. »Fast immer war es eine Lüge.«

Stephan wählte Engels Nummer.

»Bist du total bescheuert?«, schimpfte Engel wütend.

»Gib mir eine Stunde«, forderte Stephan unbeeindruckt. »Eine Stunde, hast du mich verstanden?«

Er hörte Engel schnaufen. »Mal sehen«, presste er schließlich heraus und beendete das Gespräch.

Stephan steckte sein Handy wieder ein.

Liebknecht hatte den Blick wieder auf das Rheinufer gerichtet und kraulte sich den Bart. »Hilde hat mich auch angelogen.« Er schwieg eine Weile. »Sie war bei mir ganz anders. Irgendwie weich, zärtlich und ausgeglichen. Sie konnte stundenlang malen, ohne dass wir ein Wort sprachen.«

»Wo habt ihr euch kennengelernt?«

»Ab und zu machte sie Hausbesuche. Ich traf sie zum ersten Mal bei meinem Alten. Irgendwie schien ich ihr sofort zu gefallen. Ich erinnerte sie wohl an ihren Großvater, der als einziger Mann immer gut zu ihr gewesen war.« Er streckte sich und warf Stephan einen kurzen

Blick zu. »Wir waren wie zwei Gestrandete, die sich gegenseitig halfen. Wir verstanden uns blind.«

Stephan zweifelte an Liebknechts Worten. Es war für ihn schwer vorstellbar, dass die moderne und modische Hildegard Meier sich in dieses spartanische Umfeld flüchtete, zu einem Mann, der die Körperpflege nicht erfunden hatte. Andererseits sagte man ja nicht umsonst: Gegensätze ziehen sich an, und wo die Liebe hinfällt …

»Ich wollte sie nicht töten«, sagte Liebknecht mit gebrochener Stimme. »Ich liebe … liebte sie doch.« Er schluckte schwer. Sein Adamsapfel sprang wie ein Tischtennisball auf und ab. »Scheiß Jähzorn«, brüllte er plötzlich und hieb mit der Faust gegen die Kajütenwand. Das Holz knackte gefährlich. »Scheiße. Scheiße. Scheiße.« Sein Fluchen unterstrich er mit Fausthieben. Ein Paneel brach in der Mitte durch.

Stephan wurde es ungemütlich. »Sie ist nicht tot«, stellte er rasch klar.

Liebknecht hielt in seiner Bewegung inne und saß sekundenlang steif wie eine Wachsfigur auf der Bank. »Was?«, hauchte er.

»Sie ist nicht tot«, wiederholte Stephan eindringlich.

Liebknecht kniff die Augen zusammen. »Du lügst«, zischte er. »Das ist ein Trick. Du willst mich nur besänftigen.« Mit seiner linken Hand packte er den Lauf des Gewehres.

»Blödsinn«, wies Stephan ihn zurecht und überspielte so seine aufkeimende Furcht. »Woher sollten wir sonst wissen, dass du sie verprügelt hast?«

Liebknecht legte den Kopf schief. Einige Sekunden schwiegen sie. Dann ließ er den Lauf der Waffe los. »Stimmt.«

Stephan atmete erleichtert aus.

Plötzlich lachte Liebknecht wie irr und klatschte einige Male in die Hände. »Ja, dann ist doch alles in Ordnung. Körperverletzung war's, aber kein Totschlag. Ein guter Anwalt kriegt mich da schon raus. Geld für so einen Anwaltsfuzzi habe ich ja jetzt.« Er nahm das Gewehr und drückte es dem verblüfften Stephan in die Hand. »Jetzt ruf mal deine Leute an und sag denen, die können rüberkommen.«

Stephan nahm das Gewehr an sich. »Und was ist mit Poensgen?«, stieß er hervor. »Das war mehr als Körperverletzung.«

»Poensgen?« Liebknecht grinste noch, doch seine übertriebene Heiterkeit war verschwunden.

»Ja. Und was ist mit deinem Vater?«, hakte Stephan nach.

»Was soll mit dem sein?«

Was soll das denn jetzt?, fragte sich Stephan. Glaubte Liebknecht wirklich, dass er mit dieser Nummer durchkam? Stephan wurde die ganze Sache zu heiß. Bevor er weiterdrängte, nahm er sein Handy und wählte Engels Nummer.

»Die Stunde ist noch nicht um«, meldete sich Engel.

»Ihr könnt kommen«, erwiderte Stephan. »Ich habe die Situation unter Kontrolle. Liebknecht hat mir seine Waffe ausgehändigt.« Er steckte sein Handy wieder ein, ohne Engels Reaktion abzuwarten. »Jetzt rede ich mal Tacheles«, kündigte er an. »Deine Fingerabdrücke sind auf der Beretta, mit der Poensgen erschossen wurde. Du hast ihn ermordet, gib es doch endlich zu.«

»Was faselst du denn da?«, hauchte Liebknecht und schüttelte den Kopf. »Warum sollte ich das denn getan haben?«

»Du liebst Hildegard, konntest aber ihren Beruf nicht gutheißen«, erklärte Stephan. »Es machte dich rasend vor Eifersucht, dass andere Männer sie liebten und Hildegard ihnen zur Verfügung stand. Also hast du beschlossen, die Konkurrenz nach und nach zu beseitigen.«

Liebknecht lachte verächtlich. »Und deshalb soll ich auch meinen Vater getötet haben?«

Stephan schüttelte den Kopf. »Nein. Ich denke, hier war es das Erbe, das dich reizte. Damit hättest du für Hildegard und dich das Leben einrichten können, das Sie sich immer gewünscht hatte.«

Liebknecht schnappte nach Luft. »Hast du was genommen?« Er bebte, ballte die Fäuste und öffnete sie wieder. »Das könnt ihr mir nicht anhängen, niemals. Hildegard hat mir vor einigen Tage eine Waffe gezeigt, eine Beretta, ja. Aber die hat sie sich zum Selbstschutz besorgt. Ich habe ihr erklärt, wie alles funktioniert. So kommen da meine Fingerabdrücke drauf. Was später damit passiert ist, weiß ich nicht. Oder meinst du wirklich, ich wäre so blöd gewesen und hätte die nicht abgewischt, wenn ich der Täter gewesen wäre?«

Stephan schüttelte den Kopf und verzog unwillig die Mundwinkel. »Du hast doch eben selbst zugegeben, dass du jähzornig bist. Vielleicht haben dich deine Gefühle übermannt, und du hast den Kopf verloren. Bist ja mittlerweile auch schon Jahre aus der Übung.«

»Und wie soll ich an die Waffe gekommen sein?«, schrie Liebknecht. Seine Halsschlagadern traten hervor.

»Ganz einfach. Die hat dir Hildegard besorgt.«

Liebknecht sprang auf und ballte die Fäuste.

»Mir wird jetzt auch klar, warum du Hildegard verprügelt hast«, kombinierte Stephan ungerührt weiter. »Wie gesagt: Du wolltest mit ihr ein neues Leben beginnen, nur du und sie. Aber sie hat dich ausgelacht. Da ist dir klar geworden, dass sie es genießt, Männer zu demütigen, Macht über sie auszuüben. Und dass sie niemals ihren Beruf aufgeben wird, du sie niemals für dich allein haben wirst.«

»Ja, das stimmt sogar mal!«, brüllte Liebknecht. »Immer hat sie mir von Italien vorgeschwärmt, und als ich endlich Nägel mit Köpfen machen wollte, hat sie mich um Geduld gebeten. Sie sei noch nicht so weit, hat sie mir gesagt. Angelogen hat mich das Miststück, von wegen Toskana und Landhaus am See. Aber mehr war nicht. Mit den anderen Sachen habe ich nichts zu schaffen!«

»Erzähl das dem Richter. Er wird dir auch nicht glauben«, konnte Stephan sich nicht verkneifen festzustellen. Er packte das Gewehr so, dass er einen Angriff mit dem Kolben abwehren konnte. »Wer wäre als Nächstes dran gewesen?«, fragte er.

»So war es nicht!«, schrie Liebknecht, riss die Tischplatte des kleinen Tisches ab und schleuderte sie gegen die Wand. Nun trennte sie nichts mehr. Liebknecht glich dem wütenden King Kong, sein Körper bebte, seine Augen spien Feuer. Er machte einen Schritt auf Stephan zu. »Gib mir die Knarre«, zischte er.

Stephan hob die Arme und hielt das Gewehr wie einen Baseballschläger. »Komm und hol sie dir.«

Liebknecht machte noch einen Schritt, spannte die Muskeln an.

»Hände hoch!«, schrie in diesem Augenblick eine Stimme hinter Stephan. »Keine Bewegung!«

Zwei SEK-Beamte in schwarzen Kampfanzügen und mit Gewehren im Anschlag stürmten die Treppe herunter. Ihnen folgte Engel. »Ganz ruhig jetzt. Hier ist die Kavallerie«, brummte er.

Stephan atmete erleichtert auf. »Wurde ja auch Zeit.«

Liebknecht ließ die Arme fallen und senkte den Kopf. Einer der Männer legte ihm Handschellen an.

Liebknecht hob noch mal den Kopf und kämpfte gegen die beiden SEK-Männer an, als er an Stephan vorbeigeführt wurde. »Es war nicht so, nicht so.«

»Das wird sich zeigen«, antwortete Stephan müde, während Liebknecht abgeführt wurde. Seine Knochen fühlten sich bleischwer an. Er ließ sich auf die Bank fallen und legte das Gewehr auf den Boden. Den Kopf stützte er in seine Hände. »Scheiße, war das knapp.«

Engel setzte sich zu ihm. »Richtig. Wie kommst du auch auf so einen Trip? Ich sollte dir in den Arsch treten.«

»Verschieb das bitte«, murmelte Stephan. »Ich habe keine Lust, aufzustehen.«

»Dann erzähl mir wenigstens, warum der Kerl so aufgeregt war.«

Stephan schloss die Augen und lehnte seinen Kopf gegen die Wand. »Nichts lieber als das«, sagte er und ärgerte sich, dass Liebknecht den Cognac ausgetrunken hatte.

ACHTZEHN

Spätabends schlich Stephan müde ins Haus.

»Haaallooo«, begrüßte ihn Ara kopfnickend.

Stephan reagierte nicht darauf, ließ sich auf einen Stuhl fallen und angelte sich eine Flasche Bier aus dem Kühlschrank. Er hebelte den Deckel ab und trank gierig. Liebknechts Zigarettenrauch kratzte immer noch in seinem Hals.

Sie hatten ihn abgeführt. Dabei hatte er immer wieder seine Unschuld beteuert. Stephan war froh gewesen, als Liebknecht endlich von Bord gebracht worden war.

Der Fall war gelöst.

Ein Schwindel packte ihn. Ab sofort würde er sich nicht mehr in Ermittlungen flüchten. Ihm blieb nichts anderes übrig, als lauernd im Haus zu sitzen und auf Anrufe zu warten. Er knallte die Flasche auf den Tisch. Das Bier schäumte oben aus dem Hals heraus und bildete einen See auf dem Tisch. Nein, nicht auf Anrufe würde er warten, sondern nur auf einen, auf den entscheidenden Anruf. Zum ersten Mal spürte er Verlustängste. Wie würde sein Leben ohne Charlotte aussehen? Hier in Sechtem, als Eigenbrötler, der mit anderen Menschen kaum mehr besprach als die Tageszeit? Er kämpfte sich wieder auf die Beine, winkte Ara müde zu und nahm die Wagenschlüssel von der Flurgarderobe.

Der Mercedes empfing ihn mit Ledergeruch. Die Polster hatte er erst vor vier Wochen neu aufziehen lassen. Er hatte sie abgeholt, als Charlotte ihn eigentlich mit zu einer Geburtstagsfeier nehmen wollte. Dort hätte er Freunde finden können.

Er glühte den Motor vor, zog dann den Knopf durch. Willig tuckerte der Diesel los.

Stephan lenkte den Wagen in Richtung Dersdorf, in der Hoffnung, Christine würde noch in der Kneipe werkeln. Doch dort brannte kein Licht mehr. Weiter in Richtung Bornheim hielt er bei McDonald's an und aß vier Hamburger, weil die Dinger einfach nicht sättigten. Ziellos kurvte er weiter durchs Vorgebirge. Nur nicht anhalten, nur nicht über das Leben ohne Charlotte nachdenken.

Gegen zwei Uhr rumpelte er hinter Roisdorf plötzlich durch den

Straßengraben und fing den Wagen gerade noch ab, bevor er einen Weidezaun mitnahm. Sekundenschlaf.

Stephan schüttelte sich, sein Herz hämmerte. Trotzdem wollten seine Augen schon wieder zufallen. Kurz entschlossen bog er in den nächsten Feldweg ein und parkte dort. Er stellte den Sitz zurück und öffnete das Fenster. Grillen zirpten, ein Uhu schrie. Die Welt um ihn herum war in Ordnung, nur in ihm nicht. Erschöpft schlief er ein.

Der Diesel tuckerte laut. Stephan schreckte auf, griff zum Lenkrad, wollte die Fahrtrichtung korrigieren, um bloß nicht wieder in den Graben zu rumpeln. Er kniff die Augen zusammen, riss sie wieder auf, starrte aus der Windschutzscheibe. Er stand auf einem Feldweg, der eine Weide teilte, in der Ferne erkannte er einen Waldrand, dunkel, düster, noch nicht von der aufgehenden Sonne beschienen. Rechts standen Pferde bei einem Holzverschlag und grasten friedlich. Er fuhr gar nicht, der Wagen stand, woher kam nur …

»Ich müsste mal durch zu den Pferden«, hörte er eine Stimme sagen.

Neben dem Wagen stand ein Landwirt in Latzhose, mit Oberarmen wie ein Preisboxer, und schielte ins Innere.

»Moin«, nuschelte Stephan mit kratziger Stimme. Sein Mund fühlte sich an, als ob die ganze Nacht ein Marder darin geschlafen hätte. »Brauchen Sie meine Erlaubnis?«

»Das nicht.« Der Mann schnäuzte in ein riesiges rot-weiß kariertes Stofftaschentuch. Dann sah er prüfend den Feldweg entlang.

Manchmal bringen mich die Einheimischen mit ihrer lethargischen Art zur Weißglut, dachte Stephan und holte tief Luft. »Also? Wie kann ich helfen?«

Der Bauer steckte sein Taschentuch ein. »Das ist der einzige Weg.« Er deutete mit den Daumen nach rechts. Stephan wandte sich um. Hinter den Heckflossen seines Mercedes stand ein riesiger Deutz und schüttelte sich im Leerlauf.

»Hm, verstehe«, sagte Stephan.

»Fahren Sie bis zum Ende durch. Ich muss vorher auf die Wiese rauf.« Der Bauer deutete in Fahrtrichtung. »Hinten am Waldrand können Sie drehen. Falls Sie stecken bleiben, ziehe ich Sie raus.«

Stephan bedankte sich für die angebotene Hilfe. Fünf Minuten später war er auf dem Heimweg, ohne sich festgefahren zu haben.

Zu Hause warf er zwei Schmerztabletten ein und legte sich angezogen aufs Bett. Er wollte sich nur kurz ausruhen und dann irgendwo frühstücken fahren.

Das Klingeln des Telefons, das er auf dem Nachttisch abgelegt hatte, weckte ihn. Sein Wecker zeigte kurz vor fünf am Nachmittag. »Scheiße«, murmelte er, rappelte sich hoch und setzte sich auf die Bettkante. Das Telefon hörte nicht auf zu nerven.

»Ja?«, meldete er sich.

»Richard hier. Sie passen.«

Stephan brauchte einige Sekunden. Dann aber war er hellwach. »Los, erzähl!«

»Wir haben die Fingerabdrücke verglichen. Du weißt doch, die auf der Beretta, die wir nicht zuordnen konnten.«

»Ja, ja«, äußerte Stephan ungeduldig, stand auf und ging die Treppe runter. Er setzte sich vor dem Haus auf die Bank unter dem Küchenfenster.

Engel lachte leise. »Das wird Liebknecht das Kreuz brechen.«

Stephan runzelte die Stirn. »Hast du schon mit ihm darüber gesprochen?«

»Sicher. Er streitet weiterhin alles ab und versteift sich darauf, dass er Hildegard Meier nur die Handhabung der Pistole gezeigt hat.«

»Hat er mir auch erzählt.«

»Wenn du mich fragst, ist das eine reine Schutzbehauptung. Zurzeit gleicht unser Labor noch mal alle Spuren aus Poensgens Wohnung mit seiner DNA ab. Wir werden schon was von ihm finden. Ich halte es mittlerweile auch für durchaus möglich, dass er seinen Vater die Treppe runtergestoßen hat. Du, ich muss jetzt aber wieder. Der Staatsanwalt will mich noch sprechen.« Engel versprach anzurufen, sobald es etwas Neues gab.

Stephan blieb einige Minuten unschlüssig auf der Bank sitzen. Plötzlich kam ihm die ganze Sache nicht mehr so eindeutig vor. Für Liebknecht als Mörder von Friedrich Germanus gab es verschiedene Motive und Indizien, aber keine Beweise. Und wie war er an die Waffe gekommen, mit der Poensgen erschossen wurde? Hatte Hildegard Meier vielleicht doch die Finger mit im Spiel gehabt? Er nahm sich vor, Engel noch mal dahingehend zu impfen. Alles Weitere lag nun in der Hand seines Freundes.

Er stemmte sich in die Höhe. Jetzt würde er sich erst einmal einen riesigen Berg Tubettini kochen und diese dann mit gefrorenen Erbsen, Salbei, frischen Tomaten und viel Béchamelsoße überbacken. Knoblauch wäre auch nicht schlecht, dachte er.

»Eeesseeen kooosteeet eeextraaa«, krächzte Ara, der vor Hunger vermutlich schon ein Loch im Bauch hatte.

Stephan ging in die Küche, stellte sich vor seinen neuen Mitbewohner. »Bei mir nicht.«

Stephan konnte es nicht länger hinausschieben. Er musste seine Lethargie überwinden, die ihn immer nach einem nahrhaften Berg Nudeln überkam. Elfriede Germanus hatte ein Recht darauf zu erfahren, wie der Stand der Dinge zurzeit war und von seiner Entscheidung, hier und heute den Fall niederzulegen.

Er rief sie an und fragte, ob er noch vorbeikommen könnte. Sie bejahte. So machte er sich auf, nahm nicht den direkten Weg, sondern zockelte über Bornheim, Alfter, die Ville hoch und näherte sich so Brenig von der anderen Seite. Die katholische Pfarrkirche St. Evergislus, die liebevoll als Dom bezeichnet wurde, stand wuchtig auf dem Höhenzug. Neben ihr sahen die Häuser um sie herum winzig aus. Niemand war unterwegs, die Straßenlaternen leuchteten für Passanten, die heute nicht mehr vorbeikommen würden.

Als er vor der Germanus-Villa parkte, blieb er einen Moment sitzen und blickte zum Rhein hinunter. Die riesige Raffinerie am Wesselinger Ufer strahlte hell erleuchtet, überschüssiges Gas wurde abgefackelt. Die Flamme schlug meterhoch in den Nachthimmel, und er meinte sogar, einen Brandgeruch wahrnehmen zu können. Das Vorgebirge ist schon ein seltsamer Ort, dachte er. Auf der einen Seite die Kappesbauern, auf der anderen riesige Industrieanlagen. Dazwischen Siedlungen, in deren Ortskernen man jahrhundertealte Gebäude fand, und an den Rändern Neubausiedlungen. Althergebrachtes paarte sich mit neu Hinzugekommenem, so wie auch die Alteingesessenen mit den neu Zugezogenen fertig werden mussten.

Er überlegte, wo er sich selbst einsortieren sollte. Er hatte von allem etwas. Hier im Vorgebirge aufgewachsen, hatte es ihn nach seiner Volljährigkeit nach Köln gezogen. In sein Heimatdorf hatten ihn nur die seltenen Besuche bei seinen Eltern zurückgeführt. So war er aus der Dorfgemeinschaft ausgeschieden, die alten Freundschaften waren verblasst, gingen mit der Zeit verloren. Vor zwei Jahren war er dann zurückgekommen, fühlte sich aber immer noch als Fremder. Erst so langsam spürte er, dass er sich hier in Sechtem wieder heimisch fühlen könnte. Charlotte war daran nicht unschuldig. Bei dem Gedanken an sie fühlte er einen Stich in der Brust.

Der Brandgeruch wurde stärker. Er stieg aus und sah zur Wesselinger Raffinerie hinüber. Konnte das tatsächlich die Ursache für den Geruch sein? Er steckte den Zeigefinger in den Mund und hielt ihn dann hoch. Eindeutig windstill, dachte er. Auch die Rotorblätter der drei Windkrafträder, die zwischen Sechtem und Urfeld in die Höhe ragten, standen still. Doch der Geruch wurde immer intensiver. Plötzlich bemerkte er einen flackernden Lichtreflex auf dem Wagendach. Irritiert versuchte er, die Ursache zu lokalisieren, und dachte zunächst an eine Gartenlaterne in der Nähe, die gerade ihr Leben aushauchte. Dann sah er es. Er wirbelte herum. Aus dem Dachstuhl der Villa drang fetter schwarzer Rauch. An einigen Stellen loderten die Flammen bereits unter den Dachziegeln hervor.

»Scheiße«, fluchte er und klopfte die Taschen nach seinem Handy ab. Er fand es in der linken Hosentasche. Hastig zog er es heraus, drückte die 112 und meldete den Brand. Nach dem Anruf stand er unschlüssig neben seinem Mercedes. Was war mit Elfriede Germanus? War sie noch im Haus? Und Robert, der Butler? Sie konnten in der Zwischenzeit an einer Kohlenmonoxidvergiftung sterben.

»Scheiße, Scheiße, Scheiße.« Stephan schlug mit der Faust auf das Autodach. Es schepperte blechern. »Beruhig dich«, zwang er sich selbst, »konzentrier dich, denk nach.«

Er schätzte den Brand ab. Das Feuer knisterte, die Flammen wurden größer, fraßen sich wie ein gieriges Raubtier weiter vor. Doch im Moment schien nur der Dachstuhl betroffen zu sein. Robert hatte sein Zimmer im Souterrain. Elfriede Germanus würde vermutlich irgendwo im Erdgeschoss auf ihn warten. Der Feuerherd war also noch weit entfernt, er konnte zumindest einen Blick riskieren.

»Also los«, gab er sich einen Ruck und rannte los.

Aber gleich darauf wurde sein Schwung gebremst. Die schwere Haustür war verschlossen. Wie ein Wilder drückte er den Klingelknopf, doch niemand öffnete. Er trat einen Schritt zurück. Weit über ihm rauschte das Feuer, die Hitze brannte heiß auf seinem Gesicht. Soweit er sehen konnte, waren die Fenster doppelverglast und somit widerstandsfähig. Gehetzt sah er sich um, suchte nach einem schweren Gegenstand, mit dem er die Scheiben einschlagen konnte. Eine hüfthohe Steinstatue stand am Fuß der Treppe. Stephan hob sie ächzend an, nahm Anlauf und wollte gerade das linke Fenster einschlagen, als die Haustür aufgerissen wurde. Er bremste abrupt, stolperte und fiel in die Rabatten. Keuchend kämpfte er sich wieder in die Höhe und bemerkte Elfriede Germanus, die gerade die letzte Stufe hinunterschlich und dann zusammenbrach. Er stürmte zu ihr hin und beugte sich über sie. Ihre Augen waren geschlossen. Er tastete nach ihrem Puls. Schwach, aber regelmäßig, stellte er erleichtert fest. Er hob den ausgemergelten Körper auf und trug ihn vom Haus weg. In sicherer Entfernung legte er Elfriede Germanus auf den Boden, holte die Silberfolie aus seinem Verbandskasten und wickelte sie darin ein. Zwar war auch hier, gut einhundert Meter von der brennenden Villa entfernt, die Hitze zu spüren. Doch bei einem Schock kam es darauf an, die Wärme im Körper zu behalten.

Elfriede Germanus schlug die Augen auf. Für einen kurzen Moment schien sie nicht zu wissen, was passiert war. Ihre Augen rollten hin und her, suchten einen Anhaltspunkt, blieben schließlich an Stephan hängen.

»Sie sind in Sicherheit«, sagte er.

Doch das schien sie nicht zu beruhigen, denn sie riss die Augen auf und hauchte: »Robert. Er war es.« Sie hob zitternd den Arm und deutete zur Villa. »Er ist noch im Haus.«

Stephan sah zur Villa hinüber. Der Wind drückte den Rauch nach unten, ließ ihn husten. Der Schein der Flammen war nun nicht mehr zu übersehen. Bis die Feuerwehr eintreffen würde, waren es vielleicht nur noch Minuten. Er zögerte.

»Holen Sie ihn raus«, krächzte Elfriede Germanus. Sie griff seinen Arm und schob ihn fort. »Er ist unten in der Halle, hat mich bis zur Tür gebracht.«

Wieso kommt der alte Kauz nicht einfach raus?, dachte Stephan verwundert.

»Los!«, schrie ihn Elfriede Germanus mit heiserer Stimme an.

Irgendwo im Dachstuhl krachte ein Balken herunter. Es blieben ihm bestenfalls noch Sekunden, bis es zu gefährlich wurde. Er sprang auf, hetzte zur Treppe, spurtete hinauf und in die Halle hinein. Das Licht reichte trotz der wabernden Rauchschwaden aus, um Einzelheiten erkennen zu können. Der alte Butler saß zusammengesunken links an der Wand.

»Was soll das?«, fuhr Stephan ihn an und hustete.

Robert reagierte nicht. Sein Kopf und seine Arme hingen schlaff nach unten. Stephan packte ihn und schüttelte ihn durch.

Roberts Augenlider flatterten. »Lassen Sie mich. Ich habe es verdient.«

»Quatsch«, schrie Stephan und zerrte an dem Körper. Seine lädierten Knochen schmerzten, doch er riss sich zusammen und ignorierte es.

Plötzlich schüttelte Robert sich, schlug nach Stephan und wehrte sich heftig.

Konnte das denn alles wahr sein? Stephan wollte es nicht glauben. Über ihnen polterte es gefährlich. Die Rauchschwaden nahmen zu. Sie mussten so schnell wie möglich raus. »Ich will Ihnen helfen«, versuchte er verzweifelt zu erklären, doch Robert wehrte sich weiter und traf Stephan am Kinn. Die Zähne schlugen aufeinander, und eine Schmerzwelle lief durch seinen Kiefer. Er erinnerte sich an seine Zeit im Schwimmverein. Als Rettungsschwimmer wusste er, dass eine Ohrfeige mitunter hilfreich war. Er zögerte nicht, klatschte Robert ins Gesicht.

Doch der hörte nicht auf, sich zu wehren.

Stephan fluchte laut, umklammerte die Handgelenke des alten Mannes und zerrte ihn unsanft von der Wand weg.

»Ich will nicht. Lassen Sie mich in Ruhe!«, schrie Robert.

»Sie spinnen«, rief Stephan und ließ dabei nicht locker. Dann waren sie durch die Tür, und die Luft wurde ein wenig besser. Glühwürmchen empfingen sie. Es dauerte einen Moment, bis Stephan erkannte, dass es Funken waren. Es knisterte und rauschte, ab und zu polterte etwas Schweres. Martinshörner waren zu hören. Stephan zog den Butler hoch und warf ihn sich über die Schulter. So schnell er konnte, hastete er die Treppe hinunter.

Robert schlug ihm kraftlos auf den Rücken.

Stephans Lungen brannten. Keuchend erreichten sie Elfriede Germanus, er stolperte und sie fielen ins kühle Gras.

Robert heulte. »Sie Scheißkerl!«

»Ein Danke wäre wohl angebrachter«, brummte Stephan und schob den alten Mann von sich.

Robert versuchte, sich aufzurappeln, doch Stephan packte ihn am Handgelenk. »Nichts da, hiergeblieben.«

Pulsierendes blaues Licht tauchte auf der Straße auf. Der erste Löschzug fuhr vor, Feuerwehrmänner sprangen heraus. Routiniert nahm jeder seinen Platz ein und arbeitete konzentriert. Ein zweiter Wagen traf ein. Bald schossen die ersten Wasserstrahlen auf das brennende Gebäude. Ein Mann in schwarzer Uniform stürmte auf sie zu. »Sind noch Personen im Haus?«, fragte er.

Elfriede Germanus schüttelte den Kopf.

Die Gesichtszüge des Feuerwehrmannes entspannten sich. »Der Notarzt ist schon unterwegs. Ich schicke Ihnen in der Zwischenzeit jemanden, der sich um Sie kümmert.«

»Was zu trinken wäre nicht schlecht«, sagte Stephan.

Der Mann nickte und ging dann zurück zu seinen Männern.

»Und jetzt zu Ihnen.« Stephan ließ Robert los. Der Butler hatte seinen Widerstand aufgegeben, lag im Gras und heulte immer noch aus seinen trüben Augen. »Was sollte das Ganze?«

Robert antwortete nicht.

»Er hat das Haus angezündet«, sagte Elfriede Germanus leise.

Stephan wandte sich der alten Frau zu. Der versprochene Feuerwehrmann kam mit Wasser und zwei Decken, in die er Robert und Stephan einhüllte. Stephan ließ es geschehen, obwohl ihm warm genug war. Die Hitze der Flammen strahlte wie eine Höhensonne. »Aber das ergibt doch gar keinen Sinn«, murrte er.

»Sinn.« Robert lachte irr. »Sinn, nein, bestimmt nicht. Es ergibt für andere nie einen Sinn, wenn man sich umbringen will.«

Stephan riss erstaunt die Augen auf. »Selbstmord? Sie? Warum? Und muss man dafür ein Haus anzünden?«

Robert sah kurz in Stephans Richtung. »Warum nicht? Die Wirkung ist doch die gleiche. Man ist hinterher tot.« Es klang wie eine sachliche Feststellung, ohne Emotionen, kein Schuldgefühl schwang mit.

»Sie hätten Ihre Hausherrin töten können.«

Robert schluckte schwer. »Das habe ich ja verhindert. Ich habe sie schließlich bis zur Tür gebracht.« Leise fügte er an: »Zu keinem Zeitpunkt wollte ich, dass ihr etwas zustößt.«

Absurd, dachte Stephan. »Suchen Sie sich das nächste Mal eine andere Methode aus«, fuhr er den alten Butler an. »Eine, bei der nicht so viele ihr Leben riskieren.« Er deutete stumm auf die Feuerwehrmänner.

»Das war noch nicht alles«, murmelte Elfriede Germanus.

»Was noch?«

»Los, Robert. Erzählen Sie es ihm.« Elfriede Germanus hustete. »Wenn Sie mich wirklich lieben, wie Sie behaupten, erzählen Sie es ihm, so, wie Sie es mir erzählt haben.«

Robert holte tief Luft. Plötzlich wirkte er nicht mehr so zerbrechlich. Seine Brust hob und senkte sich schneller, seine Wangen färbten sich. »Ich habe Friedrich Germanus die Treppe runtergestoßen«, sagte er wütend. »Er wollte Elfriede bloßstellen, sie verhöhnen mit dieser ekelhaften Frau, der geile alte Bock.«

Für Stephan war augenblicklich klar, dass er mit der Frau nur eine Person gemeint haben konnte. »Hildegard Meier alias Hildegard von Bingen.«

»Richtig«, bestätigte Robert. »Dieses Flittchen hatte ihm den Kopf verdreht. Er hat mir alles erzählt. Dass er mit ihr abhauen wollte, dass er den Betrieb verkaufen wollte und seine Familie ihn mal kreuzweise könne. Er hatte mir versichert, für mich einen Platz im Altenheim zu finanzieren. Ich war so wütend, so enttäuscht. Als ich ihn dann nachts an der Treppe traf und er mir sagte, er würde jetzt dieses Flittchen anrufen und zu sich bestellen, weil, weil …« Robert biss die Zähne zusammen, seine Kiefer malmten. »›Ich habe Bock auf sie‹, das hat er wörtlich gesagt. In der Villa wollte er mit ihr … Ich habe rotgesehen und ihn gestoßen.« Robert kicherte irr. »Ich bin dann schnell fort. Wohl leider nicht schnell genug.« Er tastete nach Elfriede Germanus' Hand.

Sie entzog sie ihm. »Robert ist durchgedreht, als ich ihm sagte, er müsse zur Polizei gehen. Ich habe ihm ein Ultimatum bis morgen Mittag gesetzt. Dann hätte ich etwas unternommen.« Sie weinte stumm, Tränen rollten über ihre Wangen.

Stephan grübelte. Liebknecht hatte also mit dieser Sache nichts zu schaffen gehabt. Es war eine einfache Liebesgeschichte gewesen, die zur Katastrophe geführt hatte. Keine Mafia, keine korrupten Bauunternehmer, keine Familienzwistigkeiten. Einfach nur Liebe, das stärkste aller Gefühle.

Es gab nichts mehr zu sagen. Er nahm Elfriede Germanus in den Arm und hielt sie fest, bis der Notarzt erschien.

***

Stephan hatte schlecht geschlafen. Dass Liebknecht nicht Germanus' Mörder war, hatte ihm keine Ruhe gelassen. Seine Aussage, er habe in der Nacht drei Schatten in der Villa gesehen, war korrekt gewesen. Robert hatte nicht geschlafen, wie alle glaubten. Er hatte Friedrich Germanus die Treppe runtergestoßen. Was wäre, wenn Liebknecht in Bezug auf Poensgen auch die Wahrheit sagte? Trotz der Beweislast? Dieser Gedanke war ihm die ganze Nacht im Kopf herumgegeistert. Erst dumpf im Hintergrund, dann immer drängender, bis er ihn greifen konnte. Er hatte ihn aus dem Bett getrieben.

Wie elektrisiert stand Stephan jetzt vor Hildegard Meiers Krankenzimmer in der Uniklinik Bonn. Auf dem Gang standen die Wagen für das Frühstück bereit, eine ältere Frau im Morgenmantel schob einen Tropfhalter vor sich her und schlurfte zum Schwesternzimmer.

Er klopfte leise und trat ein.

Hildegard Meier lag zugedeckt am Fenster. Ein zweites Bett stand unbenutzt und mit einer Folie abgedeckt am Schrank.

Sie sah schrecklich aus. Ihr Kopf schien die doppelte Größe zu haben und schimmerte wie eine Aubergine. Die Lippen waren aufgeplatzt, die Augen fast zugeschwollen. Auf der Nase klebte ein dicker Verband.

Stephan nahm sich einen Stuhl und setzte sich an ihre Seite. Für einen Moment dachte er, dass sie schlief.

Doch dann blinzelte sie kaum merklich, und ihre Finger schoben sich unter der Bettdecke hervor. »Du?«, hauchte sie.

Stephan nickte und räusperte sich. Er drängte sein Mitgefühl zurück. Bei dem, was er ihr jetzt zu sagen hatte, würde es nur stören. »Sie wissen es sicher schon von Engel. Karl Liebknecht wurde festgenommen. Er steht unter Mordverdacht.«

Sie schloss die Augen.

»Ihr Plan ist aufgegangen.«

Augenblicklich riss sie die Lider nach oben. »Ich verstehe nicht«, krächzte sie.

»Oh doch, das tun Sie. Spielen Sie mir nichts vor«, erwiderte Stephan heftiger, als er es vorgehabt hatte. »Ich weiß von Ihrer schweren Kindheit. Und was mit Ihrer Mutter passiert ist.«

Sie drehte den Kopf zur Seite und starrte aus dem Fenster.

»Karl Liebknecht liebt Sie. Und ich denke, Sie lieben ihn auch. Das ist Ihr Problem, nicht wahr? Seit Ihr Vater Ihre Mutter getötet hat, hassen Sie Männer. Einen Mann lieben, mit diesem Gefühl können Sie nicht umgehen.«

Stephan hielt einen Moment inne. Draußen klapperte jemand mit Geschirr. Hildegard Meier rührte sich nicht, wirkte wie tot.

»Was Sie in Ihrer Kindheit mitgemacht haben, tut mir leid. Aber dass Sie jetzt jemand anders für sich über die Klinge springen lassen wollen, um den Status quo zu erhalten, sorry, das kann ich nicht zulassen. Ich sag Ihnen, wie alles war. Sie haben bei Bursch die Pistole entwendet und mit zu Liebknecht genommen. Er hat Ihnen die Geschichte abgekauft, dass Sie sie benötigen, um sich notfalls wehren zu können, und hat Ihnen gezeigt, wie man sie bedient. Dabei ist etwas Farbe an die Waffe gelangt, vermutlich als er sie auf dem schmutzigen Tisch abgelegt hat. Oder von Ihren Handschuhen. Sie tragen doch Handschuhe bei der Malerei, oder? Ölfarbe an den Fingern kommt ja schließlich nicht gut im Gewerbe. Dann haben Sie es Poensgen heimgezahlt. Rache ist süß, nicht wahr? Sie müssen ihn gehasst haben. Er hat Sie misshandelt, wie es Ihr Vater mit Ihrer Mutter gemacht hat.« Er hielt inne, um ihr die Chance zu geben, sich dazu zu äußern.

Doch sie rührte sich nicht, starrte weiter aus dem Fenster.

»Zum Schluss mussten Sie nur noch die Aufmerksamkeit auf Liebknecht lenken. Schließlich mussten die Fingerabdrücke zusammengebracht werden. Sie reizen ihn, verhöhnen ihn, und er schlägt zu. Seine impulsive Art kannten Sie vermutlich.« Stephan schnaubte verächtlich. »Es hat Sie fast das Leben gekostet, aber es hat funktioniert. Alle denken, er hätte Poensgen aus Eifersucht erledigt.« Stephan verstummte und wartete einige Minuten.

Dann sagte er sanft: »Sie lieben ihn aber immer noch, stimmt's? Das ist das Problem mit der Liebe. Man kann sich ihrer nicht einfach entledigen, auch nicht mit gemeinen und hinterhältigen Methoden.« Er richtete sich auf. »Sie hätten es einfach zulassen sollen. Sie können es immer noch, wenn Sie nur wollen. Karl Liebknecht ist nicht Poensgens Mörder, und Sie können ihm da raushelfen.«

Hildegard Meier blinzelte, sagte aber nichts. Tränen liefen ihr über die Wangen.

»Soll ich Engel Bescheid sagen? Ihm können Sie alles beichten.«

Gespannt wartete Stephan auf eine Reaktion. Als er sich schon enttäuscht abwenden wollte, nickte sie kaum merklich.

Er atmete durch. »In einer Stunde«, sagte er und verließ erleichtert das Zimmer.

***

Stephan schloss gerade die Haustür ab, als Engel auf den Hof fuhr.

»Wo willst du denn damit hin?«, fragte Engel und deutete auf den Strauß Rosen, den Stephan in der Hand hielt.

»Wohin wohl?«, grummelte Stephan. »Stell nicht so blöde Fragen. Ist schwer genug.«

Engel blies die Wangen auf. »Charlotte hat sich immer noch nicht bei dir gemeldet?«

Stephan presste die Lippen aufeinander.

»Mist«, meinte Engel mitfühlend. »Dann will ich dich mal nicht aufhalten.« Er zwängte sich wieder auf den Sitz.

Stephan hielt ihn zurück. »Moment mal. Für jede Minute, die ich es hinausschieben kann, bin ich dankbar.«

»Ich wollte dir nur sagen, dass die Meier gestanden hat.«

Stephan nickte. »Danke. Ein Anruf hätte aber doch genügt.«

Engel grinste schief. »Na ja, deine Nudeln sind schon besser als Fettpeitschen. Ich hatte gehofft …«

Stephan sah auf den Strauß Rosen in seiner Hand. Er kämpfte mit sich. Viel lieber würde er jetzt heißes Wasser aufsetzen und Engel was kochen. Aber er schüttelte den Kopf. »Nicht heute, tut mir leid.«

»Klar«, zeigte sich Engel einsichtig. »Dann mach mal.« Er winkte Stephan zum Abschied zu.

Der stand auf dem Hof und sah Engel hinterher, bis er auf die Breslauer Straße abbog.

Er blickte zum Himmel. Schäfchenwolken flogen vorbei. Er entschied sich, zu Fuß zu gehen. Das würde ihm noch ein paar Minuten Aufschub bringen. Mit klopfendem Herzen ging er los.

ENDE

Dank

Hätte mir jemand letztes Jahr gesagt, dass »Todesquelle« bereits ein Jahr nach dem Vorgänger »Nebelspur« die Welt erblicken würde, hätte ich nur milde gelächelt. Aber: Mein neuer Krimi steckt zwischen den Pappdeckeln und wartet auf viele Leserinnen und Leser. Für mich fast unglaublich.

Damit dies überhaupt erst möglich wurde, habe ich nicht nur viele Wochen im stillen Kämmerchen gehockt und die Tastatur glühen lassen, mir standen auch viele fleißige Helfer zur Seite.

Mein erster Dank geht wie immer an meine Frau Susanne. Sie hat die Erstfassung ertragen und nicht mit Hinweisen und Anregungen gegeizt. Zum ersten Mal möchte ich meiner Schwiegermutter Bärbel Boppard danken, die unsere Kinder betreut, wenn meine Frau und ich auf Lesungen oder Recherchetouren unterwegs sind.

Meinem treuen Testleser Harald Kill danke ich für seine zahlreichen Tipps und Vorschläge, die er sicherlich im fertigen Roman wiederfinden wird. Ich hoffe, ich darf weiterhin an seiner Tür kratzen und ihn mit Manuskripten behelligen.

Für das Vorgebirgsplatt im Krimi ist Gisela Kentenich verantwortlich. Vielen Dank für die teilweise zungenbrecherischen Übersetzungen.

Karl-Heinz Habeth hat mich – ich kann es immer noch nicht fassen – ans Steuer seines beigefarbenen siebenundsechziger Mercedes der Baureihe W 110 gelassen. Besser kann man einen Oldtimer nicht erspüren. Vielen Dank für diese Gelegenheit und für das entgegengebrachte Vertrauen.

Meiner Lektorin Marit Obsen zolle ich hiermit Hochachtung für ihr Geschick, den Rotstift genau an den Stellen anzusetzen, die es auch dringend nötig hatten. Vielen Dank für die kreative Zusammenarbeit.

Zum Schluss möchte ich allen Mitarbeiterinnen und Mitarbeitern des Emons Verlages von ganzem Herzen danken! Egal, mit wem ich es dort bisher zu tun hatte: Ich begegnete freundlichen Menschen, die meine Anliegen hilfsbereit aufgriffen und gezielt umsetzten. So viel Einsatz ist bemerkenswert.